Cet insupportable patron

*

L'offre imprévue d'un milliardaire

*

L'inaccessible Dr Costa

CATHY WILLIAMS

# Cet insupportable patron

*Traduction française de*
CHRISTINE MOTTI

GENTLEMEN

HARLEQUIN

*Titre original :*
HER IMPOSSIBLE BOSS

*Ce roman a déjà été publié en 2019*



**HARPERCOLLINS FRANCE**
83-85, boulevard Vincent-Auriol, 75646 PARIS CEDEX 13
Service Clients — www.harlequin.fr
ISBN 978-2-2805-0765-3 — ISSN 2728-4263

Édité par HarperCollins France.
Composition et mise en pages Nord Compo.
Imprimé en mai 2024 par CPI Black Print (Barcelone)
en utilisant 100% d'électricité renouvelable.
Dépôt légal : juin 2024.

FSC www.fsc.org
MIXTE
Papier issu de sources responsables
FSC® C159065

Pour limiter l'empreinte environnementale de ses livres, HarperCollins France s'engage à n'utiliser que du papier fabriqué à partir de bois provenant de forêts gérées durablement et de manière responsable.

# 1

Les lèvres serrées, Matt fixa le CV posé devant lui. Par où commencer ? La liste pour le moins originale d'emplois ainsi que leur courte durée étaient éloquentes. Tout autant que le profil universitaire, aussi bref que peu reluisant. En temps normal, il aurait jeté sans hésiter cette candidature à la poubelle, sans prendre le temps de lire les quelques lignes manuscrites. Malheureusement, les circonstances actuelles n'avaient rien de normal.

Il redressa la tête et posa les yeux sur la jeune personne installée en face de lui, de l'autre côté du bureau en acajou. L'attitude de celle-ci trahissait une indéniable nervosité.

— Huit emplois..., fit-il, un sourcil levé.

Il n'en dit pas plus long, laissant au silence qui suivit le soin d'exprimer le fond de sa pensée.

Tess Kelly était arrivée jusqu'à lui par le biais de sa sœur, Claire. Matt, qui n'avait pas l'embarras du choix, s'était donc fié aux recommandations de celle qui occupait un poste important au sein de son équipe. Or ce qu'il venait de lire ne l'incitait guère à confier sa fille à la candidate en question. La présentation écrite qu'elle venait de lui remettre révélait un caractère pour le moins instable : aujourd'hui âgée de vingt-trois ans, Tess Kelly avait jusqu'ici suivi des études en pointillé et accumulé les petits métiers.

Elle se mordilla la lèvre et posa sur lui de grands yeux d'un vert profond. Il resta muré dans le silence, impénétrable. Sa marge de manœuvre était certes restreinte, mais il n'envisageait pas pour autant de faciliter la tâche à la jeune femme.

— Ça ne donne pas une image très sérieuse de moi, j'en suis bien consciente, déclara-t-elle d'une voix mal assurée.

— C'est le moins qu'on puisse dire. Huit postes différents, alors que vous arrivez tout juste sur le marché du travail...

Tess tourna légèrement la tête pour échapper au regard sombre dont l'enveloppait Matt Strickland. Ce regard la mettait mal à l'aise, la privait de ses moyens. Que diable faisait-elle là ?

Elle était arrivée à New York trois semaines plus tôt pour séjourner chez sa sœur et en profiter pour réfléchir aux options qui s'offraient à elle et se ressaisir. Ces mots-là étaient du moins ceux qu'avaient prononcés ses parents lorsqu'ils l'avaient quittée à l'aéroport, avant qu'elle ne traverse l'Atlantique en avion.

— Tu as maintenant vingt-trois ans, Tess, lui avait dit sa mère.

Celle-ci s'était exprimée d'un ton ferme, tout en lui offrant une boîte de biscuits faits maison afin d'atténuer la sévérité de ses propos.

— Et apparemment tu ne sais toujours pas quoi faire de ta vie, avait-elle enchaîné. Nous aimerions bien, ton père et moi, te voir... *installée*. Nous serions enchantés que tu trouves enfin quelque chose qui te plaise plus de cinq minutes ! Claire connaît tous les tenants et aboutissants du monde des affaires. Elle sera à même de te donner de précieux conseils. Et ça te fera du bien de passer l'été ailleurs.

Nul n'avait cependant jugé utile de lui préciser qu'elle devrait présenter sa candidature à ce poste de nounou ! Jamais jusque-là elle n'avait eu l'occasion de travailler auprès d'enfants, et jamais non plus l'idée ne lui avait effleuré l'esprit. Pourtant, elle avait franchi le seuil de ce bureau et se tenait maintenant, pétrifiée, face à cet homme intimidant.

Dès l'instant où il était venu à sa rencontre, dans le couloir, elle avait ressenti un frisson d'appréhension. Matt Strickland ne ressemblait en rien au cinquantenaire plutôt trapu qu'elle avait imaginé. Cet individu pour lequel travaillait sa sœur était à la fois propriétaire et P-DG d'un groupe d'entreprises et, à en croire Claire, il menait tout cela de main de maître. Comment y parvenait-il, à la trentaine à peine passée ? Elle n'en avait pas la moindre idée, mais les résultats ne laissaient aucun doute quant à ses compétences. Non content d'être un brillant homme d'affaires, Matt Strickland était aussi doté d'un physique époustouflant.

Cependant, tout en lui respirait un certain détachement. De la froideur même. Lui arrivait-il seulement de sourire ? Elle en doutait. Comment sa sœur parvenait-elle à travailler auprès de cet être sans friser la dépression ?

— Revenons-en à votre parcours universitaire, reprit-il avec une moue éloquente. Vos résultats ne sont en rien comparables à ceux de votre sœur. Claire a suivi un long cursus, aussi cohérent que porteur, ce qui lui permet d'être aujourd'hui à la tête du service juridique de mon entreprise. Vous avez, vous, quelques validations de matières dans des domaines différents, ainsi qu'une courte formation artistique.

— Je ne suis pas Claire, monsieur Strickland, déclara-t-elle, sentant le rouge lui monter aux joues. Claire et Mary ont toujours été d'excellentes élèves.

— Qui est Mary ?

— Mon autre sœur, qui exerce aujourd'hui le métier de médecin. Elles ont très bien réussi, toutes les deux. Mais j'imagine que je ne vous apprendrai rien en affirmant que nous sommes toutes et tous des personnes différentes.

D'un naturel plutôt gai et facile en général, Tess était bien forcée de constater qu'elle détestait cet homme. Elle détestait tout en lui. Aussi bien l'accueil qu'il lui avait réservé (« Vous avez une demi-heure de retard, et je ne tolère pas les retards ») que cette façon à peine masquée de lui signifier qu'elle ne valait pas grand-chose à ses yeux. Des yeux noirs, qui trahissaient en ce moment même une sorte de mépris.

— Bien, oublions les formalités d'usage et allons droit au but, dit-il en se rapprochant de son bureau, sur lequel il posa les coudes. Vous êtes ici parce que je n'ai pas vraiment le choix. J'ignore ce que vous a dit au juste Claire, mais je vais essayer d'être aussi précis que possible. Mon ex-femme est décédée il y a quelques mois et la garde de notre fille de dix ans m'a été confiée. Depuis cette date, elle a vu à peu près autant de nounous que vous avez testé d'emplois. Et l'agence à laquelle je m'étais adressé m'a fermé ses portes.

Il marqua une pause, soupira et changea de position dans son fauteuil.

— J'ai trois employées de maison, mais aucune d'entre elles n'a un profil adapté à la situation. Et, si je fais appel à une vraie professionnelle, je doute qu'elle accepte un contrat pour une période aussi courte, car il s'agirait de trois mois.

Un petit rire sec franchit ses lèvres avant qu'il n'ajoute :

— Le temps, mademoiselle Kelly, voilà bien ce dont je manque le plus ! Dans la mesure où je travaille énormément, je n'en ai pas beaucoup à consacrer à ce genre de recherches. Et, hop, votre nom a alors surgi, comme par magie ! Votre sœur m'a dit que vous étiez quelqu'un de très sociable, donc j'ai décidé de faire appel à vous ; en dépit de certains défauts flagrants.

Pour la énième fois, Matt se remémora les différents événements qui l'avaient conduit à cette situation. Divorcé depuis huit ans, il avait joué dans la vie de sa fille un rôle de spectateur plutôt que d'acteur. Car, sitôt le divorce prononcé, Catrina, son ex-femme, était partie vivre dans le Connecticut avec leur enfant. À partir de ce moment-là, elle ne lui avait guère facilité la tâche pour les visites. Les années s'étaient écoulées, et jamais il n'avait eu l'occasion de se rapprocher de Samantha. Puis, six mois plus tôt, Catrina avait trouvé la mort dans un accident de voiture. Alors, cette enfant qu'il n'avait jamais bien connue était arrivée chez lui ; remplie de ressentiment, de chagrin, et visiblement résolue à se montrer hostile.

Jusqu'ici, il n'avait trouvé personne qui soit à même de s'occuper d'elle, ce qui le mettait dans une situation de plus en plus difficile.

— Oh ! je suis désolée, déclara la jeune candidate. Claire ne m'avait pas fourni tous ces détails. Je comprends que votre fille ait du mal à se... stabiliser.

Les superbes yeux verts se voilèrent de larmes. Surpris par cette manifestation d'émotion, Matt sortit d'un tiroir une boîte de mouchoirs en papier, qu'il posa devant elle. Puis il poursuivit tout bas, de crainte de la voir soudain fondre en larmes :

— Bien que vous ne soyez pas pour moi la candidate idéale...

— Vous n'avez pas confiance en moi parce que j'ai enchaîné les petits boulots ces dernières années, l'interrompit-elle.

Tess était prête à laisser le bénéfice du doute à cet homme. Matt Strickland n'était certes pas d'un abord très agréable, mais il se trouvait dans une position délicate, ce qui expliquait peut-être qu'il se montre aussi rude. Il craignait sans doute d'embaucher quelqu'un qui, une fois de plus, décevrait ses attentes.

— Tout juste, admit-il. Samantha n'a aucun besoin d'une personne qui s'occupe d'elle pendant quelques jours, puis s'en aille parce qu'elle s'ennuie, ou pour toute autre raison. Plusieurs candidates ont défilé ici ces derniers temps, j'en conviens, mais chacune d'entre elles s'est efforcée de donner le meilleur d'elle-même. Vous sentez-vous capable d'en faire autant ?

— Oui, bien sûr.

Elle lui avait répondu en soutenant son regard de jais. Une fois encore, elle se surprit à admirer le physique de l'homme assis en face d'elle. Gênée par ses propres pensées, elle toussota et tendit la main vers la boîte de mouchoirs en papier.

— Eh bien, démontrez-le-moi !

Tess reporta aussitôt son attention sur lui.

— Euh... pardon ? bredouilla-t-elle, les yeux écarquillés.

— Je n'ai peut-être pas l'embarras du choix, mais j'aimerais bien que vous me prouviez que je ne m'apprête pas à faire une bêtise en vous embauchant, mademoiselle Kelly. Votre sœur m'a certes vanté vos mérites, mais j'aimerais que vous le fassiez à votre tour.

Après avoir avalé sa salive, Tess redressa les épaules et déclara :

— Je ne partirais pas du jour au lendemain en laissant quelqu'un dans une situation difficile, sachez-le, monsieur Strickland. Vous êtes apparemment persuadé que j'ai du mal à me fixer, et je pense que la plupart des membres de ma famille partagent votre avis. Il n'empêche que j'ai réussi à me montrer indispensable dans bon nombre des postes que j'ai occupés. Et je n'en ai jamais quitté aucun en mettant qui que ce soit dans l'embarras. Quand je suis partie de Barney and Son, où on m'avait confié un poste d'hôtesse d'accueil, Gillian m'a aussitôt remplacée. Certes, ils n'étaient pas mécontents de me voir quitter les lieux parce qu'il m'arrivait quelquefois de me tromper et d'envoyer des gens dans le mauvais service, mais...

— Soit ! la coupa-t-il. Et pour en revenir au sujet qui nous intéresse ?

— Ce que j'essaye de vous expliquer, c'est que vous pouvez me faire confiance. Je ne vous laisserai pas tomber.

— Même si vous n'avez aucune expérience dans ce domaine et que vous risquez de vous ennuyer avec une enfant de dix ans ?

— Je ne trouve pas les enfants ennuyeux. Et vous ?

Pris de court par cette question, Matt changea de position. S'ennuyait-il en compagnie de Samantha ? Difficile de répondre alors qu'il était vraiment novice en la matière, et que sa relation avec sa fille était pour le moins tendue. Ils parlaient par intermittence, de part et d'autre d'un gouffre profond qui semblait infranchissable. Elle était souvent d'humeur maussade, peu encline à la communication, et il savait ne pas être lui-même quelqu'un de très patient.

À ce stade, il décida d'en rester là. À quoi bon pousser plus loin l'introspection ?

— Bien, comment envisagez-vous de vous occuper de ma fille ? lança-t-il, éludant la question que venait de lui poser la jeune femme.

Elle avait un visage très expressif, qui reflétait la moindre de ses émotions. À cet instant précis, les sourcils légèrement froncés, les lèvres entrouvertes, elle donnait l'impression d'être plongée dans ses pensées.

Tess Kelly ne ressemblait en rien à celle qu'il avait imaginée. Elle n'avait aucun point commun avec sa sœur. Toujours vêtue d'un tailleur, Claire était vive, efficace, professionnelle en un mot. L'inverse de la jeune personne assise en face de lui, qui, de toute évidence, n'avait jamais porté quelque chose qui ressemblât de près ou de loin à un tailleur. Quant à ses cheveux... Rien de comparable à la parfaite coupe au carré de sa sœur. Elle les portait très longs, si longs qu'il peinait à voir où ils s'arrêtaient dans son dos.

— En l'emmenant visiter des musées, des galeries d'art, affirma-t-elle. Il y a aussi le cinéma, les jardins publics. J'adore Central Park, nous pourrions y aller ensemble. Je suppose qu'elle se sent un peu perdue, loin de l'endroit où elle a vécu jusqu'ici. Ses amis doivent lui manquer. Je ferai en sorte qu'elle n'ait pas le temps de s'ennuyer.

Matt hocha la tête.

— Et en ce qui concerne le travail scolaire ?

Elle cligna des yeux et le fixa, l'air déconcertée.

— Quel travail scolaire ? Pour autant que je sache, les cours n'ont pas encore repris, si ?

— Comme vous vous en doutez, le décès de Catrina a déréglé le cursus de Samantha. À son arrivée à New York, elle était si perturbée que j'ai préféré ne pas l'inscrire à l'école. Les professeurs particuliers auxquels j'ai fait appel se sont succédé à la même cadence que les personnes censées s'occuper d'elle. De ce fait, il y a des lacunes à rattraper avant la rentrée prochaine.

— Ah... Et quel rôle faudrait-il que je joue, dans ce registre ?

— Très simple, répliqua-t-il d'un ton où perçait une certaine impatience. Vous ferez en sorte que ce retard soit comblé.

— *Moi ?* Mais... je n'ai pas les qualifications nécessaires pour enseigner ! Et vous le savez, puisque vous venez de lire mon CV.

Le simple fait d'imaginer devoir donner un cours à quelqu'un remplissait Tess d'effroi. Elle qui n'avait jamais été douée pour les études se voyait mal occuper ce genre de poste !

Cadette de la famille, elle avait grandi dans l'ombre de ses sœurs, toutes deux très brillantes. Dès son plus jeune âge, elle avait choisi de contourner le problème en ne cherchant surtout pas à se comparer à elles. Nul ne pourrait l'accuser d'être bête si elle restait en dehors de toute forme de compétition — compétition qui, elle l'avait toujours su, la placerait en dernière position derrière Claire et Mary.

Et voilà que cet homme lui demandait d'endosser le rôle de professeur particulier ! C'était tout bonnement impensable.

— Désolée de vous avoir fait perdre votre temps, monsieur Strickland, déclara-t-elle en se levant. Si vous attendez de moi que j'apporte à votre fille un soutien scolaire, autant en rester là. Ce... C'est impossible. Les intellectuelles de la famille sont Claire et Mary, pas moi. Je n'ai jamais fréquenté les bancs de l'université. Je n'en avais aucune envie. À l'âge de seize ans, j'ai souhaité suivre une formation artistique, voilà à quoi se résument mes études. Mon profil ne correspond donc pas à ce que vous cherchez.

D'un geste de la main, Matt Strickland l'invita à reprendre place dans le fauteuil.

— Je commence à vous cerner. De toute évidence, vous détestiez l'école.

— Je ne détestais pas l'école !

Si ce poste l'avait modérément intéressée dans un premier temps, elle commençait à changer d'avis. Et la situation difficile dans laquelle se trouvait la fillette n'y était pas pour rien. Elle imaginait cette enfant orpheline de mère, qui dépendait désormais d'un père bourreau de travail. Pour la première fois depuis son arrivée dans ce bureau, elle eut envie de s'impliquer dans la vie de ce binôme en apparence dépareillé.

— Je n'ai pas de temps à perdre avec les gens qui hissent le drapeau blanc avant même d'avoir tenté leur chance, lança le superbe businessman. Voyons, réfléchissez un peu, mademoiselle Kelly ! Je ne vous demande pas de préparer ma fille à passer le bac, mais simplement de l'aider à revoir certaines règles basiques, aussi bien en mathématiques qu'en anglais ou en sciences. Si vous cherchez à me convaincre que cet emploi vous intéresse, vous vous y prenez plutôt mal !

— Je me borne à être honnête envers vous, monsieur Strickland. Si vous ne voulez pas faire appel à un professeur particulier, pourquoi ne pas vous charger vous-même de son suivi scolaire ? Dans la mesure où vous êtes chef d'entreprise, je suppose que ça ne devrait vous poser aucun problème. Les matières que vous venez de citer n'ont sûrement aucun secret pour vous. Par ailleurs, comme vous le savez, certains enfants ne sont pas faits pour l'enseignement à domicile, ils ont besoin d'apprendre, de travailler dans un autre environnement.

La réponse cinglante de Matt Strickland ne se fit pas attendre :

— Samantha n'aurait aucun mal à s'y adapter si elle voulait bien s'en donner la peine, ce qui n'est pas le cas. Quant à moi, il m'est impossible de m'en charger. Comme je vous l'ai dit, j'ai un emploi du temps pour le moins rempli, qui me laisse à peine de temps de dormir. Je quitte cet appartement à 7 h 30, une heure plus tôt que je le faisais avant l'arrivée de ma fille ; quand je ne suis pas en déplacement, j'essaye de rentrer à 20 heures, ce qui n'est pas toujours facile.

— Vous travaillez de 7 h 30 à 20 heures ? s'exclama Tess, horrifiée. Tous les jours ?

— Le rythme est moins soutenu le week-end, répondit-il avec un petit haussement d'épaules.

Autour de lui, Matt ne connaissait pas grand monde susceptible de trouver ces horaires bizarres. Les cadres les plus prestigieux de son entreprise ne ménageaient pas non plus leurs efforts — en échange de salaires substantiels, bien entendu.

— C'est-à-dire ? insista la jeune Irlandaise.

Un sourcil levé, Matt la toisa d'un regard froid.

— Où voulez-vous en venir ? Nous nous éloignons à grands pas de l'objet de cet entretien !

— Excusez-moi, je... Je suis vraiment désolée pour vous.

— Pardon ?

Était-ce une plaisanterie ? Si le sujet dont ils discutaient n'avait été aussi important, il en aurait ri. Jamais, pas une seule fois dans sa vie, il n'avait entendu quelqu'un utiliser cette formule. Jamais personne n'avait affirmé être « désolé » pour lui. C'était plutôt l'inverse qu'on lui avait toujours dit ou laissé entendre. Être né dans une famille riche, puissante et influente lui avait ouvert bon nombre de portes. En qualité de fils unique, il avait hérité de la fortune familiale, qu'il avait su faire fructifier. Il avait diversifié les placements, investi dans des secteurs que son père n'aurait jamais envisagés et se retrouvait aujourd'hui à la tête d'une entreprise puissante, avait résisté aux différentes crises économiques et continuait de prospérer.

— À mon avis, il n'existe rien de pire que d'être esclave de son travail, reprit-elle. Mais vous avez raison, je m'égare. Si je comprends bien, vous ne pouvez pas vous charger du suivi scolaire de votre fille parce que vous n'avez pas une minute à vous ?

Matt réprima un froncement de sourcils. Son imagination

lui jouait-elle des tours ou était-ce bien une pointe de critique qu'il avait distinguée dans sa voix ?

— Vous avez en effet bien compris, répliqua-t-il, acerbe.

— Est-ce que je peux me permettre de vous poser une question ?

Il acquiesça d'un signe de tête. Elle poursuivit alors, d'un ton hésitant :

— En travaillant autant, quand trouvez-vous le temps de vous occuper de Samantha ?

Il la fixa, stupéfait. Tess Kelly n'y allait pas par quatre chemins ! Il était rare que l'on se permette de lui poser des questions aussi directes. Aucune femme ne s'y était aventurée jusque-là.

— Quel rapport avec le poste que j'ai à pourvoir ? lança-t-il d'un ton sec.

— Il y en a un. J'aimerais par exemple savoir quelles sont vos disponibilités, pour éviter d'empiéter sur le temps que vous consacrez à Samantha. Apparemment, ce temps-là est plus que compté, vu vos horaires…

— Je n'ai pas pour habitude d'établir ce genre de calculs, répondit-il, toujours aussi peu amène. Nous allons très souvent dans les Hamptons, le week-end, ce qui lui permet de voir ses grands-parents.

— Oh ! c'est bien…

Elle s'était exprimée poliment, sans la moindre conviction.

— Je crois que nous avons assez débattu de ce sujet, donc je suggère que nous abordions maintenant celui qui concerne vos horaires.

Tess se passa la langue sur les lèvres, qui étaient sèches. L'homme assis en face d'elle avait saisi un stylo, avec lequel il martelait le bureau à un rythme accéléré. Elle avait l'impression de subir un interrogatoire et se sentait de plus en plus stressée.

— Vous devrez vous présenter tous les matins à 7 h 30 au plus tard.

— À… 7 h 30 ? répéta-t-elle d'une voix étranglée.

— Ça vous pose un problème ?

Préférant ne pas exprimer le fond de sa pensée, elle garda le silence.

— Soit, j'en déduis que votre réponse est négative, enchaîna-t-il. De toute façon, c'est à prendre ou à laisser ! En cas d'urgence, je pourrais demander à l'une de mes employées de maison de vous remplacer, mais j'espère ne pas devoir en arriver là.

Tess avait toujours été ponctuelle, quel que soit l'emploi occupé. Aucun de ses précédents postes ne l'avait cependant obligée à se réveiller à l'aube ! Elle n'était pas une lève-tôt, mais il était peu probable que Matt Strickland soit sensible à ce genre d'argument, lui qui avait apparemment une conception très particulière du repos. Combien d'heures consacrait-il au sommeil ? Très peu sans doute.

— Vos employés ont des journées aussi intenses que les vôtres ?

— Les salaires élevés que perçoivent certains d'entre eux, notamment les cadres, ne seraient pas justifiés s'ils s'en tenaient à des horaires classiques de bureau.

Après l'avoir fixée quelques instants en silence, il reprit :

— Si je comprends bien, vous n'êtes pas une adepte des heures supplémentaires ?

— Pour être sincère, je n'en ai jamais fait. Mais je n'ai jamais non plus perçu un salaire qui justifie une présence prolongée sur mon lieu de travail. Ce qui ne m'a d'ailleurs jamais gênée, parce que je porte un intérêt des plus modérés à l'argent.

Elle crut que la mâchoire de Matt Strickland allait se décrocher tant il paraissait abasourdi par sa remarque. Il devait penser qu'elle ne vivait pas sur la même planète que lui…

— Vraiment ? lança-t-il, l'air sceptique. Chapeau, vous êtes unique !

Tess se demanda s'il s'agissait là d'une raillerie, mais elle regarda autour d'elle et écarta aussitôt cette éventualité. Une superbe bibliothèque chargée de livres occupait le mur du fond. Un magnifique tapis oriental couvrait presque toute la surface du sol en parquet. Seuls les tableaux contemporains apportaient une touche moderne à cet espace, de même que l'équipement informatique sophistiqué. Ce cadre à la fois sobre et luxueux, où se mélangeaient avec un goût parfait objets anciens et modernes, respirait l'opulence. Il était donc peu probable que le maître des lieux feigne l'incrédulité face au manque d'intérêt que suscitait en elle l'argent.

Cette impression d'opulence, elle l'avait ressentie dès qu'elle avait franchi le seuil de l'appartement. Matt Strickland n'évoluait pas dans le même milieu qu'elle. Les gens qu'il fréquentait étaient sans nul doute experts dans l'art de gagner de l'argent, comme lui.

Tess ne lui avait toutefois pas menti en affirmant ne pas placer son salaire dans la liste de ses priorités. Sans quoi, elle aurait porté plus d'intérêt à sa carrière. Elle n'avait pas non plus un grand respect pour ceux qui, à l'inverse d'elle, considéraient leurs revenus et la taille de leur compte en banque comme une priorité absolue — ce qui était, à n'en pas douter, le cas de Matt Strickland. Intelligent et ambitieux, cet homme-là avait aussi en lui quelque chose de dur qui ne la mettait pas en confiance.

Comme leurs regards se croisaient, les battements de son cœur s'accélérèrent.

— Vous ne dites rien. J'en déduis donc que vous n'approuvez pas ce système qui peut se résumer en quelques mots : « Travailler plus pour gagner plus. » Je me trompe ?

— Eh bien... Cet intérieur est très confortable.

Elle s'interrompit, cherchant ses mots. Mieux valait éviter d'exprimer sans détour le fond de sa pensée, à savoir que tout cela avait un prix, au sens propre comme au figuré, qu'elle n'était pas prête à payer.

La sœur de Claire l'intriguait décidément de plus en plus ! Ses silences étaient presque aussi révélateurs que ses propos, ce qui était pour le moins inhabituel.

— Très confortable, *mais*… ? insista Matt. Je perçois une certaine réticence.

— Disons que j'aime autant un endroit plus petit et douillet. Comme la maison de mes parents, par exemple. Pas si petite que cela, puisque nous avons été cinq à y vivre pendant un certain nombre d'années, mais en tout cas bien plus modeste que votre logement.

— Vous y vivez toujours ? Avec eux ?

C'était là ce qu'il avait cru deviner, dans sa façon de s'exprimer. Que faisait encore au domicile familial une jeune femme de son âge ? Une *très jolie* jeune femme de surcroît, dotée de superbes yeux verts, d'une magnifique chevelure aux tons caramel et d'un corps qui semblait parfait, sous cette tenue peu conventionnelle — qui, il devait bien l'admettre, lui allait à merveille. Mais Matt n'avait pas coutume de recevoir dans son bureau des candidates vêtues d'un T-shirt porté sous un gilet et d'un jean délavé moulant.

Agacé par le cours de ses pensées, il se leva. Il se mit à aller et venir dans son bureau.

— Eh bien… pour le moment, oui, admit-elle, quelque peu gênée.

— Vous n'avez jamais vécu *seule* ?

Blessée par l'air surpris de son interlocuteur, Tess redressa les épaules et le fixa froidement. Cet homme était détestable. Le regard critique qu'il portait sur tout ou presque lui devenait insupportable.

— Je n'en ai jamais ressenti le besoin, lui répondit-elle d'un ton sec. N'ayant pas suivi d'études universitaires, je n'ai pas jugé utile de m'installer ailleurs.

Comme elle prononçait ces mots, elle prit conscience de tout ce qu'ils impliquaient : à vingt-trois ans, elle habitait toujours chez papa et maman !

— Incroyable ! s'exclama Matt.

— J'ai pas mal d'amis qui sont dans la même situation que moi, donc il n'y a rien de si « incroyable ».

— Et vous n'avez jamais eu envie de changer, de voler de vos propres ailes ? Mais peut-être avez-vous préféré ne pas relever ce genre de défis…

Tess n'avait pas pour habitude de s'emporter. Pour une raison difficile à identifier, une colère vive montait toutefois en elle. Si elle s'était écoutée, elle se serait levée et aurait lancé à la tête de Matt Strickland le premier objet venu. Au lieu de cela, elle resta figée, murée dans le silence.

Il la rejoignit, se plaça juste en face d'elle et se pencha, assez pour poser les bras sur les accoudoirs du fauteuil qu'elle occupait. Elle eut aussitôt l'impression d'être enfermée dans une cage. Elle s'enfonça dans le fauteuil afin de mettre le plus de distance possible entre cet homme et elle.

— Je ne saisis pas bien le rapport entre le lieu où je vis et le poste que vous proposez, marmonna-t-elle.

— J'essaye de vous évaluer en tant que personne. Si je décide de confier ma fille à quelqu'un, autant savoir à qui j'ai affaire ! Vous ne m'avez pas été envoyée par une agence, donc je n'ai aucune garantie vous concernant. Voulez-vous connaître l'idée que je me suis faite de vous, jusqu'ici ?

Quelle question ! Avait-elle le choix ? Comme il s'inclinait un peu plus vers elle, elle retint son souffle. Par chance, il ne tarda guère à reculer pour retourner s'asseoir à son bureau.

— Vous êtes paresseuse, instable, vous manquez d'assurance et rien de tout cela n'a semblé vous gêner jusqu'ici. Au contraire, même.

Saisie par la nature de ces propos tout autant que par ce ton tranchant, lapidaire, Tess avait l'impression de se trouver sur le banc des accusés face à un juge implacable.

— Vous habitez toujours chez vos parents, reprit-il, et

apparemment l'idée que cette situation ne leur plaise pas autant qu'à vous ne vous a pas une seule fois traversé l'esprit. Vous changez souvent d'emploi. Je ne suis pas psychologue, mais je crois deviner votre façon de fonctionner : vous pensez, en refusant de vous investir, parvenir toujours à éviter l'échec.

— Ce que vous dites est affreux ! s'exclama-t-elle.

Affreux certes, mais pas complètement faux. Car elle était bien obligée d'admettre qu'elle se reconnaissait dans ce portrait peu flatteur.

— Si vous avez une si piètre opinion de moi, pourquoi prolonger cet entretien d'embauche ? Mais c'est peut-être une façon d'y mettre fin, de m'annoncer que je n'ai aucune chance d'occuper le poste ? Dans ce cas...

Elle prit une profonde inspiration avant d'enchaîner, l'œil noir :

— Dans ce cas, je vais vous dire à mon tour ce que je pense de vous, monsieur Strickland. Vous êtes arrogant, impoli. Vous pensez que le fait d'avoir grandi dans une famille aisée, de gagner beaucoup d'argent, vous permet de traiter les gens avec une insupportable condescendance proche du mépris. Et, désolée, mais je trouve lamentable que vous ne consacriez pas plus de temps à votre fille, qui, elle, a besoin de vous. Pourquoi toujours privilégier le travail ?

Tess se tut soudain, consciente de la portée de ses mots. Elle s'était exprimée sans aucune retenue et éprouvait à présent un certain sentiment de malaise.

— Je tiens aussi à préciser que je ne suis pas paresseuse, ajouta-t-elle cependant, beaucoup moins véhémente.

À la suite de quoi, elle se leva.

— Il ne me reste donc plus qu'à vous dire adieu.

Elle s'apprêtait à repartir aussi dignement que possible quand elle le vit sourire. Pour la première fois depuis son arrivée ! Déstabilisée par ce sourire, qui le rendait plus séduisant encore, elle resta figée sur place.

— Vous avez du tempérament, Tess Kelly. Ça me plaît. Il vous en faudra, quand vous prendrez ma fille en charge.

— Je... Comment ? bafouilla-t-elle.

D'un geste de la main, il l'invita à se rasseoir et, souriant toujours, se laissa aller contre le dossier de son siège.

— Entendre de temps en temps des critiques peut s'avérer très productif, voyez-vous. Il y a bien longtemps que personne ne s'est permis de me parler comme vous venez de le faire.

Les joues de la jeune femme rosirent. Ses cheveux couleur miel coulaient sur ses épaules, couvraient presque ses seins. Si elle semblait avoir recouvré son calme, sa poitrine se soulevait toujours à un rythme accéléré. Matt s'aperçut qu'il ne parvenait pas à détacher le regard de ces rondeurs féminines et serra les mâchoires. Que lui arrivait-il ?

Il avait une compagne. Une jeune femme à la fois très intelligente et bien placée. Une personne qui, comme lui, occupait un poste important et comprenait les contraintes qui en découlaient — à l'inverse de la ravissante créature aux yeux verts qui se tenait en face de lui. Diplômée d'une grande école, Vicky se fixait des objectifs, qu'elle avait pour habitude d'atteindre. Elle ne s'éparpillait pas, elle. Donc, pourquoi diable se laisser distraire par la sœur de Claire ?

Il griffonna un chiffre sur un papier, qu'il fit glisser vers elle. Elle se pencha légèrement et ouvrit grand les yeux.

— C'est beaucoup trop, monsieur Strickland ! Je ne peux pas accepter une somme pareille.

— Allons, ne soyez pas ridicule !

Irrité par sa réaction au charme de la jeune femme, Matt s'était exprimé plus sèchement qu'il ne l'aurait dû.

— Ce salaire est tout à fait raisonnable, reprit-il, plus calme. Du moins compte tenu de ce qui vous est demandé, à savoir vous occuper au mieux de ma fille. Et j'ai quelque chose à ajouter : il faudrait que vous portiez des tenues plus... adaptées à la situation.

Face à son air décontenancé, Matt précisa :

— Disons, plus *amples*. Ce sera plus commode en cette saison, surtout si vous vous livrez à des activités d'extérieur.

— Mais... je n'en ai pas.

— Dans ce cas, il faudra en acheter. Ce n'est pas un problème insurmontable. Vous disposerez d'un compte pour couvrir toutes les dépenses liées à ce poste. Et maintenant je crois qu'il est temps que vous fassiez la connaissance de Samantha. Elle est dans sa chambre, à l'étage. Je vais vous montrer où se trouve la cuisine. Vous pourrez vous familiariser avec les lieux pendant que je monte la chercher.

Elle acquiesça. Après cet entretien pour le moins déstabilisant, la perspective de rencontrer Samantha l'inquiétait bien moins qu'à son arrivée. Il était peu probable que la fillette soit aussi éprouvante que son père.

L'appartement, qui semblait orienté dans toutes les directions, occupait les deux derniers étages du bâtiment. Matt la conduisit jusqu'à la cuisine. Un ordre parfait régnait dans cette pièce moderne où luisaient les surfaces en granit. Tess réprima une grimace. S'il lui arrivait de devoir cuisiner, elle ne se sentirait pas très à l'aise dans ce lieu où tout était si bien rangé.

— Je vous en prie, faites comme chez vous, lui dit Matt, conscient de sa gêne. Il y a du thé et du café quelque part et vous devriez trouver du lait dans le réfrigérateur. Peut-être même des paquets de biscuits dans les placards. Les employées font en sorte que je sois bien approvisionné, surtout depuis l'arrivée de Samantha.

— Vous voulez dire que... vous vivez ici et vous ne savez pas exactement ce qu'il y a dans les placards de votre propre cuisine ?

Il lui sourit, et elle eut alors un aperçu de ce que serait cet homme sans ces airs arrogants dont il semblait ne pouvoir se défaire. « Attirant » restait bien en dessous de la réalité !

— C'est épouvantable, n'est-ce pas ? lança-t-il en se dirigeant vers la sortie. Vous pourriez noter ce défaut supplémentaire et vous en servir la prochaine fois que vous dresserez un réquisitoire contre moi.

Il ponctua ces mots d'un autre sourire, plus large, qu'elle lui rendit machinalement tout en s'efforçant d'ignorer les sonnettes d'alarme qui résonnaient en elle.

# 2

Tess finissait tout juste de glisser la clé dans la serrure lorsque la porte s'ouvrit sur sa sœur.

— Alors ? lança celle-ci. Comment ça s'est passé ? Comment le trouves-tu ? Est-ce que tu es embauchée ?

Tess tenta de résumer en quelques mots l'impression que lui avait faite Matt Strickland. Cet homme représentait tout ce qu'elle s'efforçait en général d'éviter. Il était trop riche, trop arrogant, trop guindé. *Trop séduisant aussi*, songea-t-elle.

Agacée une fois de plus par la nature de ses pensées, elle réussit à contourner les questions de Claire.

— Il ne veut pas que je porte des vêtements moulants, tu te rends compte !

— Si tu travailles à son service, il faut te plier à certaines règles. Tu crois peut-être que nous avons le droit de nous présenter au bureau en jean délavé, nous ? Mais raconte-moi plutôt ce que tu as pensé de son appartement.

— Je n'ai pas trop eu le temps d'admirer la décoration. C'est la première fois de ma vie que je passe un entretien d'embauche aussi long ! Je peux te parler du bureau. J'ai aussi vu la cuisine. Et j'ai remarqué que l'appartement avait à peu près la taille d'un paquebot. Mais je ne m'avancerai pas trop sur ses goûts artistiques. Il y a pas mal de toiles qui représentent des paysages et aussi d'autres tableaux plus bizarres.

— Ce sont sans doute des pièces héritées de sa famille. Il est issu d'un milieu pour le moins aisé.

— Ça ne m'étonne pas.

— Mais venons-en au sujet le plus important : qu'as-tu pensé de sa fille ?

Tess se dirigea vers le salon, suivie de son aînée. À en croire Claire, nul ne connaissait l'existence de Samantha quelques mois plus tôt. Et, depuis l'arrivée de celle-ci à New York, Matt ne l'avait jamais amenée sur son lieu de travail pour la présenter à ses collaborateurs.

Elle fronça le nez. Que pouvait-elle bien répondre à sa sœur ? Elle n'avait pas vu la fillette. Comme le lui avait demandé le maître des lieux, elle était restée dans la cuisine à attendre. Attendre, attendre encore. Au bout de ce qui lui avait semblé durer une éternité, il était enfin revenu, les traits tendus. D'un ton sec, il lui avait annoncé que Samantha s'était enfermée dans sa chambre et refusait d'en sortir.

Tess avait alors porté à ses lèvres sa tasse de thé, puis avait pris machinalement un biscuit qu'elle avait grignoté en fixant la pointe de ses chaussures tandis que Matt Strickland s'asseyait en face d'elle.

— Vous devriez éviter de laisser les clés sur les portes, lui avait-elle alors suggéré en relevant la tête. Nous n'en avons jamais eu quand nous étions enfants. Ma mère était terrorisée à l'idée qu'un incendie se déclare soudain et que nous ne puissions pas sortir de nos chambres.

Ces mots lui avaient valu un long regard de Matt Strickland. Un regard teinté de perplexité, comme si elle s'adressait à lui dans une langue étrangère à laquelle il ne comprenait pas grand-chose. Une idée lui était alors venue à l'esprit : il n'avait aucune expérience *réelle* avec des enfants et ignorait tout de ce genre de détails.

Repoussant ses longs cheveux en arrière, Tess fixa sa sœur et lâcha un soupir.

— Lundi risque d'être une journée très amusante, auprès

d'une gamine qui ne veut voir personne. Et, en prime, il faut que je sois sur les lieux dès 7 h 30. Or tu connais ma passion pour les réveils très matinaux.

En guise de réponse, Claire darda sur elle un regard qui l'incita à ne pas s'attarder sur le sujet. Bien entendu, elle ferait tout son possible pour se réveiller à l'aube. Elle utiliserait un réveil et réglerait en plus l'alarme de son portable ; mais il lui était déjà arrivé que cela ne suffise pas. Supposons que, cette fois encore, elle ne se réveille pas ?

Le lendemain soir, quand le téléphone fixe sonna dans l'appartement, Claire était dans son bain. Tess décrocha. Elle reconnut sur-le-champ la voix masculine à l'autre bout du fil et eut l'impression de remonter le temps, de se retrouver dans le grand appartement où elle avait été reçue la veille.

— Matt Strickland à l'appareil.

— Bonsoir. J'imagine que vous voulez parler à Claire ? Elle n'est pas disponible, mais je lui dirai que vous avez appelé.

— Non, Tess, c'est à *vous* que je souhaite parler, déclara-t-il avec une étonnante douceur. Je tenais à vous rappeler que je vous attendrai demain à 7 h 30 précises.

— Oui, bien sûr. J'y serai, vous pouvez compter sur moi. Je vais faire le nécessaire pour m'assurer de me réveiller à l'heure.

Matt se garda de tout commentaire. Il avait l'impression que bon nombre de gens se prêtaient au jeu de Tess Kelly. Elle semblait dotée d'un tempérament si ouvert, si chaleureux... Mais il attendait d'elle qu'elle sache aussi se montrer ferme, et même parfois sévère, envers sa fille.

La voix de la jeune femme le ramena à la réalité :

— Allô ? Vous êtes toujours en ligne ?

— Oui. Pour vous faciliter la tâche, je vais vous envoyer une voiture avec chauffeur qui vous attendra en bas de chez vous à 7 heures. Ah, j'allais oublier : vous ne m'avez pas donné votre numéro de portable.

— Mon *numéro de portable* ? répéta Tess, sur la défensive.

— Dans la mesure où vous aurez ma fille en charge, il me semble normal que je puisse vous contacter en cas de besoin.

Tess se radoucit aussitôt. Elle n'avait pas pour habitude d'être contrôlée, mais la requête de Matt Strickland était justifiée. Il avait le droit de joindre à tout instant celle à qui il confiait son enfant. Elle lui donna donc son numéro, puis ils se saluèrent. Quand elle se tourna, elle fut confrontée à Claire, qui se tenait derrière elle et la dévisageait en souriant.

— Première étape : se comporter en adulte responsable ! Donc être prête à répondre quand quelqu'un t'appelle. Matt est un homme droit, intègre. Il attend beaucoup de ceux qui travaillent pour lui, en échange de quoi il donne aussi beaucoup.

— Je n'aime pas les gens autoritaires, riposta Tess de façon automatique.

— Tu veux dire par là que tu aimes les gens qui ne posent aucune règle et te laissent agir à ta guise. Les joies d'être le bébé de la famille !

Jusque-là, cette description avait très bien convenu à Tess, mais cette fois pourtant elle grimaça en entendant ces mots. Le terme exact correspondant au bref portrait que venait de dresser sa sœur ne serait-il pas « irresponsable » ?

Ses parents l'avaient expédiée à New York afin qu'elle tire quelques leçons de la façon dont vivait Claire et apprenne ainsi à grandir. Était-ce une façon de lui faire quitter le nid familial ? Les remarques de Matt Strickland à ce sujet étaient-elles fondées ? Pourtant, accepter le poste qui lui avait été proposé n'avait rien d'irresponsable. S'occuper d'une enfant qui avait déjà traversé de dures épreuves, et qui de toute évidence ne s'entendait pas bien avec son père, lui donnait au contraire une image assez positive d'elle-même. Celle d'une personne résolue à assumer certaines responsabilités. De ce fait, être toujours considérée comme le « bébé de la famille » ne lui semblait plus justifié !

Tess s'attendait à être accueillie chez Matt Strickland par l'une des employées mais, lorsque le trajet à bord du luxueux véhicule prit fin, ce fut son employeur lui-même qui lui ouvrit la porte de l'appartement.

Le week-end n'avait en rien atténué l'effet qu'il produisait sur elle. Prêt à se rendre sur son lieu de travail, il portait un costume anthracite sur une chemise blanche et des chaussures lacées en cuir noir. Bizarrement, cette tenue stricte et classique qui aurait dû la rebuter rendait celui qui la portait plus attirant encore.

— Je… Je ne pensais pas vous trouver ici, bafouilla-t-elle, décontenancée.

— Il se trouve que je vis dans cet appartement. Vous ne l'avez pas oublié, n'est-ce pas ?

Ignorant ce ton railleur, elle passa à côté de lui pour entrer, comme il l'y invitait d'un geste de la main. Elle veilla cependant à se tenir aussi loin de lui que possible et s'efforça de concentrer cette fois toute son attention sur le décor environnant.

L'appartement était vraiment très grand, et les tableaux, qui représentaient apparemment des membres de la famille, plutôt ternes. Ce curieux intérieur, mélange de moderne et de classique, respirait le confort, l'opulence, comme elle l'avait déjà constaté lors de sa première visite. Elle longea le couloir ; deux grandes fenêtres offraient une superbe vue sur Manhattan, le genre de spectacle que recherchaient les touristes. Tendue comme elle l'était lors de sa précédente visite, elle n'y avait pourtant prêté aucune attention.

— Excusez-moi de tout regarder avec autant d'insistance, fit-elle alors, mais je suis passée rapidement l'autre jour et, à part votre bureau et la cuisine, je n'ai pas vu grand-chose. Je dois dire que vous habitez un endroit incroyable !

Les yeux écarquillés, la jeune femme pivotait lentement sur ses talons. Face à cette attitude admirative, Matt ressentit quelque chose qu'il n'avait pas éprouvé depuis longtemps : il se surprit à apprécier les privilèges liés au milieu dans lequel il était né et avait grandi.

— La plupart des meubles et objets que vous voyez ici appartenaient à ma famille. Je pourrais même citer l'origine de chacun d'entre eux, ou presque.

Puis, résolu à changer de sujet, il ajouta :

— Comment s'est déroulé le trajet en voiture ?

— Très bien, je vous remercie.

— Et êtes-vous prête à rencontrer Samantha ?

— Je suis désolée de ne pas l'avoir vue samedi.

Pressé de commencer sa journée chargée de rendez-vous, Matt enchaîna :

— Comme je vous l'ai déjà expliqué, elle a vécu des moments pour le moins pénibles. Elle n'est pas toujours d'un abord facile.

— Ça doit être terrible pour vous. On aurait pourtant pu penser qu'elle s'accrocherait à vous après la mort de sa mère.

— Certaines situations ne sont pas toujours aussi simples qu'on l'avait imaginé, répliqua-t-il, les traits durcis. Je vois que vous n'avez apporté aucun livre...

Tess secoua la tête. Que voulait-il dire ?

— Livre ? Quel livre ? De quoi parlez-vous ?

Il eut un mouvement d'humeur.

— Manuel scolaire, si vous préférez ! s'emporta-t-il. Vous n'avez pas oublié que parmi les tâches qui vous incombent figurent aussi quelques cours, n'est-ce pas ?

— Pas le premier jour, tout de même ?

— Je suis un fervent partisan du « pourquoi remettre à demain ce qu'on peut faire aujourd'hui ».

Tess cligna des paupières et toussota.

— Pour être sincère, j'ai pensé qu'il valait mieux que je connaisse un peu Samantha avant de lui enseigner toute l'importance de l'algèbre et de la géométrie...

— Ah, je constate avec plaisir que vous avez abandonné votre approche défaitiste et que vous êtes prête à jouer le jeu.

— Je n'ai pas une approche défaitiste. Absolument pas !

Tess avait beaucoup réfléchi à ce qu'il lui avait dit : « Je n'ai pas de temps à perdre avec les gens qui hissent le drapeau blanc. »

Ces mots, qu'il avait prononcés lors de son entretien d'embauche, lui étaient maintes fois revenus en mémoire. Et elle avait décidé qu'il se méprenait sur son compte. Elle s'était toujours crue capable de tout ou presque. Sinon, pourquoi aurait-elle exercé autant de métiers différents ?

Il tendit alors la main pour lui imposer le silence.

— Peu importe. Les différents professeurs particuliers qui se sont succédé ici ces derniers mois ont laissé bon nombre d'ouvrages. Vous les trouverez sur les étagères de la chambre de Samantha. Ils n'ont pour la plupart jamais été ouverts. J'espère que vous saurez faire mieux que vos prédécesseurs...

— Je ne vous ai pas caché que le scolaire n'était pas mon fort.

— J'ai essayé les diplômés, ça n'a pas donné grand-chose. Pourquoi passez-vous le plus clair de votre temps à vous déprécier ?

— Mais pas du tout ! protesta-t-elle.

— Si vous vous obstinez à offrir de vous l'image d'une idiote, ne vous étonnez pas si autour de vous les gens finissent par en être convaincus.

— Une seconde, s'il vous plaît !

Il venait de lui tourner le dos et s'arrêta soudain. Il fit volte-face, l'air surpris.

— Je ne suis pas une *idiote* ! affirma-t-elle.

Elle ne permettrait pas à cet homme au tempérament fort, dominateur, de tenir de tels propos. Elle n'avait pas pour habitude de chercher querelle mais, si elle ne se montrait pas ferme envers Matt Strickland, il risquait bien de lui rendre la vie impossible.

— Sachez que j'aurais pu moi aussi obtenir bon nombre de diplômes.

— Et pourquoi ne l'avez-vous pas fait ? Vous jugiez plus facile de ne rien tenter, et donc de ne pas paraître moins brillante que vos sœurs ? Je suis prêt à retirer ma remarque concernant votre paresse, mais si vous voulez me montrer vos compétences il faut vous en donner les moyens. Cessez donc de parler de ce qui vous manque et utilisez plutôt ce que vous avez ! Vous êtes ici pour vous occuper du mieux possible de Samantha. D'ailleurs, elle nous attend dans la cuisine.

Il repartit vers l'autre bout du couloir. Tess serra les mâchoires et lui emboîta le pas, s'efforçant d'écouter ses explications sur l'emploi du temps du personnel de maison. Les employées travaillaient à tour de rôle pendant toute la semaine — pour éviter sans doute qu'un seul grain de poussière puisse se déposer sur un meuble !

Jusqu'ici, Tess avait plus ou moins vécu comme bon lui semblait, ne prêtant pas toujours une oreille très attentive à ses parents qui l'incitaient à se fixer un objectif, à l'atteindre, à se poser. Cette voie était celle qu'avaient suivie Claire et Mary. Sans se départir de son amabilité, elle avait obstinément refusé de s'y engager, parce qu'elle doutait de son aptitude à mener à bien ce genre de projet.

Jamais personne ne lui avait parlé comme le faisait Matt Strickland, de façon aussi tranchante. Il l'accusait de lâcheté, lui reprochait de ne rien tenter par crainte de ne pas être à la hauteur de ses sœurs ! Mais il ne la connaissait pas, ces mots ne signifiaient rien... Pourtant, ils ne cessaient de virevolter dans sa tête, dans un bourdonnement pareil à celui d'un essaim de guêpes.

Plongée dans ses pensées, elle faillit le heurter lorsqu'il s'arrêta devant la porte de la cuisine. Comme il restait immobile, elle se déplaça sur le côté et vit alors la fillette dont elle avait accepté de s'occuper.

Assise à la grande table, Samantha avait devant elle un bol de lait aux céréales avec lequel elle jouait. Elle plongeait la cuiller dans le bol, la remplissait, puis la soulevait le plus possible au-dessus du bol et l'y versait de nouveau. Elle se moquait bien, apparemment, que la moitié du contenu atterrisse sur le bois bien ciré de la table.

Tess ne s'était fait aucune idée précise de Samantha et ne savait donc pas trop à quoi s'attendre. Ce à quoi elle ne s'attendait pas en revanche, c'était à voir son père réagir de la sorte. Celui-ci avait changé d'expression. L'homme pétri d'assurance qu'elle connaissait affichait à présent un air à la fois confus et affligé. Et pendant les secondes qui suivirent elle se surprit à éprouver pour lui de la sympathie. Ce personnage hautain qui se permettait de porter sur elle un jugement sévère — ce qui l'exaspérait ! — semblait totalement démuni face à sa fille.

Tess se mordilla la lèvre. Elle ne savait pas trop que faire elle non plus face à cette fillette de dix ans à l'air buté et à la mine maussade.

— Samantha, regarde-moi, s'il te plaît, lança Matt.

Il glissa les mains dans les poches de son pantalon et fronça les sourcils.

— Voici Tess, dont je t'ai parlé. C'est elle qui va désormais s'occuper de toi.

Pour toute réponse, Samantha plaça le menton entre ses mains puis bâilla.

Tess nota qu'elle portait des vêtements de prix et très classiques, tout à fait inadaptés à une enfant de cet âge : une robe en soie fleurie et des sandales en cuir marron. Ses cheveux brun foncé, comme ceux de son père, étaient noués en deux tresses retenues par des rubans de couleur, qui lui tombaient sur les épaules. Elle avait aussi hérité de Matt cet air entêté, ces traits aristocratiques. Dans quelques années, elle deviendrait sans aucun doute une jolie fille, mais pour l'heure elle n'avait rien d'attirant, surtout avec cette mine renfrognée.

Tess s'éclaircit la voix avant de faire deux pas dans sa direction.

— Bonjour, Samantha. Ne te sens pas obligée de me regarder ou de me parler, si tu n'en as pas envie...

Elle ponctua ces mots d'un petit rire nerveux qui lui valut un coup d'œil furtif de l'enfant, juste avant qu'elle ne recommence à plonger sa cuiller dans le bol de céréales pour la déverser en partie sur la table quelques instants plus tard. Autour d'eux, le silence se faisait pesant, presque palpable.

— Écoute, je suis arrivée il n'y a pas bien longtemps à New York et… Est-ce que ça te plairait de faire du shopping avec moi ? Ma sœur ne s'habille pas du tout comme moi et j'aurais bien trop peur de m'aventurer dans ces immenses magasins sans quelqu'un qui me tienne par la main.

— Tout s'est bien passé, déclara Tess.

L'heure du compte rendu avait sonné. Lorsque Matt l'avait appelée sur son portable aux alentours de midi pour lui dire qu'il souhaitait avoir un rapport quotidien, elle en était restée sans voix. Elle s'était toutefois rendue à son bureau à 18 heures, après avoir confié Samantha à Betsy, la personne chargée de préparer à dîner.

Désormais un peu plus familiarisée avec le fastueux appartement de son employeur, elle ne fut pas aussi impressionnée qu'elle aurait dû l'être en arrivant dans les bureaux qui occupaient tout le vingt-huitième étage d'un immeuble situé en plein cœur de Manhattan.

La porte s'était ouverte sur un grand espace avec fauteuils et plantes vertes, où elle avait été accueillie par une femme d'âge moyen qui rangeait ses affaires, visiblement prête à quitter les lieux. Après avoir prévenu Matt par téléphone de son arrivée, celle-ci l'avait guidée jusqu'à son bureau.

— Qu'entendez-vous au juste par « bien passé » ?

Matt se laissa aller contre le dossier de son siège et, avant de glisser les mains sous sa nuque, invita la jeune femme à prendre place en face de lui. Il avait du mal à croire qu'elle ait réussi aussi facilement à briser la glace avec Samantha. Aucune des personnes qui l'avaient précédée n'avait abordé sa fille avec autant de naturel, autant d'aisance.

Tess haussa les épaules.

— Je n'irais pas jusqu'à dire que nous sommes les meilleures amies du monde, mais la tâche s'est révélée moins ardue que je l'imaginais.

— Elle vous a parlé ?

— Je lui ai posé des questions, elle y a parfois répondu.

Tess n'oubliait pas certains de ses échanges avec cet homme. Il n'avait pas une très haute opinion d'elle et ne le lui avait pas caché. Elle était donc résolue à lui montrer qu'il se trompait — et, par la même occasion, à se prouver à elle-même qu'elle était capable d'atteindre les objectifs qu'elle se fixait.

— Elle déteste sa garde-robe. Nous avons là un point commun, donc, désolée, mais je ne pourrai pas porter, comme vous me le suggériez, des vêtements informes... Pardon, *amples* ! Je m'imagine mal amener votre fille dans des boutiques pour y acheter des tenues tendance pour jeunes et m'affubler, moi, d'habits hyper classiques.

— Des... tenues tendance pour jeunes ? répéta-t-il, un sourcil levé.

— Elle n'a jamais porté de jean déchiré.

Il la fixait, les yeux arrondis, quand elle enchaîna :

— Ni de baskets. Des baskets de ville, branchées, pas celles qu'on met pour faire du sport.

Matt se rapprocha du bureau, sur lequel il posa les avant-bras. Assise en face de lui, Tess accompagnait ses commentaires de grands gestes. Ses cheveux étaient relevés en une queue-de-cheval dont s'échappaient quelques mèches rebelles, aux tons chauds, et elle avait les joues roses.

Elle était l'antithèse de toutes les femmes qu'il avait connues jusque-là, y compris son ex-épouse. Vicky, sa dernière conquête, était séduisante, mais de façon assez sobre. Elle avait un joli sourire, des pommettes hautes et des cheveux bruns coupés court. Elle portait toujours des tenues conventionnelles : un tailleur, jupe ou pantalon, et des chaussures à talons. Catrina, la mère de Samantha, n'avait, elle, jamais été carriériste. Elle était issue d'une famille fortunée et s'était toujours habillée de façon très élégante : jupes au genou, chemisiers en soie, vestes en cachemire, colliers de perles. Il était prêt à parier qu'en effet Samantha n'avait jamais porté de jean déchiré, pas plus que délavé. Ni même de jean tout court, car il ne gardait pas le souvenir d'avoir vu une seule fois dans sa vie son ex dans ce genre de pantalons.

Son imagination partit une fois de plus à la dérive, laissant des images assez suggestives de Tess Kelly s'insinuer dans son esprit. Il avait vaguement conscience de l'entendre parler de baskets, mais avait du mal à se concentrer sur ce qu'elle disait. Le regard rivé sur ses longues jambes moulées de jean, il changea de position sur son siège et se prit à contempler le T-shirt vert à l'effigie d'un groupe de rock'n'roll qu'il ne connaissait pas.

Que lui arrivait-il ? Comment était-ce possible qu'il s'égare ainsi, lui qui vivait dans un univers où tout était contrôlé avec une indéniable rigueur ?

— Mais bref, conclut-elle, j'espère que ça ne vous dérangera pas que je lui aie acheté quelques petites choses sur un marché : des baskets et un jean, ainsi que quelques T-shirts.

— Sur un *marché* ? répéta-t-il, ahuri.

— Oui, on y trouve souvent de jolis vêtements, à des tarifs défiant toute concurrence. À l'expression de votre visage, je vois bien que vous n'approuvez pas spécialement ma démarche. Ça ne vous arrive jamais de fréquenter ce genre de lieux ?

Elle eut l'impression que cette question anodine modifiait l'atmosphère autour d'eux. À peine, mais assez pour qu'elle le remarque. Le regard noir de l'homme installé derrière le bureau s'était soudain fait plus insistant. Mal à l'aise, elle s'agita sur son siège.

— Non, lui répondit-il alors d'un ton ferme. Je pense n'y être jamais allé de ma vie.

— Vous ne savez pas ce que vous perdez ! L'une de mes amies

y travaillait le week-end avant de se lancer dans la création de bijoux, donc je connais un peu le sujet. La plupart de ces produits sont importés et ne valent pas grand-chose. Mais certains, faits main, ont une véritable valeur. À un moment, j'ai même envisagé de me lancer moi-même dans la voie du bijou fantaisie.

L'enthousiasme se lisait dans ses grands yeux verts qui scintillaient.

— Peut-être, mais vous êtes ici maintenant, déclara-t-il sèchement. Quels sont vos projets pour le reste de la semaine ? Avez-vous eu l'occasion d'aborder avec Samantha le sujet des cours ?

— Pas encore. Ce n'était que mon premier jour ! Pendant qu'elle prenait son bain, j'ai quand même jeté un coup d'œil aux livres dont vous m'aviez parlé.

— Et ?

Tess ouvrit la bouche, prête à lui répéter qu'elle n'avait jamais été douée pour les matières scientifiques, mais se ravisa.

— Et je suppose que... ça devrait être jouable.

— Parfait. Maintenant, il ne nous reste plus qu'à établir un programme.

— Elle n'est pas très rassurée à l'idée de faire sa prochaine rentrée ici, dit Tess, après quelques secondes d'hésitation. Elle vous en a parlé ?

Matt prit un stylo qu'il fit nerveusement tourner entre ses doigts.

— J'espère que vous avez réussi à l'apaiser en lui expliquant qu'elle n'avait rien à craindre.

Il préféra passer sous silence sa difficulté à communiquer avec Samantha. Depuis l'arrivée de sa fille, ils n'avaient eu aucune conversation digne de ce nom.

— C'est à *vous* de le faire, insista-t-il, la regardant droit dans les yeux.

Jusque-là, Tess avait soigneusement évité dans son existence ce qui pouvait ressembler de près ou de loin à un conflit. Elle n'oubliait pas certaines querelles entre ses sœurs, chacune cherchant à prouver qu'elle était plus forte que sa rivale. Depuis longtemps, elle en était arrivée à la conclusion que rien ne méritait de tels échanges houleux. Mais elle n'était pas pour autant prête à endosser des responsabilités qui ne lui incombaient pas.

— J'ai réfléchi..., commença-t-elle, prudente.

— Hum ?

Un sourire narquois aux lèvres, Matt semblait attendre qu'elle poursuive.

— ... à toutes ces règles que je devrai suivre.

Il lâcha un ricanement moqueur, avant de darder de nouveau sur elle ses prunelles, plus noires que jamais.

— C'est en général ce qui se produit quand on accepte de travailler au service de quelqu'un. J'ai pris certains risques avec vous, et je ne pense pas me tromper en affirmant que le salaire que je vous offre est plus que correct. De ce fait, n'imaginez pas un seul instant pouvoir négocier certaines des tâches que je vous ai confiées.

— Je n'essaye pas de négocier quoi que ce soit ! rétorqua-t-elle vivement. Mais je pense que, si vous m'imposez toutes ces règles, il serait bon que vous en suiviez certaines vous aussi.

Matt la fixa, l'air stupéfait, puis éclata de rire.

— Je ne vois pas ce qu'il y a de drôle, maugréa-t-elle, vexée.

— Ce que vous considérez comme des règles, ma chère Tess, ce ne sont jamais que des consignes. Celles que tout employé reçoit en général de son employeur. Comment se sont déroulées vos précédentes expériences professionnelles ? Vos supérieurs s'adaptaient-ils à *votre* façon de fonctionner ?

— Non, bien entendu.

Chaque fois que la situation lui avait paru trop pénible, elle avait présenté sa démission, se souvint-elle, soudain mal à l'aise.

— Et sachez que je ne cherche pas à contourner les règles en question, ajouta-t-elle.

Qu'y avait-il donc en cet homme qui l'incitait à argumenter de la sorte, un comportement qui ne lui était pas familier ?

— Très bien, venons-en au fait, lança Matt, une pointe d'impatience dans la voix.

— J'ai dressé une petite liste.

Pendant le trajet, elle avait noté quelques phrases sur un calepin. Elle s'était même adressée à Stanton, le chauffeur, pour lui demander quels souvenirs il gardait de son enfance, quels étaient les moments les plus agréables qu'il avait passés avec ses parents.

Elle sortit le calepin de son sac et le tendit à Matt. Dès les premiers mots, celui-ci afficha une mine ébahie, qui s'accentua de minute en minute.

— Lundi soir, lut-il à voix haute, Monopoly ou Scrabble ou un autre jeu de société. Mardi, soirée en cuisine.

Il s'interrompit et leva les yeux sur Tess.

— Soirée en cuisine ? C'est-à-dire ?

— Ça me semble assez clair. Samantha et vous passerez la soirée en cuisine à préparer un plat ensemble, peu importe lequel. Un gâteau, des biscuits, ou même un ragoût, si vous êtes prêt à tenter l'aventure !

— Un gâteau ? Des biscuits ? Un ragoût ? ânonna-t-il, les yeux ronds.

Il n'aurait pas réagi autrement si elle lui avait demandé de décrocher la lune.

— Ça ne serait pas plutôt à vous de vous charger de ce genre de choses ? reprit-il en secouant la tête, comme pour se ressaisir. Et d'ailleurs je ne vois pas pourquoi je vous pose la question : c'est bel et bien à *vous* de jouer ce rôle ! Au cas où vous l'auriez oublié, je vous rappelle que j'ai un emploi du temps assez chargé.

— J'ai bien compris que vous êtes un bourreau de travail.

— Du tout, mais il s'avère que je dirige une entreprise, à

laquelle sont rattachées d'autres entreprises, ce qui demande un certain investissement.

Ne cherchant pas à cacher son agacement, Matt reporta son attention sur le calepin.

« Mercredi, soirée DVD. »

Depuis quand n'avait-il pas pris le temps de regarder un DVD ? Qui pouvait se permettre de passer des heures assis devant un écran ? Rien de très productif à cela !

— Il faut que vous consacriez du temps à votre fille, insista Tess d'un ton résolu. Je crois que vous n'avez pas bien compris à quel point elle redoute son arrivée dans un nouvel établissement. Elle a laissé tous ses amis dans le Connecticut. Elle va devoir s'en faire de nouveaux ici, ce qui la terrifie.

— Je comprends bien, mais les enfants ont une énorme faculté d'adaptation, c'est bien connu.

— Facile à dire ! Je n'oublie pas mes propres frayeurs au moment où j'ai dû quitter le primaire pour entrer au collège. Certains de mes amis étaient pourtant inscrits dans le même établissement que moi, mais la perspective de découvrir de nouveaux lieux, de nouveaux professeurs, de nouveaux enseignements n'avait rien de rassurant.

— Vous n'avez pas considéré cela comme un nouveau défi à relever ? Non, sans doute pas, d'après ce que je crois savoir de vous... Quoi qu'il en soit, il n'est pas ici question de *vous*, mais de Samantha. Elle a traversé récemment des épreuves difficiles et je suis persuadé qu'être entourée d'enfants de son âge ne pourra que lui être bénéfique. Je n'attends pas pour autant d'elle qu'elle oublie tous ceux qu'elle connaissait dans le Connecticut.

— Ce n'est peut-être pas ce qu'elle ressent...

Tess réprima une grimace. Matt Strickland semblait décidé à rester imperméable à ses remarques, quelles que soient ses tentatives pour se faire entendre. Il avait d'ailleurs déjà reporté son attention sur le calepin.

— « Soirée bavardage » ? Qu'entendez-vous par là ?

— Ah… J'envisageais de changer ce thème, de suggérer plutôt une soirée jeu.

— Il y en a déjà une : « Monopoly, Scrabble ou autre ».

— Non, je pensais à un sport d'équipe. Le rugby, peut-être ? Non, pas le rugby. Pas aux États-Unis, en tout cas. Le football ? Ou le volley ? Mais je dois dire que j'ai du mal à vous imaginer en train de vous livrer à ce genre d'activités.

Un sourire au coin des lèvres, il hocha la tête.

— En effet, elles conviennent mieux en général aux personnes qui ne sont pas des bourreaux de travail, pour reprendre votre expression.

— Vous n'envisagez pas de prêter attention à ces propositions, n'est-ce pas ?

Songeur, Matt se passa la main sur le menton. Tess avait-elle raison ou pas ? Aucune des personnes qu'il avait embauchées avant elle n'avait osé lui présenter une liste de choses à faire. À vrai dire, aucun de ses employés ne s'était jusqu'ici permis de lui donner le moindre conseil. Certes, il devait aussi admettre que, parmi ceux qui s'étaient succédé auprès de Samantha, aucun n'avait réussi à créer un rapport aussi proche — et ce, dès le premier jour !

— Bien, fit-il enfin, voici ce que je vous propose…

Il s'interrompit et se laissa de nouveau aller contre le dossier de son siège.

— Voilà, je suis prêt à examiner de près certaines de vos suggestions. Mais vous devrez être présente.

— Pardon ? s'écria Tess.

— Comment voulez-vous que je sache préparer un gâteau, ou des biscuits, ou encore un ragoût, alors que je n'ai jamais cuisiné de ma vie ? Ce sont mes employées de maison qui s'en chargent, et si pour X raisons ça leur est impossible elles font en sorte que me soit livré un repas par l'un des meilleurs traiteurs de la ville.

— Ce n'est pas bien sorcier, il suffit de suivre les différentes étapes notées sur une recette, répliqua-t-elle avec un haussement d'épaules.

Avait-il un livre de recettes ? Elle n'en avait vu aucun dans la cuisine. Peut-être était-il rangé dans la bibliothèque ? Elle en doutait.

Matt se leva soudain et se dirigea vers la fenêtre. Les yeux baissés sur l'avenue, il regarda les gens qui, pareils à de frêles allumettes, la traversaient. Les taxis jaunes ressemblaient aux voitures d'un jeu pour enfants.

— Avez-vous montré cette liste à ma fille ? demanda-t-il à Tess en se tournant vers elle.

Elle fit non de la tête.

— Pas encore, puisque je l'ai écrite dans la voiture, pendant le trajet.

— Dans ce cas, comment pouvez-vous être certaine qu'elle approuvera ces petites combines ?

— Ce ne sont pas des petites combines ! protesta-t-elle.

— Soit. Ces idées, ces projets, appelez-les comme bon vous semble. Qu'est-ce qui vous permet de savoir qu'elle sera contente de passer deux heures à jouer à un jeu de société avec son père ?

— Je vois ce que vous voulez dire.

— Je ne vous apprendrai rien en disant que de nos jours les enfants s'intéressent surtout aux écrans. Samantha a un ordinateur toute dernière génération dont elle se sert pour communiquer avec ses amis. C'est l'une des premières choses que je lui ai achetées quand elle est venue s'installer ici.

Tess hésita, puis poussa un long soupir.

— D'accord, je serai présente. Si vous considérez que vous avez besoin de moi, je viendrai.

Une fois de plus, Matt s'agita. « Avoir besoin » n'était pas une expression qui faisait partie de son vocabulaire courant, puisque personne ne lui semblait indispensable. Il s'apprêtait à formuler le fond de sa pensée quand une idée lui traversa l'esprit. Que cela lui plaise ou pas, la perspective d'amadouer sa fille en jouant au Scrabble lui paraissait à peu près aussi accessible que celle d'escalader une haute montagne en tongs.

— Il ne s'agit pas vraiment d'un « besoin », objecta-t-il avec un léger froncement de sourcils.

— Certains hommes ont du mal à consacrer du temps à leur famille et...

— Si vous pouviez m'épargner l'approche « psychologie de comptoir » de la situation, coupa-t-il, je vous en serais très reconnaissant.

Leurs regards se croisèrent pendant quelques secondes. Tess fut prise d'une sensation de vertige. Serait-ce dû à ce curieux échange de propos, qui ne lui était pas coutumier ? Pour une raison étrange, voilà qu'elle se retrouvait à donner des leçons à Matt Strickland, lequel n'était rien moins que le supérieur de sa sœur, et de plus dirigeait de main de maître une multinationale ! Voilà qu'elle s'impliquait au-delà du raisonnable dans un emploi qu'elle avait rechigné à accepter.

Comme elle passait la langue sur ses lèvres sèches, elle s'aperçut qu'elle ne cessait de jouer nerveusement avec ses doigts en les tordant.

— Il ne s'agit pas de psychologie de comptoir, fit-elle à voix basse. C'est tout simplement la vérité. Par quelle activité souhaiteriez-vous commencer ?

— Ah, j'ai donc le choix ? ironisa Matt.

Il regagna le bureau, s'assit et examina la liste, avant de dévisager Tess.

— Vous êtes bien consciente que ces activités abrégeront vos soirées ? demanda-t-il.

— Ça ne me dérange pas.

— Vous serez bien sûr rémunérée pour ce temps supplémentaire passé auprès de Samantha.

— L'argent ne m'intéresse pas, comme je crois vous l'avoir déjà dit.

Elle ne parvenait pas à détacher le regard de cette tête masculine penchée au-dessus de la liste. De toute évidence, Matt se demandait quelle était l'option la plus simple à gérer.

— Vous risquez de regretter cette initiative qui vous prendra du temps ; temps que vous ne pourrez pas passer à visiter New York, à découvrir la vie nocturne de la Grosse Pomme.

— Non, je ne regretterai rien.

Il redressa alors la tête et, une fois encore, leurs regards restèrent rivés l'un à l'autre.

— Vous êtes jeune, je suppose que vous êtes venue ici pour vous amuser. Une perspective assez éloignée d'une soirée en compagnie de votre employeur et de sa fille à jouer au Scrabble !

Elle ne lui répondit pas. Il haussa les épaules et se leva. Tess ne fut pas longue à l'imiter, consciente qu'il lui signifiait ainsi la fin de l'entretien.

— Quoi que vous en pensiez, le temps que vous nous consacrerez vous sera réglé, Tess. Et concernant mon choix, vu que je n'ai pratiqué aucune de ces activités depuis longtemps, voire jamais pour certaines, j'avoue avoir du mal à me prononcer.

Ses lèvres s'étirèrent en un grand sourire, qu'elle ne lui avait encore jamais vu. Et, à ce moment-là, il cessa d'être Matt Strickland, le bourreau de travail qui l'avait embauchée, pour n'être qu'un homme. Un homme très séduisant…

— Vous avez encore le temps de réfléchir. À demain, 18 heures.

Tess hocha la tête et s'empressa de quitter les lieux.

# 3

— Bon, si j'ai bien compris, tu as désormais un budget vêtements illimité et tu vas retrouver mon chef pour un dîner en tête à tête ?

— À t'entendre, on croirait qu'il s'agit d'un rendez-vous galant ! s'exclama Tess, agacée.

Mais elle ne prêtait pas vraiment attention à Claire, qui allait et venait dans la pièce, vêtue d'une longue robe moulante verte et chaussée d'escarpins à talons de la même couleur. Sa sœur tuait le temps en attendant de sortir retrouver l'homme avec lequel elle avait une relation depuis dix-huit mois, un conseiller financier qui travaillait dans une grande banque d'investissement. Tess l'avait rencontré à plusieurs reprises et elle l'appréciait. Même si elle avait du mal à se souvenir de son physique.

— C'est quoi, alors ? riposta Claire avec un petit rire. Jusqu'ici, personne n'a jamais su à quoi ressemblait la vie privée de Matt Strickland. Et hop ! Tu arrives et au bout de trois semaines à peine il t'invite à dîner dans un super restaurant. Et te voilà en possession de superbes vêtements. Quelle couleur vas-tu choisir pour l'occasion ?

*Du rouge ou plutôt du noir ?* se demanda Tess face aux différentes tenues qu'elle avait achetées un peu plus tôt ce jour-là. Elle avait lutté quelques secondes contre sa bonne conscience, puis avait capitulé sans vergogne dans le magasin de mode que lui avait indiqué Matt après avoir formulé son invitation à dîner pour le soir même. Face à son air surpris, il avait ajouté qu'il souhaitait avoir un rapport plus complet sur le travail accompli auprès de Samantha. Et il avait aussi précisé qu'il l'emmènerait dans un établissement assez chic.

Une fois dans le magasin, elle s'était vite laissé séduire par les ravissants modèles qui y étaient exposés. Et sans plus hésiter elle avait cédé à la tentation. Après tout, c'était Matt qui l'avait incitée à se rendre là et à y acheter des vêtements dignes de lieux que, seule, elle n'aurait jamais eu l'idée de fréquenter ! Donc, s'il voulait régler l'addition, pourquoi pas ?

Samantha avait elle aussi profité de cette journée. Avant d'aller dans la boutique de vêtements, elles avaient fait une longue halte dans un magasin de jouets pour préadolescents. Une fois leurs achats terminés, l'heure du déjeuner ayant sonné, elles avaient choisi d'un commun accord un petit restaurant qui proposait pizzas et hamburgers.

Tess avait découvert que New York regorgeait de lieux culturels. Même avec une visite par jour, il y en avait suffisamment pour couvrir une année entière. Et elle qui les avait toujours considérés comme ennuyeux se surprenait maintenant à les explorer avec un véritable plaisir. Plaisir qui, elle le savait, était aussi lié à la présence de Samantha — la fillette était tout comme elle plutôt novice en la matière. Elles avançaient ensemble sur le chemin de la découverte, et c'était d'autant plus intéressant que Samantha était aussi curieuse qu'intelligente. D'ailleurs, Tess avait pris l'habitude de lui confier les guides, et c'était elle désormais qui lisait l'historique et le descriptif des différents monuments ou œuvres d'art qu'elles découvraient.

— Je pense que je vais opter pour le rouge.

— En fait, la couleur importe peu puisque ce n'est pas un rendez-vous galant, comme tu viens toi-même de le dire.

Tess allait répliquer quand sa sœur tendit la main pour l'interrompre.

— De grâce, épargne-moi tes discours ! Je ne t'ai quasiment

pas vue ces trois dernières semaines, et maintenant tu m'annonces que tu sors dîner avec Matt. À ce stade, tu as sans doute eu plusieurs fois l'occasion de lui expliquer tout l'intérêt de ces soirées cinéma ou jeux de société, non ?

— Il y a déjà trois semaines que j'ai commencé à travailler pour Matt ?

Ébahie, Tess se livra à un rapide calcul. Trois semaines en effet, Claire avait raison. Le temps était passé à la vitesse de l'éclair. Après avoir hésité à s'immiscer dans la relation complexe qui existait entre Matt et sa fille, elle s'y était impliquée sans ménager ni son temps ni ses efforts.

Il avait finalement choisi les jeux pour la première soirée, qui avait été une réussite absolue. Depuis lors, la situation n'avait cessé de s'améliorer puisqu'il se montrait disposé à faire des efforts, à s'engager dans son rôle de père. Tous les soirs sans exception, il arrivait à l'appartement avant 19 heures et, quelle que soit l'activité choisie, il s'y prêtait avec un enthousiasme communicatif. Samantha, qui s'était dans un premier temps tenue sur ses gardes, se laissait elle aussi prendre au jeu, et ce, avec un plaisir évident.

— Il attend de moi un compte rendu assez précis des journées que je passe avec sa fille, rien de plus, déclara-t-elle en haussant les épaules. Et si je pouvais éviter d'y aller je le ferais. J'aurais préféré passer cette soirée de vendredi avec Tom et toi. Bon, peut-être pas avec Tom et toi, mais en tout cas j'aurais bien aimé sortir dans Manhattan et rencontrer des gens : des artistes, des écrivains...

Le genre de personnes avec lequel elle aimerait prendre un verre, dans un lieu à la mode.

— Jusqu'ici je n'ai pas vraiment eu le temps de lui expliquer comment évoluait ma relation avec sa fille, enchaîna-t-elle. Crois-moi, Claire, c'est un dîner à visée professionnelle, rien de plus ! Tu ne trouves pas que j'ai grossi ? J'ai l'impression que cette robe me serre un peu, alors que j'ai pris ma taille habituelle.

— Tess, rassure-moi : tu ne t'apprêtes pas à faire une bêtise, n'est-ce pas ?

— Une *bêtise* ? s'exclama-t-elle. Quel genre de bêtise ?

— Je ne sais pas trop comment Matt Strickland s'y prend dans sa vie privée, mais je pense que ce n'est pas un hasard s'il en est là aujourd'hui. C'est un type dur, assez impitoyable.

— Que cherches-tu à me dire au juste ?

— Évite de tomber amoureuse de lui.

— Il n'y a aucun risque ! Mon prince charmant ne sera pas un homme dans son genre, guidé avant tout par le dieu argent ! Ce sera un être sensible, plutôt terre à terre, et je le reconnaîtrai dès que je le verrai.

— Les règles de la vie ne sont pas aussi simples, ma chère petite sœur.

— Peut-être, mais sache que je me borne à exécuter les tâches qui m'ont été confiées. Et c'est bien la première fois de toute mon existence que ça me plaît. Tu n'imagines pas ce que ça représente pour moi de voir Samantha et Matt ensemble. Rien de parfait pour le moment, mais ça commence à bien fonctionner ; et l'idée de ne pas être étrangère à ce rapprochement me réjouit vraiment.

Elle poussa un petit soupir de satisfaction avant de poursuivre :

— Il me semble que le monde entier a envie que je me pose, que je trouve quelque chose que je n'aie pas envie de lâcher. Et j'ai l'impression de l'avoir trouvé, ce quelque chose. Je m'aperçois que j'aime les enfants, que j'aime travailler auprès d'eux. Voilà l'aspect positif que je retiendrai de cette expérience. Donc s'il te plaît, ne te méprends pas sur l'intérêt que je porte à Matt et à sa fille.

C'était bien la première fois de sa vie qu'elle affichait un quelconque désaccord avec sa sœur, qui la fixait à présent, sidérée.

— Ne t'inquiète pas pour moi, Claire, je suis une grande fille maintenant et je sais où je mets les pieds ! Matt ne me plaît pas. Je cherche simplement à le connaître un peu mieux, et ce, dans le seul but d'aider Samantha.

Elle aurait pu ajouter que son esprit regorgeait d'images de son employeur. Matt, les sourcils froncés, lisant une recette sur un livre de cuisine qu'elles avaient trouvé, Samantha et elle, trois jours plus tôt. Matt poussant un cri de joie parce qu'il venait d'acheter un hôtel au Monopoly. Matt taquinant gentiment sa fille tandis que celle-ci se hasardait à lui montrer quelques photos de ses amis du Connecticut enregistrées dans son ordinateur.

Le dîner de ce soir avait, sans le moindre doute, un caractère professionnel. Il ne manquerait pas de lui signaler ce qui, de son propre point de vue, pouvait être amélioré. Elle n'avait aucune raison d'être tendue avant de le retrouver. Aucune raison non plus d'être perturbée par les commentaires de Claire.

Pour la toute première fois de sa vie, Tess saisissait à quel point elle avait été protégée par sa famille, aussi bien par ses parents que ses sœurs. Ceux-ci lui avaient permis sans sourciller de se retirer de la course universitaire menant aux diplômes. Lorsqu'elle avait décidé de tourner le dos aux études, ni Claire ni Mary n'avaient essayé de lui faire entendre raison. Avaient-elles choisi de la ménager, conscientes que leur cadette n'avait hérité ni de leur volonté ni de leurs facultés intellectuelles ? À moins qu'elles n'aient été heureuses de mener, à travers elle, une vie très différente de celle qu'elles avaient choisie…

Ses parents n'avaient pas fait mieux. Pas étonnant donc que Claire la croie à présent incapable d'affronter le méchant monde réel ! Une chose était sûre : elle grandissait enfin et assumait ses responsabilités. Jamais elle ne s'était sentie aussi prête à faire face à ce que l'existence mettrait sur son chemin.

Ce fut donc avec une assurance inébranlable qu'elle se glissa dans la jolie robe rouge et mit de fines sandales à talons compensés. Elle recula de quelques pas pour examiner avec attention l'image que lui renvoyait le miroir de sa chambre. Elle ne prenait pas souvent le temps de s'observer ainsi, d'un œil critique, et ce qu'elle vit lui soutira un sourire satisfait. Jamais elle ne serait grande et filiforme, mais elle ne se trouvait pas pour autant désagréable à regarder. Ses longs cheveux couleur miel, qu'elle avait laissés lâches pour l'occasion, semblaient attirer la lumière. Ils avaient éclairci au cours des longues promenades qu'elle faisait avec Samantha. Promenades qui lui avaient aussi donné un joli teint doré.

Tess tournait lentement sur elle-même quand son portable sonna : le chauffeur de Matt l'appelait pour lui annoncer qu'il l'attendait en bas de l'immeuble. Ravie de ne pas pouvoir prolonger sa conversation avec Claire, elle lui souhaita en hâte une bonne soirée avant de quitter l'appartement.

Au bout de trois semaines, Tess s'était habituée aux services de Stanton et n'avait plus l'impression d'être une personnalité qui se déplaçait en limousine. Regardant toujours avec la même curiosité les rues animées de la Grosse Pomme qui défilaient sous ses yeux, elle ne vit pas passer le temps et fut presque surprise quand le chauffeur ralentit à l'approche d'un restaurant chic. Le genre d'établissements où elle n'aurait sans doute pas été acceptée si elle était arrivée vêtue comme à son habitude d'un jean et d'un T-shirt.

Stanton descendit de la voiture, qu'il contourna pour ouvrir la portière de Tess. Quelques instants plus tard, guidée par le concierge de l'établissement, elle traversait un couloir étroit qui ouvrait sur une salle claire et spacieuse, au mobilier simple et élégant : des tables rondes en bois recouvertes de nappes en lin écru et des sièges en cuir fauve. Autour de ces tables, des gens vêtus de tenues élégantes bavardaient, mangeaient, buvaient. Cette scène n'aurait pas déparé dans un film tourné à Hollywood. De superbes bouquets de fleurs blanches contribuaient à rendre cette atmosphère très raffinée.

Ses yeux se posèrent alors au fond de la salle, où se tenait Matt. Assis à une table un peu à l'écart, il buvait un verre, apparemment très à l'aise dans ce décor huppé. Il portait sur une chemise blanche un blazer noir parfaitement taillé qui mettait en valeur ses larges épaules. Elle sentit les battements de son cœur s'accélérer et inspira profondément, avant de se diriger vers lui d'une démarche qui lui parut un peu hésitante.

Matt s'apprêtait à porter son verre à ses lèvres quand il vit Tess avancer vers lui, vêtue d'une robe rouge qui moulait ses ravissantes formes féminines. Il se figea.

Tess sourit, d'un sourire qui lui sembla crispé.

— Je ne savais pas que nous dînerions dans un lieu aussi distingué, lança-t-elle d'un ton enjoué.

Matt se demanda si elle feignait le détachement. Il attendit que l'un des serveurs aide la jeune femme à s'installer avant de prendre la parole :

— J'apprécie la qualité des plats proposés dans ce restaurant, ce qui explique que j'y vienne régulièrement. La gastronomie française est à la fois riche et délicieuse.

— Rien ne peut être aussi délicieux que les spaghettis à la bolognaise préparés par Samantha il y a quelques jours ! déclara Tess. Elle a passé un temps fou à découper finement les échalotes, à les faire rissoler.

Tess continua de babiller, consciente de chercher ainsi à cacher la nervosité qui la gagnait. Nervosité qui ne manquait pas de la surprendre, car il y avait à présent trois semaines qu'elle voyait cet homme-là tous les jours. Elle but lentement deux gorgées de vin rouge sans réussir à se défaire de cette étrange sensation.

— Et vous n'imaginez pas le temps qu'il lui a fallu pour choisir le livre de cuisine que nous avons acheté ! Aucun ne lui semblait assez beau, assez bien illustré. J'ai même cru qu'elle voudrait prendre aussi une machine à fabriquer des pâtes. Je lui ai expliqué que c'était un peu prématuré. Et, à propos de cuisine, je dois dire que la vôtre est particulièrement bien équipée.

Elle se tut soudain, consciente du silence dans lequel Matt restait muré.

— Vous ne dites rien ? Je pensais que vous vouliez me voir pour que nous parlions de Samantha.

— Vous avez l'art et la manière d'utiliser la conversation comme une sorte de fuite en avant, Tess. C'est toujours assez intéressant de regarder où cela vous conduira…

Elle essaya de considérer cette remarque comme un compliment, mais n'y parvint pas. Le sourire qu'elle lui adressa manquait d'assurance, elle le savait.

— J'ai l'impression que vous vous adressez à moi comme à une gamine.

La tête inclinée de côté, Matt l'observa quelques secondes en silence.

— Peut-être y a-t-il en vous quelque chose d'enfantin, ce qui expliquerait que vous vous entendiez aussi bien avec Samantha.

Il accompagna ces mots d'un petit rire, mais cette fois encore Tess ne trouva rien d'amusant à ses propos.

— Les autres candidates que m'a envoyées l'agence n'avaient aucun point commun avec vous. Elles étaient bien plus… organisées, dirais-je. Or il s'avère que Samantha déteste qu'on lui donne des ordres. Au bout de quelques jours, elles ont toutes quitté le poste. Je m'obstinais à insister pour qu'on me propose des gens rigoureux et exigeants, alors que c'était exactement l'inverse qu'il fallait à ma fille.

— Combien de personnes ont tenté leur chance, avant moi ?

— Cinq au total. L'une d'entre elles n'est pas restée plus de trois jours. Elles essayaient d'imposer une certaine discipline, et cette approche aurait pu porter ses fruits…

— Vous croyez peut-être que je la laisse faire tout ce qu'elle veut ? l'interrompit Tess, sur la défensive. Je sais moi aussi me montrer stricte sur certains points.

— Lesquels ?

— Écoutez, si ma façon de procéder ne vous plaît pas…

— Allons, ne soyez pas ridicule. Je viens bien de vous dire

que vous vous y preniez à merveille, n'est-ce pas ? En quelques semaines, vous avez accompli des miracles.

— Mais ne croyez surtout pas que je passe tout à Samantha. Vous m'avez autorisée à lui acheter une nouvelle garde-robe. Nous avons déjà abordé le sujet ensemble, vous vous en souvenez, n'est-ce pas ?

Il acquiesça d'un bref signe de tête.

— Je vous ai conseillé de regarder autour de vous, pour voir comment s'habillent les enfants de son âge ici, à New York, enchaîna-t-elle. Quand elle fera sa rentrée dans un nouvel établissement scolaire, elle se sentira sûrement plus à l'aise si elle porte des tenues semblables à celles des autres élèves. Je me rappelle vous avoir exposé mon point de vue et vous aviez l'air de le partager. Donc nous avons fait des achats ensemble, entre autres sur des marchés. Elle n'y était encore jamais allée et l'expérience lui a beaucoup plu.

— Comment en sommes-nous arrivés là ?

— Eh bien, parce que... parce que...

Ce qui aurait dû être une conversation calme, à visée professionnelle, partait dans tous les sens et elle seule en était responsable. Rien d'étonnant à ce que Matt la regarde ainsi, comme si elle avait perdu la tête. Il l'avait félicitée pour ses progrès, en échange de quoi elle lui répondait sèchement, de manière presque agressive ! Ce parce qu'elle ne voulait pas qu'il la considère comme une personne immature. Or en quoi cela pouvait-il bien la gêner ?

— Je voulais que Samantha sorte de sa coquille, reprit-elle. Vous en conviendrez, c'est plus facile d'arriver à ses fins quand on réussit à amadouer la personne en question. Donc nous avons fait jusqu'ici des choses qu'elle aimait, mais pas uniquement. Je n'ai pas négligé le travail scolaire...

— Je le sais.

— Ah ?

— Elle m'en a parlé.

Il ponctua ces mots d'un sourire qui exprimait la satisfaction, et Tess se sentit elle aussi satisfaite. Non contente d'avoir su gagner la confiance de Samantha, elle avait aussi réussi à resserrer les liens entre père et fille. Et, après tout, peu lui importait d'avoir accompli cet exploit grâce à un certain manque de maturité !

Matt attendit que le serveur leur présente les menus et leur resserve du vin avant de reprendre la parole :

— Vous avez ainsi prouvé que vous vous mépreniez sur vos propres compétences. Que ressentez-vous par rapport à cela ?

Tess s'empourpra.

— Oh... Je m'en suis tenue aux basiques.

— Ce qui n'est pas mal du tout, alors que vous prétendiez être incapable d'enseigner les principes élémentaires des mathématiques ou des matières scientifiques en général.

Ces mots procurèrent à Tess un plaisir infini. Elle sourit, mais évita de croiser trop longtemps le regard sombre posé sur elle.

— Il est quand même peu probable que je choisisse l'une des matières en question pour me lancer dans des études supérieures ! s'exclama-t-elle en riant, pressée de refouler le trouble que faisait naître en elle l'homme assis en face d'elle.

Trouble accru par ce cadre, qui ne se prêtait guère à une conversation à caractère strictement professionnel. Claire avait cherché à la mettre en garde contre Matt Strickland, en évoquant son caractère impitoyable. Mais sa sœur ne le connaissait que dans le rôle du chef d'entreprise assez rigide sous les ordres duquel elle travaillait.

— Soit, dit-il, mais réussir à accomplir quelque chose dont vous vous jugiez incapable a dû renforcer votre estime de vous, non ?

Un serveur avança vers eux à ce moment-là pour prendre la commande. Tess apprécia ces quelques instants de répit. Lorsqu'il repartit, elle espérait changer de sujet, mais comprit qu'elle se méprenait quand elle fut confrontée au regard perçant de Matt, qui de toute évidence attendait sa réponse.

— J'ai toujours été assez sûre de moi, finit-elle par déclarer.

Vous pouvez poser la question à mes sœurs. Pendant qu'elles croulaient sous les livres, je passais mes soirées à m'amuser avec mes amis.

Comme elle prononçait ces mots, elle eut l'impression qu'il ne la croyait pas. Et soudain elle fut elle-même prise de doute.

— Je ne sors pas beaucoup le soir en ce moment à cause de mes horaires de travail, insista-t-elle, bien qu'il n'ait pas fait mine de chercher à la contredire.

— Et cela vous manque ?

— Nous ne sommes pas ici pour parler de moi.

— D'une certaine façon, si. Vous passez plus de temps auprès de ma fille que moi, il est donc normal que je souhaite en savoir un peu plus sur vous. Je n'aimerais pas par exemple que vous vous sentiez frustrée parce que vous nous consacrez toutes vos soirées, ces derniers temps, au lieu de sortir avec des amis.

Matt regarda Tess faire tourner entre ses doigts le pied de son verre de vin. Sous les lumières de la salle, ses longs cheveux avaient des reflets ambrés. Dans ce décor assez classique, elle semblait très jeune. Et tout à coup il se sentit lui-même vieux. Très vieux.

Autour d'eux, les clients avaient tous une cinquantaine d'années. Rien d'étonnant à cela : les tarifs élevés de l'établissement ne le rendaient pas accessible à une clientèle jeune. Riche avant la quarantaine, Matt savait qu'il était l'exception qui confirmait la règle. Issu d'une famille aisée, il avait grandi dans une sorte de tour d'ivoire qu'il n'avait jamais quittée. Ne serait-ce que par curiosité, il aurait pu en sortir, découvrir d'autres horizons.

Agacé de se livrer à ce genre d'introspection, qui ne lui était pas coutumier, il grimaça.

Tess nota le changement d'expression de Matt et décida de se tenir sur ses gardes. Elle se demandait ce qui allait suivre. Matt s'apprêtait-il à lui demander de ne plus passer ses soirées avec

Samantha et lui ? Considérerait-il que sa présence l'empêchait de se rapprocher davantage de sa fille ? Peut-être devrait-elle suggérer elle-même de revenir à des horaires normaux.

Au moment où cette idée lui traversait l'esprit, elle s'aperçut, atterrée, que ce n'était pas du tout ce dont elle avait envie. Comment avait-elle pu en arriver là ? Comment était-il possible que, en l'espace de quelques semaines à peine, Matt Strickland et sa fille soient parvenus à occuper une telle place dans son existence ?

Déroutée par la nature des pensées qui se bousculaient dans son esprit, elle but une gorgée de vin. Le serveur arriva avec leurs plats. L'assortiment de fruits de mer poêlés, servis avec des pommes de terre rôties, était exquis, mais elle était trop préoccupée par le cours de leur conversation pour en apprécier toute la saveur. Après deux bouchées, elle reposa sa fourchette et fixa l'homme qui lui faisait face.

— Je peux écourter mes horaires, si vous le souhaitez, s'entendit-elle proposer.

— Je ne garde pas le souvenir d'avoir suggéré une chose pareille.

Conscient de s'être exprimé d'un ton plus dur qu'il ne l'aurait voulu, Matt mâcha lentement la coquille Saint-Jacques qu'il venait de porter à ses lèvres. Tess l'avait habitué à sa bonne humeur, à sa façon désinvolte d'aborder toute situation, et la voir ainsi devant lui, privée de ses moyens, lui donnait l'impression de jouer les rabat-joie. Avec un soupir, il reposa à son tour ses couverts et posa les bras sur la table.

— Vous êtes mon employée et, en qualité d'employeur, j'ai certaines obligations envers vous.

Tess se raidit. Ces propos purement professionnels lui étaient très désagréables à entendre. Elle n'avait aucune envie d'être considérée par Matt comme une *employée*.

*C'est pourtant ce que tu es, pour lui, Tess Kelly ! Que voudrais-tu ? Qu'attends-tu de lui ?*

Ces pensées dérangeantes suscitèrent de nouveau en elle le trouble qu'elle s'était efforcée de refouler.

— Je ne voudrais pas que vous pensiez un jour que j'ai profité de vous en vous imposant de tels horaires, précisa-t-il alors.

Tess fut prompte à réagir :

— L'idée ne me viendrait jamais à l'esprit !

— Vous avez refusé que je vous règle ces heures supplémentaires.

— Le salaire que vous me versez est largement suffisant, croyez-moi. Et, de plus, ça me fait plaisir de rester un peu plus longtemps le soir. J'aime bien observer la façon dont vous vous rapprochez l'un de l'autre, Samantha et vous.

— Mais ça vous empêche d'avoir une vie sociale.

— Ce n'est pas dans ce but que je suis venue ici.

Elle marqua une brève pause, consciente de ne pas dire toute la vérité. Car, lorsque Claire l'avait informée de ce poste à pourvoir, Tess n'avait manifesté aucun enthousiasme, loin de là même. Mais cet épisode appartenait désormais au passé.

— Je suis venue pour essayer de me reprendre en main.

Son énergie resurgit soudain en elle. Tess sourit avant d'ajouter :

— Et j'ai l'impression d'avoir enfin trouvé quelque chose qui me plaît. Je crois avoir une véritable affinité avec les enfants. Je ne m'ennuie pas avec eux. Sans même s'en rendre compte, Samantha peut se montrer aussi intelligente que perspicace, ce qui en fait quelqu'un de très agréable compagnie. J'aurai tout le temps de retrouver ma vie sociale quand je rentrerai chez moi.

Ce dont il n'était pas question pour le moment.

— Fréquentez-vous quelqu'un, là-bas ?

Comme elle l'interrogeait du regard, il esquissa un sourire.

— Je ne vous apprendrai rien en disant que vous êtes une jolie jeune femme, Tess. Avez-vous laissé un cœur brisé derrière vous, quand vous êtes partie ?

— Oh ! des dizaines ! répliqua-t-elle en riant.

Il la trouvait immature ; or ce sentiment se renforcerait

s'il découvrait qu'elle avait bon nombre d'amis masculins, sans pour autant que l'un d'eux occupe une place particulière dans sa vie.

— C'est donc l'une des raisons pour lesquelles vous êtes partie ? Rien ni personne ne vous retenait vraiment là-bas ?

Ne tenant pas à s'appesantir sur le sujet, elle répondit par un léger haussement d'épaules. Elle était convaincue que Matt ne voyait en elle qu'une grande gamine, alors qu'elle posait sur lui un regard... Elle ne savait pas exactement quel regard, mais Matt Strickland lui semblait de plus en plus attirant. Cette façon qu'il avait de l'observer, de lui sourire...

*Tu perds la tête, ma petite Tess. Allez, reviens sur terre !*

Matt reporta son attention sur son assiette. Quel besoin avait-il de poser ce genre de questions à la jeune femme qu'il avait embauchée pour s'occuper de Samantha ? Jeune et très séduisante, surtout ce soir-là dans cette robe rouge qui lui seyait à merveille. Mais il n'en restait pas moins que Tess était l'une de ses employées, et qu'il n'avait pas pour habitude de mêler vie professionnelle et vie privée. À quoi bon jouer avec le feu ?

D'autant plus qu'elle ne correspondait absolument pas à ses standards. Il avait déjà commis une erreur en épousant la mère de Samantha. Avec le temps, Catrina s'était avérée très différente de l'image qu'il s'était faite d'elle au début. Il se montrait donc désormais des plus méfiants envers le prétendu sexe faible. Méfiant, ainsi qu'exigeant. Il était résolu à ne s'intéresser qu'à des femmes qui, comme lui, considéraient leur carrière comme un élément important, voire primordial, de leur existence. Des femmes qui, comme lui, étaient indépendantes et tenaient à le rester.

Catrina, qui avait elle aussi grandi dans une famille de la bonne bourgeoisie, n'avait eu nul besoin — et aucune envie non plus — de travailler. Elle s'était investie dans une foule d'œuvres caritatives, organisant spectacles, tombolas et autres. Dans un premier temps, elle avait cru que son époux se livrerait avec elle à ces diverses activités. Puis elle s'était aperçue qu'il n'en était rien et, d'un commun accord, ils avaient décidé de divorcer. Cette expérience avait servi de leçon à Matt, qui s'était promis de ne plus jamais s'égarer sur ce genre de chemin.

Le nom de Vicky lui vint à l'esprit. Sa petite amie était partie à Hong Kong pour y faire une étude de marché ; ils n'avaient échangé que quelques mails depuis son départ. Elle serait de retour le surlendemain. Il essaya de se rappeler sa silhouette vêtue d'un tailleur, son visage aux traits réguliers, sans toutefois y parvenir. Chaque fois qu'il approchait du but, c'était l'image d'une tout autre personne qui s'imposait à lui. Une personne pétillante, à la chevelure dorée et aux yeux d'émeraude...

Exaspéré, Matt serra les lèvres et repoussa son assiette vide. Puis il réprima un soupir et décida de chasser ce sentiment de malaise pour le moins inhabituel.

Le serveur se présenta à leur table. Comme ils ne voulaient ni l'un ni l'autre de dessert, Matt commanda des cafés.

— Bien, quels sont vos projets pour demain ? demanda-t-il.

— Euh... Mes projets ? bafouilla Tess, troublée par les pensées que leurs échanges avaient fait jaillir en elle.

Elle s'éclaircit la voix.

— J'envisageais une visite de musée et ensuite une journée plutôt tranquille. Et puis je pourrais rentrer plus tôt et, comme vous me le suggériez, reprendre une vie sociale.

— Nous pourrions visiter le zoo, vendredi.

Tess ouvrit de grands yeux. C'était une première ! Au lieu de s'en tenir à la grille qu'elle avait créée, Matt proposait lui-même une sortie ? Incapable de cacher sa joie, elle acquiesça d'un signe de tête. Toutefois, elle se promit de se tenir un peu en retrait au cours de cette visite, afin de laisser Samantha et son père profiter ensemble de ces moments.

Sans quitter la jeune femme du regard, Matt envisagea de

proposer à Vicky de se joindre à eux. La présence de celle-ci apaiserait certaines réactions malvenues que provoquait en lui Tess Kelly, et le ramènerait sans doute sur la voie qu'il s'était lui-même tracée.

# 4

Au cours des jours qui suivirent, Tess eut amplement le temps de mener une réflexion sérieuse sur elle-même. Les questions très pertinentes que lui avait posées Matt avaient bousculé des croyances profondément ancrées en elle. Des croyances dont elle comprenait aujourd'hui qu'elles avaient été bâties sur des illusions.

Tess s'était toujours considérée comme un électron libre, contrairement à ses sœurs, qui avaient répondu en tout point aux ambitions de leurs parents — lesquels n'avaient pourtant jamais fréquenté aucune université. Leur mère avait travaillé en qualité de cantinière à l'école du quartier pendant que leur père occupait un poste de comptable dans une compagnie d'électricité. Mais tous deux étaient dotés d'une vive intelligence, laquelle, en d'autres temps et d'autres lieux, leur aurait sans doute permis de réaliser toutes sortes de rêves. Cette chance ne leur avait pas été accordée, mais ils avaient été ravis que leurs deux aînées, Claire et Mary, entreprennent des études brillantes et obtiennent des diplômes prestigieux. Une juste revanche selon eux.

De son côté, Tess avait, dès le plus jeune âge, clairement laissé entendre à ses parents qu'elle suivrait un tout autre chemin que celui de ses sœurs. Convaincue de trop aimer la vie pour la gâcher à étudier, elle n'avait été motivée que par l'expérimentation de nouvelles choses ; prétendument pour satisfaire sa soif inextinguible de liberté.

Mais Matt était parvenu à ébranler ses certitudes les plus profondes. Se pouvait-il que cette insouciance qui la caractérisait soit le fruit d'une terreur profondément ancrée en elle à l'idée de ne pas être à la hauteur ?

« Vous pensez, en refusant de vous investir, parvenir toujours à éviter l'échec », lui avait-il dit un jour. Et en effet, elle devait l'admettre, en refusant de se confronter à ses sœurs, elle avait évité de devoir comparer ses compétences aux leurs.

Ce manque de confiance en elle détecté par Matt l'avait au départ offensée. Puis, en y réfléchissant sérieusement, elle s'était rendue à l'évidence : elle n'avait jamais tiré le meilleur parti de ses talents propres. Sous cette désinvolture qui la caractérisait, derrière cette volonté de ne surtout pas ressembler à ses sœurs, se cachait-il une jeune fille anxieuse, peu sûre d'elle ?

Ce cheminement de pensée avait beau la déranger, elle ne parvenait plus à l'endiguer, une réflexion en amenant une autre. C'était comme si une porte soigneusement cadenassée venait soudain de s'ouvrir pour déverser sur elle des vérités occultées depuis l'enfance.

Finalement, elle se réjouissait de l'absence de Claire, à qui elle n'aurait jamais pu confier ses doutes.

Sa sœur avait décidé de prendre des vacances avec Tom et ne serait de retour qu'au milieu de la semaine suivante, ce qui lui laissait le temps de remettre de l'ordre dans ses idées.

Mais, tandis qu'elle se préparait ce vendredi-là pour l'expédition prévue au zoo avec Samantha, elle se remémora l'autre fusil chargé que Matt avait pointé sur elle…

Pourquoi diable avait-elle renoncé à cette vie trépidante dans laquelle elle se complaisait tant ? Pourquoi ne ressemblait-elle plus à cette jeune fille libre, joyeuse, ce boute-en-train qui avait quitté l'Irlande pour s'offrir un moment de détente à Manhattan ? Pourquoi avait-elle sacrifié sa vie sociale pour se consacrer à son travail ? Pourquoi l'idée de sortir et de s'amuser avec des jeunes de son âge ne la tentait-elle pas ?

Certes, elle adorait la compagnie de Samantha et se réjouissait des menus changements qui s'opéraient dans la personnalité de la fillette à mesure que le temps passait. C'était gratifiant de voir s'envoler cette méfiance qui la caractérisait, d'observer la chrysalide qui se transformait en papillon.

Mais au-delà une autre vérité se profilait : elle adorait la compagnie de Matt, parce que cet homme lui plaisait, inutile de le nier.

Tess n'avait pas eu immédiatement conscience de cette évidence, sans doute parce qu'elle n'était jamais tombée réellement amoureuse. À présent, elle comprenait mieux pourquoi son corps réagissait de cette manière en présence de Matt, pourquoi elle était parcourue de frissons quand leurs regards se croisaient ou quand leurs mains s'effleuraient.

Même en cet instant précis, alors qu'elle finissait de s'habiller et de se coiffer, elle sentait une étrange chaleur irradier en elle à la perspective de revoir cet homme et de passer du temps avec lui. Voilà pourquoi il lui importait peu de renoncer pour un temps à sa vie sociale : elle préférait mille fois passer ses soirées chez Matt, à regarder la télévision avec Samantha, tandis qu'il lisait le journal à leurs côtés.

Son sang bouillonnait dans ses veines. Pas de doute, Matt lui inspirait du désir. C'était exaltant, même si elle ne devait rien attendre en retour.

Sans doute le cocon dans lequel elle avait grandi l'avait-il empêchée de connaître ses premiers émois au même âge que les autres filles de sa génération. Alors que ses sœurs avaient quitté le nid très tôt pour poursuivre des études universitaires, puis étaient parties ailleurs pour mener leurs carrières prestigieuses, elle était restée chez elle et avait fréquenté plus ou moins le même cercle d'amis avec lequel elle avait grandi. Un environnement sûr et restreint à la fois.

Elle avait l'impression aujourd'hui de sortir d'une chambre froide.

C'était excitant...

Et qui savait ce qui l'attendait au tournant ? songea-t-elle avec cet optimisme qui la caractérisait chaque fois qu'elle affrontait une nouvelle situation.

Le trajet jusqu'à Pelham Parkway se fit dans une chaleur étouffante, mais Tess avait heureusement opté pour une tenue légère pour affronter cette longue journée caniculaire.

Elle avait prévu de contacter Matt par texto dès son arrivée au zoo afin de convenir d'un point de rendez-vous. Mais, se sentant affreusement vulnérable à l'idée de le revoir, elle préféra envoyer un message à Samantha. Puis elle arpenta de petites allées ombragées pour attendre que le père et la fille terminent leur première attraction : un tour du zoo à bord d'un monorail.

Sur son chemin, Tess s'offrit un hot-dog géant et commença à le dévorer à pleines dents. Alors qu'elle tournait dans une allée, elle aperçut Samantha qui courait vers elle. La petite fille ne ressemblait plus à l'enfant modèle qui lui avait été présentée quelques semaines auparavant. Elle avait troqué ses vêtements sages et démodés contre un jean délavé et un T-shirt aux couleurs d'un groupe de rock.

— Croque un morceau, lui proposa Tess en lui tendant son hot-dog. Je n'arriverai jamais à le finir toute seule.

Samantha se fendit d'un large sourire.

— Je croyais que tu avais décidé de tirer un trait sur la malbouffe pour ne pas devenir énorme !

— Je commence lundi prochain ! C'est inscrit dans mon agenda.

Samantha plissa les yeux d'un air sceptique, puis changea de sujet :

— On ferait mieux d'y aller, ils nous attendent.

— Ils... ? s'étonna Tess.

— Vicky m'a envoyée te chercher. Elle était fatiguée après notre périple en monorail. Pourtant, elle est restée assise pendant vingt minutes...

À la grimace ébauchée par la fillette, Tess conclut qu'elle n'appréciait pas particulièrement ladite Vicky. Mais qui était cette personne ? Un membre de la famille ?

Pressant le pas pour rester à la hauteur de Samantha, elle la suivit jusqu'à l'un de ces établissements en plein air dont regorgeait le zoo. L'endroit était bondé. La plupart des enfants dévoraient des glaces, d'autres hurlaient dans leurs poussettes parce qu'ils avaient trop chaud. Dans cette foule disparate, Tess mit un moment à repérer la table de Matt, tout au fond. Autour de lui se pressaient des parents anxieux qui cherchaient un endroit où s'installer. Une irrésistible envie de rire la saisit en apercevant la mine contrariée de son employeur. Lui qui était habitué au luxe de l'air conditionné semblait totalement déplacé dans ce cadre.

Pas de doute, cette expédition au zoo lui coûtait énormément. Mais cette initiative prouvait à quel point il avait décidé de ne pas ménager ses efforts pour satisfaire les envies de sa fille et s'impliquer dans sa vie.

Pendant un long moment, Tess trouva difficile de détacher son regard de cet homme si attirant. Avec son polo noir et son pantalon assorti, il avait une allure terriblement sexy, dangereuse. Quand il retira ses lunettes de soleil pour darder son regard sombre sur elle, Tess sentit des frissons courir le long de son dos.

Toutes ses convictions volaient en éclats. Jusqu'ici, elle avait toujours cru que l'attirance physique allait de pair avec l'estime que l'on pouvait éprouver pour une personne. Or, elle découvrait aujourd'hui à quel point elle s'était trompée. Même si la personnalité de Matt lui déplaisait par certains côtés, cet homme exerçait sur elle une attirance folle.

Elle découvrait aussi qu'elle n'avait aucune prise sur les réactions de son corps quand elle se trouvait en sa présence.

Ce ne fut qu'une fois arrivée près de la table où Matt était installé que Tess prit conscience qu'il n'était pas seul. Une femme se tenait assise à ses côtés. Une femme à la beauté classique...

Matt se leva à son approche, mais sa compagne demeura assise, se contentant de la dévisager froidement.

— Tess... J'aimerais vous présenter Vicky.

Matt regrettait d'avoir pris l'initiative d'inclure sa maîtresse dans cette escapade initialement prévue à trois. La matinée avait été éprouvante. Dès que Samantha avait appris que Vicky se joindrait à eux, elle avait manifesté une profonde déception à l'idée de devoir partager son père avec cette femme qu'elle n'appréciait pas.

Plus déroutant encore, Matt n'avait pas ressenti le plaisir escompté en revoyant Vicky après trois semaines d'absence. Il avait même éprouvé une certaine irritation. Avant son départ pour Hong Kong, celle-ci avait très peu eu l'occasion de côtoyer Samantha ; et, malgré les efforts qu'elle avait fournis pour sympathiser avec sa fille, elle n'avait obtenu aucun résultat. À chaque rencontre, Samantha se murait dans le silence et fuyait toute tentative d'approche.

Et, maintenant que Tess les avait rejoints, Matt ne pouvait s'empêcher de comparer les deux femmes.

— Vous êtes donc la nouvelle nounou ! fit Vicky avec un sourire glacial. Matt m'a parlé de vous dans ses messages. Il semble que vous soyez parvenue à dompter notre petite rebelle. Bravo !

Elle s'interrompit un court instant pour dévisager Tess.

— Vous êtes très jeune, n'est-ce pas ?

Tess n'appréciait pas l'idée que Matt ait pu parler d'elle dans son dos. Qui plus est, avec une femme qui ne pouvait être que sa maîtresse.

Ainsi, Matt n'était pas célibataire... Une nouvelle qui lui causait un choc auquel elle n'était nullement préparée. Pourtant, il n'y avait rien d'étonnant à cela. Matt était le genre d'homme à attirer les femmes comme des aimants. Beau, sexy, riche comme Crésus, il disposait de tous les atouts pour séduire la gent féminine. Comment avait-elle pu se montrer aussi naïve ?

Quant à Vicky, elle était exactement le genre de femme qui pouvait plaire à Matt, même si le langage corporel de ce dernier lui laissait entendre tout le contraire.

Durant les heures qui suivirent, Vicky parla sans arrêt. Matt participa très peu à la conversation et se contenta d'arborer une expression polie sur le visage. Chaque fois que la maîtresse de Matt se lançait dans de longs exposés destinés à éclairer Samantha sur les diverses espèces animales exposées dans le zoo, elle se heurtait à un silence obstiné, hostile. Alors, elle vantait à Tess les prouesses qu'elle avait accomplies sur le plan professionnel. De simple manager d'équipe, Vicky avait gravi tous les échelons jusqu'à devenir directrice générale de l'une des plus grosses entreprises américaines. Dotée d'une confiance en elle inébranlable et d'une vive intelligence, elle avait vaincu tous les obstacles sur sa route.

Passablement agacée par le comportement de cette femme imbue d'elle-même, Tess patienta deux heures et demie avant d'annoncer poliment son départ.

Samantha, qui apparemment n'en pouvait plus non plus, s'était recroquevillée dans sa coquille. C'était comme si tous les efforts fournis au cours des semaines précédentes pour l'en sortir avaient été réduits à néant.

*Quel désastre !* songea Matt, en proie à une vive frustration. À quoi pensait donc Vicky ? Elle avait monopolisé la conversation, n'avait cessé de se vanter, avec pour résultat de se mettre Samantha à dos.

— Comment ça, vous partez ? lança-t-il à Tess avec un froncement de sourcils.

— J'ai des choses à faire, s'excusa-t-elle.

— Votre journée de travail n'est pas terminée. Il n'est pas encore 17 h 30.

Agacé, Matt sentait le bras de Vicky peser sur le sien. Seule la politesse l'empêchait de le repousser.

— Tess pourrait en profiter pour me ramener, suggéra Samantha en joignant les mains en prière. N'est-ce pas, Tess ? Nous pourrions nous arrêter en route et manger quelque chose. Un hamburger et des frites, par exemple.

Samantha avait délibérément choisi de se mettre en opposition avec Vicky, qui n'avait eu de cesse de l'alerter sur les dangers de la malbouffe.

— Tu partiras avec nous, commanda Matt d'un ton sévère. Et je ne veux pas de discussion. Je suis ton père et tu feras ce que je te dis.

Dans la chaleur étouffante de cette journée, tous avaient visiblement les nerfs à vif, se dit Tess. La mauvaise humeur de Matt était sans doute due au fait qu'il aurait préféré rester tranquillement chez lui avec sa petite amie.

Ne se rendait-il pas compte de la gravité de la situation ? Sa relation avec Samantha reposait encore sur des bases fragiles. La réprimander comme il venait de le faire risquait de compromettre tous les progrès accomplis.

Tess avait le sentiment d'avoir tout raté, aussi bien avec Samantha qu'avec son père. Elle avait beau se répéter que leur relation ne la concernait pas, qu'elle ne représentait qu'une parenthèse dans leur vie, elle vivait cet épisode comme un cuisant échec.

Luttant contre ses larmes, elle afficha un sourire faussement radieux sur ses lèvres.

— Je viendrai chez vous à la première heure lundi, annonça-t-elle, avant de se tourner vers Samantha : Nous pourrions faire quelque chose ensemble demain, si tu le souhaites ?

Vicky fut prompte à intervenir. Se rapprochant encore plus près de Matt, elle déclara d'une voix glaciale :

— Merci, mais nous nous débrouillerons parfaitement sans vous. Je reviens à peine d'Extrême-Orient et j'aimerais profiter de mon petit monde ce week-end. N'avez-vous donc rien de mieux à faire de votre samedi que de le passer avec une enfant de dix ans ?

Ces mots blessants ramenèrent Tess à la réalité. Vicky avait raison : il était grand temps qu'elle se reprenne en main. Matt ne lui avait-il pas tenu lui-même des propos similaires ? Se pouvait-il qu'il ait échangé sur ce sujet avec sa petite amie ? Qu'il l'ait décrite comme une pauvre fille incapable de profiter de son séjour à New York, l'une des villes les plus excitantes du monde ?

Le retour de Tess jusqu'au domicile de sa sœur s'avéra éprouvant, tant par la chaleur que par les pensées obsédantes qui la traversaient. Elle se sentait déprimée, misérable, au bord des larmes. Heureusement, personne ne l'attendait et elle n'aurait pas à subir d'interrogatoire.

Tess s'en voulait de s'être montrée aussi naïve. Qu'avait-elle espéré ? Qu'un homme comme Matt manifesterait de l'intérêt pour sa pauvre petite personne ? Elle n'avait pas imaginé une seule seconde qu'il puisse avoir une petite amie. Comme il n'avait jamais rien évoqué de tel, elle en avait tiré des conclusions erronées.

Il était plus de 20 heures quand la sonnerie de l'interphone retentit. Son cœur manqua un battement quand elle aperçut le visage de Matt sur le petit écran. Il paraissait excédé, à bout de nerfs. Elle hésita un court instant avant de lui demander ce qu'il désirait.

— Je voudrais vous parler.

— Heu… de quoi ? Je croyais que vous aviez envie de jouer à la dînette avec votre petite amie, ce week-end.

Honteuse d'avoir prononcé ces paroles, Tess s'empressa de les corriger :

— Désolée d'avoir dit cela. Je suis fatiguée. Cette conversation ne peut-elle pas attendre lundi ?

— Non. Laissez-moi monter chez vous.

— Qu'avez-vous de si important à me dire ? Je m'apprêtais à me coucher.

— Il n'est même pas 21 heures. Et nous sommes vendredi. Vous ne pouvez pas vous coucher aussi tôt. Laissez-moi monter.

Tess poussa un long soupir, puis ouvrit la porte.

À la vue de la haute stature de Matt, Tess fut parcourue de frissons. Il portait la même tenue que lors de leur visite au zoo. Elle, en revanche, avait troqué ses vêtements contre un pyjama noir en satin.

Croisant les bras sur sa poitrine, elle s'effaça pour le laisser entrer et le suivit jusqu'à la cuisine. Il ouvrit le réfrigérateur. Une fois en possession d'une canette de bière, il la décapsula et en avala une rasade.

— Que voulez-vous, bon sang ? lança-t-elle.

— J'avais soif.

— Écoutez, vous ne pouvez pas débarquer ici en terrain conquis et...

— Votre sœur est absente, n'est-ce pas ? En visite chez ses futurs beaux-parents, si je me souviens bien.

Tess décida de changer de sujet.

— Qui s'occupe de Samantha ? Votre... petite amie est-elle auprès d'elle ?

Sans daigner répondre, Matt avala une nouvelle rasade de bière. Tess se sentait affreusement vulnérable et ne savait pas comment se comporter.

La tension avait monté d'un cran dans la pièce. Que pouvait bien lui vouloir cet homme à cette heure tardive ? Après ce qui s'était passé au cours de leur visite au zoo, elle ressentait une profonde humiliation. Elle avait honte d'avoir imaginé pouvoir l'intéresser.

— La journée ne s'est pas passée comme prévu, déclara Matt après avoir fini sa bière.

L'envie d'en avaler une deuxième le tenaillait, mais il se

raisonna. Parce qu'il avait déjà absorbé trop d'alcool, il avait dû se faire conduire jusqu'au domicile de Tess par son chauffeur. Il avait commis une terrible erreur en demandant à Vicky de les accompagner au zoo. Une erreur de jugement effroyable, dont il n'était pas coutumier et qui avait le goût de poison.

Renonçant à ses bonnes résolutions, il sortit une autre bière du réfrigérateur, sous le regard éberlué de Tess.

— Non, elle ne s'est pas passée comme prévu, en effet, admit la jeune femme.

Tess comprit que Matt n'en menait pas large, comme si la situation lui échappait. Il y avait en lui une vulnérabilité à laquelle il ne l'avait pas habituée.

— Si vous aviez envie de passer du temps avec votre petite amie, lui proposer une sortie en groupe n'était probablement pas une bonne idée. À moins que vous n'ayez dans l'idée de m'utiliser comme rempart entre elle et votre fille ?

Matt avala une nouvelle gorgée de bière, sans cesser de la dévisager. Captive de ce regard si troublant, Tess sentit des frissons la parcourir tout entière. Elle détestait le silence qui régnait dans la pièce. Elle avait l'impression que Matt cherchait à lire en elle, à deviner ses pensées les plus secrètes. Or elle ne voulait pas qu'il perçoive à quel point elle se sentait vulnérable en sa présence.

Pour mettre un terme à cette situation pesante, Tess décida de rompre le silence. S'éloignant de Matt, elle s'assit à la table de la cuisine.

— J'ai comme l'impression que Vicky et Samantha n'ont pas beaucoup été en contact, reprit-elle.

— En effet.

— Alors, quel est votre plan, Matt ? Qu'attendez-vous de moi ? Que je vous aide à construire une paisible petite vie de famille avec votre dulcinée ?

— La vie de famille n'est pas trop la tasse de thé de Vicky.

Matt quitta le mur contre lequel il était adossé pour venir s'asseoir à son tour. À sa démarche indolente, Tess comprit qu'il était légèrement éméché. Pas assez cependant pour que son humeur sombre s'atténue.

— Eh bien, tout ceci ne me regarde pas, maugréa-t-elle en lui jetant un regard furtif.

Elle vivait une situation surréaliste. Son patron débarquait chez elle à une heure tardive et l'obligeait à supporter une conversation sur un sujet qui ne la concernait pas. Nonchalant, Matt s'adossa à son siège et plongea les mains dans ses poches.

— Il se trouve que j'étais seul quand j'en suis arrivé à ce constat.

— Quel constat ? De quoi parlez-vous ? Je ne comprends rien à ce que vous dites. Auriez-vous bu plus que de raison ?

Les yeux de Matt se rivèrent aux siens et il se pencha en avant pour la fixer avec intensité. La lueur étrange qui brillait dans son regard la déconcerta. Tess baissa la tête et rougit.

— J'ai baissé ma garde et la situation m'a échappé, dit-il. Alors que je pensais vivre une liaison sans lendemain, il s'avère que Vicky a d'autres ambitions.

— Lesquelles ? demanda Tess.

Elle avait très envie d'en savoir plus sur cet homme qui n'avait jamais évoqué devant elle sa vie personnelle.

— Cela vous amuse ? demanda-t-il.

— Bien sûr que non ! s'écria Tess, offensée. Je vous rappelle que c'est vous qui avez débarqué chez moi. Et si vous ne voulez pas parler ce n'est pas moi qui vous y obligerai.

— En fait, je ne suis pas venu ici pour parler de Vicky, murmura-t-il d'un air songeur, avant de s'adosser de nouveau à son siège. Vous me distrayez. Vous me faites perdre le fil de mes pensées.

— Je ne vous fais perdre le fil de rien du tout, protesta Tess, les joues cramoisies.

La situation devenait embarrassante. Une étrange chaleur se répandait dans tout son corps.

— Vous avez sans doute raison. Mettons cela sur le compte de l'alcool… Revenons-en à l'objet de ma visite. Il se trouve que ma fille a repris ses vieilles habitudes.

Soudain, Tess le vit se métamorphoser devant elle. Penché en avant, les coudes appuyés sur les cuisses, il pressa les mains sur ses yeux. Son langage corporel en disait long sur ce qu'il ressentait. Sans doute un immense sentiment d'échec. Ne sachant trop comment réagir, elle rapprocha sa chaise de celle de Matt.

— Que voulez-vous dire ? demanda-t-elle doucement.

Matt releva la tête pour planter son regard dans le sien et se passa une main nerveuse dans les cheveux.

— Eh bien… quand nous sommes rentrés à l'appartement, elle s'est enfermée dans sa chambre.

— N'avez-vous pas essayé de lui parler ?

— Bien sûr que si ! Je l'ai suivie et l'ai retrouvée allongée sur son lit avec des écouteurs sur les oreilles. Bon sang, je ne peux tout de même pas l'obliger à avoir une conversation avec moi !

— Qu'avez-vous fait alors ?

— J'ai avalé deux whiskys coup sur coup. J'ai trouvé que c'était une bonne idée à ce moment-là.

— Et… Vicky ?

— Aux abonnés absents. Me voilà revenu au point de départ. Il semble que le chemin parcouru ne soit qu'un leurre.

— Ce n'est pas vrai !

— Non ? Expliquez-moi le comportement de ma fille, dans ce cas.

— Elle a dix ans ! Il lui est impossible de voir la situation avec des yeux d'adulte. Cette journée a été décevante pour elle. Elle s'était imaginé qu'elle vous aurait pour elle seule…

— *Nous* aurait pour elle seule, corrigea Matt.

— Non, répliqua Tess avec fermeté. *Vous !* Elle ne s'attendait pas à voir débarquer Vicky, ni à ce que votre petite amie se montre aussi possessive.

— Moi non plus, maugréa-t-il.

Matt avait compris que Vicky avait imaginé un plan, qui selon elle avait toutes les chances de le séduire : quitter les États-Unis pour l'Extrême-Orient, mettre Samantha en pension dans un lycée quelque part, réaliser ensemble des acquisitions une fois installés à Hong Kong.

Horrifié, Matt avait laissé libre cours à sa colère, à la suite de quoi Vicky était partie en claquant la porte. Puis il avait détourné sa fureur contre lui-même. Car, comme il l'avait avoué à Tess, il avait baissé sa garde et devait à présent en payer le prix. Moins que sa fille toutefois, qui était la principale victime des erreurs qu'il avait commises. Il se demandait à présent s'il parviendrait à remédier à cette situation.

— Samantha n'est pas..., commença Tess, avant de s'interrompre.

— Pas quoi ? Inutile de marcher sur des œufs avec moi. J'ai déjà tout gâché. Et je suis parfaitement capable d'entendre ce que vous avez à me dire.

— Vous n'avez rien gâché ! Il se trouve que Samantha... En fait, je crois qu'elle n'a jamais compris pourquoi elle vous voyait si peu ces dernières années.

— Ce sont ses propres mots ?

— Plus ou moins. Nous n'avons pas vraiment eu une conversation sur le sujet. Des enfants de cet âge n'en sont pas capables. Mais j'ai glané des informations au fil du temps.

— Et vous, que lui avez-vous dit ?

— Qu'aurais-je pu lui raconter ? Vous ne m'avez jamais parlé de votre mariage. Et ce n'est pas mon rôle d'avoir ce genre de conversation avec votre fille. C'est à vous de le faire. Du moins, je pense qu'un jour ou l'autre vous devrez l'envisager.

— Seigneur ! Quel gâchis !

Émue par le profond désarroi de Matt, Tess posa une main sur son épaule. Et, quand il s'en saisit pour la garder entre les siennes, elle ne chercha pas à la retirer.

— Sur le papier, Catrina et moi formions un couple parfait, dit-il. Nos familles se connaissaient bien. Nous évoluions dans le même cercle, avions les mêmes antécédents. Tout nous rapprochait. Et le piège s'est refermé quand elle est tombée enceinte. À ce moment-là, je ne me suis pas rendu compte de l'erreur que nous commettions. J'étais même ravi de me marier avec elle. Nous avons organisé une cérémonie fastueuse. Mais très vite la situation a dégénéré. Catrina était une mondaine, et moi un bourreau de travail. Elle ne comprenait pas ce qui me poussait à m'investir autant sur le plan professionnel. Selon elle, j'aurais dû tout comme elle me complaire dans l'oisiveté puisque notre fortune était acquise. Elle pensait que nous partirions skier deux mois l'hiver, prendrions de longues vacances d'été chez ses parents aux Bahamas, pratiquerions le golf à longueur d'année.

Tess comprenait mieux à présent le gouffre qui le séparait de son ex-femme : jamais Matt n'aurait pu vivre ainsi. Mais elle peinait à se concentrer sur ses propos. Il tenait toujours sa main entre les siennes et jouait distraitement avec ses doigts. Ce contact lui envoyait des signaux dangereux dans tout le corps.

— Plus elle me harcelait, reprit-il, plus je me réfugiais dans le travail. Je n'aurais sans doute jamais envisagé le divorce si je n'avais découvert que ma femme me trompait avec mon propre témoin de mariage. Comment développer une relation sereine avec ma fille dans ces conditions ? Qu'en dites-vous, Tess ?

# 5

— Je ne comprends pas... Les juges vous auraient sans doute accordé une garde partagée, non ?

— Une épouse vindicative dispose de nombreux artifices pour contrevenir aux décisions de justice. Il lui suffisait d'annuler les week-ends prévus avec ma fille au dernier moment. Je ne pourrais pas vous énumérer le nombre de fois où j'ai fait le voyage jusqu'au Connecticut pour découvrir que Catrina était partie en voyage avec Samantha vers une destination inconnue. Je ne suis même pas sûr que Samantha ait su que je lui faisais parvenir des jouets.

Le regard de Matt exprimait un profond désarroi. Il n'était pas le genre d'homme à s'ouvrir ainsi devant le premier venu, et sans doute regretterait-il plus tard de s'être autant laissé aller aux confidences.

Profondément émue, Tess posa une main tremblante sur son visage. Ce contact éveilla en elle un instinct protecteur qu'elle ignorait posséder. Depuis le début, elle pensait n'éprouver que du désir pour cet homme si attirant. Mais à mesure que le temps passait, et qu'elle apprenait à connaître les multiples facettes de sa complexe personnalité, elle avait compris qu'un lien très fort se tissait entre eux.

Elle avait vu Matt se métamorphoser sous ses yeux pour apprendre à connaître sa fille. Elle avait été séduite par son intelligence et par son humanité.

Inutile de se mentir, elle était tombée éperdument amoureuse de cet homme...

Avec le recul, elle prenait conscience du piège qui s'était refermé sur elle. Elle pensait que celui qui conquerrait son cœur serait tendre et sensible, mais Matt Strickland avait bouleversé toutes ses certitudes. Rien ne l'avait préparée au chaos auquel elle était confrontée. Matt avait pulvérisé toutes ses défenses, et aujourd'hui elle se sentait complètement démunie et vulnérable.

Son manque d'expérience la rendait nerveuse. Elle ne savait pas comment gérer cette situation inédite. Jusqu'ici, elle ne s'était pas demandé pourquoi elle n'avait jamais succombé aux avances d'un homme. Sans doute parce que aucun n'avait su la séduire...

— Avec le temps, mes relations avec Samantha sont devenues distantes, reprit Matt d'un ton lourd de regret. Froides, même. Quoi que j'entreprenne les rares fois où j'arrivais à la voir, rien ne pouvait contrer les effets de la séparation. J'ignore les propos que lui tenait Catrina à mon sujet. Et, juste au moment où j'avais enfin l'impression d'obtenir des résultats avec Samantha, j'ai tout gâché en un après-midi.

— Et vous êtes venu ici...

— Où aurais-je pu aller ? Vous connaissez la situation mieux que quiconque.

Il la dévisagea avec une telle intensité que Tess se sentit soudain très faible. En une fraction de seconde, l'atmosphère devint pesante et l'air se raréfia dans la pièce. Tess ne parvenait pas à détacher son regard de ce visage si expressif. Elle désirait cet homme avec une force qui la stupéfiait. Elle rapprocha le visage du sien et lui déposa un chaste baiser sur la joue.

— Tout ira bien, souffla-t-elle contre son oreille. Samantha a sans doute été déçue par la tournure des événements aujourd'hui, mais rien ne pourra détruire les fondations que vous avez su ériger dans votre relation avec elle.

Lorsqu'elle s'écarta, Tess eut la sensation de se noyer dans les yeux de Matt rivés sur elle. Et elle commit l'impensable : ses lèvres vinrent se poser sur les siennes.

Un plaisir inouï la submergea à ce contact. Quand Matt glissa une main dans son cou pour l'attirer plus près de lui et approfondir leur baiser, elle fondit comme neige au soleil. Elle avait tant rêvé de cet instant qu'elle en savourait chaque seconde.

Que diable lui arrivait-il ? songea Matt. Il n'était pas venu pour cela. Tess était la seule personne à qui il avait pensé dans sa frustration. Après avoir attendu que la gouvernante vienne le relayer auprès de Samantha, il s'était précipité chez elle. Et à présent il la serrait dans ses bras…

Qu'espérait-il en venant la retrouver ? Un simple réconfort ? Il devait l'admettre, l'envie de coucher avec cette jeune femme l'avait déjà effleuré. Et aujourd'hui il n'avait pu s'empêcher de la comparer à Vicky. Il s'était alors demandé comment Vicky avait pu le séduire. Sa beauté classique lui avait paru fade et anguleuse. Alors que tout en Tess respirait la douceur, la franchise, Vicky lui faisait l'effet d'une femme carriériste, prête à tout pour obtenir ce qu'elle voulait. Ses longs monologues l'avaient profondément ennuyé. Le récit de ses exploits en affaires l'avait agacé.

Était-ce seulement le besoin de décompresser qui l'avait poussé à rendre cette visite tardive ?

Les lèvres de Tess commençaient à le rendre fou. Il fallait à tout prix qu'il reprenne le contrôle de la situation.

Quand il repoussa doucement la jeune femme, ses résolutions s'émoussèrent en voyant qu'elle tremblait de tout son corps.

— Que se passe-t-il ? demanda-t-il d'une voix rendue rauque par l'émotion. Nous ne devrions pas faire cela.

— Pourquoi pas ?

— Bon sang ! Mille raisons nous en empêchent !

— Je ne vous plais pas ?

— La question n'est pas là.

Renonçant à lutter contre l'attirance qu'il ressentait pour Tess, il happa ses lèvres dans un baiser furieux, auquel elle répondit avec fougue.

— Pas question de faire l'amour dans une cuisine, grommela Matt après une longue étreinte.

Matt la souleva dans ses bras. Au moment où il s'apprêtait à entrer dans la chambre de Claire, Tess lui indiqua le chemin de la sienne.

Quand il l'eut déposée sur le lit, il ferma les rideaux, puis commença à se déshabiller.

Tess prit alors conscience de ce qu'elle s'apprêtait à faire : offrir sa virginité à cet homme qu'elle désirait tant. Elle vivait une situation inédite et ne savait pas comment l'appréhender. Quoi qu'il en soit, il était trop tard pour reculer. Et elle refusait d'écouter la voix de la raison qui cherchait à la dissuader. Peu importaient les conséquences : cet homme lui avait volé son cœur, il était donc normal qu'elle lui offre son corps.

Matt avait retiré sa chemise et elle pouvait à présent admirer les muscles qui jouaient sous sa peau. Puis, quand il fit glisser son pantalon et son caleçon sur ses hanches, elle se mit à trembler par anticipation. Soudain fébrile, elle s'assit sur le lit et entreprit de défaire les boutons de sa veste de pyjama.

— Pas question ! protesta Matt.

Surprise, Tess l'interrogea du regard.

— Pourquoi cet air étonné ? Tu es terriblement sexy dans cette tenue. Ne touche à rien. Je veux te retirer tes vêtements un à un…

Ce recours au tutoiement la fit rougir jusqu'aux oreilles.

Étonné par la timidité dont Tess faisait preuve, Matt la dévisagea longuement. Puis, n'y tenant plus, il se glissa dans le lit et couvrit son corps du sien. Tel un adolescent fébrile vivant ses premiers émois, il se mit à l'embrasser, puis glissa une main sous la fine étoffe du pyjama. Sa peau satinée l'électrisa. Et le fait qu'elle ne porte pas de soutien-gorge fit monter son excitation d'un cran. La fermeté de ses seins le subjuguait, de même que les petits râles qui franchissaient ses lèvres à chaque caresse.

Matt voulait savourer, prendre son temps, découvrir chaque parcelle de ce corps si désirable. Ce corps sur lequel il fantasmait depuis des semaines. Le désir que Tess lui inspirait émergeait enfin à la surface de sa conscience.

Se relevant sur un coude, il lui retira sa veste de pyjama.

— Bon sang, tu es magnifique..., murmura-t-il d'une voix rauque, avant de prendre l'un de ses tétons entre ses lèvres.

Émoustillée par cette caresse, Tess se mit à gémir et à se tortiller pour se débarrasser de son pantalon de pyjama. Ce qu'elle fit d'un geste souple, avant de s'abandonner dans les bras de celui qui allait devenir son amant.

Elle avait l'impression de flotter sur un petit nuage de sensualité. L'homme qu'elle aimait la désirait, lui disait qu'elle était belle...

Au comble de l'excitation, elle lui prit le visage entre les mains et l'embrassa avec fougue. Quand le sexe de Matt frôla son intimité, elle se cambra contre lui, et ce fut un embrasement des sens qui lui arracha un cri de plaisir.

Ses anciens petits amis n'avaient jamais provoqué en elle une telle ardeur. Et jamais elle ne les aurait autorisés à explorer son corps comme le faisait Matt. Sous ses caresses expertes, elle perdait pied et ne contrôlait plus rien.

Quand il lui écarta les cuisses d'une main et lui frôla le sexe de son membre durci, elle se mit à haleter.

— Parle-moi, commanda-t-il d'une voix grave.

Tess ouvrit les yeux et le regarda sans comprendre.

— De quoi ?

— Dis-moi que tu me désires... Je veux l'entendre de ta bouche.

Comme elle écarquillait les yeux, il se mit à rire doucement, puis approfondit ses caresses. Il entreprit de la couvrir de baisers. Sa langue traçait des sillons de feu sur sa chair.

— Je te veux… Je te veux maintenant, finit-elle par avouer d'une voix tremblante.

— Je n'en ai pas encore fini avec toi.

Matt découvrait en Tess une sensualité à fleur de peau qui exaltait ses sens. Comme dans tout ce qu'elle faisait, elle se montrait généreuse. Elle s'abandonnait totalement, sans aucun tabou. Quand il effleura des lèvres son sexe, elle se cambra sous lui, haletante. Il joua du bout de la langue avec son clitoris, puis le lécha, grisé par ses petits cris de plaisir.

Tess secouait la tête de gauche à droite, folle de plaisir. Jamais elle n'avait connu un tel festin de sensualité.

— Il faut que je mette un préservatif, l'entendit-elle dire d'une voix rauque.

Matt ne pouvait pas l'abandonner maintenant, alors qu'elle sentait la jouissance si proche !

— S'il te plaît, gémit-elle en plantant les ongles dans son dos. Il n'y a aucun risque…

Matt n'hésita pas. La situation avait atteint un point de non-retour. Son corps était en feu. Jamais il n'avait ressenti une telle perte de contrôle de toute sa vie. Lui qui s'imposait une discipline stricte dans tous les domaines ne se reconnaissait plus, tant il était sous l'emprise de ses sens.

Il pénétra Tess d'un coup de reins puissant, qui arracha un cri de douleur à son amante. Confus, il se retira et planta son regard dans celui de la jeune femme.

— Tu es… vierge ? demanda-t-il, incrédule.

Tess détourna les yeux. La douleur ressentie quelques secondes plus tôt s'estompait déjà, remplacée par une urgence incroyable.

— S'il te plaît, Matt, continue… Je veux te sentir en moi…

— Regarde-moi. Je vais m'efforcer d'être doux.

Le regard rivé au sien, Matt la pénétra à nouveau, lentement, profondément, guettant ses réactions. Puis, quand elle se mit à onduler avec lui, il accéléra le rythme, savourant chaque seconde de ce plaisir partagé, qui finit par atteindre un paroxysme qu'il n'avait jamais connu auparavant.

Une expérience inédite, bouleversante…

Une fois qu'elle eut retrouvé ses esprits, Tess se lova contre son amant. L'envie de lui crier son amour la tenaillait, mais elle la contint. Mieux valait garder ce tendre secret pour elle. Elle était comblée, heureuse, et seul l'instant présent avait de l'importance.

Quand Matt roula sur le côté et tourna la tête vers elle, Tess lui adressa un sourire.

— Bon, dis-moi tout maintenant.

— Te dire tout quoi ? murmura-t-elle d'une voix douce. C'était fabuleux…

Soudain anxieuse, elle planta son regard dans le sien.

— Et, pour toi, c'était comment ?

— Inattendu… Je suis ton premier, n'est-ce pas ?

— Désolée.

— Ne t'excuse pas ! C'était magique. Mais pourquoi moi ?

Pour l'encourager à parler, Matt lui adressa un sourire tendre et lui caressa la joue. Cette jeune femme de vingt-trois ans était vierge et lui avait offert son innocence. Un cadeau inestimable.

Tess se mordilla la lèvre avant de répondre.

— Eh bien… Il se trouve que tu me plais énormément. Je suis la première étonnée, parce que je n'aurais jamais imaginé succomber au charme d'un homme comme toi. Mais je perds tous mes moyens dès que tu m'approches.

— Tu as dû te rendre compte que tu me fais le même effet, confessa Matt d'une voix mal assurée.

Le désir l'assaillait à nouveau.

— J'aurais dû être capable de me retenir, mais…

Sentant le sexe durci de son amant contre sa cuisse, Tess éprouva un exaltant sentiment de toute-puissance. Puis le souvenir de ce qui les avait réunis dans un lit la fit se rembrunir.

Matt était venu la voir pour parler de Samantha. Et il n'était pas dans son état normal. Avait-il absorbé une trop grande quantité d'alcool ? En tout cas, elle ne l'avait jamais vu aussi vulnérable ni aussi prompt aux confidences.

De son côté, Tess découvrait en elle une autre facette d'elle-même. Alors que, plus jeune, elle préférait rester prudemment sur la touche pendant que ses camarades enchaînaient les aventures sans lendemain ou passaient leur temps à se languir auprès du téléphone dans l'attente d'un appel, voilà qu'elle avait renoncé à toutes ses bonnes résolutions pour se jeter dans les bras d'un homme.

— Pourquoi cette incapacité à te retenir ? demanda-t-elle d'une voix anxieuse. Aurais-je abusé de toi ?

Surpris, Matt haussa un sourcil.

— Quand tu dis des choses pareilles, j'ai l'impression d'avoir cent ans. Ne t'inquiète pas, j'adore quand les femmes *abusent* de moi.

— Tu te moques de moi.

— J'aime ton absence de cynisme. Quand je suis arrivé chez toi, j'étais au bout du rouleau. Tu as réussi à m'apaiser et je t'en suis très reconnaissant.

Tess doutait de la véracité de ces propos. Ce n'était pas elle qui avait apaisé Matt, c'était plutôt leurs ébats passionnés. Mais l'heure était mal choisie pour débattre de ce sujet. D'autant plus qu'elle ne s'était jamais sentie aussi bien de sa vie, aussi comblée.

D'un geste assuré, elle guida la main de Matt sur sa poitrine et il lui sourit à pleines dents. Il la renversa sur le lit et passa une jambe sur les siennes.

— Tu apprends vite, murmura-t-il d'un air satisfait.

Cette fois, ils se donnèrent l'un à l'autre dans un déferlement de passion. Ils partagèrent un festin de sensualité qui les transporta au septième ciel.

Après l'amour, ils demeurèrent enlacés un long moment, le souffle court et le cœur battant à tout rompre.

Mais bientôt cette tendre intimité s'acheva. Matt avait décidé de rentrer chez lui pour s'entretenir sérieusement avec Samantha.

— Parler n'est pas si difficile, lui assura Tess. La communication est essentielle dans toute relation. Je sais que cela ressemble à un cliché, mais c'est très vrai.

Après une brève hésitation, elle aborda le sujet qui lui brûlait les lèvres :

— Si ta relation avec Vicky n'a pas fonctionné, c'est peut-être par manque de communication...

Matt haussa les épaules.

— Peu importent les raisons qui ont fait que notre relation ne fonctionne pas.

Tess n'était pas de cet avis. Elle aurait aimé comprendre pourquoi le mariage de Matt et sa relation avec Vicky s'étaient soldés par un échec. Ainsi, peut-être serait-elle capable de ne pas commettre les mêmes erreurs que ses ex. Elle ne voulait pas d'une liaison de courte durée. Pas après avoir vécu un tel embrasement des sens.

— Vous avez pourtant de nombreux points communs, hasarda-t-elle.

— Laisse tomber, Tess ! coupa Matt avec brusquerie. Cela n'a aucune importance. Comme je te l'ai dit, j'ai baissé ma garde avec Vicky et elle s'est imaginé des choses.

Son visage s'était fermé. Visiblement, il n'avait aucune envie de s'appesantir sur ce sujet. Mais Tess n'en avait pas terminé.

— C'est tout à fait compréhensible ! objecta-t-elle avec un petit rire forcé.

Matt la dévisagea. Il avait beau la trouver irrésistible, une mise au point s'imposait.

— Vicky voulait une fin heureuse, pas moi. Je regrette amèrement de m'être marié et ne souhaite pas renouveler l'expérience. La seule satisfaction que je retire de cette union désastreuse, c'est ma fille. Si je te dis cela, c'est pour t'éviter de te faire des idées.

— Tu veux dire... des idées comme celles que se fait Vicky ?

Son cœur se serra douloureusement. Le chemin sur lequel elle était engagée se séparait en deux routes distinctes. Elle avait le choix d'emprunter celle que lui suggérait Matt ou de s'en éloigner. Comment avait-elle pu déceler la moindre vulnérabilité, la moindre douceur chez cet homme dur et implacable dès qu'il s'agissait des sentiments ? Mais le mal était fait : elle l'aimait trop pour prendre le risque de le perdre.

— Vicky approche de la trentaine, reprit-elle d'un ton hésitant, et son horloge biologique tourne. Ce n'est pas mon cas. À vingt-trois ans, j'ai encore beaucoup de choses à vivre. Et, si cela peut te rassurer, sache que je n'attends rien de toi, absolument rien !

Quel désastre si Matt devinait la profondeur de ses sentiments ! Il fuirait à mille lieues de là, sans un regard en arrière. Pour le retenir, elle n'avait guère d'autre choix que lui mentir.

— En fait, tu n'es pas le genre d'homme dont je peux tomber amoureuse.

— Ah bon ?

— Je n'ai pas beaucoup d'expérience, mais je ne suis pas idiote au point de confondre le désir avec l'amour.

— Pourquoi m'avoir offert ta virginité, dans ce cas ?

— Parce que j'en avais envie. Personne avant toi ne m'avait inspiré autant de...

— ... désir ? compléta Matt.

Elle hocha la tête en signe d'assentiment.

— Je te crois, dit-il. Le désir peut rendre fou. Et peut-être voulais-tu profiter de ce séjour à New York pour vivre une aventure. Sinon, pourquoi prendre la pilule ? Tu es jeune et si belle...

Tess ressentit une pointe de culpabilité. Devait-elle lui avouer à présent qu'elle n'utilisait aucun moyen de contraception ? Matt avait tiré des conclusions erronées de ses propos et elle ne jugea pas utile de le détromper. Selon lui, son séjour à Manhattan était motivé par un besoin d'aventure parce qu'elle s'ennuyait chez elle, et elle avait décidé de se protéger pour le cas où elle rencontrerait l'homme à qui elle offrirait sa virginité.

Elle ne se reconnaissait pas dans le portrait qu'il dressait d'elle, mais comprenait sa vision des choses. Le détromper n'aurait pour effet que de le faire fuir. Mieux valait qu'il se méprenne sur ses intentions. Elle aurait aimé correspondre au profil décrit par son amant, mais elle devait l'admettre : son cœur saignait à l'idée qu'il ne voie en elle qu'une aventurière.

Matt déposa un doux baiser sur ses lèvres.

— Lundi, je m'arrangerai pour rentrer vers 18 heures. Nous emmènerons Samantha dîner quelque part. D'ici là, j'espère qu'elle acceptera de me parler à nouveau. Et ensuite...

Matt se tut et plongea son regard dans le sien. Inutile d'en dire davantage, Tess avait parfaitement compris le message : Matt prévoyait de lui offrir à nouveau une orgie de sensualité...

# 6

Tess contempla dans le miroir la personne qu'elle était devenue en l'espace de quatre merveilleuses semaines. Bien que minimes, les changements étaient parfaitement perceptibles. Matt avait fait d'elle une femme. À son contact, elle s'était épanouie. Elle portait des vêtements différents désormais : des chaussures plus plates, des tenues moins ajustées.

— Je ne veux pas que les autres hommes te dévorent des yeux, lui avait dit son amant d'un ton possessif qui lui avait envoyé des frissons dans tout le corps. Est-ce un crime ? Quand tu portes ces vestes cintrées, tu attires tous les regards et ça me donne des envies de meurtre. Et je t'interdis de sortir sans soutien-gorge. Je veux être le seul à profiter de ce spectacle.

Tess avait donc troqué ses vestes près du corps contre des hauts en soie amples qui lui donnaient une allure sophistiquée, élégante. Et elle aimait cette nouvelle image d'elle-même. Matt avait beau prétendre ne pas être du genre jaloux, elle n'en croyait rien.

Un jour, à l'occasion d'une promenade, alors que Tess regardait distraitement un passant — son esprit à mille lieues de là —, Matt lui avait pris le visage entre les mains et lui avait dit avec un petit rire :

— C'est moi que tu dois regarder et personne d'autre !

Tess conservait précieusement ce genre de souvenirs. Cela

voulait forcément dire quelque chose ! Matt ne cachait pas le désir fou qu'elle lui inspirait, au contraire.

Parfois, quand tous deux dînaient avec Samantha, elle surprenait les regards de convoitise dont il l'enveloppait. Aussitôt, son pouls s'emballait, la sueur perlait entre ses seins. Elle ressentait la même urgence que lui, la même force d'attraction.

Tess adorait entendre Matt lui répéter qu'il devait être son seul centre d'intérêt. Peut-être cela signifiait-il que leur relation finirait par prendre un tournant définitif. Elle faisait attention toutefois à ne jamais évoquer une telle éventualité.

Elle avait aussi veillé à ne rien dire ni à Claire ni à ses parents ou à ses amis, qui lui semblaient désormais lointains, comme s'ils appartenaient à une autre galaxie.

Au départ, elle avait craint de ne pas être capable de garder le secret sur sa relation avec Matt. Surtout auprès de Claire, qui s'était toujours montrée très perspicace. Mais cette fois celle-ci n'avait rien détecté d'étrange dans le comportement de sa petite sœur.

Certes, Claire avait d'autres préoccupations ces derniers temps. Depuis que Tom l'avait demandée en mariage, elle semblait vivre dans un monde parallèle. Elle passait le plus clair de son temps chez lui ou chez ses parents, à Boston. Et la préparation de son mariage, prévu dans six mois, accaparait toutes ses pensées.

Le temps passait à une vitesse vertigineuse. Tess avait prévu de rentrer en Irlande début septembre, mais rien ne l'obligeait à s'en tenir à ce programme. Ses parents avaient vécu des années en Amérique avant de se décider à rentrer au pays. Leurs trois enfants étaient nés sur le sol américain. Grâce à sa double nationalité, Tess pouvait demeurer à New York aussi longtemps qu'elle le souhaitait. Mais le sujet n'avait pas encore été abordé, ni par elle ni par Matt.

Le temps pressait néanmoins ; bientôt, elle devrait affronter la situation et prendre une décision. *Ce soir peut-être*, se répéta-t-elle. En tout cas, elle se préparait avec un soin particulier.

Samantha séjournait tout le week-end chez ses grands-parents, dans les Hamptons, ce qui signifiait que Matt et elle auraient l'appartement pour eux seuls. C'était l'occasion idéale pour discuter de leur avenir — si avenir il y avait. Elle userait de tous les artifices féminins à sa disposition. C'était de bonne guerre, après tout !

Elle avait opté pour une longue robe en soie jaune qui lui découvrait les épaules et épousait ses formes à la perfection. Elle se trouvait plutôt pas mal dans cette tenue.

Pendant les vingt-cinq minutes de trajet jusqu'à l'appartement de Matt, elle réfléchit à la meilleure manière d'aborder le sujet qui lui tenait à cœur. Mais elle était affreusement nerveuse et craignait de se voir opposer une attitude hostile.

Matt était-il toujours dans le même état d'esprit qu'avant leur aventure ? Refuserait-il toute forme d'engagement ? Au final, peu importaient les réponses à ces questions : Tess pouvait envisager de rester à Manhattan et de continuer à s'occuper de Samantha. Bien sûr, cela équivaudrait à une sorte de sursis, rien de plus...

Cette réflexion mit ses nerfs à rude épreuve, et ce fut dans un état d'anxiété extrême qu'elle emprunta l'ascenseur menant au dernier étage de l'immeuble où vivait Matt.

Elle détenait une clé des lieux, l'avait même utilisée à quelques rares occasions, mais chaque fois elle avait le sentiment de pénétrer par effraction dans l'appartement de son amant. Elle aurait aimé disposer de cette clé parce que Matt la considérait comme sa partenaire et non comme son employée. Sans doute prenait-elle ses rêves pour la réalité...

Une fois devant la porte de l'appartement, elle préféra donc sonner. Quand Matt lui ouvrit, elle demeura muette un long moment, comme souvent lorsqu'elle le retrouvait. Pourtant, elle le côtoyait presque tous les jours, avait fait l'amour avec lui un nombre incalculable de fois. Rien n'y faisait : à chacune de leurs retrouvailles, c'était comme si elle le voyait pour la première fois. Il lui coupait le souffle, la rendait fébrile et, quand il lui affirmait qu'elle produisait le même effet sur lui, elle peinait à le croire. Comparée aux femmes sublimes qu'il pouvait séduire d'un claquement de doigts, elle se trouvait plutôt fade.

Pas question toutefois de se laisser impressionner ce soir, ni de faire profil bas. Il fallait qu'elle se montre à la hauteur de la situation.

Le long regard dont Matt l'enveloppa fit frissonner Tess. Elle lui adressa un sourire timide.

— Tu aimes ? demanda-t-elle en virevoltant devant lui, une fois la porte de l'appartement refermée sur eux.

Il l'attira contre lui.

— Tu ressembles à une déesse, murmura-t-il d'une voix rauque.

Quand il caressa la peau nue de ses épaules, elle tressaillit de plaisir. Les pointes dressées de ses seins ne laissaient planer aucun doute sur l'intensité de son désir. Le souvenir de leurs étreintes passionnées revint la titiller, mais la magie s'évapora quand Matt la repoussa doucement pour se rendre dans la cuisine, d'où provenait une odeur délicieuse.

— M'aurais-tu fait la surprise de cuisiner pour moi ? demanda-t-elle avec un petit rire.

— Tu sais bien que j'en suis incapable.

Matt enveloppa à nouveau Tess d'un long regard. Elle était à croquer, délicate, fragile et si belle ! Elle offrait un contraste avec le décor plutôt masculin de son appartement. L'envie de la plaquer contre le mur et de la faire sienne sans préambule le tenta, mais il préféra réfréner ses ardeurs. Tess avait accordé un soin extrême à sa tenue ; le moment venu, il prendrait un plaisir inouï à la déshabiller lentement.

— Je fais appel à un traiteur quand je reçois, expliqua-t-il avec un sourire.

S'approchant du fourneau, il plongea une cuiller en bois dans une sauce onctueuse.

— J'aimerais que tu goûtes cette préparation et que tu me dises de quoi elle est faite.

Il approcha la cuiller de la bouche de Tess. Sans se faire prier, la jeune femme lécha délicatement la préparation, les yeux fermés.

— Mmm... délicieux ! s'extasia-t-elle. Je crois que cette sauce contient du cognac. Mais, tu sais, tu es parfaitement capable de concocter de savoureux petits plats. Samantha et toi avez réussi des recettes extra ! Te souviens-tu de ce fameux risotto ?

— Rectification : c'est Samantha qu'il faut féliciter. Je n'ai fait que me conformer à ses ordres.

— Depuis quand te conformes-tu aux ordres de qui que ce soit ? pouffa Tess.

— Eh bien, essaye donc, ma délicieuse petite sorcière ! murmura Matt à son oreille. Donne-moi des ordres, et je me plierai à ta volonté. Souhaites-tu que je me mette à genoux devant toi et que je me glisse sous cette robe sublime pour te rendre folle avec ma bouche ?

— Arrête ! s'écria Tess en le repoussant faiblement. Pas question de te laisser faire une chose pareille.

— En es-tu sûre ? Parce qu'il m'a semblé percevoir une étincelle de tentation dans tes yeux. Voyons si cette idée te déplaît...

Il plaqua Tess contre le comptoir et, sans la quitter des yeux, entreprit de soulever sa robe avec une lenteur étudiée.

— Tu n'as aucun contrôle sur toi-même, Matt Strickland, protesta Tess avec un manque de conviction évident.

— Ah oui ? Et toi alors ? Je crois que nous sommes à égalité sur ce point...

Il glissa la main sous la soie de sa culotte. Tess ferma les yeux. Elle amena la bouche à la rencontre de la sienne, mais Matt la repoussa doucement.

— Non. Je veux voir ton visage quand tu jouiras.

— D'accord, tu as gagné, chuchota Tess d'une voix tremblante. Allons dans la chambre et…

Sa phrase se termina dans un hoquet de plaisir. Matt la caressa jusqu'à ce qu'elle crie et s'affaisse, pantelante, entre ses bras.

— Voilà une merveilleuse façon de commencer la soirée, murmura-t-il contre ses lèvres.

En d'autres circonstances Tess aurait volontiers abondé dans le sens de Matt. Mais ce soir elle poursuivait un autre but. Aussi, après avoir lissé les pans de sa robe, elle redressa les épaules. Mais à nouveau une bouffée d'angoisse la saisit. Visiblement, Matt ne s'était pas rendu compte de son trouble. Sans doute n'avait-il jamais réfléchi encore à l'échéance qui se rapprochait.

Depuis des semaines, Tess nourrissait l'espoir de voir se développer entre eux une véritable affection. Tous deux partageaient énormément de points communs. Si Matt se montrait impitoyable dans les affaires, il faisait preuve de tendresse et d'attention dans la sphère privée. Aussi bien avec elle qu'avec Samantha. Ils formaient à présent un trio inséparable.

Était-il prêt à renoncer à l'harmonie qui régnait dans son foyer ? Tess ne parvenait pas à se faire à cette idée. Mais, à le regarder siffloter en s'affairant en cuisine, elle sentit le doute s'insinuer en elle.

Elle accepta le verre qu'il lui proposait et prit place sur une chaise à la table de la cuisine. Elle le regarda en silence préparer leurs assiettes et attendit qu'il s'installe à son tour pour demander abruptement :

— Cela te manque, n'est-ce pas ? Je parle des longues heures passées à ton bureau. Depuis des semaines, tu fais tout ton possible pour rentrer de bonne heure de manière à pouvoir passer du temps avec Samantha. J'imagine que cela te pénalise dans ton travail.

Alors qu'il s'apprêtait à trinquer avec Tess, Matt suspendit son geste pour la dévisager avec attention. Un léger trouble le saisit. Puis il se raisonna. Elle paraissait moins gaie que d'habitude, certes, mais un peu plus tôt elle avait fondu entre ses bras comme elle avait coutume de le faire.

— Je trouve ta question étrange. Une fois que Samantha est couchée, je travaille plusieurs heures. C'est tout à fait satisfaisant.

— Est-ce à dire que tu as réorganisé ta vie ?

Matt fronça les sourcils.

— Je ne vois vraiment pas où tu veux en venir.

Jusqu'ici, il avait apprécié la simplicité des rapports qu'il entretenait avec la jeune femme. Elle se montrait toujours partante, quelles que soient leurs activités. Il menait auprès d'elle une vie sans complications, et cela lui convenait merveilleusement. Mais, ce soir, son insistance menaçait de gâcher leur soirée en tête à tête.

— Oh ! je ne veux en venir nulle part, répliqua Tess d'un ton hésitant. C'était une simple question.

Agacé, Matt repoussa son assiette à peine entamée et jeta sa serviette à côté. Puis, il s'adossa à son siège, croisa les mains derrière la tête et fixa avec insistance le visage rosissant de son invitée.

— Je n'ai pas réorganisé ma vie, laissa-t-il tomber en guise d'explication. J'essaye simplement de trouver un équilibre.

Comme Tess gardait le silence, il poursuivit :

— Samantha requiert énormément d'attention. Au départ, j'ai cru que je pourrais déléguer auprès de personnes fiables le soin de s'occuper d'elle pendant mes longues absences. Mais très vite j'ai compris que cela ne pouvait pas fonctionner. Alors, j'ai décidé de sacrifier certaines de mes activités pour être plus proche d'elle, et je ne le regrette pas. Quant à savoir si je serai en mesure de tenir ces engagements dans la durée, je l'ignore. Il arrive que j'aie besoin de me rendre à l'étranger. Si cela devait se produire, je pense que ma mère sera ravie de venir s'occuper de Samantha pendant quelques jours. Ta curiosité est-elle satisfaite ?

Tess laissa échapper un soupir.

— Je ne suis pas curieuse, avoua-t-elle. J'aimerais simplement avoir une conversation sérieuse avec toi.

Elle repoussa elle aussi son assiette intacte, au bord des larmes. En temps normal, elle n'éprouvait aucune difficulté à dire ce qu'elle pensait, mais ce soir elle avait l'impression de marcher sur des œufs. Comme si le moindre faux pas de sa part risquait de sonner le glas de sa relation avec Matt, de la faire s'écrouler, pareille à un fragile château de cartes. Son optimisme légendaire s'effritait.

— Que se passe-t-il, Tess ?

— Parfois, j'aime imaginer qu'il y a un peu plus que le sexe entre nous...

Un long silence s'abattit entre eux. Un silence horrible qui l'empêchait de respirer normalement.

Tess garda les yeux baissés jusqu'à ce que Matt se lève et commence à desservir la table. L'envie de se jeter à son cou et de lui dire qu'elle plaisantait la saisit, mais elle la contint. Jusqu'ici, elle avait joué le jeu, feignant de ne rien attendre de plus dans la relation qu'ils avaient établie. Mais à mesure que le temps passait son attachement pour cet homme s'était décuplé. À présent, elle se savait profondément amoureuse de lui.

Quand elle se leva de table pour apporter son aide, elle flageola. Elle fut soulagée d'entendre Matt lui proposer de l'attendre au salon.

Absorbée dans ses pensées, Tess sursauta quand Matt la rejoignit sur le canapé.

— Que disais-tu, tout à l'heure... ?

C'est à peine si elle reconnaissait l'homme attentionné qui lui murmurait des mots tendres un peu plus tôt. À présent, il dardait sur elle un regard sombre, fermé.

— Je disais que… que j'aimerais croire que nous partageons un peu plus qu'une simple attirance sexuelle. Est-ce que tu tiens à moi ? Voilà ce que j'aimerais savoir.

— Quelle drôle de question ! Si tu ne comptais pas pour moi, je ne me serais pas embarqué dans une relation avec toi.

— Je suis donc à égalité avec Vicky ? Est-ce ce que tu sous-entends ? Tu tiens à moi comme tu tenais à elle ?

— Je préfère ne pas comparer les femmes avec qui je dors.

— Quelles différences vois-tu entre nous ? s'obstina Tess.

Matt lui décocha un regard qui en disait long sur l'agacement que lui procurait cette discussion. Tess n'ignorait pas qu'il détestait qu'on le pousse dans ses retranchements.

— Pour commencer, Vicky n'a jamais réussi à bien s'entendre avec Samantha…

— Et si tu retires Samantha de l'équation ? coupa Tess.

— Comment pourrais-je la retirer de l'équation ? protesta Matt. Elle fait partie de ma vie !

— Tu sais très bien ce que je veux dire…

— Non !

Matt n'arrivait pas à comprendre comment la délicieuse soirée qu'il avait prévu de passer avec Tess pouvait prendre un tel tournant. Il pensait qu'après avoir partagé un bon repas, bu un excellent vin, tous deux auraient discuté comme ils avaient coutume de le faire, avant de prendre le chemin de la chambre pour donner libre cours à la passion qui les dévorait. Et voilà que son plan tombait à l'eau.

— Eh bien, permets-moi de clarifier les choses, s'emporta Tess. Je sais que tu aimes vivre au jour le jour sans te préoccuper du lendemain. Sauf sur le plan professionnel, où tu es capable de viser le long terme.

— Il n'y a rien de mal à cela. Les affaires requièrent un suivi. Il faut bâtir des fondations, développer une stratégie et élaborer des plans de route.

— Je le conçois. Je cherche simplement à comprendre où toi et moi nous situons dans ton projet de vie. J'ai besoin de le savoir, parce que d'ici à deux semaines environ je suis censée quitter ce pays.

Matt n'aimait rien moins que se sentir acculé. Il s'était lancé dans cette aventure avec Tess sans réfléchir plus avant. Puisqu'il n'avait jamais été question pour lui de s'engager dans une relation à long terme, il n'avait pas envisagé que l'échéance du départ de sa maîtresse poserait le moindre problème. Dès le début, il s'était montré clair sur ses intentions, et elle les avait acceptées sans condition. N'avait-elle pas prévu de s'amuser pendant ce séjour en Amérique ?

Soudain, le souvenir de sa timidité, de son innocence, vint le tarauder. Malgré l'insouciance qui semblait la caractériser, s'était-il mépris sur les intentions qu'avait sa belle Irlandaise en entreprenant ce voyage ?

Il devait admettre que ses actes ne correspondaient pas à l'image qu'il s'était faite d'elle. Au lieu de chercher le divertissement à tout prix, elle avait préféré se consacrer à sa mission auprès de Samantha. Puis elle s'était donnée à lui corps et âme. Toutefois, à aucun moment, il n'avait imaginé qu'elle puisse nourrir le moindre espoir de voir leur relation se transformer en quelque chose de plus sérieux.

Pas de doute, il avait porté des œillères pendant tout ce temps. Il n'avait pas vu l'évidence.

— Que veux-tu que je te dise ? soupira-t-il finalement.

— Je... Je peux rester si tu me le demandes, commença-t-elle d'une voix incertaine. J'y ai réfléchi ces derniers temps. Je n'ai pas de projet professionnel, et j'adore m'occuper de Samantha. Je sais que, dès qu'elle aura repris l'école, elle n'aura pas besoin de moi toute la journée, mais ça n'a pas d'importance. Je pourrais chercher une autre activité à temps partiel. Comme j'ai la double nationalité, ce ne serait pas un problème.

Elle se tut un instant. Espérait-elle qu'il réagirait ? Matt n'en fit rien.

— Loin de moi l'intention de m'installer chez toi, reprit-elle. Claire serait ravie que je continue à habiter avec elle. Elle n'est pas souvent là, de toute façon, puisqu'elle passe la grande majorité de son temps avec Tom. En fait, ce serait même lui rendre service : je pourrais m'occuper de son appartement en son absence.

— Ce ne sont pas les termes de notre contrat, Tess.

La douceur du ton employé par Matt l'atteignit en plein cœur. Il la laissait tomber, mais ne voulait pas se montrer brutal. Quoi qu'il en soit, quelle que soit la manière employée, le résultat demeurait le même.

— Je sais, admit-elle d'une voix tremblante. Je n'ai jamais voulu m'engager dans une relation avec toi.

— Parce que je ne suis pas le genre d'homme qui te convient.

— Exact. Mais...

Elle leva courageusement les yeux pour planter son regard dans celui de Matt.

— ... mais il se trouve que ce que nous partageons compte énormément à mes yeux. Et que j'aimerais savoir si c'est réciproque, au risque de devoir faire une entorse au contrat qui nous lie.

L'attitude de Matt prouvait à quel point les propos qu'elle lui tenait le dérangeaient. Pas question donc de lui avouer qu'elle était tombée follement amoureuse de lui.

Matt se tenait immobile. Des réminiscences de son passé venaient le narguer : sa femme, son mariage, ses résolutions de ne plus jamais se retrouver dans une telle situation. Ses conquêtes éphémères l'avaient amplement satisfait jusque-là. Il ne voulait s'engager avec personne pour ne pas se retrouver piégé. Il ne croyait pas aux relations durables.

Et Tess n'avait rien de la femme idéale.

Elle n'avait jamais occupé d'emploi durable. Elle s'était contentée de vivre dans l'ombre de ses sœurs et sans se préoccuper du lendemain. En fait, Tess et lui avaient des personnalités diamétralement opposées. Ces différences l'avaient charmé au départ, mais à plus long terme il savait qu'elles finiraient par l'irriter. Pire que tout, sa maîtresse lui adressait un ultimatum : soit il lui demandait de rester, soit elle partait. Or Matt détestait les ultimatums. Surtout ceux qui menaçaient sa vie privée.

— Puisque rien ne t'oblige dans l'immédiat à rentrer chez toi, alors pourquoi te soucier du futur ? s'entendit-il rétorquer. Pourquoi ne pas profiter de ce que nous avons ?

De cette manière, il espérait lui faire comprendre qu'il ne pouvait rien lui promettre.

— À quoi bon ?

— En d'autres termes, si je comprends bien, tu es en train de me dire ceci : à moins que je ne propose de t'épouser, tu ne vois aucune raison de rester ici ?

— Je t'ai dit que je ne souhaitais pas me marier !

— Allons donc, Tess ! Tu te satisferais de travailler à mi-temps et de te retrancher dans l'appartement de ta sœur en attendant que je te sonne ?

— Je ne verrais pas les choses de cette manière, marmonna-t-elle.

— Franchement, ce serait commettre une grave erreur.

Passablement agacé, Matt se leva du canapé et arpenta la pièce de long en large. Celle-ci avait subi quelques transformations depuis que Tess avait surgi dans sa vie. Un bouquet de fleurs fraîchement cueillies avec Samantha embaumait l'atmosphère. Des CD à elle avaient rejoint les siens sur l'antique buffet qui se trouvait dans un angle. Des photos prises et encadrées par elle reposaient sur un rebord de fenêtre. Tess avait apporté des touches chaleureuses à ce décor impersonnel, et il s'y était habitué.

— Nous nous sommes bien amusés tous les deux, finit-il par déclarer, un peu plus sèchement qu'il ne l'aurait souhaité. J'aimerais que nous continuions jusqu'à ton départ. Mais, si tu n'y tiens pas, c'est ton choix.

Le silence qu'elle lui opposa en disait long sur ce qu'elle ressentait. Matt ne se montrait pas dur par cruauté, mais parce qu'il avait beaucoup plus d'expérience que Tess et ne voulait pas qu'elle commette une grave erreur en s'accrochant à une relation vouée à l'échec. Il devait donner l'exemple. Il avait toujours procédé ainsi. La tâche n'avait rien d'agréable, toutefois il ne pouvait pas se permettre de donner à Tess de faux espoirs. Ou plutôt *encore plus* de faux espoirs, car il pressentait que ceux-ci s'étaient déjà frayé un chemin dans l'esprit de la jeune femme.

Il serra les mâchoires et se tourna vers elle.

— Au risque de te blesser, il faut que je te dise ceci, Tess : nous ne sommes pas faits l'un pour l'autre. Tu avais raison d'affirmer que j'étais à l'opposé de l'homme idéal à tes yeux. J'ai mille fois plus d'expérience que toi et crois-moi quand je te dis que je te rendrais la vie impossible.

— Je crois plutôt que c'est moi qui te rendrais la vie impossible, objecta Tess avec amertume.

Elle se maudissait d'avoir laissé percevoir les sentiments qu'elle nourrissait pour son amant, et maudissait celui-ci de manifester autant de condescendance.

— Ça ne te dérange pas de dormir avec moi, poursuivit-elle, mais je ne suis pas assez bien pour toi.

— Ceci n'a rien à voir avec le fait que tu sois assez bien pour moi ou non ! s'offusqua Matt.

Tess partit dans la cuisine à la recherche de son sac à main, puis elle se dirigea vers la porte d'entrée de l'appartement. Juste avant de sortir, elle leva le menton.

— Je te dois encore deux semaines de travail. J'aimerais te voir le moins possible durant ce laps de temps.

— Nous pouvons arranger cela, répliqua-t-il, aussi glacial qu'elle. Considère-toi comme relevée de tes fonctions.

Une profonde frustration habitait Matt à présent. Il peinait à regarder Tess tant la situation lui paraissait pesante.

— Me permets-tu au moins de dire au revoir à Samantha ?

Quand il secoua la tête en signe de refus, Tess comprit que tous deux n'avaient plus rien à se dire.

Comment la situation pouvait-elle avoir dérapé à ce point ? Y avait-il un moyen de rattraper les choses ? Non, inutile de se leurrer, il s'agissait bien là d'un adieu.

Sans bruit, Tess sortit dans le couloir et referma la porte, laissant derrière elle ses espoirs et ses illusions.

# 7

Bien que désireuse de prouver à Claire qu'elle allait mieux, Tess se blottit sous les couvertures. Elle ne parvenait pas à regarder l'avenir avec optimisme. Pour la première fois en deux mois, elle se sentait complètement à la dérive. Elle avait dit à sa sœur qu'elle pensait couver quelque chose. Et il se trouvait qu'elle couvait effectivement quelque chose. Tous les matins au cours des cinq jours précédents — cinq jours interminables, sans la moindre nouvelle de Matt —, elle s'était levée avec une vague sensation de nausée.

Elle ne savait plus quoi faire de ses journées, n'avait plus envie de rien. Dans un peu plus d'une semaine, elle quitterait le pays ; pour l'heure, elle n'avait qu'un souhait : hiberner pendant le reste de son séjour. Elle aurait aimé s'enfouir dans un terrier, comme une taupe, et dormir jusqu'à ce que l'image de Matt s'efface de sa mémoire.

Elle comprenait à présent l'erreur qu'elle avait commise en laissant cet homme occuper le centre de son univers. En l'espace de deux mois, elle avait renoncé à sa liberté, à son insouciance, et maintenant que le cordon avait été tranché elle dérivait en eau trouble comme une naufragée qui n'aperçoit aucune terre à l'horizon.

Matt lui manquait. Samantha aussi.

Claire lui avait manifesté de l'affection au départ, tout en se tenant à distance raisonnable.

— Je ne peux pas me permettre de tomber malade, avait-elle déclaré sur un ton d'excuse. J'ai trop de choses sur le feu pour risquer de contracter un virus.

De son côté, Tess se demandait si elle ne se complaisait pas dans cet état maladif. Elle rendait presque tout ce qu'elle avalait et se sentait affreusement faible. Si cela continuait ainsi, il faudrait la rapatrier d'urgence en Irlande.

Quoi qu'il en soit, au bout de cinq jours, Claire commençait à manifester des signes d'impatience. Alors que Tess tentait de se convaincre que son état nauséeux n'était qu'une vue de l'esprit, la porte de sa chambre s'ouvrit à la volée.

— Il est presque 9 h 30 ! s'écria sa sœur, toute pimpante dans sa robe-short qui devait avoir coûté les yeux de la tête.

Tess tenta de se cacher sous la couette.

— Tu devrais aller mieux tout de même ! reprit Claire.

— Je vais bien. Mais, tu le sais, je ne suis pas très matinale.

Elle détourna les yeux du sandwich dans lequel sa sœur mordait à pleines dents, et dont la simple vue lui soulevait l'estomac.

— Nous sommes samedi et je veux que tu viennes faire du shopping avec moi. Tu ne peux pas passer ta vie à te lamenter sur ton sort parce que tu as des problèmes de digestion. À ton retour en Irlande, tu t'en voudras d'avoir gâché une semaine et demie de ton temps ! Dois-je te rappeler que rien ne t'attend là-bas ?

— Je vais m'inscrire à un parcours de formation à l'enseignement, je te l'ai dit.

Après des années d'errance, Tess avait au moins trouvé une voie au cours de son séjour à Manhattan. C'était d'ailleurs le but de son voyage.

— Quoi qu'il en soit, éluda Claire, tu vas quitter ce lit et venir faire du shopping avec moi, parce que ce soir nous irons à une fête. Je t'ai déjà obtenu une invitation, alors pas question de te défiler sous prétexte que tu te sens un peu patraque. Nous allons te trouver une tenue splendide et, crois-moi, nous allons bien nous amuser.

Quand Claire adoptait ce ton déterminé, personne ne songeait à la contredire, et encore moins sa petite sœur. Tess se leva.

— Je te donne une demi-heure pour te préparer à affronter Manhattan ! conclut Claire.

Docile, Tess accompagna sa sœur en ville et passa la journée à essayer différentes tenues, jusqu'à en trouver une qui lui convienne.

Lorsqu'elles regagnèrent l'appartement, il était déjà 17 h 30. Il ne leur restait plus qu'une heure pour se préparer avant l'arrivée du taxi qui devait venir les chercher.

— Et ce soir pas question de jouer les rabat-joie ! la prévint Claire en sortant de sa chambre.

Au fond d'elle, Tess savait que sa sœur avait raison. Il fallait absolument qu'elle tourne la page. Elle ne pouvait continuer à se lamenter sur son sort. Matt ne lui avait rien promis. Jamais il n'avait laissé entendre que leur aventure avait une chance de se prolonger au-delà de son séjour aux États-Unis. C'était elle qui avait mal interprété leur relation. Par naïveté et en dépit du bon sens, elle avait construit un fantasme à partir de leur passion, et il avait volé en éclats à leur premier différend.

À bien y réfléchir, le constat était accablant : Matt et elle se tenaient chacun de part et d'autre d'un immense fossé. Pur produit d'un héritage de richesse et de pouvoir, Matt était un homme accompli et sûr de lui. Il avait non seulement grandi dans un cocon privilégié, mais avait aussi su faire fructifier son fabuleux héritage. Après avoir pris les rênes de l'entreprise de son père, il en avait développé plusieurs branches, et se trouvait aujourd'hui en possession d'une fortune colossale.

Comparée à lui, Tess se sentait minuscule et dénuée du moindre intérêt. Elle devait l'admettre, son erreur avait été de croire aux contes de fées. Même si Matt était tombé follement amoureux d'elle — ce qui ne s'était pas produit —, jamais il n'aurait pu s'engager auprès d'une personne aussi éloignée de son milieu social.

Voilà pourquoi elle devait tourner la page.

Quand elle fut fin prête, son reflet dans le miroir lui renvoya l'image d'une jeune femme déterminée à regarder l'avenir avec optimisme. Il s'agissait sans doute d'un leurre, mais au moins elle avait retrouvé un peu de confiance en elle.

Claire surgit dans la chambre à 18 h 30 tapantes et, après avoir inspecté la tenue de sa sœur d'un œil clinique, se déclara satisfaite.

Tess avait fini par arrêter son choix sur une robe bustier vert émeraude, ceinturée à la taille et qui lui tombait souplement jusqu'aux chevilles.

— Ta poitrine t'autorise à porter ce genre de robe, avait approuvé Claire quand Tess était sortie de la cabine d'essayage. Et le vert convient à ton teint.

C'était le genre de robe qui ne permettait pas le port d'un soutien-gorge et, quand elle l'avait enfilée, le souvenir de Matt était revenu la harceler. Jamais il ne l'aurait autorisée à se rendre dans un lieu public vêtue de la sorte. Elle avait trouvé plaisant qu'il adopte un comportement aussi possessif, mais lui avait donné un sens erroné. D'une certaine manière, en choisissant cette robe, elle avait eu l'impression de commettre un acte de rébellion.

Le trajet jusqu'au lieu où se tenait la fête dura environ quarante minutes. Il s'agissait d'une galerie d'art célèbre qui organisait quelques fois dans l'année des réceptions réservées à quelques privilégiés. Dehors, de nombreuses personnes élégamment vêtues progressaient lentement jusqu'à l'entrée et présentaient leur invitation aux portiers en faction.

À l'intérieur, la fête battait son plein. La galerie d'art offrait un cadre élégant et moderne. Le hall de réception, entièrement recouvert de marbre blanc, donnait sur deux immenses salles de chaque côté. Dans l'une se produisait un quartet de jazz ; dans l'autre les convives développaient leur réseau de connaissances. L'ensemble faisait penser à un entrepôt de luxe. Dans les deux pièces, les murs peints en gris ardoise étaient décorés d'œuvres d'art moderne, toutes savamment mises en relief par des spots discrets. Tess ne savait où regarder tant elle était impressionnée par le lieu. Elle n'avait jamais rien vu de semblable. Pendant un bref instant, elle en oublia presque la tristesse qui la rongeait.

Tom et Claire firent de leur mieux pour la présenter aux personnes qu'ils connaissaient. Mais très vite sa sœur commença à manifester des signes d'impatience. Visiblement, jouer les baby-sitters l'ennuyait prodigieusement. Tess s'éloigna alors de son côté, ravie de pouvoir explorer l'endroit seule. Après avoir longuement admiré les œuvres d'art exposées, elle se rendit dans la salle où se produisait le quartet.

Elle choisit une table reculée et s'y installa après avoir accepté une coupe de champagne. Elle se complaisait dans l'écoute d'un air mélodieux quand soudain une voix au timbre chaud dans son dos la fit frémir.

Matt avait repéré Tess au premier regard quand il l'avait vue pénétrer dans la salle de jazz. Pourtant, il devait y avoir au bas mot trois cents convives à cette réception. Les salles du rez-de-chaussée étaient bondées, de même que celles de l'étage, où d'importants hommes d'affaires rencontraient des clients de premier choix. C'était par pure coïncidence qu'il avait vu Tess : il avait passé le plus clair de son temps à l'étage, préférant de loin le confort feutré des salons privés à l'ambiance festive qui régnait au rez-de-chaussée. Néanmoins, dès qu'il avait entrevu la chevelure magnifique de son ex-maîtresse et cette silhouette reconnaissable entre toutes, son sang n'avait fait qu'un tour. Pendant un court instant, il avait perdu le fil de la conversation qu'il tenait avec l'un des directeurs de sa succursale de Boston ; puis, s'excusant brièvement, il avait suivi Tess jusqu'à la salle dans laquelle jouait le groupe de jazz.

Revoir Tess l'avait plongé dans des réminiscences qu'il aurait préféré occulter. Mais elle n'avait cessé, depuis son départ, de hanter ses pensées. C'était comme un bourdonnement qui venait se loger dans son cerveau aux moments les moins opportuns. À tel point qu'il ne parvenait plus à se concentrer.

Tess manquait cruellement à Samantha, qui ne cessait de parler d'elle. Elle avait toutefois accepté son départ, car elle savait que son séjour en Amérique ne durerait pas éternellement.

Sa fille s'était métamorphosée durant les quelques semaines qui s'étaient écoulées. Matt en ressentait un profond soulagement. La jeune étudiante qui avait remplacé Tess au pied levé avait très vite été acceptée par Samantha, même si cette dernière mentionnait au moins une fois par jour sa précédente nounou.

Matt s'était vu obligé de promettre à sa fille une visite de Tess, peut-être à l'occasion des vacances de Pâques. Ou peut-être plus tôt... Souvent, Samantha l'obligeait à regarder toutes les photos qui avaient été prises durant le séjour de la jeune femme. Il écoutait sa fille lui raconter leurs escapades. Il hochait la tête en serrant les dents. À aucun moment, il n'avait pu oublier son ancienne maîtresse. Il n'y avait pas été autorisé ! Pas étonnant, dans ces circonstances, que son instinct l'ait poussé ce soir à la suivre.

Pendant un long moment, il était resté en retrait, occupé à l'observer tandis qu'elle savourait son champagne en tapant discrètement du pied en rythme avec la musique.

À la voir ainsi détendue, il regrettait de s'être fait du souci pour elle. Elle paraissait aux anges et était d'une beauté saisissante. Pas de doute, sa présence à cette fête n'avait qu'un but : trouver un partenaire. Pour quelle autre raison aurait-elle choisi une tenue aussi provocante et sexy ? Le tissu moulait sa poitrine comme une seconde peau...

La soudaine apparition de Matt à ses côtés, sublime dans son costume noir, lui avait coupé le souffle. C'était comme si la foudre s'était brusquement abattue sur elle.

— Que fais-tu là ? demanda-t-elle.

— Je pourrais te poser la même question.

— Je... Je suis venue avec Claire, bredouilla-t-elle.

Elle se souvint qu'elle avait décidé de tourner la page et d'avancer. Elle devait s'en tenir à ses résolutions. Hélas, rien n'y faisait : son cœur battait la chamade devant cet homme si attirant. Matt était-il accompagné d'une nouvelle conquête ? Même s'il était venu seul, il repartirait sans doute au bras d'une créature sublime. Il attirait tous les regards, même ceux des hommes — qui devaient se sentir bien fades comparativement à lui.

Apparemment, il était d'une humeur massacrante. Et elle savait pourquoi : alors qu'il comptait s'amuser, il tombait sur son ancienne maîtresse, une femme dont il espérait s'être débarrassé pour toujours.

— Je ne m'attendais absolument pas à te voir ce soir ! lança-t-elle avec un petit rire forcé. Quelle coïncidence ! Le monde est petit. C'est ce que prétend Mary, qui chaque fois qu'elle boit un verre quelque part à Londres rencontre quelqu'un qu'elle connaît.

— À d'autres, Tess ! Tu devais bien te douter que je serais présent.

Matt avala l'ultime gorgée de son whisky et posa bruyamment le verre sur la table de Tess. Puis il enfouit les mains dans ses poches, le regard rivé sur celle qui n'avait cessé de hanter ses rêves.

— Comment aurais-je pu le savoir ?

— Parce qu'il s'agit d'une fête d'entreprise. De la fête de *mon* entreprise. N'essaye pas de me faire croire que tu l'ignorais !

— Ta fête d'entreprise ? s'étrangla Tess en ouvrant de grands yeux effarés. Claire ne m'en a pas soufflé mot.

Matt ébaucha un rictus ironique, les yeux fixés sur la poitrine généreuse de son ancienne maîtresse.

— Je comprends parfaitement la raison de ta venue. Comme tu savais que je serais présent, tu t'es dit que ce serait l'occasion rêvée pour t'exhiber et me faire regretter notre rupture. Eh bien, ça ne marche pas.

La gorge soudain sèche, Matt se dit qu'il avait terriblement besoin de boire quelque chose. Comme par magie, un serveur chargé d'un plateau de boissons se matérialisa à ses côtés. Il saisit un verre de vin. Il aurait préféré un whisky, mais il s'en contenta et en avala une grande gorgée.

— Je ne savais absolument pas que tu serais là, insista Tess, en y mettant toute la conviction dont elle était capable. Claire ne m'a pas dit qu'il s'agissait d'une fête d'entreprise.

Comme Matt continuait de la fusiller du regard, la moutarde lui monta au nez.

— Et même si je l'avais su, ce qui n'est pas le cas, je ne serais pas venue ici dans le but de te faire regretter notre rupture ! s'emporta-t-elle, incapable de se contenir davantage.

— Non ? Pourquoi avoir choisi une robe aussi sexy, et ne pas porter de soutien-gorge ?

Cette simple mention lui envoya des frissons glacés dans tout le corps. Trop de réminiscences venaient la harceler. Tess se rappelait à quel point elle était vulnérable au contact de cet homme, qui avait su éveiller en elle des sensations inoubliables.

— Je ne l'ai pas fait à ton intention.

Elle tremblait à présent. Elle s'en voulait de laisser percevoir le trouble qui l'habitait. Mortifiée, elle peinait à soutenir le regard acéré de Matt.

— Ah non ? Tant mieux, car comme je te l'ai dit ça ne marche pas. J'ai trop souvent été témoin de ce genre de stratagème, je ne tombe plus dans ce type de piège. Nous ne sommes plus liés l'un à l'autre et tu ferais mieux de tourner la page.

— Je n'arrive pas à croire que tu puisses faire preuve d'autant d'arrogance, Matt Strickland ! Et je me demande vraiment ce qui a pu me plaire en toi.

— Il suffirait de pas grand-chose pour que je t'aide à t'en souvenir.

Elle frémit en découvrant la lueur étrange qui brillait à présent dans les yeux de Matt. Seigneur, elle n'avait vraiment pas besoin de cela maintenant… Il fallait qu'elle se montre forte, imperturbable.

Matt éprouvait-il un malin plaisir à la torturer de la sorte ? Cherchait-il à prouver que son pouvoir de séduction était intact ? Qu'il suffirait d'un geste pour qu'elle fonde dans ses bras, comme avant ? S'agissait-il d'un test ?

Tess en aurait pleuré de frustration.

Matt se rendit compte que cette joute verbale le réjouissait. Jusqu'ici, il avait tenu son rôle en serrant des mains, en s'entretenant avec divers invités. Plusieurs fois au cours de la soirée, il avait jeté un regard furtif à sa montre, rageant à l'idée de devoir subir ces mondanités pendant de longues heures encore. Mais maintenant, enfin, il s'amusait et comptait bien profiter de la situation le plus longtemps possible.

Il n'arrivait pas à détacher son regard du corps si désirable de Tess. Si la foule avait été moins dense ou s'il s'était trouvé dans un endroit plus retiré, il n'aurait pas hésité à mettre sa menace à exécution, et Tess aurait cédé à ses avances…

Comme il aurait aimé lui arracher cette robe et prendre ses seins à pleines mains, les lécher jusqu'à ce qu'elle le supplie de la faire sienne !

Soudain, il se remémora leur dernière soirée ensemble. La manière dont elle avait joui sous ses caresses. Il s'était délecté de ce moment torride et en gardait encore un souvenir vivace. Il se rappelait même le tomber souple de sa robe jaune…

— Il se trouve qu'en effet j'ai tourné la page ! lança Tess en le défiant du regard.

Elle cherchait désespérément à se rappeler le nom d'un homme qui l'avait abordée un peu plus tôt, et lui avait même remis sa carte de visite.

Matt garda le silence tandis que l'information se frayait un chemin dans son esprit. Et ce qu'elle lui disait ne lui plaisait pas. Absolument pas.

— Et il se trouve aussi que j'ai reçu une invitation de la part d'un homme, ajouta-t-elle.

Le sang de Matt ne fit qu'un tour. Quand il avait conseillé à Tess de tourner la page, il ne l'invitait pas à prendre un nouvel amant.

— Ah oui ? Et de qui s'agit-il ?

Il s'était exprimé d'une voix exagérément calme pour ne pas trahir la colère qui s'était emparée de lui. Il ne supportait pas l'idée que quelqu'un puisse le rendre jaloux.

— Tony ! s'exclama Tess, ravie de se rappeler le nom de l'homme qui l'avait draguée un peu plus tôt. Tony Grayson.

*Le directeur des ventes de sa société...*

Ce dernier risquait de voir sa carrière prendre un tournant radical. Matt termina son verre, puis remonta sa manche de chemise pour jeter un coup d'œil à sa montre.

— Eh bien, déclara-t-il d'un ton nonchalant, je te souhaite bonne chance avec ce type. Mais à ta place je demeurerais prudente. New York n'a rien de comparable avec un petit village irlandais. Attention aux signaux trop évidents que tu risques d'émettre et sois prête à en assumer les conséquences. En d'autres termes, ne t'approche pas trop du feu si tu ne veux pas te brûler les ailes.

Sur ces mots, Matt tourna les talons, laissant Tess seule en plein désarroi. Elle n'avait plus du tout envie de faire croire qu'elle s'amusait. Au contraire, elle ressentait le besoin de fuir cet endroit et de se réfugier dans l'appartement de sa sœur. Tel un patient en pleine rechute, il fallait à tout prix qu'elle se repose pour enrayer le mal, car revoir Matt l'avait mise K-O.

Sachant que Claire mettrait tout en œuvre pour la convaincre de rester, elle ne prit pas la peine de partir à sa recherche pour l'informer de ses intentions. Discrètement, elle se dirigea vers la sortie et se contenta de lui envoyer un texto. Quand Claire en prendrait connaissance, Tess serait déjà rentrée à l'appartement.

Trois jours plus tard, sous la pression de sa sœur, Tess avait finalement accepté de consulter un médecin.

— Tu ne peux pas prendre l'avion si tu te sens complètement patraque, avait déclaré Claire d'un ton péremptoire. Si ton état s'aggrave pendant le vol, tu vivras un véritable cauchemar. Je suis sûre que tu as contracté un virus et il faut t'en débarrasser au plus vite. C'est pourquoi je t'ai pris un rendez-vous avec mon médecin. Si tu le souhaites, je peux y aller avec toi.

Tess se félicitait à présent d'avoir décliné l'offre de sa sœur de l'accompagner. Comment Claire aurait-elle réagi en apprenant qu'elle était enceinte ? Elle préférait ne pas connaître la réponse à cette question…

Après la consultation, elle se rendit dans un bar à proximité de l'hôpital et commanda un cappuccino, qu'elle préféra laisser de côté tant elle se sentait nauséeuse.

Sa réaction initiale — une totale incrédulité — commençait à se dissiper. Avec le recul, elle devait se rendre à l'évidence : tous les signes étaient là ; elle les avait simplement occultés. Bien que non protégée lorsqu'elle avait fait l'amour avec Matt pour la toute première fois, elle pensait être hors de danger. Par la suite, elle avait jugé plus prudent de se faire poser un stérilet pour écarter tout risque de grossesse.

— Vous devez être très fertile, avait déclaré le médecin vingt minutes plus tôt, tandis que, immobile comme une statue, elle tentait d'absorber la nouvelle.

Certes, ses nausées trouvaient à présent leur explication, de même que le retard de règles dont elle avait vaguement eu conscience du haut de ce petit nuage dont elle venait de tomber de la manière la plus violente qui soit.

Une femme assise non loin d'elle se pencha pour lui demander si elle se sentait bien.

— Oui. J'ai reçu un choc, mais ça ira mieux après avoir bu mon café.

Elle devait mettre Matt au courant. Il avait le droit de savoir. Mais à l'idée de cette confrontation une grande nervosité la saisit.

Lors de leur dernière rencontre, il s'était montré parfaitement clair : leur aventure n'était plus qu'un souvenir pour lui. La condescendance avec laquelle il s'était exprimé prouvait à quel point elle comptait peu à ses yeux. Il l'avait même accusée d'avoir cherché à le séduire à nouveau en portant une tenue sexy à l'occasion de sa fête d'entreprise. Il ne l'avait pas crue lorsqu'elle avait affirmé ignorer qu'il serait présent à cette réception.

Alors qu'il ne voulait plus entendre parler d'elle, qu'allait-il récolter ? Un fardeau qui pèserait sur ses épaules jusqu'à la fin de ses jours. Persuadé qu'elle prenait un moyen de contraception, il lui avait fait confiance ; en retour, il allait devoir assumer une paternité non désirée d'ici quelques mois. Malgré tout, lui cacher la vérité serait complètement immoral. Alors, renonçant à peser le pour et le contre, Tess quitta le café et héla un taxi.

Comme d'habitude à cette heure-là, la circulation était dense. Tess arriva à destination à bout de nerfs.

Comme elle s'était déjà rendue à plusieurs reprises dans ces bureaux, on la reconnut aussitôt et elle fut invitée à emprunter l'ascenseur privé qui devait la mener tout en haut de l'immeuble.

Les bureaux de Matt ressemblaient à s'y méprendre à son logement. Il y régnait la même atmosphère feutrée. Ils étaient dotés des mêmes équipements luxueux. L'espace était distribué de telle sorte que son assistante dispose d'un bureau privé et que les visiteurs bénéficient d'une salle d'attente confortable.

L'opulence de ce décor lui rappela douloureusement les différences qui les séparaient. Pas de doute, ils évoluaient dans des mondes opposés.

Cette pensée raviva sa nervosité. Tess dut fournir un gros effort pour ne pas laisser entrevoir son trouble quand elle fut reçue par l'assistante de Matt. Elle prit même le temps de discuter un peu avec elle pour retarder la rencontre avec son ex-amant.

Quand Matt apprit la nouvelle de la présence de Tess dans ses locaux, il ressentit une bouffée d'excitation. Elle n'avait pas quitté ses pensées depuis la soirée organisée par son entreprise. Il ignorait ce qui motivait cette visite, mais espérait que Tess avait changé d'avis et revu les options qui s'offraient à elle.

Il avait d'abord cru qu'elle s'était rendue à cette réception pour faire des rencontres, puis avait écarté cette idée. Cela ne ressemblait pas à la jeune femme qu'il avait appris à connaître. En réalité, il espérait que leurs retrouvailles à l'occasion de cette soirée lui avaient permis de mesurer l'erreur qu'elle avait commise en le quittant. Même si son départ était imminent, il avait bon espoir de profiter des prochains jours pour la ramener dans son lit. Il était même prêt à ravaler sa fierté pour la faire sienne à nouveau. Elle avait commis une grave erreur en essayant de le piéger par les sentiments. Peut-être sinon leur aventure aurait-elle pris un tout autre tournant ? Au bout du compte, peut-être aurait-elle fini par obtenir ce qu'elle désirait…

À son entrée, il se retint de lever immédiatement les yeux vers elle, mais son sang s'était mis à bouillir dans ses veines.

— Désolée de t'interrompre…, commença-t-elle.

— Tu as de la chance de me trouver ici, répliqua Matt. Je suis attendu en réunion d'ici à quelques minutes. Alors, quoi que tu aies à me dire, il va falloir te montrer brève.

Déstabilisée par ce ton brusque et cet accueil glacial, Tess vacilla. Elle avait tenté de répéter dans le taxi les propos qu'elle avait prévu de lui tenir, mais à présent plus rien ne lui venait. Tel un lapin épinglé par des phares, elle était aussi rigide qu'une statue.

— Eh bien ? insista Matt avec impatience. De quoi s'agit-il ? Je n'ai pas la journée à te consacrer.

— Tu vas me maudire, mais... il faut que tu saches que je suis enceinte.

# 8

Matt se figea. D'abord, il pensa s'être mépris sur le sens des propos de Tess, mais en voyant la pâleur de ses traits il révisa son jugement. Elle était blanche comme un linge et se tenait droite sur son siège, aussi rigide qu'un morceau de bois.

Il allait la « maudire », avait-elle dit ? Quel euphémisme !

— C'est impossible, affirma-t-il avec fermeté.

— Tu préférerais que je ne sois pas enceinte, mais je le suis. J'ai effectué un test ce matin. J'en ai même fait plusieurs.

C'était comme si son cerveau avait cessé de fonctionner. Rien n'avait préparé Matt à une telle monstruosité.

— Tu étais protégée !

Il se leva de son fauteuil et gagna la fenêtre de son bureau.

— S'il s'agit d'une ruse pour me soutirer de l'argent, c'est raté.

Il resta un court instant adossé à la fenêtre, puis se mit à arpenter le bureau de long en large, en proie à une vive agitation. Son esprit refusait d'intégrer la nouvelle qu'il venait de recevoir.

— Pourquoi chercherais-je à te soutirer de l'argent par la ruse ?

— Parce que tu refuses l'idée que notre aventure soit terminée. Tu veux emporter plus que des souvenirs dans tes bagages. Et tu sais combien je vaux !

— Comment peux-tu dire une chose pareille ? s'écria Tess. Quand t'ai-je donné l'impression que je courais après l'argent ? Et je serais incapable d'une telle supercherie !

Matt hocha la tête. En effet, Tess n'en était pas capable. La sincérité qu'il lisait sur son visage le prouvait. Que cela lui plaise ou non, son ex-maîtresse ne mentait pas. Elle portait son enfant. Il s'agissait d'une réalité à laquelle il allait devoir s'habituer. Malgré tous ses efforts pour la contourner, il commençait même à l'accepter.

Mais au-delà de ce fait de nombreuses questions demeuraient sans réponse, de nombreuses zones d'ombre à éclaircir. Perçant le brouillard épais de ses pensées, une idée parfaitement logique émergea : cette femme l'avait ensorcelé, poussé à adopter des comportements qui lui étaient étrangers. Certes, il avait passé de délicieux moments avec elle. Elle avait su le faire rire, le détendre comme aucune autre femme avant elle. Mais quelle importance devait-il accorder à cet état de fait ?

Il ne connaissait Tess que depuis deux mois environ. Et voilà qu'elle lui annonçait sa grossesse, alors qu'elle avait prétendu être protégée. Qu'espérait-elle ? Un avenir servi sur un plateau d'argent ? N'était-il pas légitime de nourrir des soupçons ?

La suspicion faisait partie de son ADN. C'était un moyen pour lui de se protéger. Mais il devait en convenir, la jeune femme en face de lui paraissait sincère. Les larmes qui brillaient dans ses yeux en témoignaient.

Il ouvrit un tiroir de son bureau, en sortit une boîte de mouchoirs et la poussa vers Tess.

— Très bien, je t'écoute, dit-il.

— La toute première fois…

— Si je me souviens bien, l'interrompit-il, tu m'as assuré que…

— Je me rappelle parfaitement ce que je t'ai dit ! le coupa-t-elle à son tour. Eh bien, j'ai menti.

Matt fronça les sourcils. Atterrée par la férocité de son regard, Tess se tut. À peine eut-elle conscience qu'il soulevait son téléphone pour parler à sa secrétaire — sans doute pour lui dire de ne le déranger sous aucun prétexte. Pendant la durée de cet échange, Tess tenta de remettre de l'ordre dans ses idées.

Quand Matt reposa le combiné sur son support, elle s'arma de courage et poursuivit sa confession.

— Tout est allé de travers.

Elle s'interrompit pour prendre un mouchoir, s'essuyer les yeux, puis reprit :

— Ce n'était pas vraiment un mensonge ; disons plutôt un mensonge par omission. Quand tu m'as demandé si je me protégeais, j'étais si troublée que je n'ai pas pu te dire la vérité. Je ne voulais pas que nous arrêtions.

À cette évocation, Matt se remémora aussitôt la toute première fois où ils avaient fait l'amour. Tout comme Tess, il n'avait jamais ressenti pareil désir de toute sa vie. Un désir qu'il sentait poindre à cet instant précis avec une force inouïe. Mais il était hors de question de laisser ses sens altérer son jugement. Tess avait menti. Délibérément. Au mépris des conséquences.

— Alors tu m'as laissé continuer, lâcha-t-il entre ses dents serrées. En prenant le risque de tomber enceinte pour un moment de folie. Tu as mis en péril nos deux vies tout simplement parce que tu n'as pas su te retenir.

— C'était la première fois qu'un homme m'inspirait un tel désir, confessa Tess en baissant les yeux. Et, comme j'ai toujours eu un cycle régulier, je pensais très sincèrement ne courir aucun risque.

— Ce que tu me dis me flatte, mais permets-moi de douter des raisons qui t'ont poussée dans mon lit.

Tess se raidit. Ainsi, Matt ne la croyait pas ? Elle peinait à suivre ses déplacements dans la pièce. Il lui faisait l'effet d'un lion en cage, enragé, prêt à tout moment à fondre sur sa proie.

— Oui, je veux bien admettre que ton désir ait pu altérer ton jugement, poursuivit-il. Mais, quitte à perdre ta virginité, autant que ce soit avec un homme au portefeuille bien rempli, non ? Si mes souvenirs sont exacts, je ne t'ai aucunement forcée. Tu aurais pu faire machine arrière, mais peut-être as-tu préféré tenter ta chance ? Tomber enceinte d'un homme comme moi représentait une belle aubaine, non ?

Emportée par la colère, Tess sentit le rouge lui monter aux joues.

— « Une belle aubaine » ? D'après toi, je *voulais* tomber enceinte ? Tu crois que j'avais envie d'avoir un enfant, à vingt-trois ans, alors que je commençais à peine à entrevoir un avenir ? Alors qu'enfin j'avais un projet ? Celui de me professionnaliser dans l'enseignement. De travailler avec des enfants grâce à mon expérience avec Sam. J'envisageais de reprendre mes études et d'obtenir le diplôme que j'aurais dû avoir il y a des années. Tu crois vraiment que je voulais renoncer à tout cela ?

Elle se leva. Elle tremblait de tous ses membres. Elle n'aurait jamais dû venir. Il aurait mieux valu qu'elle reparte pour l'Irlande sans dire la vérité à Matt. Il n'aurait jamais rien su de sa grossesse.

En vérité, elle aurait mieux fait de ne jamais succomber au charme de cet homme.

— Je vais partir, maintenant, marmonna-t-elle d'une voix mal assurée. Je pensais que tu avais le droit de savoir. C'est chose faite.

Alors qu'elle se dirigeait vers la porte, Matt lui bloqua soudain le passage.

— Tu vas *partir* ? C'est une plaisanterie ?

— Nous n'avons plus rien à nous dire.

Matt la dévisagea comme si elle avait perdu la raison.

— Tu viens de lâcher une bombe sur moi et tu estimes que nous n'avons plus rien à nous dire ? Vis-tu sur une autre planète ?

— Inutile de te montrer cruel ou sarcastique. Je suis tout aussi choquée que toi.

Matt se passa une main nerveuse dans les cheveux et secoua la tête. Il devait retrouver le contrôle de ses émotions. Il avait l'impression que les fondations sur lesquelles il avait érigé sa vie tremblaient sous ses pieds. Avait-il ressenti la même chose quand Catrina lui avait annoncé sa grossesse ? Il était beaucoup plus jeune à cette époque-là, et désireux d'assumer ses responsabilités. Il avait tiré de nombreux enseignements de cette expérience et avait pris garde à ne jamais retomber dans le même piège.

Et voilà qu'il était confronté à un grave problème à résoudre. Mais tous les problèmes trouvaient leur solution. Et jeter des accusations au visage de la femme qui serait bientôt la mère de son enfant n'en était pas une. Cela ne les mènerait nulle part.

Tess le dévisageait avec de grands yeux remplis de larmes. Pendant un court instant, il sentit poindre un sentiment de culpabilité, mais il chassa très vite cet accès de faiblesse.

— Je ne suis pas très à l'aise à l'idée de poursuivre cette conversation ici, dit-il sèchement.

— Que nous la tenions ici ou ailleurs, quelle importance ?

Tess n'avait pas envie de retourner chez Matt, ni d'aller chez Claire. Sa sœur ignorait tout de sa situation et se trouvait actuellement en mission à Brooklyn. Que se passerait-il si elle revenait plus tôt que prévu ?

Tess savait qu'un jour ou l'autre tout finirait par se savoir ; mais pour l'heure elle tenait à gérer les problèmes les uns après les autres. Elle n'arrivait pas à se projeter sur le long terme.

En réalité, elle désirait que cet échange se déroule en terrain neutre.

— Nous sommes sur mon lieu de travail, reprit Matt en agrippant la veste sur le dossier de son fauteuil. J'ai demandé à mon assistante de ne pas nous déranger, mais plusieurs réunions vont devoir être annulées. Ce qui veut dire que tôt ou tard elle aura besoin de venir me voir pour que je lui donne des instructions. Or je ne tiens pas à éveiller sa curiosité ni celle de qui que ce soit d'autre sur ma vie privée.

— Que vas-tu lui dire ? demanda Tess. Je ne veux pas aller chez Claire ni chez toi.

— Pourquoi ?

Une sensation de chaleur intense la traversa. Se retrouver seule avec lui… Cette éventualité la mettait à la torture. Elle savait à quel point elle était vulnérable en sa présence. À l'idée d'un face-à-face dans un lieu restreint, son cœur se mit à cogner dans sa poitrine. Elle craignait de rechuter…

— Aurais-tu peur de moi ? demanda Matt d'un ton adouci. De quoi me crois-tu capable ?

*De tout…*, songea-t-elle en se tordant les mains. Il l'avait accusée de nourrir les pires intentions. N'était-elle pas en droit de lui rendre la pareille ?

— Je ne sais pas ! s'écria-t-elle d'une voix tremblante. Tu m'as insultée. Tu es allé jusqu'à m'accuser d'avoir tout prémédité, d'avoir pris des risques pour te piéger. Tu t'es comporté comme une brute. Je préfère aller dans un endroit public.

— Que veux-tu dire ? Tu crois que je pourrais te menacer physiquement ?

— Non, bien sûr que non…

Une lueur incendiaire brilla dans les yeux de Matt et elle baissa les siens, honteuse.

— Je n'ai jamais levé la main sur une femme de toute ma vie. Pour moi, ce serait commettre le pire des crimes.

— Je suis fatiguée, murmura Tess avec un soupir. Je n'ai pas envie d'être harcelée. Peut-être pourrions-nous réfléchir à la situation chacun de notre côté et en reparler demain, ou après-demain.

Matt refusa d'accorder le moindre crédit à cette proposition. Jamais il ne remettait au lendemain ce qu'il pouvait faire le jour même. Sa longue expérience lui avait enseigné qu'un problème non résolu sur-le-champ prenait souvent des proportions inouïes.

— Attends-moi près de l'ascenseur, lui intima-t-il. Je vais devoir revoir mon planning de la journée avec mon assistante.

— C'est inutile, Matt. Laisse-moi rentrer chez moi et nous reparlerons plus tard. Calmement.

— Je suis parfaitement calme. En fait, compte de tenu de la situation, je ne pourrais pas l'être davantage.

Matt ne mentait pas. À mesure que le temps passait, ses

idées s'éclaircissaient, et une solution commençait à émerger. Très vite, Tess découvrirait qu'il était un homme de parole, qui assumait ses responsabilités quelles que soient les circonstances.

Tess lui jeta un long regard, désespérée. Mais il était aussi inébranlable qu'un bloc de granit.

— Dans ce cas, allons dans un café, proposa-t-elle à contrecœur. Ou sur un banc, dans un parc.

Matt se contenta de hocher la tête en signe d'assentiment. Il remit un peu d'ordre dans ses dossiers, éteignit son ordinateur et enfila sa veste.

Ensemble, ils quittèrent le bureau. Tess se dirigea vers les ascenseurs, où Matt la rejoignit très vite après être allé parler à son assistante. Il paraissait aussi calme qu'il avait prétendu l'être. Cet homme était passé maître dans l'art de masquer ses émotions. Il aurait mérité un oscar…

— Un café se trouve à deux rues d'ici, lui dit-il en appuyant sur le bouton d'appel de l'ascenseur. Un endroit tranquille où personne ne nous dérangera à cette heure de la journée.

— Qu'as-tu dit à ta secrétaire pour justifier ton absence ?

— Que je devais régler un problème avec la nouvelle nounou de Sam. Comme cela m'est déjà arrivé plusieurs fois, elle n'a manifesté aucune surprise. Et, quoi qu'il en soit, mon assistante n'est pas le genre de personne à s'immiscer dans ma vie privée.

Matt continua à lui parler tandis qu'ils se rendaient dans le café le plus proche. De choses et d'autres, pour la mettre à l'aise, la rassurer.

Il ne pensait pas avoir réagi de façon excessive à la nouvelle qu'elle lui avait annoncée. Mais il était parvenu à l'effrayer, ce dont il n'était pas fier. L'idée qu'elle puisse craindre un tête-à-tête avec lui le révulsait.

Une fois qu'ils furent arrivés au café, on les installa dans un endroit tranquille. Matt commanda deux cafés et des pâtisseries.

Quand ils furent servis, Tess poussa de la main la tasse posée devant elle.

— J'ai arrêté le café, déclara-t-elle. Et la nourriture me donne des haut-le-cœur depuis quelque temps.

Matt fronça les sourcils et son regard fut attiré par le ventre plat de Tess. Ce ventre qui s'arrondirait bientôt parce qu'il portait son enfant. Curieusement, en contradiction avec l'homme qu'il était dix ans plus tôt, cette idée le réjouissait presque. S'agissait-il là d'un signe de maturité ?

— Je peux te commander autre chose, proposa-t-il. Dis-moi ce qui te ferait plaisir.

— Pourquoi cette soudaine gentillesse ?

Matt s'adossa à son siège et la dévisagea avec intensité.

— Si je t'ai brusquée tout à l'heure, je te demande pardon. La nouvelle que tu m'as annoncée m'a causé un choc. J'ai toujours veillé à ce que ce genre d'accident n'arrive pas.

Tess baissa les yeux, accablée par la culpabilité. Le destin avait voulu que cet *accident* survienne avec une femme qui, de toute évidence, n'était pas destinée à vivre plus qu'une aventure sans lendemain avec lui. Sa relation avec Vicky n'avait pas tenu la distance non plus, mais Matt ne l'aurait jamais accusée de l'avoir piégé avec une grossesse pour de l'argent.

— Quoi qu'il en soit, reprit-il, interrompant le cours de ses pensées, nous n'en sommes plus là. Nous sommes confrontés à un problème qu'il nous faut résoudre. As-tu parlé de ta grossesse à quelqu'un ?

— Je viens seulement de l'apprendre !

Claire n'avait pas la moindre idée de ce qui se tramait. Quand elle apprendrait la nouvelle, elle serait horrifiée. Tess frémit en imaginant sa réaction. Quant à celle de ses parents… mieux valait ne pas y songer.

Elle ne savait pas par quel bout envisager la situation, alors que Matt semblait en pleine possession de ses moyens. Pour lui, il s'agissait visiblement d'une simple équation mathématique à résoudre.

— Eh bien, il va falloir réfléchir à la manière d'aviser tes proches, annonça-t-il. À commencer par tes parents.

— Oui, je sais...

— Comment penses-tu qu'ils réagiront ?

— Je n'y ai pas réfléchi. Pas encore.

— Ensuite, il y a la question de l'argent, ajouta Matt en scrutant son visage avec attention. Je suis prêt à assumer mes responsabilités. Comprends-tu où je veux en venir ?

Comme elle le regardait d'un air hébété, il ajouta :

— Nous allons nous marier. Il n'y a pas d'autre solution.

Matt guettait des signes de soulagement, de gratitude, sur le visage de Tess. À présent que sa décision était prise, il était persuadé que tout allait s'arranger. Leur liaison s'était achevée prématurément parce que Tess lui avait lancé un ultimatum et parce que le temps jouait contre eux. Certes, il n'avait jamais vu en elle la partenaire idéale, du moins sur le papier, mais il avait fini par reconsidérer sa position. Matt se réjouissait de sa propre capacité à se sortir de toutes les situations, y compris les plus épineuses.

Comme le soulagement et la gratitude tardaient à apparaître sur les traits de Tess, il haussa un sourcil.

— Eh bien, qu'en dis-tu ? Nous allons devoir agir rapidement. Je vais annoncer la nouvelle à mes parents et ensuite commenceront les préparatifs du mariage. Je pense à une cérémonie intime.

— Tu... tu me demandes en mariage ? bafouilla-t-elle enfin.

— Vois-tu une meilleure solution ?

Remarquant les larmes qui perlaient dans les yeux de Tess, il sortit un mouchoir de sa poche.

— C'est exactement ce dont j'ai toujours rêvé, fit-elle d'un ton amer, désenchanté. Toute ma vie, j'ai attendu qu'un homme me demande en mariage parce qu'il n'avait pas d'autre choix. Un homme qui ne m'aimerait pas. Formidable, non ?

Pendant un long moment, Matt la contempla avec stupeur.

— N'as-tu rien retenu de tes erreurs du passé ? reprit-elle.

— Excuse-moi, mais je ne te comprends pas. N'importe quelle autre femme à ta place sauterait de joie ! Au lieu de m'enfuir à toutes jambes, je t'offre la meilleure des solutions. Tu es enceinte de moi. Tu seras donc sous ma protection, de même que notre enfant. Une fois mariée avec moi, tu seras à jamais à l'abri. Et… de quelles erreurs du passé parles-tu ?

— Je parle de ton ex-femme, Matt ! Catrina !

— Et alors ?

— Tu l'as épousée parce qu'elle était enceinte. Ton soi-disant sens des responsabilités t'a poussé à prendre cette décision.

— Je l'ai épousée parce que j'étais jeune et inconscient. Sa grossesse n'entrait pas vraiment en ligne de compte.

— Écoute, commença Tess, après avoir pris une profonde inspiration, je sais que tu veux faire au mieux, mais nous marier n'est en aucun cas la meilleure solution.

— Sous-entends-tu qu'offrir un foyer stable à un enfant n'est pas important ?

— Ce n'est pas ce que je veux dire et tu le sais, objecta Tess, en proie à une vive frustration. Bien sûr qu'il est important d'offrir un foyer stable à un enfant. Mais deux personnes vivant sous le même toit pour de mauvaises raisons ne font pas de bons parents. Ce ne serait pas juste de sacrifier nos deux vies et de renoncer au bonheur parce que le destin a voulu que je tombe enceinte.

Matt n'en revenait pas. Tess refusait son offre, alors que quelques jours auparavant elle le suppliait presque de poursuivre leur aventure ! Au-delà d'être incompréhensible, cette décision était insultante.

— Tu te comportes d'une manière insensée ! s'écria-t-il.

— Au contraire. Je ne t'épouserai pas, Matt. Il y a peu, j'avais envie que nous continuions à nous voir. Je serais même restée plus longtemps si tu en avais manifesté le souhait. Mais j'ai eu le temps d'y réfléchir et tu avais raison. Nous sommes très mal assortis, et ce n'est pas ma grossesse qui pourra y changer quoi que ce soit.

Matt se sentait au bord d'un gouffre prêt à l'engloutir.

— Tu ne rentreras pas en Irlande, lâcha-t-il sèchement. Si tu espères trouver le bonheur de l'autre côté de l'Atlantique, tu te trompes.

L'éventualité que Tess trouve le bonheur auprès d'un autre homme le révulsait.

— À nous de réfléchir à un arrangement, proposa Tess d'un ton plus apaisé. Je ne veux pas te priver de ton enfant. Je sais ce que tu as traversé avec Samantha.

— Alors, que suggères-tu ?

Quand il était question de compromis, Matt n'était pas très à l'aise, mais il allait devoir se résoudre à en accepter un. Jusqu'à ce qu'il parvienne à faire entendre raison à Tess. Légitimer leur relation lui paraissait la meilleure des options, mais avant d'en arriver là il lui faudrait batailler. Il avait commis l'erreur d'avoir mis Tess à l'écart à moment donné, et elle n'était pas prête à passer l'éponge, même si les circonstances avaient radicalement changé.

Et, contrairement à ce qu'elle prétendait, ils n'étaient pas si mal assortis. Elle semblait avoir oublié à quel point ils étaient compatibles, et pas seulement au lit.

— Je pourrais rester à Manhattan, suggéra-t-elle.

— C'est non négociable.

— Et peut-être vivre chez Claire jusqu'à ce que je trouve un emploi et un appartement.

— As-tu entendu ce que j'ai dit ? Tu ne travailleras pas. Inutile de l'envisager. Pas plus que de vivre chez ta sœur. Si tu t'acharnes à refuser mon offre, nous trouverons un endroit convenable.

— Je comprends ton désir de contribuer financièrement, mais je ne veux pas être à ta charge.

— Pourquoi t'obstines-tu à me mettre des bâtons dans les roues ?

— Je ne cherche pas à te mettre des bâtons dans les roues, Matt. Tu m'as accusée de poursuivre un objectif précis en couchant avec toi...

Sa voix se brisa. Aussitôt, la culpabilité assaillit Matt.

— Excuse-moi, répondit-il d'une voix plus douce. C'est dans ma nature de me montrer soupçonneux. J'essayais simplement d'envisager différentes possibilités.

— Inutile de faire machine arrière, maintenant. Tu pensais ce que tu as dit. Quant à moi, je n'ai pas envie de vivre à tes crochets.

— La plupart des femmes rêveraient qu'on leur fasse une offre aussi généreuse.

— Je ne suis pas la plupart des femmes.

— Quel emploi espères-tu trouver ?

— Je veux enseigner, je te l'ai dit. Je vais me renseigner sur ce que je dois faire pour y arriver.

Matt se rembrunit. Il n'avait pas envie que Tess confie la garde de son enfant à d'autres pendant qu'elle travaillerait, encore moins qu'elle vive loin de lui. Il préférait l'imaginer femme au foyer.

— Écoute, reprit Tess en se levant, je suis épuisée. Si ça ne te dérange pas, j'aimerais bien rentrer, maintenant. Je te contacterai demain.

Elle lui donnait congé !

— À quelle heure ? demanda Matt, les dents serrées. Stanton pourrait venir te chercher pour que nous déjeunions ensemble, ou pour le dîner si tu préfères. Nous avons beaucoup de choses à discuter.

— Je... Je te dirai demain, répondit-elle d'une voix mal assurée.

Il fallait qu'elle prenne le temps de réfléchir. Son esprit bouillonnait et elle ne savait plus où elle en était. Avait-elle pris la bonne décision ? Avait-elle le droit de refuser à son enfant la possibilité d'être élevé par ses deux parents ?

Tous deux avaient besoin de prendre un peu de recul. Et elle ne devait pas laisser Matt mener la danse. Il ne l'aimait pas et ne l'aimerait jamais. La venue au monde d'un enfant n'y changerait rien. Pouvait-elle envisager un mariage sans amour ? À cette idée son cœur se serra.

— Disons plutôt après-demain, corrigea-t-elle. À ce moment-là, nous pourrons avoir une discussion entre adultes. Et envisager la situation sous un angle pratique. De nombreuses personnes traversent ce genre d'épreuve. Je suis sûre que nous trouverons une solution. Et nous pourrons aller de l'avant.

# 9

De retour chez sa sœur, Tess ne retrouva pas la sérénité escomptée. Le répondeur téléphonique clignotait. Cinq messages l'attendaient : quatre provenaient de Claire et un de sa mère. Cette dernière, d'une voix brisée, l'informait que son père avait été conduit d'urgence à l'hôpital. Les médecins craignaient une crise cardiaque.

— Tout ira bien, j'en suis sûre, concluait-elle toutefois. Inutile de revenir en toute hâte. Mary s'occupe de tout. C'est merveilleux d'avoir un médecin dans la famille.

Les messages de Claire lui répétaient la même information et le dernier l'avisait de son départ imminent de New York.

Les pensées qui l'avaient torturée pendant le trajet de retour vers son appartement se dissipèrent pour laisser place à un sentiment de panique. Son père n'était jamais malade. Elle ne l'avait même jamais vu consulter un médecin. Ce devait donc être sérieux. Il fallait à tout prix qu'elle en ait le cœur net.

Après avoir fourré quelques vêtements dans un sac, elle partit pour l'aéroport. Quitter le pays pour quelque temps lui ferait le plus grand bien. Loin de Manhattan, il lui serait plus facile de réfléchir en paix. D'ici quelques jours, dès que son père serait tiré d'affaire, elle appellerait Matt pour convenir d'un rendez-vous.

Elle ressentait un profond soulagement à l'idée de prendre ses distances avec lui. Car, comme elle l'avait pressenti, sa dernière rencontre avec lui l'avait déboussolée. Il y avait entre eux une charge électrique insoutenable qui la troublait, la rendait affreusement vulnérable. Quelques jours loin de lui lui permettraient de renforcer ses défenses.

Elle savait que sa vie serait bouleversée à jamais. D'abord parce qu'un lien indéfectible les unirait à jamais. Ensuite parce que, condamnée à un rôle d'observatrice, elle verrait surgir des maîtresses dans la vie de Matt. Certaines partageraient peut-être pour un temps la vie de Samantha et de leur enfant. Ce serait difficile à accepter dans un premier temps, mais elle finirait par s'endurcir et ne plus souffrir.

Elle trouverait un emploi après la naissance du bébé. Pas immédiatement. D'abord, elle se renseignerait sur les cursus lui permettant d'embrasser la profession d'enseignante. Son expérience auprès de Samantha avait renforcé sa confiance en elle. Elle se sentait capable de réussir dans cette entreprise. Et peut-être finirait-elle par rencontrer un compagnon, une personne qui lui convienne vraiment.

Mais, comme chaque fois qu'elle se projetait dans une vie loin de Matt, la crainte de ne jamais croiser la route d'un candidat capable de rivaliser avec lui la saisissait.

Dès qu'elle eut atterri en Irlande, Tess appela sa mère. Comme elle, celle-ci avait la fâcheuse habitude d'oublier son portable n'importe où : sur le comptoir de la cuisine, dans la chambre ou sur une étagère. Comme prévu, elle tomba sur sa boîte vocale.

Le taxi qu'elle emprunta l'emporta loin de la ville et de son agitation. Le chauffeur conduisait avec une lenteur exaspérante, comme s'il disposait de tout son temps. Il parlait sans arrêt. Tess l'écoutait d'une oreille distraite, se contentant d'un hochement de tête ou d'un sourire de temps à autre. Elle imaginait son père malade allongé dans un lit d'hôpital et avait hâte d'en savoir plus son état. Sa sœur Mary serait davantage en mesure de lui fournir un diagnostic objectif que Claire ou sa mère. À l'idée d'apprendre que les jours de son père étaient en danger, elle frissonna d'horreur. Quoi qu'il en soit, bien que toute sa famille soit réunie, elle garderait le silence sur sa condition. Peut-être attendrait-elle même d'être rentrée à Manhattan pour annoncer la nouvelle de sa grossesse.

À mesure que le taxi approchait du village campagnard où elle avait grandi, Tess observait le paysage avec un regard nouveau. Tout lui paraissait petit et étriqué. Comment se faisait-il qu'elle n'ait pas pris son envol plus tôt ? Le centre-ville où elle avait pour habitude de se promener avec ses amis lui parut bien insignifiant comparativement aux artères animées de Manhattan.

La maison familiale était vide à son arrivée, mais certains signes lui glacèrent le sang : la veste de Mary gisait au pied d'une patère, le sac de voyage de Claire trônait au milieu de l'entrée, comme abandonné à la hâte. L'urgence de la situation saisit Tess à la gorge et l'image de Matt disparut de son champ de vision.

Une fois arrivée à l'hôpital, elle trouva sa mère en plein désarroi.

— Il se sentait un peu essoufflé ces derniers temps, lui confia cette dernière, mais refusait de consulter, sous prétexte qu'il n'a jamais été malade de toute sa vie. Heureusement, je ne l'ai pas écouté ! Les médecins disent qu'il s'agit juste d'une petite alerte. Ton père se remettra. Mais il devra se passer de ses plats favoris et adopter un régime strict. Ça ne va pas lui plaire, tu le connais.

Il était tard lorsque Tess put enfin retrouver un peu de calme. Après une dernière conversation avec sa mère et ses sœurs dans la cuisine, elle s'offrit une longue douche et, une fois couchée, sombra dans le sommeil.

Les trois jours suivants connurent la même agitation. Toutefois, son père commençait à se remettre et se plaignait de la nourriture de l'hôpital. Ce qui était très bon signe.

En arrière-fond planaient toujours l'image de Matt et le problème auquel tous deux devraient prochainement s'atteler.

Chaque fois que Tess commençait à composer son numéro pour l'appeler, sa main se figeait sur l'appareil et la sueur se mettait à perler à son front.

Ce fut après sa deuxième journée d'absence que Matt laissa un message sur sa boîte vocale. Tess décida de reprendre contact avec lui le week-end suivant. Peut-être qu'après cinq jours d'éloignement elle serait davantage en mesure d'avoir une conversation sereine avec lui.

Mary projetait de rentrer à Londres, et Claire avait prévu de prendre quelques jours de congé pour permettre à Tom de la rejoindre, et de faire ainsi connaissance de sa famille. Elle avait par ailleurs décidé de donner sa démission, car son futur mari allait être muté à Londres, où tous deux projetaient désormais de vivre. Visiblement, quitter son poste haut placé à Manhattan ne contrariait absolument pas sa sœur.

Toutes ces nouveautés et la convalescence de son père permettaient à Tess de penser à autre chose qu'à ses propres soucis. C'était d'ailleurs ce qui occupait ses pensées ce soir-là quand elle reçut un appel depuis un numéro inconnu.

Après avoir laissé de nombreux messages à Tess et tenté de la joindre, Matt n'y était pas parvenu. Frustré à l'extrême, il avait même envisagé d'appeler sa sœur. Mais quelle excuse aurait-il pu inventer face à son employée ? Tess avait insisté sur l'importance de préserver sa famille, à qui elle envisageait d'annoncer la nouvelle de sa grossesse plus tard.

Au cours des trois jours précédents, il avait traversé un enfer. Il n'arrivait pas à se sortir Tess de l'esprit. Puis l'inquiétude avait commencé à le gagner. Et si elle était tombée malade ? Si elle avait eu un accident ? Était-elle impossible à joindre du fait de son état ?

Après réflexion, avant de contacter tous les hôpitaux de la région, il avait décidé de changer de téléphone, et surtout de numéro, pour vérifier qu'elle ne cherchait pas simplement à le fuir.

À la seconde où il entendit sa voix à l'autre bout de la ligne, une vague de colère le submergea. Ainsi, il s'était fait du souci pour rien !

— Eh bien, tu es vivante, dit-il en guise d'accueil.

Tess se redressa dans son lit. Le son de la voix de Matt lui envoya une décharge d'adrénaline.

— Je… J'avais prévu de t'appeler, bredouilla-t-elle.

— Vraiment ? Quand ? Au cas où tu ne l'aurais pas remarqué, je t'ai passé plusieurs appels ces derniers jours.

— J'avais besoin de temps…

— Je me fiche de ce dont tu as besoin !

Matt en avait perdu ses manières civilisées. Cette femme avait le don de le faire sortir de ses gonds, un résultat auquel même Catrina n'était jamais parvenue — et pourtant, au cours des derniers mois de leur mariage raté, d'horribles révélations avaient surgi. À cette époque, Matt s'était réfugié dans le travail pour oublier la trahison de sa femme ; cette fois cependant, il n'avait pas réussi à concentrer son attention sur autre chose.

— Me fuir ne t'avance à rien ! explosa-t-il. Où es-tu ?

— Je suis…

Tess se tut. Deux choses l'empêchaient de lui dire la vérité. Si Matt apprenait qu'elle s'était envolée de l'autre côté de l'Atlantique sans le prévenir, sa colère prendrait des proportions inouïes. Et elle ne voulait pas le laisser s'immiscer dans sa vie alors que son père commençait à peine à se remettre. Comment ses parents réagiraient-ils s'il appelait à leur domicile et vendait la mèche en leur apprenant sa grossesse ? Il fallait à tout prix leur annoncer la nouvelle en douceur. Savoir leur fille enceinte d'un homme qui ne serait jamais son mari risquait de fortement les contrarier.

— J'ai quitté New York pour quelques jours. Je t'appellerai dès mon retour.

— Où es-tu ? insista Matt en détachant chaque mot.

— Je...

— Si tu ne me le dis pas, je lancerai un détective à tes trousses, la prévint-il d'un ton plus calme. Tu n'imagines pas à quelle rapidité j'arrive à obtenir les informations que je veux.

— Je t'ai dit...

— Peu importe ce que tu m'as dit !

— Je suis rentrée chez moi, avoua-t-elle à contrecœur. En Irlande. Mon père a été hospitalisé et je suis partie dès que j'ai appris la nouvelle.

— Hospitalisé pour quoi ?

— Une alerte cardiaque. Écoute, je suis désolée...

— Comment va-t-il ? coupa Matt.

— Il est en voie de guérison. Nous sommes tous très soulagés.

— Pourquoi ne pas m'avoir informé ? Non, mieux encore : pourquoi ne pas avoir répondu à mes appels et dit la vérité ?

— J'étais très préoccupée, et j'avais besoin de réfléchir.

Une alarme se déclencha dans le cerveau de Matt. Il n'était pas étonné d'apprendre que Tess avait pris le premier vol pour l'Irlande dès qu'elle avait eu connaissance de l'état de son père, car, contrairement à lui, elle était très proche de sa famille. Il n'était pas étonnant non plus qu'elle ait choisi de ne pas annoncer sa grossesse de manière brutale, étant donné les circonstances.

Mais pourquoi avait-elle ignoré tous ses appels ?

Prendre le temps de réfléchir au sein de son cocon familial, dans la région où elle avait grandi et passé toute sa vie, comportait un risque : celui de renoncer à la vie new-yorkaise.

Matt ne doutait pas que ses parents finiraient par accepter sa grossesse et par lui apporter tout le soutien nécessaire. New York appartiendrait vite au passé. Peut-être éprouverait-elle quelques remords à l'idée de s'être enfuie comme une voleuse, mais très vite le souvenir de l'accueil qu'il lui avait réservé à l'annonce de sa grossesse les effacerait, de même que ses odieuses insinuations sur le profit qu'elle comptait tirer de son état.

Prendrait-elle la peine de considérer la situation de son

point de vue à lui ? Essayerait-elle de comprendre les raisons qui l'avaient fait réagir de cette manière ? Sans doute pas.

Pourquoi Tess n'avait-elle pas accepté cette demande en mariage et la sécurité qui allait de pair, comme l'auraient fait la plupart des femmes de son entourage ?

Tout simplement, parce qu'elle n'avait rien en commun avec ces femmes…

— Quand comptes-tu revenir à New York ? demanda-t-il abruptement.

— Dès que possible, éluda-t-elle après une longue hésitation. Mary et Claire sont reparties. Je ne veux pas laisser ma mère toute seule…

— Très bien, préviens-moi quand tu arrives.

Sur ces mots, il raccrocha. Sa décision était prise.

Matt avait sur son emploi du temps quantité de rendez-vous avec des clients, des banquiers et des juristes. Toutefois, quelques coups de fil suffirent pour tous les déplacer.

Ensuite, il convint avec sa mère qu'elle prendrait le relais auprès de Samantha en son absence. Comme sa fille venait d'intégrer une nouvelle école, mieux valait que quelqu'un de proche veille à ce qu'elle fasse ses devoirs. Puis il demanda à sa secrétaire de lui réserver une place sur le premier vol à destination de l'Irlande.

Il quitta son bureau après avoir donné quelques dernières instructions et regagna son domicile pour mettre quelques affaires dans une valise.

Savoir Tess aussi loin de lui était insupportable. Elle était la personne la plus imprévisible qu'il ait connue. Sous l'influence de ses hormones, elle était capable du pire !

Pas de doute, il devait la rejoindre en Irlande. Comme elle avait été son employée, il trouva rapidement certains renseignements personnels, comme l'adresse de ses parents. La seule question qui demeurait en suspens était la suivante : devait-il se présenter à la porte de la demeure familiale sans s'annoncer, ou devait-il adopter une tout autre approche ?

Une fois arrivé à destination, Matt décida de prendre une chambre dans un hôtel local. Hélas, il découvrit qu'il n'y en avait pas dans le village où habitaient les Kelly.

— Où se trouve l'hôtel le plus proche ? demanda-t-il au chauffeur de taxi.

— Tout dépend du genre d'établissement que vous recherchez.

Agacé, il décida de tenter sa chance et de se présenter chez les parents de Tess. Il remit au chauffeur un papier froissé sur lequel était inscrite l'adresse et s'adossa à son siège. Quel que soit l'accueil qu'on lui réserverait, il aviserait en temps utile.

Quinze minutes plus tard, la voiture s'arrêtait devant une belle maison victorienne, érigée sur un magnifique terrain arboré.

Le vol avait été long et fatigant, mais Matt avait hâte de retrouver Tess. Il se sentait prêt à affronter quiconque lui ouvrirait la porte à son arrivée.

Tess espérait savourer le moment de tranquillité que lui offrait le départ de sa mère pour l'hôpital. Or, à peine s'était-elle installée sur le canapé que la sonnette tinta. Elle songea un instant à ne pas ouvrir, puis y renonça.

Lorsqu'elle ouvrit la porte, elle faillit se trouver mal.

*Mon Dieu !*

— Tu as l'air surprise de me voir, dit Matt.

Elle se contenta de le dévisager, abasourdie. Rêvait-elle ?

— Es-tu seule ? Désolé de me présenter ainsi sans préavis, mais je n'avais pas la patience d'attendre ton retour aux États-Unis.

— Je n'ai parlé de nous à personne ! s'écria-t-elle, comme si elle venait de retrouver la voix. La maison est vide maintenant mais, si tu étais arrivé deux heures plus tôt, ça aurait été un désastre.

— Mais non, objecta-t-il en secouant la tête. Tôt ou tard, il aurait fallu annoncer la nouvelle. Faire l'autruche ne résout rien.

Tess s'effaça à contrecœur pour laisser entrer son visiteur. Celui-ci lui tendit un sac en plastique qui contenait des achats effectués à la boutique de l'aéroport.

— Voici quelques présents : un livre pour ton père et un foulard pour ta mère.

— Combien de temps prévois-tu de rester ?

— Jusqu'à ce que tu sois prête à rentrer avec moi.

— Quoi ? s'étrangla-t-elle. Tu as fait tout ce chemin pour m'escorter jusqu'à New York, comme une vulgaire fugueuse ?

Furieuse, Tess était prête à en découdre avec Matt. À quoi s'attendait-il ? À ce qu'elle se plie à sa volonté sans mot dire ? Elle croisa les bras sur la poitrine et le toisa.

— Eh bien, attends-toi à rester ici plus longtemps que tu ne l'imagines. Claire et Mary sont parties ensemble à Londres, et je dois rester avec maman jusqu'à ce que mon père quitte l'hôpital. Peut-être plus longtemps encore, qui sait ? Elle va avoir besoin d'aide.

— Et tu vas t'épuiser à effectuer des tâches ménagères sans souffler mot de ton état ? Je ne peux pas le permettre.

— Le *permettre* ? s'exclama Tess. Depuis quand as-tu ton mot à dire sur ce que je fais ou ne fais pas ?

Matt se dit qu'il avait eu raison de se lancer à sa poursuite : Tess n'avait aucunement l'intention de rentrer à New York...

— Je ne peux pas le permettre, parce que tu dois te préserver, dans ton état. Je trouverai quelqu'un pour soulager ta mère.

— Il n'en est pas question ! Je ne veux même pas qu'elle sache que tu es venu ici !

— Et comment penses-tu garder mon existence secrète ? As-tu l'intention de me séquestrer quelque part ? Parce que, je te préviens, ce sera la seule manière de me tenir à l'écart. Je ne suis pas venu pour me battre avec toi.

— Non, tu es venu pour m'enlever à ma famille !

*Tu ne m'aimes pas !* eut-elle envie de lui crier au visage. *Tu m'aurais volontiers effacée de ta mémoire si je ne portais pas ton enfant !*

— Si cela s'avère nécessaire, laissa-t-il tomber, implacable. En attendant, je compte rester jusqu'à ce que je rencontre tes parents, pour leur exposer la situation.

— Non ! Papa ne va pas bien.

— Que crois-tu qu'il se passera si tu lui apprends la nouvelle ? J'en ai assez de cette mascarade. Tu as vingt-trois ans, Tess. Tomber enceinte à cet âge-là n'a rien d'anormal. En quoi cela peut-il les affecter ?

Comme Tess se mordillait la lèvre en silence, il reprit :

— Alors ? Crois-tu qu'ils tomberont en syncope en apprenant que tu as eu une relation avec un homme ?

— Ce n'était pas une *relation* ! Ils n'apprécieront pas le fait que j'élève seule mon enfant. Je ne peux pas leur causer un tel choc. Pas maintenant.

— Je reste, Tess. Rien ne t'oblige à être une mère célibataire. Penses-y. Imagine leur bonheur en apprenant que tu portes l'enfant de ton futur mari...

# 10

Tess était perdue, hébétée.

— J'ai besoin de m'asseoir, dit-elle d'une voix tremblante.

D'une démarche mal assurée, elle se dirigea vers le salon et se laissa tomber sur le canapé.

Pendant quelques instants, Matt fit les cent pas dans la pièce, sans quitter la jeune femme des yeux. Elle avait l'air vulnérable, certes, mais ne méritait aucune compassion. Elle s'était envolée pour l'Irlande sans même le prévenir, puis avait ignoré ses nombreux appels et messages.

— C'est du chantage ! finit-elle par dire en le foudroyant du regard.

— Non, c'est de la résolution de problème. Tu es terrifiée à l'idée de décevoir tes parents et je t'apporte le moyen de ne pas en arriver là.

— Je t'ai répété cent fois que ce serait une mauvaise idée.

— J'ai bien compris tes raisons.

À son tour, il se laissa choir sur le canapé. Tess eut un mouvement de recul pour éviter tout contact physique.

— Tu ne vois pas la nécessité de m'épouser sous prétexte que nous avons fait une bêtise, dit-il. Selon toi, la vie est trop courte pour nous retrouver piégés dans un mariage pour de mauvaises raisons. Tu veux déployer tes ailes et trouver ton âme sœur.

— Tu déformes mes propos !

— Lesquels précisément ? Avais-tu vraiment l'intention de revenir à New York ?

— Bien sûr que je serais rentrée à New York ! Je ne suis pas irresponsable. Et je veux qu'un lien solide se crée entre toi et cet enfant.

— Tu es totalement irresponsable en refusant de m'épouser, en privant notre enfant de ses deux parents ! Tu as été témoin de l'enfer que j'ai connu pour gagner la confiance de Samantha.

— Je ne supporte pas l'idée que tu aies à vivre avec moi pour le bien d'un enfant, le défia-t-elle avec ardeur.

— Je suis prêt à faire ce sacrifice. Pourquoi pas toi ? Tu étais heureuse avec moi. Pourquoi ne pas tenter l'expérience ?

— Nous aurions pu tenter l'expérience *avant*. Si tu m'avais demandé de rester.

Matt hésita avant de répliquer :

— Tu as été blessée dans ta fierté, je le conçois. Mais la situation est trop grave. Et peut-être ai-je commis une erreur.

Tess lui jeta un regard soupçonneux.

— Une erreur ? Quel genre d'erreur ? Depuis quand Matt Strickland commet-il des erreurs ?

Matt sembla désarçonné par sa remarque, comme s'il ne savait pas comment l'interpréter — pique ou compliment.

— Il est important de commettre des erreurs, ajouta-t-elle. J'en ai fait plusieurs, mais j'ai beaucoup appris.

— En as-tu commis une avec moi ? demanda-t-il alors avec le plus grand sérieux.

Tess rougit jusqu'à la racine des cheveux.

— Si je pouvais remonter le temps, je…

— Ce n'est pas ce que je te demande, coupa-t-il. Je te demande si tu as commis une erreur avec moi. Je ne veux pas d'une réponse fondée sur des hypothèses. En ce qui me concerne, mon erreur a été de te laisser partir.

Le souffle court, Tess se leva du canapé pour se camper près de la fenêtre. Avait-elle bien entendu ? Elle tremblait comme une feuille.

Le paysage sous ses yeux respirait la paix et la sérénité tandis qu'elle-même se sentait proche du malaise. Son cœur cognait dans sa poitrine. Quand elle se tourna vers Matt, elle vit qu'il se tenait tout près d'elle. Une vague de panique la saisit.

— Pourquoi me fuis-tu ? murmura-t-il. De quoi as-tu peur ?

Matt enfouit les mains dans ses poches pour résister à l'envie de toucher Tess. Elle le dévisageait avec de grands yeux effrayés. Il détestait la voir ainsi.

— Je n'ai pas peur. Je sais ce que tu cherches à faire.

— Ah oui ? Explique-toi.

— Tu es prêt à tout pour obtenir ce que tu veux, répliqua-t-elle, amère. Tu es venu me retrouver pour me ramener à New York parce que tu n'as pas confiance en moi. Je suis désolée de ne pas t'avoir appelé et de ne pas avoir répondu à tes messages. J'avais besoin de temps, d'espace, et j'étais folle d'inquiétude pour mon père. Mais tout cela ne compte pas à tes yeux. Tu serais même prêt à exercer un chantage sur moi pour que je me plie à ta volonté. Tu sais l'effet que produirait l'annonce de ma grossesse sur mes parents, mais peu importe du moment que tu obtiens ce que tu veux. Comment pourrais-je accepter de t'épouser, alors que tous tes actes prouvent à quel point tu ne penses qu'à toi ? Et ne t'avise pas de prétendre avoir fait une erreur en rejetant ce que nous partagions ! C'est facile à dire, maintenant. Pensais-tu vraiment que je te croirais ?

— Tu t'énerves inutilement.

— C'est toi qui me rends folle !

— Ce n'était pas mon but.

Au prix d'un gros effort, Matt se détourna et retourna s'asseoir sur le sofa.

Le passé revenait le harceler. Cette jeune femme l'avait séduit et, sans hésiter, il l'avait entraînée dans son lit. Il avait accepté qu'elle lui offre sa virginité sans éprouver le moindre scrupule, puis, quand elle avait suggéré de rester à New York, il s'était montré inflexible. Comble de la cruauté, il avait accueilli la nouvelle de sa grossesse avec suspicion.

À aucun moment il n'avait pris du recul pour examiner la situation et s'interroger sur ce qu'il ressentait vraiment. Et aujourd'hui il prenait conscience de toutes les erreurs qu'il avait commises. Il ne pouvait pas en vouloir à Tess de réagir comme elle le faisait.

Tess se tourna vers Matt, ébranlée. Il paraissait profondément affecté et perdu dans ses pensées. Elle se rapprocha timidement de lui. Il posa alors sur elle un regard intense.

— J'ai tout fichu en l'air. Et je n'ai pas l'intention d'exercer le moindre chantage sur toi.

— Non ?

— Assieds-toi, s'il te plaît. Ce n'est pas un ordre, juste une demande.

Désarçonnée par le changement qui s'était opéré en Matt, Tess accepta de prendre place à l'autre bout du canapé.

— J'ai commis tellement d'erreurs que je ne sais même pas par où commencer pour tenter de m'expliquer. Et je sais que tu ne croiras probablement pas un mot de ce que je vais te dire. Franchement, je ne pourrais même pas t'en vouloir. J'ai démarré une relation avec toi pour le sexe. Uniquement pour le sexe. J'ai été piégé une fois et, depuis, je me suis promis de ne plus jamais me laisser embarquer dans une relation durable. Toutes les femmes qui ont succédé à Catrina avaient le même profil que Vicky : des carriéristes plus motivées par leurs succès professionnels que par autre chose. C'était facile de ne pas m'impliquer auprès d'elles et cela me convenait parfaitement.

Tess retenait sa respiration. Pour la première fois, elle découvrait en Matt une personne vulnérable. Il se mettait à nu devant elle, un exercice auquel il n'était pas rompu, comme en témoignaient ses traits tirés et sa voix blanche.

— J'aurais dû m'interroger sur ce que je voyais en toi quand tu as surgi dans ma vie, reprit-il, mais je ne l'ai pas fait. Je pensais tout contrôler. À aucun moment, je n'ai imaginé que la situation pouvait être différente avec toi...

— Différente ? Dans quel sens ?

— Dans le sens où tu as exercé une grande influence sur moi. Tu m'as transformé. J'ai arrêté de travailler sans relâche comme je le faisais autrefois. Bien sûr, je gérais les affaires courantes, participais aux réunions les plus importantes, mais pour la première fois de ma vie j'avais hâte de rentrer chez moi. J'ai réussi à me convaincre que c'était à cause de Samantha, avec qui enfin je parvenais à m'entendre. C'était vrai en partie mais, la raison principale pour laquelle je voulais rentrer, c'était toi. À tes côtés, le travail passait au second plan.

Tess s'autorisa un sourire de satisfaction. Quoi qu'il advienne, rien n'effacerait jamais le plaisir que cette confession lui procurait.

— Quand tu as proposé de prolonger notre aventure, j'ai réagi par instinct de protection. Il fallait que notre relation cesse. J'en étais convaincu. Sauf que... je n'arrivais pas à te chasser de mes pensées. Quoi que je fasse, tu me suivais partout, comme le rappel obsédant de ce que j'avais perdu, ou plutôt laissé s'échapper.

— Et tu n'en aurais jamais soufflé mot si je n'avais pas surgi dans ton bureau pour t'annoncer que j'étais enceinte ?

— Tu crois ?

Il plongea son regard dans le sien avant de poursuivre :

— Je pense que j'aurais fini par l'admettre, et que je serais venu te retrouver ici pour te l'avouer, même si tu n'étais pas tombée enceinte.

— Ce n'était pas prévu ! protesta Tess. Et tu étais furieux.

— Comment aurais-je pu savoir quoi dire et comment réagir ? Je n'ai jamais appris à être amoureux.

— Amoureux ? répéta Tess d'une voix tremblante.

C'était impossible, elle allait se réveiller dans son lit !

Matt lui prit les mains entre les siennes. Seigneur, tout cela était bien réel…

— Si j'avais connu l'amour véritable, j'en aurais reconnu les symptômes. Rien ne m'avait préparé à notre rencontre, Tess. Avec le recul, je comprends mieux ce qui m'a conduit à épouser Catrina : la volonté d'assumer mes responsabilités, rien de plus. Mais, toi, tu as pulvérisé toutes mes certitudes en surgissant dans ma vie. Et je ne suis pas venu ici pour te ramener avec moi contre ta volonté, même si c'est l'impression que j'ai pu te donner.

— Tu… Tu m'aimes vraiment ? bafouilla-t-elle, hébétée.

Puis, quand elle sonda ses prunelles de braise, Tess comprit que Matt était sincère, qu'il pensait chacune des paroles qu'il avait prononcées.

— Je t'aime aussi, murmura-t-elle d'une voix enrouée. Tu n'imagines pas à quel point… C'est pour cette raison que je me suis donnée à toi. Même si tu représentais tout ce que ma raison me disait de fuir, je n'ai pas pu lutter contre mes sentiments pour toi.

— Je veux que tu sois ma femme, Tess. Pas parce que tu portes mon enfant. Je veux t'épouser parce que ma vie serait vide sans toi. Je veux me coucher chaque soir à tes côtés et me réveiller auprès de toi chaque matin.

Avec un soupir de contentement, Tess se lova dans les bras de l'homme de sa vie et ferma les yeux.

— Je n'ai jamais été aussi heureuse, confessa-t-elle.

— Es-tu d'accord pour m'épouser le plus vite possible ? Il est urgent que tous les hommes que tu croises sachent que tu es ma femme.

— Voilà qui est très possessif ! s'écria Tess avec un petit rire.

— Je suis un homme très possessif. Ne l'oublie jamais !

Matt s'autorisa alors à glisser une main sous le T-shirt de sa fiancée pour savourer la douceur satinée de sa peau. Aussitôt, ses sens s'enflammèrent.

— Un membre de ta famille risque-t-il de surgir à tout

moment ? demanda-t-il d'un ton très bas. Parce que, si tel est le cas, il vaudrait mieux que nous nous réfugiions très vite dans ta chambre. Je t'aime, j'ai envie de toi, besoin de toi. J'ai l'impression que des années se sont écoulées...

Une fois dans la chambre de Tess, ils firent l'amour longtemps, passionnément.

Plus aucune ombre ne planait sur leur bonheur.

# Épilogue

Tess et Matt se marièrent deux mois plus tard, dans la petite église que fréquentaient les parents de Tess depuis toujours. Les parents de Matt, Samantha et quelques amis proches avaient fait le voyage pour assister à la cérémonie.

Des liens très forts se tissèrent très vite entre les deux familles.

Au cours des mois qui suivirent, des changements subtils intervinrent dans la vie du couple. Tess et Matt vivaient toujours dans le grand appartement new-yorkais, ce qui était pratique pour la scolarité de Samantha, mais ils firent aussi l'acquisition d'une maison de campagne dans laquelle ils passaient la plupart de leurs week-ends. Tess n'avait pas renoncé à embrasser une carrière dans l'enseignement, mais avait décidé d'attendre la venue du bébé. Matt et Samantha croyaient en elle et l'encourageaient dans son projet.

Tess n'aurait jamais imaginé connaître un tel bonheur. Quand Isobel Strickland vit le jour, tous ses désirs furent comblés. De même que ceux de Matt, qui, comme il le lui avoua un jour, avait enfin trouvé un sens à sa vie.

LINDSAY ARMSTRONG

# L'offre imprévue d'un milliardaire

GENTLEMEN

HARLEQUIN

*Titre original :*
FROM WAIF TO HIS WIFE

*Ce roman a déjà été publié en 2019.*

# 1

Elle s'avouait rarement vaincue, mais en ce soir de fin d'hiver, debout sur le trottoir, elle n'en était pas loin. Elle avait beau faire appel aux deux personnalités qui cohabitaient en elle et tenter d'unir leurs ressources, rien n'y faisait.

Elle sourit en repensant à cette particularité, qui ne laissait pas de l'étonner elle-même. Maisie Wallis, discrète et réservée, enseignait la musique dans une école privée très chic. A défaut d'une grande expérience pédagogique, elle était passionnée et adorait les enfants. Mairead Wallis était une rousse exubérante aux boucles savamment désordonnées qui, artistiquement maquillée, dans une robe de scène à paillettes, jouait du piano dans un orchestre de jazz se produisant pour des réceptions haut de gamme.

Il n'y avait quasiment que ses parents pour savoir que derrière la timide Maisie, son surnom depuis l'enfance, se cachait la volcanique Mairead…

A cette pensée, elle réprima un sanglot. Six mois auparavant, ses parents avaient trouvé la mort dans un absurde accident de la route ; depuis elle était seule. Ou presque…

Elle repéra enfin un taxi libre et leva le bras bien haut pour le héler. Sa voiture, inexplicablement tombée en panne la veille, était à présent chez le mécanicien et Maisie était trop fatiguée pour prendre le bus.

Le chauffeur de taxi avait dû noter son air accablé car, quand il la déposa un peu plus tard devant chez elle, il lui lança :

— Allons, du courage ma jolie ! Tout finit toujours par s'arranger !

Elle allait lui répondre que rien n'était moins sûr quand un aveugle apparut au coin de la rue, armé de sa canne blanche et guidé par son chien. Maisie se reprit. Pourquoi se plaindre ? Il y avait tellement plus malheureux qu'elle.

D'ailleurs, il était peut-être temps de réagir. Fini les larmes et les regrets, les récriminations et le désespoir. Elle n'était pas rousse pour rien : elle avait du caractère. C'était le moment d'en faire la preuve !

Et, même si elle avait battu le pavé en vain toute la journée pour retrouver ce maudit Rafael Sanderson, même si les milliards de ce dernier lui donnaient la possibilité de se protéger des importuns, elle ne se laisserait pas traiter ainsi impunément !

Elle habitait une maison ancienne tout de bois située à Manly, un quartier de Brisbane un peu éloigné du centre mais au bord de la mer. C'était là que s'étaient installés ses parents quelques années plus tôt. Avec un père militaire de carrière, Maisie avait passé son enfance dans différentes bases, en Australie et à l'étranger.

A l'époque où elle suivait ses études musicales à Melbourne, son père était en poste au nord du pays, où il était resté jusqu'à sa retraite. Puis la mère de Maisie et lui avaient réalisé leur rêve : s'installer dans le Queensland, où la mer était toujours chaude et le ciel toujours bleu. Ils y avaient acheté la maison et un bateau.

Maisie les avait rejoints dès l'obtention de son diplôme, heureuse de retrouver le cocon familial et de pouvoir aider sa mère, qui souffrait d'arthrite.

Etre l'enfant unique de parents qui avaient souvent déménagé présentait un inconvénient : Maisie n'avait pas de vrais amis — ou plutôt ceux auxquels elle tenait étaient éparpillés un peu partout. Et, au moment de l'accident, elle habitait

Brisbane depuis trop peu de temps pour avoir pu y nouer de solides amitiés. Du coup, dans les moments comme celui-ci où elle allait moins bien, elle n'avait personne à qui se confier.

Confortable sans être luxueuse, la maison offrait une très jolie vue sur la marina, la baie et les deux îles qui gardaient celle-ci : Moreton et Stradebroke. Mais, surtout, elle possédait un jardin ; or, Maisie adorait gratter la terre, passion qu'elle avait héritée de sa mère.

Après s'être préparé un en-cas et une tasse de thé, elle s'installa sous la véranda, fermement décidée à réfléchir à ses nouvelles résolutions. Mais tout de suite la vue accapara son attention. Au premier plan se dressait la forêt de mâts des bateaux du port ; parmi eux, celui de l'*Amélie*, le voilier de ses parents, toujours à son poste au Royal Queensland Club, le yacht-club le plus sélect de la marina.

Son regard s'évada ensuite sur la mer et le ciel, que le soleil couchant teintait de pourpre et de mauve au-dessus de l'eau parfaitement immobile. C'était si beau que les larmes lui montèrent aux yeux.

Elle les sécha d'un geste impatient et se concentra sur ce qu'elle s'était promis dans le taxi : au lieu de se lamenter, elle continuerait à traquer Rafael Sanderson.

Jusqu'au bout du monde, s'il le fallait…

Quand elle avait commencé à le chercher sur Internet, quelle n'avait pas été sa stupéfaction en découvrant qu'il était l'un des hommes les plus riches d'Australie ! D'abord en tant qu'actionnaire majoritaire et P-DG de Sanderson Minerals, ensuite en tant qu'héritier de cette dynastie mythique d'éleveurs australiens, les Dixon.

Elle avait tout de suite pensé qu'il ne s'agissait pas du même homme. Certes, celui qu'elle recherchait avait de la prestance et était certainement issu d'un milieu aisé : il pouvait donc être un Dixon. Mais qu'il soit en plus P-DG de Sanderson Minerals, l'une des premières entreprises du pays, avec des ramifications dans le monde entier ? Impossible…

Pourtant, d'après son C.V., l'âge de ce Rafael Sanderson trouvé sur Internet correspondait à peu près à celui de l'homme que Maisie cherchait ; et d'autres informations semblaient indiquer qu'il s'agissait du même individu…

Comment n'avait-elle pas fait le rapprochement quand il lui avait dit son nom ? Le P-DG de Sanderson Minerals, sans être une célébrité, était un personnage public. Elle eut la réponse en avançant dans ses recherches : cet homme-là était un solitaire, très discret s'agissant de sa vie privée. Si on trouvait sur la Toile toutes les informations possibles sur Sanderson Minerals et sur l'empire Dixon, on ne trouvait rien de personnel sur l'individu qui les gérait. Et elle découvrit que les photos de Rafael Sanderson étaient extrêmement rares, toujours floues ou prises de très loin.

Certes, à y regarder de près, Maisie avait trouvé un air de famille entre l'homme des clichés et celui qu'elle cherchait. Impossible, cependant, d'être sûre que c'était la même personne. Et puis, ces photos de presse montraient un individu presque toujours en tenue de soirée pour des réceptions officielles, alors que celui qu'elle avait rencontré était habillé de façon plutôt décontractée…

Plutôt que de douter, Maisie s'était dit qu'il ne lui restait qu'une façon d'en avoir le cœur net. Sanderson Minerals avait son siège social à Brisbane : elle avait appelé en demandant à parler à son P-DG, mais elle avait vite compris que, à défaut d'une raison valable, on ne lui passerait jamais celui qu'elle demandait.

Comme il ne figurait pas dans l'annuaire, elle avait consulté les listes électorales pour trouver son adresse. Elle s'était ensuite rendue dans une résidence de luxe du quartier le plus chic de Brisbane. Mais, quand elle avait sonné, une voix désincarnée l'avait informée par Interphone que M. Sanderson ne recevait pas et, que de toute façon, il était en voyage.

Abandonnant alors cette piste, elle s'était lancée sur celle des Dixon.

Maisie massa ses pieds endoloris. Toute la journée, elle avait visité les différentes adresses de Dixon relevées dans l'annuaire, en se focalisant uniquement sur celles qui se trouvaient dans des quartiers ultra-résidentiels. Malheureusement, certaines étaient fort éloignées les unes des autres, et elle ne disposait pas de sa voiture...

L'une de ces adresses, cependant, devait être la bonne car on lui avait claqué la porte au nez quand elle avait demandé Rafe — le surnom sous lequel il était parfois présenté dans les rares articles qu'elle avait trouvés sur lui.

Ses mâchoires se crispèrent involontairement en y repensant. Mais il ne perdait rien pour attendre : elle allait se remettre en chasse sur Internet et finirait par trouver quelque chose qui la conduirait à lui. Comme les vacances scolaires venaient de commencer, elle avait tout son temps...

Elle naviguait sur la Toile depuis quelques minutes quand un article d'une revue nautique en ligne attira son attention : on y mentionnait le *Mary-Lue*, le voilier de Rafe Sanderson, qui s'était classé premier lors d'une régate. Maisie cligna des yeux : rêvait-elle ? Pour s'assurer que non, elle relut l'article plusieurs fois. La course avait eu lieu six mois plus tôt, mais une curieuse excitation l'avait gagnée.

Car elle connaissait le *Mary-Lue*. Il était amarré dans la marina, et de surcroît au même ponton que le voilier de ses parents. Elle avait souvent admiré la grâce et l'élégance de sa longue coque noire. Mais s'agissait-il du même *Mary-Lue* ?

Dès le lendemain, après avoir récupéré sa voiture chez le garagiste, Maisie se rendit à la marina sous le prétexte de jeter un œil à l'Amélie, faire tourner son moteur et vérifier ses bouts d'amarrage.

Elle le faisait régulièrement et, chaque fois, le souvenir des temps heureux où elle naviguait avec ses parents lui étreignait le cœur. Un jour prochain, il lui faudrait se décider à vendre le voilier...

Maisie chassa cette pensée, effectua ses vérifications, puis, d'un pas nonchalant, alla jusqu'au bout du ponton.

Le *Mary-Lue* était toujours là, dans la splendeur altière de ses cinquante pieds. Il y avait devant sa passerelle une bonbonne de gaz avec une étiquette où l'on pouvait lire : *Dest. R. Sanderson, Mary-Lue, RQ H29*. RQ était l'acronyme du yacht-club : Royal Queensland, H indiquait le ponton et 29 le numéro du mouillage.

— Salut, Maisie, tu sors naviguer, aujourd'hui ? lança une voix joyeuse.

Elle aperçut alors Travis, le jeune garçon qui aidait le gérant de la marina pendant les vacances scolaires, surgi du cockpit du *Mary-Lue*.

— Hélas ! non... Je suis passée m'assurer que tout était en ordre à bord de l'*Amélie*.

— Eh bien, cette beauté va faire une virée en mer demain matin à la première heure, annonça le garçon en effleurant la coque du *Mary-Lue* avec autant de tendresse que d'admiration. Il était temps : son propriétaire ne l'a plus sortie depuis des mois. Trop de boulot, je crois. Quel dommage !

Sur quoi, Travis sauta sur le quai et chargea la bouteille de gaz sur son épaule avant de remonter à bord.

— Tu veux que nous sortions ensemble un de ces jours ? proposa Maisie.

— Volontiers, tu m'appelles quand tu veux. A bientôt, Maisie.

Elle regagna sa voiture, en proie à une curieuse excitation, mêlée d'appréhension. Elle touchait presque au but. Mais qu'éprouverait-elle quand elle se trouverait face à face avec Rafael Sanderson ?

A 4 heures le lendemain matin, elle était sur le ponton H, vêtue d'un survêtement marine, de chaussures bateau et d'un bonnet de rappeur. Le ciel nocturne étant très couvert, elle s'était aussi munie d'un ciré. Il faisait plus froid qu'elle ne s'y attendait et le soleil, s'il apparaissait, ne se lèverait pas avant deux heures au moins.

Un soupir de soulagement lui échappa en voyant que le *Mary-Lue* n'était pas encore parti. En revanche, pas de lumière ni le moindre signe de vie à bord.

L'air glacial traversait ses vêtements et lui gelait les os. Maisie avait prévu d'attendre sur le ponton, mais pourquoi ne pas grimper à bord et se mettre à l'abri dans le cockpit ? Ce n'était pas très correct, mais le propriétaire du *Mary-Lue* avait-il été correct avec elle ?

Maisie emprunta résolument la passerelle. Mais, s'il était confortable, avec des coussins recouverts de housses imperméables, le cockpit n'était pas abrité du vent et il y faisait aussi très, très froid.

La porte de la cabine était sûrement fermée à clé. Maisie hésita à s'en assurer. Elle s'en approcha timidement, non sans avoir jeté un coup d'œil au bout du ponton. Le panneau de bois s'ouvrit sans effort...

Le doute la saisit de nouveau : descendre c'était pénétrer illégalement chez autrui. Mais... mais elle pourrait toujours expliquer pourquoi elle l'avait fait...

Les premières gouttes de pluie eurent raison de ses ultimes scrupules. Maisie se glissa dans l'escalier qui donnait dans un carré à peine éclairé, mais où il faisait très bon.

Elle s'assit sur une des banquettes et chercha à se remémorer tout ce qu'elle comptait dire à Rafe Sanderson.

Un bâillement lui échappa. Elle n'avait pas fermé l'œil cette nuit, trop angoissée par ce qui l'attendait. Maintenant, elle mourait de sommeil, ses paupières étaient lourdes, si lourdes... Elle eut à peine conscience de s'allonger sur la banquette...

Maisie n'aurait su dire ce qui la réveilla. Elle se redressa soudain, la bouche sèche, le cœur battant, et vit par le hublot un soleil timide et voilé, en même temps qu'elle identifiait le mouvement si caractéristique d'un bateau en marche. Sans doute parce qu'elle y était habituée depuis longtemps, vu le nombre de sorties en mer effectuées avec ses parents, elle avait dormi comme un bébé. Rafe Sanderson avait dû larguer les amarres et sortir du port au moteur sans descendre dans le carré. Horrifiée, elle bondit de la couchette et grimpa l'escalier à toute allure pour ouvrir brutalement la porte de la cabine.

Elle ne vit personne à la barre, nota que le pilote automatique était enclenché et, se retournant, elle vit Rafe Sanderson qui hissait la grand-voile sur le pont.

La surprise se peignit sur ses traits virils et il se figea. Brusquement, la bôme qu'il venait de libérer, entraînée par un léger tangage du bateau, le frappa en plein ventre. Avec un cri, il perdit l'équilibre et bascula par-dessus bord.

Maisie demeura un instant pétrifiée par l'épouvante, mais reprit vite ses esprits. Avançant courbée sur le pont, elle rattacha la bôme pour éviter d'être assommée, puis sauta de nouveau dans le cockpit. Après un coup d'œil au tableau de bord, elle appuya sur le bouton qui arrêtait le moteur.

Ensuite, elle eut tôt fait de repérer un gilet de sauvetage orange, le détacha et le lança de toutes ses forces vers Rafe Sanderson, qui nageait puissamment en direction du bateau. Il le reçut sur la tête — heureusement, le gilet était en mousse — et sans doute cela décupla-t-il sa fureur, car l'homme dégoulinant qui se hissa à bord quelques instants plus tard était dans un état de rage indescriptible.

Il sauta dans le cockpit et saisit Maisie par les épaules comme pour la jeter à son tour à la mer. Et c'est peut-être ce qu'il aurait fait si tous deux n'avaient pas dans un même mouvement repéré, dangereusement près du bateau, une bouée signalant une passe entre deux hauts-fonds.

Rafe poussa un juron, lâcha la jeune femme et saisit la barre en même temps qu'il remettait le moteur en marche.

— Pourrait-on savoir ce que vous faites à bord ? demanda-t-il d'une voix rogue, tout en engageant habilement le bateau au milieu de la passe. Qui êtes-vous, et comment vous êtes-vous introduite ici ?

— Je... je... j'avais à vous parler, et il faisait si froid que je suis descendue dans le carré pour vous attendre, c'est tout. J'ai dû m'endormir.

— Dites plutôt que vous avez pénétré dans cette cabine par effraction.

— Non, elle n'était pas fermée à clé.

— Bien sûr que si !

— Non, insista Maisie. Ai-je l'air d'une personne qui fait sauter les verrous ?

— Vous avez l'air de...

Rafe Sanderson s'interrompit pour la dévisager.

— Je ne sais pas de quoi ! Comment voulez-vous que...

De nouveau il s'interrompit et fronça les sourcils avec exaspération.

— Peut-être pas. Vous êtes trop jeune, on vous donnerait à peine seize ans. Mais après tout, à notre époque, on ne peut jurer de rien.

Prise par l'urgence de la situation, Maisie en avait oublié la raison de sa présence à bord. Cela lui revint d'un coup et elle fixa l'homme trempé qui lui faisait face avec une sorte d'épouvante.

— Qui... qui êtes-vous ?

— Cela vous regarde ? Dites-moi comment vous avez pénétré chez moi.

— Je vous l'ai dit, la porte n'était pas verrouillée. Peut-être quelqu'un est-il venu livrer quelque chose pendant votre absence, et a oublié de fermer à clé...

Charger ainsi ce pauvre Travis culpabilisa un peu Maisie, mais tant pis, elle n'avait pas d'autre argument.

— On m'a livré en effet des provisions, ainsi qu'une bouteille de gaz, marmonna son compagnon, comme s'il se parlait à lui-même. Mais ce n'est pas une raison pour monter à mon bord en cachette.

Il haussa nerveusement les épaules.

— Maintenant, prenez la barre ! ordonna-t-il d'un ton rude. Vous avez failli me faire noyer, puis vous avez manqué m'assommer, mais je n'ai pas l'intention d'attraper une pneumonie à cause de vous. Vert à bâbord, rouge à tribord.

Il avait désigné les bouées signalant la sortie de la passe d'un geste ample. Maisie baissa la tête.

— Je... je sais, balbutia Maisie, mais si nous rentrions plutôt au port ?

— Il n'en est même pas question, rugit-il en enlevant son chandail trempé. Et pour le cas où vous seriez choquée, regardez droit devant vous.

Il passa derrière elle mais Maisie ne put s'empêcher de se tourner un instant : il s'était complètement déshabillé et tirait une serviette de son sac.

— Oh..., souffla-t-elle.

Le rouge lui était monté aux joues. Quel homme superbe ! Muscles parfaits, ventre plat, hanches étroites, longues, longues jambes... Le modèle idéal pour un sculpteur, et surtout... surtout le rêve de toute femme normalement constituée. D'ailleurs, Maisie sentait un curieux trouble naître en elle.

— Qu'est-ce qui vous étonne ?

— Je... Rien, rien...

Une fois changé, il reprit la barre.

— Et maintenant, miss Arsène Lupin, ou qui que vous soyez, nous avons besoin d'un café bien chaud.

— Je pense vraiment que nous devrions rentrer..., insista Maisie.

— Vous n'aviez qu'à pas vous introduire à mon bord, rétorqua-t-il sèchement. J'ai prévu d'aller à la baie du Sabot, sur l'île de

Peel, pour y retrouver deux couples d'amis et déjeuner avec eux. Je ne compte pas changer mes projets. Allez préparer le café !

Maisie obéit. Avait-elle le choix ?

En d'autres circonstances, préparer le café à bord du *Mary-Lue* aurait été un bonheur tant le carré était beau à la lumière du jour. Les lambris de bois exotique, les rideaux et les banquettes en velours marine, les coussins et la moquette couleur turquoise, tout respirait le confort, le luxe et le bon goût. Il s'y trouvait aussi une table à cartes encastrée ainsi qu'une console de commandes doublant celle du cockpit, avec radar, G.P.S. et toutes sortes d'émetteurs radio sophistiqués. On pouvait faire le tour du monde avec ce voilier !

Quant au coin cuisine, il était scrupuleusement propre et possédait toutes les commodités, y compris un distributeur de glaçons. Pas de vaisselle en plastique : dans les placards, Maisie ne trouva que des verres en cristal, des assiettes et des tasses en porcelaine — dont le décor reprenait les couleurs du carré, marine et turquoise, que soulignait un filet doré.

Si elle ne découvrit que du café soluble, elle resta en revanche abasourdie par les provisions que recelait le réfrigérateur : des pâtés, de la charcuterie fine, un assortiment de fromages français, du saumon fumé, une salade de langoustes, des fraises, six bouteilles de champagne et même du rosé de Provence !

Après avoir mis les tasses fumantes sur un plateau, Maisie remonta avec précaution dans le cockpit.

En revoyant le propriétaire du *Mary-Lue* à la lumière du jour, le doute n'était plus permis : il n'était décidément pas l'homme qu'elle cherchait. Certes, ils avaient des ressemblances : mêmes cheveux, même taille imposante, mêmes yeux gris. Mais le Rafe Sanderson qu'elle avait sous les yeux dégageait une aura bien différente de l'autre — son homonyme ou un usurpateur ?

Elle ferma un instant les yeux, perdue. Quand elle les rouvrit, elle remarqua que le ciel n'était pas complètement dégagé. Il y avait un peu de soleil, mais il ne faisait toujours pas chaud.

L'île de Peel approchait sur bâbord, verte et au ras des flots par rapport à celle de Stradebroke, derrière elle, beaucoup plus montagneuse. Les bateaux étaient rares dans cette partie de la baie en ce samedi matin encore hivernal.

— Asseyez-vous, lui intima l'inconnu, et dites-moi pourquoi vous vouliez me voir.

La situation était gênante. Maisie s'efforça de faire bonne figure. S'apercevant qu'elle portait toujours son bonnet de rappeur, elle l'enleva et se passa une main dans les cheveux. A cet instant un souffle de brise ébouriffa ses boucles rousses et son compagnon plissa les yeux tout en la dévisageant. Elle serra sa tasse de café chaud entre ses mains.

— Avant tout, s'il vous plaît, demanda-t-elle d'une voix mal assurée, dites-moi comment vous vous appelez.

— Rafael Sanderson.

— Non, ce n'est pas possible !

Les mots lui avaient échappé.

— Je vous garantis pourtant que si, rétorqua ironiquement l'homme.

— Et moi, je sais que non.

— En tout cas, une chose est sûre, nous ne nous connaissons pas.

— Justement ! s'écria Maisie. J'ai eu une… euh… une aventure, s'il l'on peut dire, avec Rafe Sanderson, et j'attends un enfant de lui, mais il semble qu'il ne veuille plus entendre parler de moi.

Elle avait parlé à toute vitesse, jetant sa prudence aux orties, et s'arrêta, effarée. L'inconnu semblait abasourdi et demeura muet une bonne minute. Il en profita pour mettre le moteur du bateau au point mort avant d'appuyer sur un bouton pour libérer le guindeau et mouiller l'ancre.

— Au début, reprit Maisie, que le silence mettait encore plus mal à l'aise, j'ai cru que vous étiez lui. Maintenant, je vois bien que non, mais vous portez le même nom et je ne sais... je ne sais plus où j'en suis !

— Parfois, un grain de sable suffit, rétorqua Rafe avec un regard dur. Continuez.

— Mais vous ne me croyez pas !

Maisie eut un geste d'impuissance, avant d'avouer :

— C'est vrai que moi-même j'ai du mal à y croire. Non pas que ce ne soit pas arrivé, mais je me demande comment cela *a pu* arriver.

— On vous a violée ?

— Oh ! non !

Et, tout à coup, ce qu'elle n'avait pu confier à personne, faute d'amis véritables, fut trop lourd à porter et elle se mit à parler comme si son cœur avait attendu trop longtemps ce moment.

— J'étais seule, je me sentais abandonnée. Mes parents, que j'adorais, venaient de mourir dans un accident de voiture. Alors, un jour que j'étais Mairead...

— Vous étiez Mairead ? la coupa-t-il. De quoi parlez-vous ? Je ne comprends pas.

Elle lui dit son nom complet et lui expliqua son travail quotidien, et les soirées avec l'orchestre.

— Nous avions joué pour une réception de mariage, un samedi après-midi, et nous venions de terminer quand ce garçon est venu vers moi et s'est présenté en tant que Rafael Sanderson. Il m'a offert un verre et j'ai répondu que je ne buvais jamais, mais que je prendrais volontiers un café. Et c'est ainsi que les choses ont commencé.

— Vous avez sauté dans son lit le soir même ?

— Certainement pas ! rétorqua Maisie avec virulence. Néanmoins, j'ai apprécié sa compagnie. Il était charmant, amusant et... et beau comme un dieu. Tout d'un coup, la vie m'apparaissait moins sinistre.

Elle se tut et laissa échapper un soupir.

— On est sortis plusieurs fois ensemble. Sans que j'arrive à me l'expliquer, j'aimais me faire belle pour lui, j'appréciais sa compagnie. Et puis, un jour, il m'a dit qu'il était amoureux de moi et qu'il voulait m'épouser.

Maisie ferma brièvement les yeux, submergée par les émotions que ces souvenirs ravivaient.

— Je l'ai cru ! Alors c'est arrivé. Peut-être à cause du vin — je ne bois jamais. En tout cas…

Elle baissa les yeux avant de murmurer :

— Je l'ai cru aussi quand il m'a dit qu'il ferait attention.

— Et il n'en a rien fait ?

Maisie secoua tristement la tête.

— Après quoi il a disparu dans la nature, si j'ai bien compris, acheva durement son compagnon. Cela ne s'est produit qu'une fois ? J'imagine que vous avez découvert le septième ciel, non ?

— Pas vraiment, murmura Maisie, gênée, mais c'était la première fois pour moi et j'ai pensé que… Enfin… Il était adorable, m'a rassurée ; je me suis sentie désirée, et même aimée alors…

Elle conclut sa phrase par un geste d'impuissance désolée.

Rafe fronça les sourcils, dubitatif. Il n'avait pas encore décidé s'il croyait ou non la jeune femme. Si son histoire rocambolesque était vraie, il y avait de vrais salauds sur Terre…

— Une seule fois, dites-vous, et il a disparu ? demanda-t-il, sceptique. Alors vous avez commencé à le chercher ?

— Disons que, n'ayant plus aucun signe de lui, je me suis rendu compte que je n'avais pas de moyen de le joindre. C'était toujours lui qui me contactait. D'abord, je me suis inquiétée pour lui : il avait peut-être eu un accident. Et puis je ne comprenais pas. Alors j'ai cherché sur Internet mais le seul Rafe Sanderson que j'ai trouvé, en Australie du moins, est le P-DG de Sanderson Minerals et l'héritier de la dynastie Dixon. Ensuite, j'ai découvert que j'étais enceinte…

Il la regarda de nouveau avec attention.

— Ça ne se voit pas. Ecoutez, votre histoire est très touchante, mais…

Maisie frappa soudain des deux poings sur la table avant de se dresser d'un bond.

— Ah ! ne me faites pas la leçon, s'il vous plaît ! rugit-elle, furieuse. Si vous croyez que je ne me suis pas reproché et ma crédulité et ma stupidité ! Moi qui me croyais plus forte que tout le monde, j'ai été atterrée en découvrant que j'étais aussi stupide et vulnérable que les autres. En revanche, si vous imaginez que je vais rester les bras croisés à me lamenter sur mon sort, vous vous trompez ! Alors, vous pouvez me toiser de vos grands airs, me juger comme bon vous semble, j'ai bien l'intention de retrouver ce garçon et de lui dire ma façon de penser !

— Rasseyez-vous, Mairead.

— Maisie !

— Mais vous m'avez dit que…

— En effet, mais tout le monde m'appelle Maisie. En plus, je commence à trouver Mairead franchement lourde à traîner : c'est elle qui a incité Rafe à croire que j'étais plus facile que je ne le suis en réalité.

— Cet homme n'était pas Rafael Sanderson car c'est moi, Rafael Sanderson.

Il semblait trouver la situation amusante, ce qui augmenta la fureur de Maisie.

— Je crains qu'il n'y ait confusion de personne, reprit-il, et je ne suis pas certain que ce soit tout à fait innocent, Maisie, ou Mairead, ou qui que vous soyez.

— Quant à moi, je crains de ne pas pouvoir supporter une seconde de plus vos airs supérieurs et vos sous-entendus blessants, riposta-t-elle du tac au tac, se redressant de toute sa hauteur.

Et, sans un mot de plus, elle enjamba le bastingage pour effectuer un impeccable plongeon.

# 2

Maisie était bonne nageuse et avait noté avant de plonger que la marée descendait. Des récifs émergeaient déjà devant l'île : elle les atteindrait sans difficulté. Une fois sur la terre ferme, il lui suffirait de gagner la crique du Lazaret, où elle avait aperçu des bateaux ancrés. Quelqu'un accepterait bien de la ramener à Brisbane...

Mais la mer glacée lui causa un choc ; et le courant, beaucoup plus fort qu'elle ne l'avait pensé, l'entraînait vers le large. Elle n'avait pas imaginé non plus que Rafe Sanderson mettrait aussi vite à l'eau le canot du *Mary-Lue*.

Comme elle luttait contre le courant, ce fut malgré tout avec soulagement qu'elle le vit approcher. Cependant, l'homme qui l'aida à grimper à bord, puis la hissa sur le *Mary-Lue* était de nouveau hors de lui.

— Que je ne vous y reprenne jamais plus, petite idiote ! cria-t-il en la saisissant par le col de son survêtement, avec tant de force qu'il la souleva presque du sol.

Maisie avait perdu de sa superbe. Elle ruisselait et grelottait. Même si elle se sentait un rien ridicule, il lui resta assez de cran pour rétorquer, tout en claquant des dents :

— J'y serais arrivée, sans le courant.

Puis elle prit une profonde inspiration et posa ses poings sur ses hanches.

— C’est votre faute ! lui cria-t-elle au visage, exaspérée. Vous m’insultez sans cesse !

Rafael Sanderson se calma d’un coup et une ébauche de sourire se dessina sur ses lèvres.

— On a du caractère, avec ça ! Toutes mes excuses, Maisie.

Et il l’attira dans ses bras...

Troublée, alors qu’elle était furieuse contre lui une seconde avant, Maisie eut soudain le sentiment absurde que tout était possible entre Rafe Sanderson et elle. Elle était bien, si bien... Elle sentait sa chaleur, sa force. Rien de grave ne pouvait plus lui arriver. Elle se détendait, se réchauffait, se calmait, et elle était heureuse, épanouie, comme quelqu’un qui touche le port après la tempête.

Il inclina la tête pour l’embrasser et ses lèvres chaudes éveillèrent en elle un nouvel émoi qui la bouleversa presque autant qu’il la choqua. Car comment éprouver un tel bonheur dans les bras d’un homme quand, quelques mois plus tôt seulement, le même genre de situation l’avait entraînée dans la pire des impasses ?

Rafe l’embrassa à peine, sans même chercher à écarter ses lèvres, puis se dégagea et entreprit aussitôt de lui enlever son survêtement. Maisie retomba brutalement sur terre.

— Non ! s’écria-t-elle d’une voix étranglée. Non !

Elle voulut s’échapper, mais il la tenait fermement.

— Ecoutez-moi d’abord, déclara-t-il durement. Je vous déshabille pour que vous ne trempiez pas la moquette du carré. Je n’ai aucune arrière-pensée.

— Mais... mais vous venez de m’embrasser.

— C’était autre chose.

— Comment ça ? Je veux dire : comment savoir si je ne vais pas me retrouver enceinte une seconde fois ?

Rafe éclata de rire.

— Je ne pense pas que vous puissiez être enceinte deux fois en même temps.

Maisie se mordit la lèvre avec irritation.

— Vous savez très bien ce que je veux dire.

— Si je vous ai embrassée, c'était une sorte d'excuse pour mes airs de supériorité et pour vous avoir insultée. C'était aussi en hommage à votre façon très explicite de m'avoir signifié d'aller au diable. Téméraire, certes, mais je n'ai pu m'empêcher de l'admirer.

Maisie demeura sans voix et il en profita pour la débarrasser de sa veste de survêtement, puis de son pantalon. Après quoi il la fit asseoir pour lui retirer ses chaussures.

— Rassurez-vous, reprit-il, grinçant, vous ne dévoilez rien que je ne connaisse déjà.

— Mais... mais...

Il détailla un instant la fine silhouette, seulement vêtue d'un minuscule slip en dentelle vert tendre et de son soutien-gorge assorti.

— Très coquin, Maisie, ironisa-t-il. Mais, croyez-moi, vous n'êtes pas mon genre ; vous ne risquez rien.

A ces mots, il la souleva dans ses bras pour la descendre dans le carré.

— Et maintenant, sous la douche ! ordonna-t-il en ouvrant la porte de la salle de bains. Il y a une grosse réserve d'eau chaude : profitez-en jusqu'à ce que vous soyez complètement réchauffée.

— Mais je n'ai pas de vêtements de rechange !

— Je vous en trouverai. Ouste ! Obéissez !

L'eau brûlante lui fit un bien fou. Au bout d'un long moment, Maisie sortit de la douche, puis se sécha avant de se draper dans une grande serviette. Elle en utilisa une petite pour se frotter les cheveux. C'est alors qu'elle s'aperçut que le bateau était en marche. Rafe continuait-il sa route vers l'île de Peel ou retournait-il à Manly ?

— Sortez par l'autre porte, ordonna soudain la voix de Rafe, elle donne dans la cabine arrière. Vous y trouverez de quoi vous habiller sur le lit. Ne prenez pas trop de temps : je vais mouiller l'ancre, puis je vous préparerai quelque chose de chaud.

Maisie se retint de lui dire d'aller au diable avec son ton autoritaire et obéit.

La cabine avait un vrai lit double, recouvert d'un superbe jeté de soie beige rehaussé de vert vif. Les murs et placards étaient lambrissés du même bois précieux que le carré. Au sol, une épaisse moquette d'un ton à peine plus soutenu que le dessus-de-lit parachevait le sentiment de confort qui se dégageait du lieu.

Abandonnant sa serviette, Maisie s'inspecta : à trois mois et demi de grossesse, loin de prendre du poids, elle en avait sans doute perdu. Sûrement à cause de l'angoisse, et de ces nausées qui l'avaient tant perturbée pendant toute une période. Elles ne survenaient que le soir, de sorte qu'elle avait pu continuer à travailler ; en revanche, une fois chez elle, impossible de dîner, même légèrement.

Depuis quelques jours, heureusement, ces malaises avaient disparu et Maisie commençait à retrouver son appétit, ainsi que son énergie.

Elle porta son attention sur les vêtements posés sur le lit. Ils étaient trop grands pour elle, mais d'excellente facture. Elle enfila une petite culotte de soie et dentelle couleur café qui semblait flambant neuve. Le soutien-gorge assorti n'était en revanche vraiment pas à sa taille. Maisie trouva le sous-pull de soie crème, avec une jolie encolure bordée de satin blanc, tout à fait à son goût. Le pantalon de survêtement vert vif ferait très bien l'affaire et, pour terminer, elle enfila un bon gros pull à torsades en laine épaisse d'un beige discret. C'était un chandail d'homme, il n'était pas neuf mais parfaitement propre, bien que la laine fleure imperceptiblement un léger et très agréable parfum masculin.

Elle trouva une paire de chaussettes mais pas de chaussures.

A qui appartenaient ces vêtements ? La question taraudait Maisie, mais elle ne la poserait certainement pas.

Se regardant dans le miroir de la coiffeuse, elle vit que ses cheveux, toujours indisciplinés, séchaient et recommençaient à boucler. Comme elle n'avait rien pour les maintenir en arrière, elle se contenta de les coiffer avec ses doigts. Ce fut l'expression de ses yeux qui la surprit : elle avait presque l'air en état de choc. C'était un peu normal après s'être jetée à l'eau... Ou était-ce le baiser de cet inconnu, qui avait si aimablement déclaré juste après l'avoir embrassée qu'elle n'était pas son « genre » ? Maisie le savait, inutile de le lui préciser ! Pour commencer, elle attendait l'enfant d'un autre homme. Mais comment expliquer qu'elle se soit sentie si merveilleusement bien dans ses bras ?

Elle perçut un cliquetis de chaîne, indiquant que Rafe mouillait l'ancre. Le moteur passa ensuite en marche arrière, puis au point mort. Un regard par le hublot lui révéla la plage de sable blanc de la baie du Sabot, et Maisie se mordit la lèvre inférieure. Si Rafe Sanderson n'avait pas renoncé à son projet de déjeuner avec ses amis, la situation se compliquait...

Quelques instants plus tard, la voix de celui-ci lui annonçait que tout était prêt.

— Ça va mieux ? demanda-t-il.

Ils étaient installés dans le carré, devant un café bien chaud. Du vrai, cette fois, servi dans une magnifique cafetière Thermos en Inox, et auquel il avait ajouté un doigt de cognac.

— Je suis bien réchauffée, oui. Et... euh... merci pour les vêtements.

— Ils appartiennent à ma sœur Sonia, qui fait de la voile avec moi de temps en temps. Je vous le dis au cas où vous vous seriez posé la question, ajouta-t-il avec un regard narquois.

Maisie détourna les yeux sans relever.

— En tout cas, observa Rafe, vous avez repris des couleurs. Maintenant dites-moi : vous êtes vraiment enceinte ?

— Pourquoi cette question ? demanda-t-elle abasourdie.

— Parce que, dans ce cas, il vaudrait mieux mettre un bémol

à vos instincts suicidaires et ne plus sauter par-dessus bord dans une eau glacée.

Instinctivement, Maisie porta les deux mains à son ventre plat.

— Franchement, j'ai agi sans réfléchir, murmura-t-elle dans un souffle. Mais le docteur m'a dit de mener une vie normale, sans me dorloter.

— Il n'a peut-être pas la même conception que vous d'une vie normale. En tout cas, vous avez répondu à ma question suivante.

— Comment cela ?

— Non seulement vous êtes enceinte, mais vous voulez garder l'enfant.

— C'est vrai.

Maisie but une gorgée de café, cherchant les mots pour s'expliquer. Car, si cela avait été un choc de découvrir qu'elle était enceinte et abandonnée, la pensée qu'elle ne serait plus seule au monde à l'avenir avait beaucoup compté. Elle avait réfléchi, tournant et retournant la situation dans tous les sens. Elle en avait conclu que la vie qui l'attendait, seule avec un bébé, serait difficile et semée d'obstacles, certes, mais que cela en valait la peine. Elle tenait à cet enfant, le garderait et le rendrait heureux.

— Je... j'aurai quelqu'un à aimer, voyez-vous, murmura-t-elle enfin.

Rafe garda le silence un long moment.

— Quel âge avez-vous ? lança-t-il enfin.

— Vingt-deux ans.

— Donc vous espérez obtenir une aide financière du père du bébé ?

— Certainement pas ! s'exclama Maisie en un cri du cœur qui lui fit relever fièrement le menton. S'il ne veut plus rien avoir à faire avec moi, pas question que j'accepte quoi que ce soit de lui. Mais, s'il a disparu sans une bonne raison, qu'il n'est qu'un voyou qui profite des filles naïves et sans expérience, je veux lui dire en face qu'il est un... un...

— Un fieffé salaud, j'imagine.

Maisie hocha la tête.

— Et je veux aussi le retrouver parce qu'il doit reconnaître sa paternité. Je voudrais que mon enfant sache qui est son père. C'est le minimum, non ?

— De toute évidence, vous y avez mûrement réfléchi.

— J'ai eu trois longs mois de misère pour le faire et...

Brusquement une pensée s'imposa à son esprit, la coupant dans son élan.

— Mais maintenant je ne sais même plus comment s'appelle cet homme ! A moins que vous n'ayez un homonyme.

Rafe ne savait que penser : était-elle une comédienne hors pair ? Serait-elle tombée enceinte par accident comme tant d'autres et pour s'en sortir, aurait-elle créé son scénario de toutes pièces ? Cela s'était déjà vu : on cherche un homme riche, on concocte une histoire du genre : « Il s'est fait passer pour vous et je l'ai cru », puis on tente d'émouvoir le pigeon pour lui soutirer de l'argent.

Un sourire cynique effleura un instant son visage.

— Vous ne me croyez toujours pas, remarqua-t-elle immédiatement.

— Quelle importance, Maisie ? Je suis désolé pour vous, comme pour qui que ce soit qui se trouverait dans votre situation, mais cela ne me concerne pas.

— Avez-vous vécu un jour dans un lieu dédié à l'élevage qui s'appelle Karoo Downs, quelque part dans l'ouest du pays ?

— Comment savez-vous cela ? demanda-t-il en fronçant les sourcils.

— En fait, il suffit de regarder sur le Web. N'importe qui peut le savoir. Apparemment, au siècle dernier, une branche de la famille Dixon venait d'Afrique du Sud, et Karoo Downs vient de Great Karoo, une région d'élevage sud-africaine.

— Vous avez été pointilleuse dans vos recherches.

— J'étais déjà au courant pour Karoo Downs avant de les

commencer. Ra… enfin le garçon en question m'en avait parlé. Il m'avait aussi parlé de ses deux chiens préférés, Graaff et Reinet.

Rafe Sanderson se mit à pianoter nerveusement sur la table, le regard soudain acéré.

— Ces deux noms me semblaient étranges ; il m'a alors expliqué que Graaff-Reinet était la ville la plus importante du comté de Karoo et que ces deux chiens étaient des ridgeback, une race originaire d'Afrique du Sud. D'où leurs noms.

Cette fois, Rafe étouffa un juron.

— A qui donc avez-vous parlé, Maisie ?

— A personne. C'est l'homme que je cherche qui m'a raconté ça.

— Ecoutez : maintenant, il faut me dire la vérité !

— Mais je vous l'ai dite ! Du coup, je ne vois qu'une explication : quelqu'un, quelque part, se fait passer pour vous. Quelqu'un qui vous ressemble un peu car, pendant quelques instants, j'ai cru que vous étiez un seul et même homme. Maintenant, je vois bien que non, mais parfois on ne voit que ce que l'on veut voir. J'étais tellement sûre que vous étiez l'homme que je recherchais !

Rafe ouvrait la bouche pour répondre quand sa radio grésilla sur la table à cartes.

— *Mary-Lue. Mary-Lue*, ici *Lady Lotus* 6-7, articula une voix métallique.

Rafe se leva aussitôt et brancha le micro-émetteur.

— *Lady Lotus*, ici *Mary-Lue* 6-9

D'un geste, il tourna le bouton pour changer de fréquence.

— Rafe ? demanda la voix dans le récepteur. Ici Dan. On arrive dans une vingtaine de minutes et Melissa demande si tu as besoin de quelque chose. On prendra Eddie et Martha en passant.

Rafe eut un instant d'hésitation et jeta un regard sombre à Maisie.

— J'ai tout ce qu'il faut, merci, vieux. A tout de suite.

Il coupa la communication avant de reprendre place face à elle.

— Comment comptez-vous expliquer ma présence à vos amis ?

Brusquement, elle se sentait épuisée et mal à l'aise.

— Je ne compte rien expliquer. Dites-moi, vous vous sentez bien ? Vous êtes très pâle.

— Ça va, mais je suis fatiguée. Je n'ai pas dormi la nuit dernière et je me suis assoupie sans doute seulement une petite heure en vous attendant ce matin. Et puis, de temps en temps, je me sens un peu comme un chat qui n'a qu'une envie : se rouler en boule et roupiller.

— Dans ce cas, allez vous coucher, décréta gentiment Rafe. Prenez la cabine avant. Avec un peu de chance, personne ne se doutera de votre présence. Et nous reprendrons notre conversation plus tard.

A son réveil, Maisie constata qu'elle avait dormi un peu plus de deux heures. Après s'être voluptueusement étirée, elle se redressa vivement sur le lit en entendant une voix féminine en provenance du pont :

— Tu ne nous avais pas dit qu'il y avait une jeune femme dans ta cabine, Rafe.

Maisie se figea. Elle réalisa qu'elle avait sans doute été réveillée par le bruit de la porte de la cabine que l'on refermait.

— Melissa ! s'exclama alors Rafe avec une irritation contenue. On ne t'a jamais dit qu'il était interdit de fureter chez les gens ?

Un éclat de rire lui répondit.

— La vie est trop courte pour ne pas faire ce dont on a envie, mon chou, rétorqua ladite Melissa. Qui est-ce ?

Maisie avait le souffle court, à présent, attendant avec anxiété la réponse de Rafe.

— Elle a embarqué clandestinement. Je ne l'avais jamais vue de ma vie jusqu'à ce qu'elle apparaisse et manque me noyer, expliqua-t-il froidement. Je vais me débarrasser d'elle dès que nous serons au port. D'ailleurs il faudrait que je file.

— Mais bien sûr, mon chou, roucoula la voix féminine, et merci pour ce délicieux déjeuner. On te verra à la soirée de Tricia, mercredi prochain ?

Rafe Sanderson répondit par la négative.

Peu après, un moteur hors-bord démarra. Maisie l'entendit accélérer, puis son vrombissement décrut. Elle se leva pour pénétrer dans le carré. Quelle réception lui réservait Rafe, après avoir expliqué en termes aussi rudes sa présence à bord et son intention de la congédier ?

Son appréhension fut vite levée par le sourire qu'il lui servit en lui demandant si elle avait faim.

— Oh, oui ! s'exclama Maisie, surprise mais enchantée. Je n'ai rien mangé depuis hier soir.

— Je m'en doutais ; je vous ai gardé ce qu'il fallait.

Sur ces mots, il sortit du réfrigérateur des assiettes recouvertes de papier d'aluminium.

Un vrai festin : saumon fumé et melon, langouste froide en salade avec des olives et de la feta, ainsi qu'une cuisse de poulet dorée à souhait et une part de quiche, que Rafe mit à chauffer dans le micro-ondes.

— Merci beaucoup, murmura Maisie, dévorant des yeux ces nourritures royales.

Elle marqua une hésitation avant d'ajouter :

— Je pensais que vous vous apprêtiez à vous débarrasser de moi le plus vite possible.

— Vous avez entendu ?

— Oui. La femme à qui vous parliez m'a sans doute réveillée en refermant la porte de la cabine.

— Melissa est insupportable, mais son mari Dan est un vieux copain. Et avant de me débarrasser de vous, je commence par vous nourrir, parce que mon code d'honneur m'interdit toute cruauté envers les femmes enceintes. Dès que vous aurez mangé, nous retournons tout droit au port de Manly.

— Où vous comptez me lâcher sans autre forme de procès, j'imagine, avança Maisie en attaquant avidement le saumon.

Il porta sur elle un regard énigmatique.

— Pas tout à fait. J'ai l'intention de mettre tout en œuvre pour découvrir si oui ou non quelqu'un s'est fait passer pour moi, et pourquoi.

Maisie ne répondit rien, trop occupée à dévorer. Elle termina par la cuisse de poulet, qu'elle mangea à pleines dents et avec les doigts. Quand il ne resta plus que l'os, elle s'essuya les mains avec une serviette en papier, repue.

— Vous aviez faim, en effet.

— J'ai été malade comme un chien pendant des semaines, expliqua-t-elle avec un sourire un peu triste. Impossible de rien avaler. Et maintenant je suis presque tout le temps affamée.

Elle hésita avant de demander :

— Vous voulez clarifier cette histoire parce que vous me croyez maintenant ?

— Disons que je veux en avoir le cœur net et épingler le type s'il existe bel et bien.

— Il existe. Pourquoi aurais-je inventé une histoire pareille ?

— Vous voulez vraiment que je vous réponde, Maisie ?

— Absolument ! rétorqua Maisie en s'échauffant.

— D'accord. Depuis des années, bien des femmes se jettent à mon cou. Ce n'est pas toujours amusant, croyez-moi, et je n'ai pas la fatuité de croire que je le dois à mon charme. Non, c'est l'argent qui les attire. Alors, pourquoi pas vous ?

Comme Maisie était visiblement outrée, il eut un geste d'apaisement.

— Non, pas de colère, lui intima-t-il avant qu'elle ait le temps de répliquer. Je veux juste la vérité. Le nom de Rafe Sanderson ne signifiait rien pour vous quand cet homme s'est présenté ?

— Je ne l'avais jamais entendu.

— Alors, pourquoi quelqu'un se ferait-il passer pour moi auprès d'une fille qui ne connaît ni mon existence ni qui je suis ?

Maisie secoua la tête.

— Je n'en ai aucune idée. Il a peut-être supposé que je vous connaissais — comme toutes les femmes qui se jettent à votre cou.

— En revanche, poursuivit Rafe en ignorant son trait d'humour, ce qu'il vous a raconté sur lui vous paraissait cohérent ?

— A dire vrai, je n'y ai pas beaucoup réfléchi sur le coup, mais oui, sans doute. Il s'exprimait bien, avait beaucoup voyagé, semblait cultivé.

Rafe eut un petit sourire ironique.

— Réfléchissez bien à ma question, Maisie : voulez-vous vraiment que je retrouve votre imposteur ?

Subitement, Maisie prit conscience que *ce* Rafael Sanderson avait une aura et un charisme qui manquaient à son imposteur. Certes, les ressemblances physiques étaient réelles : mêmes cheveux blond foncé, même yeux d'un gris étrange, même stature, et tous deux étaient beaux comme des dieux. En revanche, leurs personnalités étaient bien différentes.

*L'autre* s'était montré charmant et charmeur, l'avait fait rire et lui avait donné le sentiment d'être désirable ; avec lui, la vie était apparue moins triste. Néanmoins, en dépit de ses allusions au milieu fortuné dont il disait sortir, elle ne l'aurait jamais pris pour le P-DG d'une multinationale. Le Rafe qu'elle avait sous les yeux, oui. On sentait en lui à la fois la maîtrise, l'intelligence et la perspicacité d'un grand chef d'entreprise ; sa façon de parler, ses gestes, son comportement suggéraient l'autorité. En d'autres termes, ce Rafe Sanderson, s'il avait un physique de don juan, possédait une personnalité infiniment plus riche et plus forte que sa copie. Maisie sentait même chez lui quelque chose de dangereux qui la désarçonnait par moments.

Mais que risquait-elle puisqu'elle ne lui avait dit que la vérité ?

— Faites tout ce que vous voulez, monsieur Sanderson, répondit-elle avec hauteur, je n'ai rien à cacher.

— Dans ce cas, parfait, déclara-t-il après avoir semblé réfléchir un court instant. A présent, ne nous éternisons pas.

Il s'était levé pour prendre son assiette, mais Maisie protesta :

— Non, laissez-moi faire. Sauf si vous avez besoin de moi sur le pont, bien sûr.

— Merci, je peux me débrouiller seul.

Il remonta dans le cockpit, grimpant les marches deux par deux. Maisie le suivit des yeux, le cœur battant soudain la chamade.

Pourquoi cet homme la troublait-il à ce point ? Parce qu'il était beau à se damner dans son jean, qui moulait ses hanches étroites, et son chandail de marin juste assez lâche pour laisser imaginer ses épaules et son torse parfaitement musclés ? Brusquement l'image de Rafe Sanderson nu s'imposa à son esprit, et elle se vit nue aussi avec lui sur le grand lit de la cabine avant... Elle secoua la tête, honteuse de s'être laissée aller de la sorte.

Elle s'intima désespérément de faire attention à elle. Elle n'était plus seule désormais et devait songer à son enfant, ce bébé qui n'avait pas de père...

# 3

Ayant définitivement chassé ses troublantes pensées érotiques, Maisie entreprit de laver la vaisselle de son déjeuner. Elle entendit le moteur démarrer, puis s'arrêter presque aussitôt. Cela se produisit trois fois avant que Rafe apparaisse dans le carré, l'air contrarié.

— Des ennuis mécaniques ?

— On dirait bien. J'ai peur que le moteur ne soit en surchauffe.

Il entreprit de rouler un lé de la moquette au sol pour dégager la trappe de la cale.

— Je ne suis pas descendu depuis des lustres, déclara-t-il, et sur les voiliers le moteur n'est jamais facile d'accès.

— Je sais, oui. C'est le système de refroidissement, vous croyez ?

— Probablement. Vous en savez, des choses, Maisie ! Comment se fait-il que les voiliers n'aient aucun secret pour vous ?

Elle le lui expliqua pendant qu'il ouvrait la trappe et se faufilait difficilement dans l'espace exigu auquel elle donnait accès.

— Pouvez-vous éclairer le local du moteur ? L'interrupteur est à droite de la table à cartes.

Elle obéit, après quoi il lui indiqua où trouver sa torche, qu'elle lui donna. Elle s'assit sur la moquette afin de le voir travailler. Au bout d'un moment il poussa une exclamation irritée.

— Vous avez trouvé ?

— Oui, c'est la courroie du ventilateur.

Il surgit soudain des profondeurs du bateau avec un vieux chiffon, avec lequel il s'essuya les mains.

— J'ai une courroie de rechange, continua-t-il, mais la réparation risque de prendre du temps. Et comme il n'y a plus un souffle de vent, on ne peut pas rentrer à la voile.

— Changer une courroie de ventilateur n'est pas une partie de plaisir, soupira Maisie. Souvent rien que d'accéder à la pièce est un véritable enfer tant on travaille à l'étroit.

— Je sais. Quoi qu'il en soit, nous arriverons très tard à Manly, ou alors nous devrons dormir ici.

— Oh ! laissa-t-elle échapper.

— Dans ce dernier cas, vous ne risquez rien avec moi, si c'est ce qui vous tracasse. Si je ne parviens pas à changer cette maudite courroie, je ferai venir de l'aide de Manly demain à la première heure. Ce soir, il est trop tard pour espérer déplacer quelqu'un.

Maisie consulta rapidement sa montre. Il était près de 17 heures. Rafe avait raison.

— Très bien, acquiesça-t-elle après une perceptible hésitation.

— Alors au travail ! lança-t-il, se hissant dans le carré. Il me faut des outils, et je vais enfiler des vêtements qui ne craignent rien.

— Je pourrai peut-être vous aider. Je l'ai fait souvent avec mon père.

Rafe ne releva pas et passa dans la cabine avant. Il en ressortit peu après vêtu d'une vieille chemise kaki et d'un jean taché et déchiré. Il portait aussi une caisse à outils, et redescendit tout de suite dans la cale.

La réparation dura plus de deux heures. Maisie lui passait les outils dont il avait besoin, dirigeait la torche sur les endroits où il travaillait et, à plusieurs reprises, réussit, grâce à ses petites mains, à serrer une vis inatteignable pour lui.

Finalement, il lui demanda d'aller mettre le moteur en marche et de surveiller le voyant de la température.

— Tout est normal, lança-t-elle, alors que le moteur tournait depuis dix bonnes minutes.

— Parfait. Vous pouvez couper.

Un court moment plus tard, il la rejoignait, se tenant les reins tant la position qu'il avait dû adopter avait été pénible.

— Merci, Maisie : vous êtes un excellent mécanicien ! déclara-t-il en s'étirant.

— Je vous renvoie le compliment. C'est votre métier ?

Elle avait posé la question après un instant d'hésitation ; il y répondit tout de suite :

— Ce n'est pas mon métier, non, mais j'ai toujours adoré fourrer les mains dans les moteurs. Bon, maintenant, j'ai besoin d'une bonne douche et d'une bonne bière. Ensuite nous mangerons un morceau avant d'aller au lit. Pour vous doucher, utilisez la cabine arrière. Celle de l'avant n'a pas de verrou.

Maisie réprima un bâillement, qui lui rappela qu'elle n'avait pas dormi plus de trois heures ces dernières vingt-quatre heures.

— Parfait. Prenez votre douche. Pendant ce temps je préparerai de quoi manger.

— Très bien, m'dame !

Au dîner, l'atmosphère fut très détendue. Maisie avait trouvé dans le réfrigérateur d'abondants restes du déjeuner deux grandes assiettes, ajoutant quelques feuilles de salade pour la décoration. Rafe buvait une bière et elle du jus d'orange.

La nuit au-dessus de la baie du Sabot était paisible ; le seul bruit perceptible était le doux clapotis de l'eau contre la coque. Maisie interrogea Rafe sur son métier.

— Je suis ingénieur géologue de formation, et je m'y connais un peu dans le domaine de l'élevage.

Il s'était changé après sa douche, et portait un jean et une chemise en lainage écossais. Avec ses cheveux décoiffés et encore humides, il était plus séduisant que jamais.

— Vous exercez votre métier ? demanda encore Maisie.

— Plus vraiment, non. Depuis la mort de mon père je voyage énormément.

— Ça vous plaît ?

Rafe cala la tête contre le dossier de la banquette et haussa les épaules.

— Je n'ai pas le choix. Mais il est vrai que si j'avais une vie de famille, j'aurais du mal en ce moment à la concilier avec mes obligations professionnelles.

Il fronça les sourcils, surpris et agacé à la fois. Pourquoi pareille idée lui avait-elle traversé l'esprit en cet instant précis ?

— C'est curieux... Vous n'êtes pas si jeune et...

Elle stoppa net et resta bouche bée, les yeux écarquillés. Puis Rafe éclata de rire et elle rougit violemment.

— Je vous parais peut-être très vieux, Maisie, mais je n'ai que trente-quatre ans.

— Ce n'est pas ce que je voulais dire... Je... en réalité, il me semble que c'est... euh... l'âge idéal pour planter ses racines, comme on dit. Mais pour cela, il faut se ménager un peu de temps, j'imagine. Peut-être devriez-vous apprendre à déléguer.

Il la regarda droit dans les yeux.

— Dans des circonstances normales, vous auriez raison, et ce ne serait pas une mauvaise idée de fonder une famille. Mais mon père a lancé un énorme programme d'expansion pour Sanderson Minerals quelques mois seulement avant sa mort. Il va me falloir deux ans au moins pour le mettre en œuvre.

Il but une gorgée de bière et planta son regard dans le sien.

— Maintenant, parlez-moi de vous. Quels étaient vos projets avant la mort tragique de vos parents et qu'il vous arrive ce qui vous est arrivé ?

Maisie haussa les épaules.

— Rien de très original, j'en ai peur. Pour être honnête, je n'avais sans doute plus l'âge de vivre encore avec mes parents, mais cela me convenait, je les adorais. Mon travail me plaît énormément et la vie allait son train. J'ai une passion pour les voyages. L'an dernier, je suis partie sac au dos pour le Mexique où j'ai passé un mois et...

Sa phrase s'acheva dans un geste las de la main.

— Dites-moi, la pressa Rafe.

— J'avais commencé à économiser pour un voyage plus tard cette année, mais je vais devoir modifier mes projets.

— Pas de plan de carrière ?

— Si : je voudrais vraiment passer le concours des pianistes concertistes. Il n'y a pas de limite d'âge pour le faire, alors j'y arriverai peut-être un jour.

— Sur le plan financier, vous pourrez faire face à votre condition de mère célibataire ?

Maisie ne put réprimer une grimace, mais elle s'en tint à la vérité :

— J'ai hérité de mes parents leur maison et leur bateau, ainsi que leurs quelques économies — qui vont me servir à rembourser l'emprunt qu'ils avaient souscrit pour moderniser la maison. Cependant...

Elle se tut un instant et hocha lentement la tête. Puis elle formula ce qu'elle n'avait jamais osé s'avouer à elle-même :

— J'aurai un peu d'argent à condition de vendre la maison et le bateau.

— Dites-moi autre chose, maintenant : vous étiez très amoureuse de ce type ?

Maisie baissa les yeux, réfléchit puis finit par secouer ses boucles rousses.

— C'est difficile à expliquer, avoua-t-elle. Soudain, j'étais sur un petit nuage, je retrouvais goût à la vie, je riais. C'était extraordinaire.

— Et qu'éprouvez-vous pour lui, maintenant ? D'après ce que vous m'avez raconté, vous avez toutes les raisons de lui en vouloir et de vous sentir trahie ; mais si d'aventure je le retrouvais et que je vous le ramène, que feriez-vous ?

Maisie prit une inspiration hésitante.

— Je... je ne sais pas... Cela me semble comme un rêve lointain maintenant, mais un rêve que j'ai du mal à dissocier de ce que j'ai éprouvé en réalisant combien j'avais été bête et naïve. Je crois que je ne pourrai jamais plus retrouver la magie dont je l'avais auréolé. D'ailleurs, s'il revenait ce serait contre son gré certainement.

— Pas forcément, fit doucement observer Rafe. Il pourrait revenir parce qu'il ne peut pas se passer de vous.

— Je ne le croirais pas, avoua Maisie à voix très basse. En vérité, maintenant je serais incapable de croire un mot de lui.

— Vous ne vous réconcilieriez pas, même pour le bien de votre enfant ?

— Puisque je n'ai plus confiance en lui, cela n'apporterait rien, il me semble.

Rafe regardait très attentivement sa passagère clandestine à présent. Son halo de boucles rousses et son visage ravissant dépourvu de tout maquillage lui conféraient une saisissante beauté naturelle. Son teint était parfait, sa bouche délicate et pourtant infiniment sensuelle, ses yeux verts magnifiques... Et il lui revint brusquement que, sous les vêtements trop grands de Sonia, Maisie cachait un corps infiniment désirable : seins très hauts et ronds, taille étroite, hanches pleines juste ce qu'il fallait, jambes fines et idéalement galbées.

Il fronça soudain les sourcils. Quelle idée de l'avoir embrassée... Il n'en revenait pas lui-même ! Certes, après qu'elle avait follement sauté par-dessus bord et qu'il l'avait rattrapée, il s'était senti un élan de tendresse et d'admiration pour elle : à moitié noyée, tremblant de froid, elle avait quand même réussi à lui hurler dessus à pleins poumons ! Et il était vrai qu'il avait été odieux.

N'avait-il pas cédé à une sorte d'instinct protecteur en lui donnant ce baiser ? Dans ce cas, il était peut-être tombé dans le piège qu'elle lui avait tendu avec son histoire rocambolesque...

Rafe devrait s'en souvenir s'il venait de nouveau à éprouver ce sentiment protecteur. Parce que rien ne prouvait encore que Maisie n'était pas tout simplement une excellente comédienne...

— Je vais me coucher, annonça-t-il après sa dernière gorgée de bière. Et vous ?

— Oh, moi aussi !

La cabine avant était très confortable avec ses deux couchettes formant un V, dont la pointe était l'étrave du voilier. Maisie s'endormit sans difficulté, emmitouflée dans un pyjama appartenant à Sonia, trop grand pour elle, certes, mais chaud et douillet.

Rafe ouvrit un œil et constata immédiatement qu'il faisait encore nuit noire. Avait-il rêvé ? Lorsque le bruit se répéta, il sut que non : il y avait quelqu'un dans le carré... Il sortit de sa cabine et vit une silhouette fantomatique tenter d'ouvrir la porte menant au cockpit et au pont.

— Maisie ?

Pas de réponse, et elle ne réagit pas davantage quand il la rejoignit. Elle ne se tourna même pas. C'est alors qu'il comprit : elle était somnambule.

Il la prit doucement par les épaules pour l'obliger à pivoter et lui fit redescendre les marches. Elle obéit sans résister et, une fois en bas, s'appuya à lui.

Que faire maintenant ? se demanda Rafe. Fermer à clé la porte sur l'extérieur pour qu'elle ne puisse pas sortir de nouveau — et risquer de tomber à l'eau ? Non. Même endormie, Maisie saurait peut-être dégager le verrou. La recoucher dans sa cabine qui ne fermait pas ? C'était prendre le même risque.

— Il ne reste qu'une solution, mademoiselle Wallis, murmura Rafe. J'espère seulement qu'elle n'entraînera pas de malentendu entre nous.

La soulevant dans ses bras, il la transporta dans la cabine arrière, où il la coucha dans le grand lit.

Elle se blottit contre l'oreiller avec un soupir de contentement et ferma les yeux.

Rafe l'observa un long moment puis s'étendit à côté d'elle et tira les couvertures. Elle ne broncha pas.

— Rafe ! Rafe ! Tu es là ? Rafael ?

Quand la porte de la cabine s'ouvrit, Rafe bondit du lit.

— Melissa, gronda-t-il, que diable fais-tu ici ?

— Oh ! excuse-moi, Rafe ! On t'a vu à la jumelle depuis la terrasse de notre maison de la plage et, comme tu aurais dû être parti, on a pensé que tu avais des problèmes. Dan se proposait de t'aider.

En apercevant la silhouette féminine dans le lit, Melissa s'interrompit, les yeux écarquillés par la surprise.

— Oh ! je suis si… si… Bon, écoute, nous sommes sur le pont, viens nous rejoindre.

Elle fila en vitesse, refermant soigneusement la porte de la cabine derrière elle.

Maisie, bien réveillée désormais, se redressa, horrifiée à la fois de se trouver dans ce grand lit et d'avoir été surprise par les amis de Rafe.

— Mais… mais que s'est-il passé ?

Rafe la prit par les épaules.

— Rien, Maisie, rien. Je vais vous expliquer. Mais d'abord, répondez-moi : vous arrive-t-il d'être somnambule ?

Elle s'immobilisa, ahurie.

— J'ai eu des crises autrefois, mais plus depuis des années. Je pensais que cela m'avait définitivement passé. Vous voulez dire que…

Il lui raconta brièvement ce qu'elle avait fait pendant la nuit et comment, pour qu'elle ne coure aucun risque, il avait décidé de la garder à côté de lui.

Elle se calma et expliqua que, quand elle était petite, sa mère mettait ces crises sur le compte de la fatigue.

— Vous étiez sans doute épuisée, hier soir, fit observer Rafe.

— Peut-être, oui...

Elle réalisa que Rafe lui aussi sortait à peine du lit : il avait les cheveux en bataille et portait un vieux T-shirt vert ainsi qu'un boxer-short. Cela créait entre eux une troublante intimité, d'autant qu'elle-même était toujours vêtue du pyjama trop grand de Sonia.

— Mais... mais que vont penser vos...

Maisie n'acheva pas sa phrase parce que Rafael souriait, d'un sourire qui la bouleversait étrangement.

— Mes amis penseront ce qu'ils voudront. Melissa qui adore les ragots aura ainsi du grain à moudre.

— Mais il faut lui dire la vérité ! protesta vivement Maisie.

— On peut toujours essayer. Hélas ! je crains que cela ne change pas grand-chose...

Rafe expliqua effectivement la situation à ses amis, avec beaucoup de naturel et de simplicité. Sans la lueur malicieuse dans les yeux de Melissa, Maisie aurait pensé que tout était clair.

Après, elle pouvait bien croire ce qu'elle voulait. Maisie avait peu de chances de recroiser la route de Rafe Sanderson et de ses amis après cette aventure.

De retour de la marina, à peine arrivé dans son appartement sur la Brisbane River, Rafe convoqua chez lui son secrétaire privé. Jack Huston était également un ami, auquel il pouvait parler en toute franchise. Il lui résuma rapidement l'histoire de Mairead Wallis.

— Il semble qu'un imposteur se fasse passer pour moi, conclut-il, et j'ai une vague idée de son identité. Mais d'abord et avant tout, j'ai besoin que vous vérifiiez les dires de cette jeune personne. Elle m'a peut-être raconté un tissu de mensonges.

— Tout de même, qu'elle ait parlé de Karoo et de vos chiens est confondant.

— Elle peut avoir eu ces informations d'un membre de la famille ou de quelqu'un travaillant chez nous. Elle pourrait même être de mèche avec un de nos anciens employés qui nous en voudraient.

— Comment est cette jeune femme ?

Les lèvres de Rafe dessinèrent un sourire ironique.

— On la prendrait pour une enfant perdue jusqu'au moment où elle prend la mouche. Alors là, ça devient une furie ! Donc résumons-nous : vous me vérifiez d'abord qui est cette Mairead Wallis, communément appelée Maisie, dont voici l'adresse.

Il tendit à Jack une feuille de papier avant d'ajouter :

— Et je veux savoir aussi si elle est bel et bien enceinte.

— Vous pensez qu'elle a pu inventer cette histoire pour que vous vous intéressiez à elle ?

— Exactement.

— Comment m'assurer qu'elle est enceinte ? Je veux dire : en avoir l'assurance officielle ?

— A vous de voir, mon vieux. Cependant, agissez dans la plus grande discrétion.

— J'ai bien compris, assura Jack Huston.

Demeuré seul, Rafe ne tarda pas à se lever de son siège, profondément agacé. Pourquoi diable se demandait-il sans arrêt comment Maisie Wallis occupait son dimanche après-midi ?

# 4

Maisie s'efforçait de réfléchir à tout ce qui l'attendait.

Le premier impératif était de mettre la maison en vente ainsi que le bateau.

Cela voulait dire ranger, trier, jeter : un travail de plusieurs semaines au moins...

Il faudrait aussi trouver un nouveau logement.

Un soupir las lui échappa : si seulement elle pouvait conserver la maison ! Or, sous peu, elle aurait besoin d'argent parce qu'elle ne pourrait pas conserver son job à l'école privée. Dans un établissement aussi collet monté, jamais on n'accepterait une mère célibataire.

Ce n'était pas si grave : elle donnerait des cours particuliers de piano, mais il lui faudrait un peu de temps pour trouver des élèves et que le bouche-à-oreille fonctionne.

Pour des raisons évidentes, elle devrait aussi bientôt renoncer, momentanément du moins, à son second job. Ce qui lui fit se rappeler que l'orchestre était retenu pour une soirée de bienfaisance, cette semaine.

Tout à coup, Maisie en eut assez de réfléchir à toutes ces obligations. Elle sortit sous la véranda. Là, accoudée à la balustrade, elle laissa son regard errer sur les lumières du port, en même temps que lui revenaient avec une extraordinaire précision les événements incroyables des dernières quarante-huit heures. Reverrait-elle jamais Rafe Sanderson ?

Ils s'étaient quittés quelques heures auparavant sur le parking de la marina. Elle lui avait donné son adresse et son numéro de téléphone et n'avait reçu en échange que le numéro de portable d'un certain Jack Huston, son assistant lui avait-il dit. Après quoi il s'était glissé au volant d'une superbe Ferrari gris métallisé.

« Prenez soin de vous deux, Maisie Wallis », avaient été ses derniers mots, qu'il avait accompagnés d'un sourire fugace.

La jeune femme sentit ses joues s'empourprer au souvenir du baiser qu'il lui avait donné à bord du bateau : si chaste, et pourtant si bouleversant. Comment expliquer qu'elle en ait été troublée à ce point ? Plus grave : ce trouble demeurait, inquiétant, dérangeant.

Bien sûr, depuis trois mois et demi que l'homme qui lui avait fait un enfant avait disparu, ses sentiments pour lui avaient changé. A mesure qu'elle réalisait combien elle s'était bêtement laissé abuser, non seulement elle avait cessé de se croire amoureuse, mais, elle en était venue à en vouloir à cet individu presque autant qu'à elle-même.

Etait-il sage cependant d'éprouver ce genre de sentiment à son encontre ? Car ce bébé, pour lequel elle concevait déjà des sentiments farouchement protecteurs, serait toujours pour elle un vivant souvenir de son père.

Maisie soupira. Comme la vie était compliquée ! En tout cas, restaient deux faits incontournables : d'abord, aucun homme ne voudrait d'elle maintenant qu'elle portait l'enfant d'un autre. Inutile donc de rêver au vrai Rafe Sanderson, si perturbant que soit son souvenir.

Ensuite, dans un peu moins de six mois, elle serait responsable d'un petit être vivant et aurait alors quelqu'un à aimer. Cette perspective donnait un sens à sa vie, même si la façon dont c'était arrivé était regrettable.

Trois jours plus tard, Jack Huston faisait son rapport à Rafe Sanderson. Ce dernier l'avait reçu dans son bureau, une pièce immense aménagée avec un luxe discret très élégant, où se prenaient toutes les grandes décisions concernant non seulement Sanderson Minerals mais aussi l'empire Dixon.

— Elle est enceinte, annonça d'emblée Jack, et ne me demandez pas comment j'en ai eu la certitude, je n'en suis pas fier.

— Alors autant me le dire tout de suite, fit valoir Rafe avec un regard ironique.

Jack haussa les épaules.

— J'ai fait suivre la jeune femme par un détective. Elle est allée chez son médecin et, en sortant du cabinet de celui-ci, la réceptionniste lui a pris rendez-vous pour une échographie. Or, d'après ce que je sais, c'est un examen que l'on pratique au quatrième mois de grossesse.

— Quoi d'autre ? demanda Rafe en ébauchant un sourire.

— Rien dans son passé ni dans sa vie actuelle ne permet de penser que c'est une affabulatrice ou qu'elle joue la comédie. Cette personne vivait avec ses parents jusqu'à la mort accidentelle de ceux-ci, il y a six mois. Elle a suivi le conservatoire de Melbourne et enseigne le piano dans une école privée on ne peut plus convenable. Elle est aussi pianiste dans un orchestre de jazz.

— C'est ce qu'elle m'a dit. Quel genre d'orchestre ? Est-elle particulièrement liée à l'un des musiciens ?

— Non. Tous sont mariés et apparemment c'est un excellent orchestre, très recherché. Elle joue aussi bénévolement une fois par semaine dans une maison de retraite, pour divertir les pensionnaires, et se produit, toujours gratuitement, chaque fois qu'il y a une fête au profit des œuvres de la police.

— Tiens, tiens, une âme généreuse…, s'étonna Rafe.

— Les gens qui la connaissent parlent d'elle comme d'une fille très protégée par ses parents qui l'adoraient. Elle serait plutôt réservée, mais capable aussi de se montrer drôle et pétillante. En relisant mon rapport, je me dis qu'elle devait être particulièrement vulnérable quand son… Bref, quand c'est arrivé.

Jack marqua une pause avant de reprendre :

— En tout cas, Mairead Wallis n'est pas une personne démunie : ses parents lui ont légué une maison qui vaut de l'argent, compte tenu de son emplacement. Si elle la vend, elle en tirera une bonne somme.

Rafe ne répondit rien ; il réfléchissait.

— Donc d'après vous, Jack, quelqu'un s'est servi de mon nom pour la séduire ? demanda-t-il finalement.

L'assistant demeura songeur un long moment.

— Il me semble, oui. Cette jeune femme semble appréciée ; personne ne m'en a parlé comme d'une manipulatrice, moins encore comme d'une fille facile. La mort brutale de ses parents l'a anéantie, paraît-il, d'autant plus qu'ils étaient installés depuis peu dans le Queensland et que la jeune femme n'y a ni famille ni amis proches.

— C'est bien possible, en effet, murmura Rafe comme pour lui-même.

De nouveau autoritaire et maître de lui-même, il se tourna vers son bras droit.

— Parfait, Jack, merci. Maintenant, je m'occupe de cette affaire. Vous me laisserez seulement le dossier.

C'était le signal qu'ils devaient passer à d'autres problèmes plus professionnels, et Jack comprenait pourquoi. Cette histoire devenait une affaire familiale, car c'était sans doute du côté de ses nombreux cousins que Rafael allait chercher l'imposteur.

En effet, si par son père il n'avait pas beaucoup de famille, par sa mère, c'était une autre histoire.

Cecilia Dixon, épouse Sanderson, avait hérité de la plus grosse partie de l'empire que son père avait bâti dans l'élevage ; elle l'avait léguée presque intégralement à son fils Rafe. Mais cet héritage avait sa contrepartie. Cecilia était l'aînée de six enfants, et Rafe avait donc dû assumer le rôle de chef d'une famille très étendue, dont certains membres étaient parfois incontrôlables.

Il s'en sortait généralement assez bien, même s'il lui arrivait d'être exaspéré par tel ou tel de ses cousins ou neveux. Mais, et Jack le savait, il soutenait les siens envers et contre tout dans l'adversité.

Mairead Wallis ayant évoqué une ressemblance entre le père de son enfant et Rafael Sanderson, Jack n'avait aucun doute sur la réaction de celui-ci s'il s'avérait qu'un de ses cousins s'était fait passer pour lui. Son patron était un homme juste. Si le séducteur de Mairead Wallis était bien un membre de sa famille, il aiderait la jeune femme. Dans des limites raisonnables bien entendu. Mais qu'elle ne s'imagine pas que le clan Dixon-Sanderson lui ouvrirait grands les bras...

Quant à l'identité du coupable, on avait le choix : les Dixon se ressemblaient tous, surtout les hommes ; on disait ainsi de Rafe qu'il était le portrait craché de son grand-père.

Tout à coup, Jack se souvint d'un détail qu'il avait oublié de rapporter.

— Avant de passer à autre chose, déclara-t-il, j'ai appris que l'orchestre dans lequel joue Mlle Wallis doit se produire demain soir à un gala de bienfaisance au Cumberland Palace. Grande réception, tenue de soirée de rigueur, et bien entendu les places sont chères au sens premier du terme : deux cents dollars par tête. Mais on m'a dit qu'il en restait et...

— Demain soir, dites-vous, le coupa Rafe avec impatience. J'ai quelque chose, demain soir ?

— Un dîner chez les McPherson. Tenue de soirée exigée également.

— C'est bon, prenez-moi une place pour ce gala.

— Une seule ? interrogea Jack, qui regretta aussitôt sa question tant le regard de Rafe devint glacé.

— En ai-je demandé deux ? rétorqua-t-il, cinglant.

Maisie s'était préparée avec beaucoup de soin. L'après-midi, elle était allée chez le coiffeur, et avait ensuite répété au piano le programme prévu : un peu de classique, puis progressivement des rythmes plus jazzy quand les gens auraient fini de manger. La petite formation de Jim Wilson savait tout jouer et, si Maisie aimait surtout la musique classique, elle n'avait aucun problème pour suivre les musiciens dans des morceaux de jazz.

Elle se détailla attentivement dans la glace, comme toujours avant de se produire en public; et, comme toujours, elle s'étonna que Maisie disparaisse à ce point quand elle entrait dans la peau de Mairead.

Ses cheveux d'abord, magnifique désordre de boucles rousses comme ébouriffées par le vent, néanmoins soigneusement mises en place par la coiffeuse. Le maquillage ensuite, qu'elle avait appris auprès de professionnels à ses débuts dans l'orchestre : fard à paupières pailleté d'argent, eye-liner vert et mascara noir. Puis la magie du blush, et enfin une bouche d'un rouge vif et profond.

Sa robe consistait en un long fourreau moulant rose vif, avec deux hautes fentes sur les côtés, un décolleté profond et un corsage entièrement rebrodé de sequins. Toute simple en somme, mais, par sa matière et sa couleur, elle rendait sa fine silhouette à la fois élancée et très féminine, presque sensuelle. Quant à la couleur, ceux qui avaient l'a priori que le rose vif n'allait pas aux rousses changeaient généralement d'avis après avoir vu Mairead Wallis.

Satisfaite de son inspection, elle enfila le manteau en velours noir que lui avaient offert ses parents. Elle vérifiait une dernière fois ses partitions quand le minibus de l'orchestre klaxonna devant sa porte.

La salle des fêtes du Cumberland Palace avait été transformée en une clairière de conte de fées. Les tables étaient recouvertes de nappes roses avec des serviettes jaune pâle, et fleuries en leur centre de bouquets de roses dans ces mêmes tons.

Au plafond, des guirlandes de fleurs formaient un dais géant autour d'un magnifique lustre en cristal, et les murs avaient été habillés de panneaux de soie sur lesquels un artiste avait peint des oiseaux, des arbres et des papillons.

L'assistance, visiblement triée sur le volet, évoluait sous le dais au son de l'orchestre qui jouait en sourdine. Les smokings noirs des hommes contrastaient avec la diversité des splendides robes du soir, dont les étoffes chatoyaient à la lumière des hauts candélabres. Les diamants scintillaient, les perles luisaient de leur éclat nacré, émeraudes, saphirs et rubis jetaient tous leurs feux.

— Qui sont donc tous ces gens? demanda à voix basse Paul, le guitariste.

— La crème des crèmes, répliqua Jim, qui tenait la batterie. On va leur en donner pour leur argent, ce soir.

Il devait être minuit quand Maisie crut repérer Rafael Sanderson dans l'assistance. Le repas était terminé, on avait débarrassé les tables et, après les discours, l'orchestre avait attaqué des morceaux plus rythmés, à la fin desquels le public, visiblement enchanté, applaudissait frénétiquement.

Pendant une de ces ovations, alors que les musiciens saluaient le public enthousiaste, Maisie repéra une haute silhouette masculine couronnée de ces cheveux blond foncé qu'elle aurait reconnus entre mille. Son cœur bondit tant l'impression de déjà-vu était saisissante. Et, immédiatement, la question lui vint à l'esprit : lequel des deux Rafael Sanderson était ici?

— Maisie? souffla Jim.

Elle se rendit compte qu'elle était restée immobile, alors que les autres musiciens reprenaient leur place. Elle se ressaisit rapidement et regagna son tabouret.

— On dirait que tu as vu un fantôme, lui glissa Jim.

— Non, tout va bien.

Sur ces mots, elle attaqua une partition endiablée de Gershwin, pour le plus grand bonheur des convives.

Il était 2 heures du matin quand l'orchestre plia bagage. La soirée avait duré une heure de plus que prévu.

Soudain, alors que Maisie suivait les musiciens vers le minibus, une main se posa sur son épaule.

— Je vous offre un verre ?

Elle se retourna : c'était Rafael Sanderson. Le gentil… Elle ferma un instant les yeux.

— Vous n'êtes pas drôle.

— Comment cela ? s'inquiéta-t-il.

— C'est exactement ce qu'il m'a dit ce soir-là. Je vous ai aperçu mais je n'étais pas sûre de… Donc c'était vous… Eh bien, non merci. Je…

— J'aurais dû préciser : un jus d'orange et pas plus, même si affinités. Allons, venez.

— Attendez ! Je partais avec l'orchestre. Ils me déposent chez moi. Je n'ai pas envie de prendre un taxi.

— Je vous reconduirai.

— Vous… euh… vous avez du nouveau ?

— Non, mais il me faut quelques précisions. Ce ne sera pas long.

— Maisie, tu viens ? appela Jim.

— C'est bon, Jim. Un… un ami me raccompagne.

Le bar du palace n'était pas encore fermé. Ils s'installèrent à une table ; Rafe commanda un café et Maisie un chocolat chaud.

— Vous êtes ici depuis le début de la soirée ?

— Non, je suis arrivé tard.

— Drôle de coïncidence, tout de même.

— Ce n'en était pas une : je savais que vous vous produisiez ce soir. Vous et votre orchestre êtes d'ailleurs excellents.

— Merci. Vous vouliez vérifier que je ne vous avais pas menti ?

— Peut-être en partie, oui...

Rafe la gratifia d'un demi-sourire ironique. Avec son maquillage savant, ses boucles folles et sa robe, provocante mais ravissante, elle n'avait rien à voir avec la Maisie qu'il avait repêchée dans la baie du Sabot. D'ailleurs, il avait failli ne pas la reconnaître ce soir. C'était bien la preuve qu'on pouvait prendre Mairead pour une jeune femme qui n'avait pas froid aux yeux, tout l'opposé de Maisie, qu'il avait connue à bord du *Mary-Lue*.

Sous le maquillage, il nota alors ses yeux cernés.

— Dans votre état, est-ce bien prudent de continuer à être Mairead Wallis ?

— Je me sens bien, affirma-t-elle un peu gênée. On verra plus tard. Maintenant, dites-moi ce que vous voulez savoir.

Rafe attendit que leurs consommations soient servies avant de répondre.

— J'aimerais que vous me répétiez tout ce que cet homme qui s'est fait passer pour moi vous a dit. En commençant par ce qui a trait à Karoo et à la famille Dixon.

— Il n'a jamais parlé de la famille Dixon. Je ne sais pas s'il a passé son enfance à Karoo Downs, mais j'ai eu l'impression qu'il y était allé souvent, peut-être en vacances. Vous, vous avez été élevé là-bas ?

— Non, mais j'y ai passé beaucoup de temps. Pensez-vous qu'il ait travaillé dans une des fermes d'élevage de Karoo ?

Maisie réfléchit.

— Ce n'est pas l'impression qu'il m'a donnée. En y repensant, il y avait quelque chose de bizarre quand il en parlait, quelque chose qui... Disons qu'il semblait un peu mal à l'aise, mais je ne peux vraiment rien préciser de plus.

Rafe garda le silence. Sous son regard perçant, Maisie eut soudain le sentiment qu'il pouvait lire jusqu'au fond de son âme.

— Vous pensez que c'est quelqu'un qui a travaillé pour vous et qui vous en voudrait ? Mais… mais alors pourquoi la ressemblance ?

Rafe détourna les yeux.

— Le hasard, peut-être. Pour l'instant je ne sais pas. Maintenant, parlez-moi de ce mariage pendant lequel il vous a abordée. Donnez-moi tous les détails : date, lieu, nom des mariés, etc.

Maisie le fit de son mieux.

— Vous croyez pouvoir le retrouver avec ces informations ? conclut-elle tandis qu'il finissait de noter ce qu'elle lui avait dit.

— Je vais essayer ; et faites-moi confiance : je ne laisserai rien au hasard. Maintenant, finissez votre chocolat ; je vous raccompagne.

Maisie obéit. En reposant sa tasse, elle promena son regard dans le bar.

— Vous êtes venu seul ? s'étonna-t-elle.

— Comme vous pouvez le voir.

— C'est une habitude chez vous d'assister seul à ce genre de réceptions mondaines ?

— Non.

Il haussa les épaules, l'air légèrement agacé, comme s'il venait d'être pris en défaut.

— Ce soir, c'était un peu différent. Je ne suis pas venu pour mon plaisir, mais par obligation. Une obligation que je me suis moi-même imposée, certes, mais une obligation quand même.

— Dans ce cas, vous avez perdu assez de temps comme ça, monsieur Sanderson, rétorqua Maisie, vexée. Je vais prendre un taxi. Ne vous donnez surtout pas la peine de me raccompagner.

Elle se leva, croisa les pans de son manteau de velours et prit son sac de partitions.

— Ne soyez pas ridicule, Maisie, répliqua Rafe, il est près de 3 heures du matin.

— Je ne suis pas ridicule ! Le concierge va m'appeler une

voiture et je ne sortirai que quand elle sera là. Je ne risque absolument rien.

— Peut-on savoir ce qui vous a contrariée ? demanda Rafael, contenant visiblement son irritation.

— Vous l'auriez compris si vous aviez deux sous de psychologie, mais je vais tout de même éclairer votre lanterne : ça ne me plaît pas d'être une « obligation ». Bien sûr, j'ai commis des erreurs, mais je suis aussi un être humain qui gère sa vie de son mieux. Alors libre à vous de me considérer comme une obligation, mais moi, je ne le tolère pas.

— Qui a dit que...

— Vous, monsieur Sanderson, ne faites pas l'innocent ! Et, à voir votre air agacé, je dois même être une obligation particulièrement ennuyeuse !

— J'ai passé la soirée coincé à une table de gens sans intérêt, c'est vrai. En général, je me débrouille pour me soustraire à ce genre de situation ; j'aurais dû sans doute demander à mon assistant de venir à ma place. J'ai des raisons personnelles pour ne pas l'avoir fait, Maisie. Mais s'agissant de vous, je ne vous ai jamais trouvée ennuyeuse. Bien au contraire.

Maisie demeura sans voix. D'ailleurs, même si elle avait eu une repartie toute prête, elle n'aurait pas eu le temps de la formuler.

— Allons-y ! lança en effet Rafael en lui prenant le bras.

Sur le chemin du retour, ils parlèrent peu. Une fois arrivé, Rafe sortit pour escorter Maisie jusqu'à sa porte. Il attendit qu'elle soit entrée et ait allumé la lumière avant de lancer :

— Prenez soin de vous. Je vous tiendrai au courant.

Sans répondre, elle le suivit des yeux comme il regagnait sa Ferrari, si séduisant, si élégant dans son smoking remarquablement coupé. Puis elle referma lentement sa porte et s'y appuya. Son cœur battait à tout rompre.

Pourquoi lui avoir dit avec tant de force qu'il ne la trouvait pas ennuyeuse ? Et, surtout, pourquoi avoir ajouté : « au contraire » ? Cela ne signifiait sans doute rien, sinon qu'il avait aimé sa musique. A moins que...

« Arrête, Maisie ! se reprit-elle vertement. Cette chanson-là, tu t'y es déjà laissé prendre. »

Rafael l'appela le dimanche matin, lui demandant de passer chez lui vers 10 heures. Il lui assura avoir un peu avancé dans ses recherches.

Mais, à cette heure-là, Maisie devait jouer du piano à la maison de retraite où elle se produisait bénévolement. Ils convinrent donc de se retrouver à midi et demi et Rafe lui donna son adresse.

Elle sonna à l'Interphone de l'immeuble du quartier chic, au bord du fleuve, avec un quart d'heure de retard. Elle avait pris soin de rapporter les vêtements de Sonia, qu'elle avait lavés et repassés. Elle s'était aussi sévèrement fait la leçon : pas question de prendre la mouche, quoi que dise Rafael. Et pas question non plus de se laisser subjuguer par son charme. Dès que surgirait le moindre émoi, elle lui tordrait le cou sans attendre.

Quand, quelques instants plus tard, les portes de l'ascenseur coulissèrent, s'ouvrant directement dans l'appartement — qui occupait tout le dernier étage, en déduisit Maisie —, elle retint involontairement son souffle. Un panorama stupéfiant s'offrait à ses yeux : le ciel immense et d'un bleu limpide avec, en bas, la ville et la Brisbane River, ample, paisible, dont on pouvait suivre le cours majestueux jusqu'à Kangaroo Point. Le salon, très vaste et lumineux, était décoré dans des tons de corail et de beige : canapés et fauteuils en velours corail clair, murs de la même couleur mais plus soutenue. Au sol, un luxueux tapis beige très pâle. Des meubles de bois précieux — tables, consoles et vitrines — ornaient la pièce et, aux murs, quelques tableaux abstraits sublimaient l'espace de leurs couleurs saisissantes.

A l'entrée de la jeune femme, Rafe, assis dans l'un des canapés, se leva. Et, tout de suite, il fronça les sourcils : il attendait Maisie, c'était Mairead qui était venue.

Vêtue d'une courte jupe en daim d'un brun clair, assortie d'une tunique moulante en jersey, elle avait ébouriffé ses boucles rousses et mis à ses oreilles de gros anneaux dorés de gitane. Son maquillage, bien que plus discret qu'à la soirée du Cumberland Palace, faisait néanmoins ressortir ses splendides yeux verts, l'ovale de son visage et sa bouche pulpeuse.

Quant à ses jambes, mises en valeur par des collants clairs et des escarpins à bride, elles étaient fines, parfaitement galbées, bref, absolument ravissantes. Rafael les avait déjà vues, mais les remarquait pour la première fois. Soudain, il se demanda si elle portait une petite culotte et un soutien-gorge aussi sexy que l'autre jour, sur le *Mary-Lue*.

Furieux de ces pensées déplacées, il sourit néanmoins courtoisement à son invitée.

— Je nous ai fait préparer un déjeuner léger.

D'un geste, il indiqua la terrasse, où une table pour deux était dressée.

— Merci, murmura Maisie, c'est une bonne idée.

En vérité, elle n'en menait pas large car, malgré ses bonnes résolutions, la présence de Rafe Sanderson la troublait infiniment. Il était plus beau que jamais dans son pantalon en lin gris assorti d'un polo noir. Avec ses cheveux parfaitement coiffés, son visage rasé de près et le subtil parfum de son eau de toilette, il avait exactement le physique et l'aura du puissant milliardaire qu'il était. Et, pour une obscure raison, elle en conçut une sorte de regret.

En effet, elle aurait toujours la nostalgie de l'autre Rafe Sanderson : non pas celui qui l'avait séduite, mais celui qu'elle avait connu à bord du *Mary-Lue*, trempé, mal rasé, taché de cambouis, et avec qui elle avait partagé des moments inoubliables.

Et puis quelque chose dans le comportement de Rafe lui donnait l'impression qu'ils se voyaient pour la dernière fois.

Chassant cette pensée, elle lui tendit le paquet qu'elle avait apporté.

— Ce sont les vêtements empruntés à votre sœur, l'autre jour. Propres et repassés.

— Merci.

Il l'invita alors à sortir sur la terrasse pour s'installer à table.

On leur servit un délicieux plat de spaghettis aux crevettes et pointes d'asperge, et ils attaquèrent leur repas en parlant de tout et de rien, comme pour mieux déguster le contenu de leurs assiettes. Puis Rafe lança le sujet qui les réunissait.

— Je crois qu'on a localisé notre homme, déclara-t-il. Il se trouverait sur une des îles de l'archipel des Tonga, dans le Pacifique Sud, aussi me suis-je arrangé pour partir là-bas demain.

Maisie posa brutalement sa fourchette tandis qu'une lueur de triomphe naissait dans ses yeux verts.

— Alors vous me croyez, maintenant ! Mais pourquoi les Tonga ? C'est très loin ! Que fait-il là-bas ?

— Cela reste à élucider, déclara Rafael après un moment.

— Vous savez qui il est ? Comment savez-vous que c'est lui ?

— Pour l'instant, cela reste confidentiel ; je n'ai pas le droit de révéler son identité.

Maisie le fusilla du regard.

— Confidentiel, dites-vous ! Il s'agit peut-être du père de mon enfant !

— Je veux justement vérifier que c'est bien lui. Ne vous emportez pas : si cet homme est le bon, je prendrai les mesures qu'il faut vous concernant. En d'autres termes, vous pouvez me faire confiance, Maisie.

Elle dut se faire violence pour se contrôler — tenir tête à Rafe ne l'amènerait à rien : il ne plierait pas, visiblement trop habitué à avoir le dernier mot. Mieux valait faire semblant de capituler. Ensuite, quand elle aurait obtenu toutes les informations, elle agirait à sa guise. Elle feignit donc un air soulagé.

— C'est vraiment généreux de votre part. Merci, Rafe. Et comment vous rendez-vous aux Tonga, demain ? Ces îles perdues ne sont pas la porte à côté, et je doute qu'elles ne soient desservies par des vols directs depuis Brisbane.

— J'ai l'intention de prendre le jet de ma société.

Maisie ne put réprimer une grimace. Elle réussit quand même à prendre un ton dégagé pour demander :

— Et quand on est un simple mortel, comment va-t-on là-bas ?

Rafe la dévisagea quelques instants, comme s'il avait deviné quelque chose.

— De Brisbane, il y a un vol qui passe par les Fidji, ou alors on fait escale à Sydney. Les vols ne sont pas quotidiens, et les correspondances peuvent prendre beaucoup de temps.

— Vous avez de la chance d'aller là-bas ! Je m'étonne que vos responsabilités professionnelles vous en laissent le loisir.

— Il se trouve que j'ai justement des affaires à traiter à Tongatapu, la principale île de l'archipel. Je compte combiner les deux. Je suis souvent allé là-bas, y compris une fois avec le *Mary-Lue*. J'avais fait le tour de l'archipel tout proche des Vava'u. Des îles magnifiques !

— Oh ! racontez-moi ! s'exclama Maisie avec un enthousiasme qui aurait trompé n'importe qui.

Rafael s'exécuta de bonne grâce et lui narra sa croisière à la voile pendant qu'ils achevaient le repas, décrivant les magnifiques îles volcaniques des Vava'u, avec leur barrière de corail, et la ville de Nuku'alofa, capitale de l'archipel des Tonga, où les cochons sauvages se promenaient en liberté et où les insulaires portaient encore leur costume traditionnel : un pagne en palmes tressées qu'ils nouaient autour de leur taille.

— Les gens là-bas sont très accueillants et amicaux, expliqua-t-il, et, comme ils sont aussi religieux que musiciens, on peut entendre des chœurs merveilleux dans les églises.

— Je suis verte de jalousie, soupira Maisie.

Elle repoussa sa chaise et se leva d'un mouvement brusque.

— Je vais rentrer à présent. Vous me contacterez à votre retour, n'est-ce pas ?

— Certainement.

Soudain, elle s'immobilisa, comme si une idée venait de la frapper.

— Je n'ai aucun moyen de vous joindre si d'aventure il le fallait ! Pas quand vous serez aux Tonga, bien entendu, mais à votre retour.

— Je vous ai donné le numéro de Jack Huston en cas de besoin, mais je vous promets de vous appeler dès que je serai rentré.

A cet instant, son portable vibra. Il le sortit de sa poche et, après avoir regardé sur l'écran qui l'appelait, il s'excusa et s'éloigna de quelques pas.

— Oui, Jack, vous avez le plan de vol ? Entendu. Réservez-moi une suite au Tongan Beach Resort pour deux nuits : mardi et mercredi. Je traiterai tout de là... Entendu, merci.

Il raccrocha puis se tourna vers elle.

— Désolé de précipiter un peu les choses, Maisie, mais je vais vous raccompagner. J'ai quelqu'un à voir très vite.

Elle s'interdit de nouveau de manifester son irritation de se voir congédier aussi brusquement. Au contraire, elle déclara paisiblement :

— Merci pour ce bon déjeuner ; et n'oubliez pas que je compte sur vous ! Bon voyage aux Tonga.

De retour chez elle, Maisie alluma aussitôt son ordinateur. Elle était encore folle de rage. Pas seulement parce que Rafael ne la tenait pas au courant de ses recherches, alors qu'elle était tout de même la principale concernée, mais aussi parce qu'elle avait vu clair dans son jeu et qu'il ne lui plaisait pas du tout.

A l'évidence, il connaissait l'homme qui l'avait séduite en se faisant passer pour lui, et sans doute avait-il décidé de le protéger. Comment avait-il appris son identité ? Certainement en épluchant la liste des invités au mariage où Maisie s'était produite avec l'orchestre. Il y avait probablement reconnu un nom qui ne signifiait rien pour elle.

En poussant plus loin la logique, puisque celui qui s'était fait passer pour Rafe lui ressemblait, on pouvait raisonnablement faire l'hypothèse qu'il existait un lien de parenté entre eux… Sinon pourquoi refusait-il de révéler son nom ? Et, surtout, comment avait-il trouvé trois jours dans son emploi du temps surchargé pour partir le chercher au fin fond du Pacifique Sud ?

La jeune femme poussa un sifflement admiratif comme apparaissait sur son écran le Tongan Beach Resort, dont elle avait trouvé le site : un hôtel de très grand luxe sur une île des Vava'u. Un vrai paradis ! Tant mieux pour Rafael, mais pour elle, inutile de rêver. Pour l'instant sa priorité était de trouver une liaison pas trop compliquée ni trop onéreuse pour les Tonga.

Elle avait presque perdu espoir quand un soupir de soulagement lui échappa : il y avait un vol de Brisbane vers les Fidji, avec une correspondance directe pour Neiafu, la capitale des Vava'u. Certes, il lui faudrait attendre plusieurs heures aux Fidji, mais le vol, un tout nouveau service, était direct et quotidien.

Au soulagement de Maisie succédèrent quelques instants d'effarement quand elle lut le prix du billet. Tant pis ! Elle avait déjà mis un peu d'argent de côté en vue d'un voyage qu'elle ne pourrait pas faire, compte tenu de son état. Elle paierait le surplus en plusieurs échéances. Et la perspective de découvrir ces îles que l'on disait si belles acheva de la convaincre qu'il fallait y aller.

Elle réserva sur-le-champ son billet pour le lendemain, puis chercha un point de chute abordable à Neiafu. Le Backpacker's Hostel lui parut convenir. En revanche, impossible de réserver en ligne. Maisie se dit que la ville de Neiafu n'était sûrement pas très grande : elle trouverait l'auberge une fois sur place.

Alors seulement, elle s'autorisa à réfléchir objectivement à la situation. Sa colère s'était calmée et elle était soudain moins sûre d'avoir pris la bonne décision. Avait-elle agi sur un coup de tête ?

Elle haussa les épaules. Elle avait, plus que quiconque, le droit de savoir qui s'était fait passer pour Rafael Sanderson. Finalement tout se résumait à cela, et qu'on ne vienne pas lui dire le contraire. S'agissant du vrai Rafael Sanderson, que représentait-il exactement pour elle ?

— Un rêve impossible, chuchota-t-elle.

Un rêve impossible *et* brisé, désormais...

Et tant mieux d'une certaine façon, songea-t-elle en refoulant des larmes qui lui piquaient les yeux. Le temps des rêves était révolu, place à la réalité : Rafe Sanderson moins que quiconque s'intéresserait à une fille qui portait l'enfant d'un autre. Une évidence à ne pas oublier...

Plus important encore : elle devait cesser de se comporter comme un bouchon sur les eaux tumultueuses d'une sentimentalité immature. Il était temps de se fixer des objectifs et de n'en plus dévier. Elle avait décidé que son enfant aurait le droit de savoir qui était son père. Eh bien, elle retrouverait ce père. Voilà pourquoi elle partait aux Tonga, et elle avait raison de le faire.

Elle prépara son sac avant de se coucher. Ayant déjà pas mal bourlingué, elle savait voyager léger. Cela fait, elle prit dans son coffret à bijoux la chevalière en or que lui avait donnée sa mère. Maisie la portait souvent en voyage, un peu comme un talisman. Parfois même à l'annulaire de la main gauche, de sorte que, quand elle tournait le chaton vers l'intérieur, on pouvait la prendre pour une alliance. Plusieurs fois, la bague lui avait sauvé la mise quand des inconnus se montraient trop entreprenants.

Ce soir-là, elle la glissa machinalement à sa main gauche...

# 5

En débarquant à l'aéroport de Lupepau'u, l'île la plus importante des Vava'u, Maisie vit l'élégant jet privé sur le tarmac, mais n'y fit pas attention. Comme il faisait déjà presque sombre, elle n'identifia pas le logo sur l'appareil. D'ailleurs, comment se serait-il agi de celui de Rafe puisque ce dernier ne devait arriver que le lendemain, d'après ce qu'il avait dit à son assistant ?

Elle attendait pour les formalités de douane quand une main se posa sur son épaule. Elle crut mourir de frayeur, mais une voix qu'elle connaissait articula son nom, incrédule, puis poussa un juron.

C'était bien Rafe, superbe et imposant comme toujours, suprêmement élégant dans son polo jaune et son pantalon kaki. Sa surprise un peu surmontée, Maisie pâlit en voyant ses yeux gris lancer de dangereux éclairs.

Il la dévisagea sans un mot, notant le jean et les boots, et le blouson qu'elle avait enfilé sur une chemise rose. Son regard passa au sac de voyage posé sur le chariot à bagages.

— Que diable faites-vous ici ?

— Je… je…, balbutia-t-elle.

Elle déglutit et se redressa de toute sa taille.

— J'ai bien le droit d'être là, non ? réussit-elle à déclarer sèchement.

— Je vous ai dit que je m'occupais de tout !

Maisie se raidit.

— Ne deviez-vous pas arriver seulement demain ?

— Vous m'espionnez en plus ! J'ai changé mes plans, voilà tout.

— Je ne vous espionne pas, j'ai entendu, nuance ! Et la façon dont vous comptez vous occuper de cette histoire m'inquiète. J'ai l'impression très nette que vous connaissez le père de mon enfant, et que vous comptez le protéger d'une manière ou d'une autre.

Il ne nia pas, mais demanda d'un ton cinglant :

— Qu'est-ce qui vous a donné cette impression ?

— Je ne suis pas née de la dernière pluie, figurez-vous, rétorqua fièrement Maisie. Et il n'est pas question que vous m'écartiez pour faire cavalier seul.

— C'est tout ?

— Oh ! Je pourrais en dire plus, mais ce n'est ni le lieu ni le moment.

— En tout cas, c'est votre tour, fit Rafael avec un geste de la main et un sourire ironique.

En effet, la personne devant Maisie avait passé le contrôle et l'officier des douanes l'attendait. Elle souleva son sac de voyage pour le poser sur la table devant lui. Elle tendit sa carte d'entrée, sur laquelle elle avait noté n'avoir rien à déclarer. Mais le douanier voulut vérifier par lui-même, aussi dut-elle ouvrir son sac et étaler à la vue de tous ses effets personnels, y compris sa lingerie — mais pourquoi diable avait-elle emporté des dessous sexy ? Derrière elle, Rafe ne bronchait pas ; elle aurait préféré mourir plutôt que de le regarder. Ensuite, comme si l'humiliation n'était pas suffisante, Rafe passa le contrôle sans l'ombre d'une difficulté ; au contraire : on l'accueillit comme un ami de longue date !

Incapable de maîtriser son ressentiment, Maisie marmonna un vague propos désobligeant à son adresse. Rafael éclata de rire.

— Si vous pouviez-vous voir, Maisie ! murmura-t-il. Donnez-moi donc votre sac !

Il avait des roulettes donc Maisie pouvait facilement s'en

charger, mais elle savait que Rafael aurait le dernier mot. Alors pourquoi discutailler ?

— Je descends au Backpacker's Hostel, déclara-t-elle en guise de réponse. Je vais prendre un taxi.

— Vous avez réservé ?

— Non, mais…

— De toute façon, c'est sans importance, la coupa-t-il. Un chauffeur doit venir me prendre. Nous passerons devant votre hôtel, donc nous vous déposerons.

A cet instant précis, un homme radieux s'approcha d'eux avec une pancarte portant le nom de Sanderson.

— Bienvenue, Rafe ! s'exclama-t-il.

Son regard passa aussitôt sur Maisie et descendit jusqu'à la main gauche de celle-ci, où il vit la bague qui avait tourné à son doigt. Rafe la remarqua en même temps que lui. Mais il n'en fallut pas plus pour que le chauffeur en tire des conclusions inattendues :

— Serait-ce Mme Sanderson ? s'enquit-il joyeusement. Bienvenue chez nous, m'dame, quel plaisir de vous recevoir ! Je suis James.

Elle serra la main qu'il lui tendait.

— Donnez-lui seulement votre prénom, glissa Rafe à la jeune femme. Ici, c'est la coutume.

— Bonjour, James, je… je suis Maisie. Ravie de vous connaître, mais…

— Allons-y, voulez-vous, coupa James en se saisissant des bagages. Par ici.

D'un pas vif, il les entraîna vers la voiture.

— Par pitié, détrompez-le ! supplia Maisie à voix basse.

— James ?

Rafe s'interrompit, comme s'il s'était ravisé.

— Dites-moi, James, le tourisme marche bien en ce moment ?

— Vous pouvez le dire ! s'écria le chauffeur en se retournant. Grâce à cette nouvelle liaison aérienne quotidienne, nous n'avons jamais vu autant de monde ici. Il n'y a plus une chambre d'hôtel nulle part sur tout l'archipel. Il faut dire aussi que c'est la pleine saison des baleines. Heureusement que vous avez une réservation, tous les deux !

Dans la voiture qui les conduisait à Neiafu, Maisie n'en menait pas large. Elle était installée sur la banquette arrière, alors que Rafe s'était mis à l'avant et discutait avec James.

Comment se tirer de cet imbroglio ? En disant à James qu'il avait commis une erreur et en rétablissant la vérité ? La jeune femme avait été sur le point de le faire par deux fois, mais s'était ravisée. Car que ferait-elle si réellement tous les hôtels étaient pleins ? L'idée de dormir sur une plage, voire sur un banc, dans un pays complètement inconnu ne la séduisait guère.

Car très vite elle dut se rendre à l'évidence : tous les hôtels dans les rues qu'empruntait la voiture affichaient complet, y compris le Backpacker's Hostel, qui fut le premier devant lequel ils passèrent.

Maisie se mordit la lèvre, la mort dans l'âme, et écouta la conversation entre les deux hommes pour ne plus penser à ses problèmes. James expliquait que le Tongan Beach Resort avait changé de direction récemment, mais qu'il restait très agréable et bien géré. D'ailleurs, Rafe y retrouverait certainement du personnel qu'il connaissait.

— Tous seront si contents de la bonne nouvelle, m'dame ! lança-t-il en se retournant vers Maisie. Rafe marié ! En voilà une surprise !

Elle se recroquevilla sur son siège, dépassée par les événements.

On leur avait donné une chambre dans un bungalow sur la plage. Maisie avait laissé tomber son sac sur le sol et regardait autour d'elle, atterrée. Certes, la chambre était très agréable, décorée dans des tons de pêche avec une sorte de cimaise qui courait le long des murs, faite de tapa, ce tissu grossier obtenu avec de l'écorce d'arbre sur lequel les Tonguiens peignent des formes et des symboles traditionnels.

Elle nota les carreaux de terre cuite au sol et sur la terrasse, deux sièges en rotin ainsi qu'une table basse assortie. Enfin, sur chaque lit reposait une belle serviette-éponge immaculée, brodée d'une fleur d'hibiscus incarnate.

Car la chambre, Dieu merci, avait deux lits ! Maisie avait supporté stoïquement l'enthousiasme du personnel quand il avait accueilli Rafe et sa « nouvelle épouse » ; personne ne s'était étonné qu'il ait retenu une chambre sans préciser qu'il ne viendrait pas seul, mais, lui avait-on dit avec tous les regrets d'usage, l'hôtel était plein et on ne pourrait leur donner qu'une chambre avec des lits jumeaux.

Rafe vint se placer devant elle.

— Il n'y avait pas d'autre solution, Maisie. Maintenant, vu la situation, il serait préférable que nous nous tutoyons. Qu'en dis-tu ?

Elle dut en convenir et hocha simplement la tête.

— Peux-tu me dire pourquoi tu portes une alliance ? reprit Rafe, fixant sa main gauche.

Maisie le lui expliqua très simplement.

— J'avais complètement oublié que je l'avais mise à la main gauche, dit-elle pour conclure.

— Dans les circonstances actuelles, ce n'est peut-être pas si mal, murmura Rafael comme s'il se parlait à lui-même. Il vaut mieux que nous passions pour un couple marié si nous ne voulons pas choquer les autochtones en dormant dans la même chambre.

— Il va quand même falloir rétablir la vérité, riposta vivement Maisie.

Le regard de Rafael se durcit.

— Quand on agit sans réfléchir, il faut être prêt à en assumer les conséquences. Cela t'est déjà arrivé avec moi, souviens-toi.

Si tu avais réfléchi avant de te glisser en cachette à bord du *Mary-Lue*, tu ne te serais pas retrouvée bloquée à bord.

— Mais...

— Pas de mais ! Ce n'est pas ma faute si tous les hôtels sont pleins. Que fallait-il que je fasse ? Que je t'abandonne à ton triste sort ?

Maisie baissa la tête.

— Euh... Non, bien sûr, et merci. Mais... mais passer pour ta femme est...

Troublée, elle ne put achever sa phrase.

— Ecoute, maintenant c'est fait, et cela ne durera pas longtemps, déclara sèchement Rafe. Dès que j'aurai tiré au clair certaines choses, nous repartirons.

Soudain, son expression s'adoucit et il lui offrit un sourire ironique.

— D'ailleurs, nous avons déjà passé une nuit ensemble, tu l'as oublié ? Et tu as eu beau te blottir contre moi, il ne t'est rien arrivé !

— Je ne me suis pas blottie, protesta-t-elle, furieuse.

— Oh ! si !

A son grand dam, Maisie avait rougi jusqu'aux oreilles ; trop embarrassée, elle ne trouva rien à riposter.

— Voilà ce que je suggère : tu vas prendre une douche. Pendant ce temps, j'irai au restaurant commander le dîner. Tu manges de tout ?

— Absolument.

Il consulta rapidement sa montre.

— Nous avons encore du temps, mais ne t'éternise pas.

Maisie le suivit des yeux tandis qu'il sortait sur la terrasse puis disparaissait dans la nuit. Elle était furieuse contre la Terre entière, mais qu'y pouvait-elle ?

Sa douche la calma un peu et, s'apercevant qu'elle mourait de faim, elle se prépara rapidement. Comme elle sortait pour rejoindre Rafael, elle s'immobilisa brusquement, le souffle coupé.

Dans sa confusion, en arrivant, elle n'avait pas prêté attention à ce qui l'entourait ; mais à présent, sous la lune, la magie du lieu la saisissait. Tout était idyllique : la grâce des palmiers, le sable fin qui arrivait presque jusqu'à la véranda, les belles-de-nuit largement écloses qui bordaient le petit sentier menant à la salle à manger sur la plage. Sous son toit en palmes tressées, on voyait scintiller l'argenterie, les verres et la vaisselle à la lueur mouvante de hauts chandeliers ; elle semblait surgie d'un conte de fées, irréelle dans ce décor fabuleux.

Rafe était installé à une table pour deux. Il se leva à l'approche de Maisie.

— J'ai pris un verre de vin pour moi et je t'ai commandé un cocktail de jus de fruits.

Il se rassit et l'invita à en faire autant.

— Je nous ai commandé deux steaks avec une sauce aux champignons, ça te va ?

— Si tu veux la vérité, déclara Maisie, j'ai tellement faim que je dévorerai un bœuf entier.

Il se mit à rire et elle avala une gorgée de jus de fruits.

— Délicieux, s'exclama-t-elle, et cet hôtel est merveilleux.

— En effet.

Maisie réfléchit un instant. Sous la douche, elle s'était juré de ne pas se laisser traiter comme une enfant ayant fait des bêtises. Elle devait donc attaquer d'emblée.

— Je dois te dire que je suis très contrariée depuis la dernière fois où nous nous sommes vus à Brisbane, déclara-t-elle d'un ton très ferme. Tu m'as dit de laisser tomber l'affaire qui nous intéresse, que tu t'occupais de tout. Je me demande bien de quel droit tu as décidé de me tenir à l'écart de tes démarches : je suis tout de même la première intéressée !

Rafe demeura quelques instants sans répondre.

— J'aurais dû m'en douter, murmura-t-il. Toutes mes excuses, Maisie, j'ai eu tort.

Elle écarquilla de grands yeux.

— Tu parles sérieusement ?

— Faut-il que je le jure, croix de bois, croix de fer, si je mens je vais en enfer ? fit-il dans un sourire malicieux. Eh bien, c'est fait.

Leurs steaks venaient d'arriver et Maisie ferma les yeux pour mieux humer l'odeur exquise qui montait de son assiette.

— Humm... que ce doit être bon, souffla-t-elle. Et tu as de la chance, Rafe Sanderson : je ne peux pas rester en colère contre qui que ce soit quand il s'agit de manger. Surtout pas devant un plat qui semble aussi délectable.

— Je ne l'oublierai pas, rétorqua son compagnon en riant.

Dès lors la conversation roula, naturelle et détendue. Rafe interrogea la jeune femme sur ses parents, et elle lui parla de sa vie, quand avec sa mère elles suivaient son père dans les bases militaires où il avait été successivement muté.

Elle lui parla aussi de l'accident, se laissant aller à évoquer des souvenirs personnels avec tant de spontanéité, tant de sincérité, qu'à un moment elle se reprit. Pourquoi parler à tort et à travers à un homme dont elle ne savait presque rien, qui l'avait mise dans une situation impossible et qui continuait à lui cacher son jeu ?

Et puis, le bonheur de bien manger, la beauté de l'endroit, l'oreille attentive de son compagnon, ses remarques amusantes, tout cela lui fit oublier ses réticences, et elle profita du moment présent.

Cependant, au moment du dessert — un entremets suave, agrémenté de fruits exotiques locaux —, elle ne put réprimer un bâillement. Rafe laissa échapper un petit rire.

— On dirait bien que vous avez sommeil, mademoiselle Wallis. Il va falloir vous pelotonner comme un chat.

Au lieu de sourire, la jeune femme haussa les épaules.

— La journée a été longue, crut-elle bon de se justifier, et je suis une grosse dormeuse. J'espère seulement que je n'aurai pas de crise de somnambulisme et que tu passeras une nuit tranquille.

Rien n'était moins sûr, hélas ! songea Rafe. Car il ne pouvait se cacher que plus il connaissait Maisie, plus elle lui plaisait et plus... oui, plus il avait envie d'elle. Il ne s'agissait pas d'un instinct de protection, comme il avait voulu le croire la première fois, à bord du *Mary-Lue*. A présent, il en venait à se demander comment passer chastement une nouvelle nuit avec elle, même dans des lits jumeaux, quand il ressentait déjà les impérieux élans du désir. Il voulait glisser la main dans ces merveilleuses boucles rousses, caresser ce corps si lisse, adorable... Et, plus que tout, voir ces merveilleux yeux verts à l'instant où le plaisir terrasserait la jeune femme.

Comme il ne répondait rien, et que son regard s'était fait lointain, Maisie s'inquiéta.

— J'ai dit quelque chose qui t'a déplu ?

— Pas du tout, non, répliqua-t-il d'un ton détaché en haussant les épaules. Voici ce que je propose : je vais prendre un dernier verre pendant que tu iras te coucher.

Inexplicablement, Maisie eut l'impression de recevoir une gifle. Elle ferma un instant les yeux, s'adjurant de ne pas être aussi ridicule. Rafe faisait bien ce qu'il voulait, même si les circonstances les avaient rapprochés. Alors pourquoi ce sentiment d'être rejetée ?

— Bonne idée, lança-t-elle en retour. Mais dis-moi, quand me confieras-tu ce que tu sais sur la personne qui a usurpé ton identité ? A présent que je suis sur cette île, tu peux jouer franc jeu avec moi.

S'ensuivit un silence très froid, puis Rafe déclara sèchement :

— Nous verrons cela demain matin. En attendant, bonne nuit.

Et il se leva, ne laissant à Maisie d'autre choix que de l'imiter.

— Bonne nuit, Rafe, murmura-t-elle avant de reprendre le sentier qui menait à leur chambre.

Mais, à mi-chemin, elle s'immobilisa et leva les yeux vers la lune. Alors, un sentiment de solitude l'étreignit, si intense, si implacable qu'elle faillit éclater en sanglots.

Elle mit très longtemps à s'endormir, tournant et retournant dans son lit au rythme des pensées qui la tourmentaient.

Elle avait entrepris ce voyage, poussée par une sorte d'esprit de croisade, pour protéger son enfant et aussi parce que la façon dont Rafael l'avait écartée l'avait indignée. Et voilà qu'elle se laissait séduire par son charme et oubliait tout le reste au point de lui parler comme à un intime !

Elle avait peut-être fait pis encore, laissant transparaître dans la façon dont elle se comportait combien il lui plaisait, combien elle était sous le charme. Cela expliquerait qu'il l'ait en quelque sorte remise à sa place en lui intimant d'aller se coucher avant lui.

Si c'était le cas, Maisie en serait mortifiée… Et puis, dès qu'il n'était pas avec elle, il lui manquait tant ! D'où sans doute ce sentiment de solitude qui l'avait assaillie un peu plus tôt…

Alors… était-elle amoureuse de Rafe Sanderson ?

Non, impossible ! Elle le connaissait si peu. Elle était bien avec lui, elle avait envie de lui plaire et même qu'il l'apprécie… Mais non, elle n'était pas amoureuse !

Elle finit par s'endormir.

A son réveil, elle réalisa qu'elle ne l'avait pas entendu se coucher. Il était déjà parti, mais il avait dormi à côté d'elle, dans l'autre lit. Et sur son oreiller froissé se trouvait un mot qu'elle lut le cœur battant.

« Il y a du nouveau : je m'absente jusqu'à demain matin. Je t'ai pris une place sur un bateau qui emmène les touristes voir les baleines. Amuse-toi. Nous rentrerons sans doute à Brisbane, demain.

Rafe »

Maisie se rallongea et ferma les yeux. « Un seul être vous manque et tout est dépeuplé », avait écrit le poète. C'était exactement ce qu'elle ressentait.

Et le message semblait clair : Rafe continuait à faire cavalier seul et ne voulait plus rien avoir à faire avec elle...

# 6

A 17 heures, Maisie dut reconnaître que son moral était remonté d'un bon cran. Le contraire aurait été étonnant : elle rentrait de sa promenade en bateau après une journée merveilleuse. Avec ses compagnons, ils avaient eu la chance de voir trois baleines : une mère, son petit, et un autre adulte qui les escortait. Car les îles des Vava'u se trouvaient sur le passage des migrations annuelles des cétacés quand ils quittent l'Antarctique pour remonter vers le nord.

Maisie n'avait qu'un seul regret : ne pas s'être baignée pour approcher de plus près les énormes mammifères, comme l'avaient fait la plupart des autres passagers. Mais elle avait jugé, et l'équipage du bateau le lui avait confirmé, qu'étant enceinte, ce n'était pas prudent. Les baleines pouvaient en effet prendre peur et se mettre à tourner en rond, auquel cas il fallait s'écarter le plus vite possible tant la mer devenait tumultueuse. Maisie était bonne nageuse, mais, désormais, il y avait des risques à ne pas prendre.

Heureusement, au retour, le bateau s'était arrêté dans une crique bordée de sable fin. Tout le monde, Maisie y compris, s'était baigné dans une eau limpide, d'une douceur exquise.

A bord, Maisie avait remarqué un homme d'une trentaine d'années à peu près, qui avait semblé l'observer et l'écouter. Il s'était même approché quand elle avait dit à un membre de l'équipage qu'elle était enceinte. Mais, la croisière avançant, il ne s'était plus intéressé du tout à elle et Maisie s'était brièvement dit qu'elle devenait paranoïaque avec toutes ces histoires.

Quand le bateau déposa ses passagers à la jetée de l'hôtel, elle avait oublié jusqu'au visage de l'homme et elle regagna sa chambre le cœur en fête. En passant, elle admira la Cabane de Robinson, une petite construction sur pilotis à même la plage qui servait à des dîners privés. C'était une jolie réalisation d'apparence primitive, entourée d'eucalyptus immenses qui la séparaient des autres installations de l'hôtel tout lui en préservant la vue sur la mer.

Soudain, Maisie se figea comme une pensée lui transperçait le cœur tel un coup de poignard : à bord du bateau, elle avait été la seule à ne pas être accompagnée ; tous les autres passagers semblaient en couple, et pouvaient maintenant partager leurs impressions sur cette belle journée. De son côté, elle n'avait personne à qui raconter ce qu'elle avait vu et vécu.

Elle était donc triste en refermant doucement la porte de la chambre. C'est alors qu'elle découvrit Rafe allongé sur son lit, les mains croisées sous la nuque. De saisissement, elle laissa tomber son sac par terre.

— Tu es là ! souffla-t-elle.

Il s'assit sur le lit et fronça les sourcils.

— Cela t'ennuie ?

— No... non, pas du tout, c'est juste que je suis toute salée, que j'ai eu chaud, et que j'ai grand besoin d'une douche.

Rafe se leva pour s'approcher d'elle.

— Tu as passé une bonne journée ?

Le visage de Maisie s'illumina.

— Une journée sensationnelle ! s'exclama-t-elle. Nous avons vu trois baleines splendides, qui nous ont fait un vrai show en sautant et en plongeant pendant un bon moment ! C'était magnifique et tellement émouvant. Car il y avait un baleineau qui reproduisait tout ce que faisait sa mère ; elle le surveillait comme les humains leurs bébés. C'était un spectacle merveilleux !

— J'aime ton enthousiasme, dit Rafael en souriant.

— En tout cas, merci d'avoir organisé cette sortie en mer ! Mais dis-moi, tu ne devais pas rentrer seulement demain ?

— J'ai dû changer mes plans. Ecoute, prends vite une douche puis je t'expliquerai. Je vais t'attendre sur la terrasse.

Après sa douche, Maisie enfila un short kaki assorti d'une ample chemise jaune pâle. Puis elle noua ses cheveux en queue-de-cheval et mit ses sandales.

Rafe se leva dès qu'elle le rejoignit.

— Allons marcher, veux-tu ? proposa-t-il.

Elle fut un peu surprise par cette proposition, mais ne releva pas.

Ils gagnèrent donc la grande entrée de l'hôtel, matérialisée par un large portail à double battant, que prolongeait d'un côté une clôture qui suivait la pente de la colline et, de l'autre, un épais mur en pierre avançant dans la mer en formant comme une digue ; il se terminait par une plate-forme, sur laquelle se trouvait une petite hutte au toit couvert de paille, avec des fauteuils en rotin.

Comme ils approchaient du portail, un homme sortit d'une voiture garée à l'extérieur. Maisie s'arrêta net, interloquée.

Rafe s'immobilisa aussi, l'observant très attentivement. Elle avait pâli et sa bouche tremblait. Elle ferma un instant les yeux, les rouvrit, puis les écarquilla comme si elle avait du mal à croire à ce qu'elle voyait. Et ce fut d'une voix à peine audible qu'elle articula :

— Ra... Rafe... Je...

— C'est mon cousin, Tim Dixon.

Il se passa nerveusement la main dans les cheveux puis reprit :

— Voilà ce que je propose, Maisie : Tim et toi allez discuter de votre problème dans la petite hutte au bout de la jetée. Je vous laisse seuls. Ensuite, toi et moi dînerons ensemble et nous verrons ce qu'il convient de faire. Pour que nous soyons tranquilles, j'ai retenu la Cabane de Robinson. C'est là que tu me retrouveras.

Sur ces mots, il tourna les talons.

Un peu plus d'une heure après, Maisie était seule sur la plage, perdue dans ses pensées.

Physiquement, Tim Dixon ressemblait en effet à son cousin. Il avait reconnu s'être fait passé pour lui. Au moment de cet aveu, Maisie, sentant l'hostilité qu'il portait à Rafe, lui en avait demandé la raison.

Il avait haussé les épaules, expliquant que Rafael avait capté une partie de l'héritage qui lui revenait. Il ne voulait pas ennuyer Maisie avec des détails, avait-il ajouté. Il avait souligné, avec ce sourire plein de charme qui l'avait tant séduite quatre mois plus tôt, que, ironie du sort, il s'était fait passer pour Rafael Sanderson auprès de la seule fille qui n'avait jamais entendu parler de lui et ignorait qu'il était l'un des hommes les plus riches d'Australie.

Comme Maisie, atterrée, n'avait su que répondre, il s'était rembruni et lui avait parlé de lui-même. Il ne pouvait rien lui offrir, avait-il avoué, n'ayant pas un sou, seulement des dettes, raison pour laquelle il travaillait maintenant ici comme moniteur de plongée. Cependant, il était prêt à reconnaître l'enfant.

Pendant qu'il parlait, Maisie l'observait : certes, il était beau, avec son teint bronzé et ses cheveux que la mer et le soleil avaient éclaircis ; par instants, elle avait retrouvé, flashes étranges et déroutants, l'homme qui avait enflammé ses sens et son imagination.

Mais, à mesure qu'elle l'écoutait, une certitude s'était dessinée dans sa tête et dans son cœur. Tim Dixon était comme un jaguar solitaire : somptueusement beau, fascinant, mais mû exclusivement par son intérêt personnel.

Finalement, Maisie n'avait guère parlé. Elle ne l'avait pas mis plus bas que terre, comme il l'aurait mérité, mais s'était cantonnée à admettre qu'elle ne voulait rien de lui. A ce point de la discussion, il l'avait littéralement stupéfaite : Rafe, avait-il assuré, était prêt à l'aider financièrement et s'engagerait à lui verser une compensation pour l'enfant qu'elle portait.

— Mais tu détestes ton cousin ! s'était-elle écriée, incrédule. Comment pourrais-tu accepter qu'il me dédommage à ta place et pour ton enfant ?

Tim avait eu une moue dédaigneuse, mais n'avait pas répondu. Alors, elle s'était levée et avait tourné les talons.

— Tout est réglé entre nous, n'est-ce pas, Maisie ? avait-il encore eu l'audace de lui lancer. Tu ne me demanderas rien ?

— Non. Je ne veux plus te voir.

Seule sur la plage, ses sandales à la main, elle avait l'impression que les filtres qui déformaient sa vue avaient été arrachés tout à coup. Elle voyait tout ce qui lui était arrivé récemment sous un jour nouveau.

Elle resta un long moment ainsi et se décidait enfin à rentrer quand une des serveuses du restaurant l'informa que Rafe l'attendait à la Cabane de Robinson.

C'était une nuit parfaite, sans un souffle de vent, de sorte que les flammes des bougies qui éclairaient la petite salle à manger dansaient à peine, au rythme du ressac, quand la mer venait mourir sur la plage.

Rafe se leva pour accueillir Maisie et, au premier regard, sut qu'elle était bouleversée. Il lui versa un verre de vin. Comme elle était sur le point de protester, il insista :

— Un verre ne te fera pas de mal. Pardonne-moi d'avoir agi comme je l'ai fait, mais, au moins, tu sais que je ne t'ai rien caché.

Maisie hocha la tête et refoula ses larmes.

— Comment tu l'as démasqué ?

Rafe détourna un instant les yeux.

— Dès le début, j'ai pensé à Tim. Il est déjà arrivé qu'on nous confonde, et il m'en veut depuis longtemps. Evidemment, je n'avais aucune certitude ; et, si c'était bien lui, je devais m'assurer que vous n'étiez pas de mèche.

Maisie ouvrit de grands yeux, mais, sachant ce qu'elle savait maintenant, elle devait admettre que Rafe avait eu quelques raisons de se méfier.

— Comment as-tu obtenu qu'il reconnaisse l'enfant ? demanda-t-elle.

— Qu'importe ! Mais il t'a dit qu'il le ferait, n'est-ce pas ?

Maisie acquiesça, tandis que la serveuse leur apportait l'entrée, un velouté d'asperges au fumet engageant.

— Il a admis t'en vouloir, et avoir pour cela de bonnes raisons, confirma Maisie une fois qu'ils furent de nouveau seuls. Tu aurais hérité de biens qui lui revenaient et il a, dit-il, grandi dans ton ombre ; sans rien avoir de vraiment concret à te reprocher.

— Je n'y suis pour rien, tu peux me croire. Le père de Tim était le frère de ma mère. Il aurait dû hériter de l'empire Dixon, mais il a escroqué son père, qui en retour l'a déshérité. Du coup, la fortune de mon grand-père est revenue à l'aînée de ses enfants, ma mère. Mange, Maisie, ça va être froid sinon.

Le potage était exquis, mais elle n'avait pas faim. Elle se força pourtant à avaler quelques cuillerées.

— Et puis le père de Tim est mort dans un accident de vol à voile. Tim devait avoir six ans. Ma mère, faisant fi des vieilles querelles, s'est rapprochée de sa belle-sœur et a payé les frais de scolarité de Tim. Elle a également mis à son nom un capital pour qu'il puisse aller à l'université. A cette époque, Tim et moi avons passé pas mal de temps ensemble à Karoo.

— Tu connaissais son ressentiment à ton égard ?

Rafe se rembrunit.

— Il n'a jamais rien manifesté jusqu'à la mort de ma mère.

Nous avions un peu plus de vingt ans tous les deux. C'est alors qu'il m'a annoncé le coup qu'il préparait depuis longtemps : il allait me poursuivre en justice pour captation d'héritage !

Maisie but une petite gorgée de vin, fascinée par cette sordide histoire.

— L'affaire s'est terminée au tribunal, et il a perdu. Néanmoins, pour qu'il n'y ait plus d'histoires, et pour rétablir une certaine forme de justice, je lui ai alloué un capital en échange de sa promesse qu'il ne me ferait jamais plus d'ennuis. Hélas ! il semble qu'il ait tout dépensé et que sa haine demeure tenace.

Maisie baissa les yeux.

— J'imagine que la vie n'a pas toujours dû être facile pour lui, murmura-t-elle.

Rafe la regarda longtemps sans parler : était-elle toujours amoureuse de Tim ? Il lui fallait en avoir le cœur net.

— On dirait que tu es navrée pour lui. Il t'inspire encore des sentiments ?

— Oh ! non ! C'est fini et bien fini entre nous, affirma-t-elle. Et je te remercie infiniment pour ce que tu as fait, Rafe...

On leur servit ensuite un poisson tout frais pêché, et grillé juste ce qu'il fallait.

— Rose à l'arête, leur dit fièrement le maître d'hôtel en détachant les filets devant eux.

Maisie n'avait toujours pas faim ; en revanche, elle reprenait peu à peu le dessus après le choc de ses retrouvailles avec Tim Dixon. Mais ses pensées suivaient maintenant un cours infiniment triste : à présent que Rafe avait démasqué son cousin, il n'y avait plus de raison qu'ils continuent à se voir. Or, il faisait vibrer en elle quelque chose de vital, quelque chose qui s'éteindrait loin de sa présence et lui manquerait toujours. Mais qu'y faire ? Elle n'était pas pour lui, ne le serait jamais...

Sa voix chaude la fit sortir de sa rêverie

— Où comptes-tu vivre ? A un moment, tu as parlé de vendre la maison de tes parents.

— Oh ! j'aimerais continuer à l'habiter..., soupira Maisie.

Je m'y sens moins seule maintenant que tout de suite après l'accident. Et puis j'y ai tant de souvenirs. Mais ce n'est pas possible, alors inutile de rêver… Je vais la vendre et louer autre chose où je pourrai donner des leçons de piano.

Rafe avala une bouchée en la regardant pensivement.

— Tu resteras chez toi si tu le veux, déclara-t-il à mi-voix. Je ferai en sorte que tu le puisses.

Maisie posa ses couverts, vibrante de colère. Elle se souvint soudain de ce que lui avait dit Tim, et qui l'avait tellement choquée.

— Non, rétorqua-t-elle vivement, je ne veux la charité de personne, et surtout pas la tienne.

— Pourquoi « surtout pas » la mienne, Maisie ?

Elle lut dans les yeux de Rafael qu'il ne la lâcherait pas tant qu'elle n'aurait pas répondu.

— Parce que… euh… parce que j'ai besoin de mettre cette histoire derrière moi, afin de repartir de zéro.

— Qui dit le contraire ?

Maisie prit une profonde inspiration.

— C'est difficile à expliquer, mais je préfère me débrouiller seule. Je te suis reconnaissante pour ta sollicitude, bien sûr, cependant je…

— Tu oublies que ton enfant est un Dixon, coupa-t-il. Dans la famille, nous ne sommes pas tous comme Tim : nous n'abandonnons pas nos enfants à des mains inconnues.

Blessée, Maisie toisa son interlocuteur, le menton fièrement relevé :

— Mon enfant ne sera pas abandonné, encore moins à des mains inconnues puisque c'est moi qui l'élèverai !

— Je me suis mal exprimé… Néanmoins, tu devrais être heureuse de savoir que ma famille ne te laissera pas tomber.

Rafael avait parlé avec une sorte de morgue qui acheva d'anéantir Maisie. Mais elle ne discuterait pas : elle devait d'abord se calmer, sinon elle risquait de dire des bêtises. Au prix d'un gros effort, elle reprit le contrôle de ses nerfs.

— Ecoute, j'ai du mal à y voir clair, pour l'instant. Je vais rentrer à Brisbane demain, me détendre et réfléchir calmement à la situation.

Rafe eut un sourire amusé.

— Voilà que tu deviens raisonnable. Eh bien, demain, nous repartirons ensemble avec le jet de la société.

— Mais j'ai mon billet retour...

— Maisie Wallis, ne discute plus, la coupa-t-il d'une voix caverneuse en roulant des yeux. Et maintenant, si nous évitons le dessert ? Tu devrais aller te coucher, tu sembles épuisée.

Maisie opinait quand, soudain, la pensée qu'ils partageaient la même chambre la frappa comme un coup de poing, si violente qu'elle dut fermer les yeux un instant.

— A propos, la chambre à côté de la nôtre s'est libérée cet après-midi, et je l'ai prise, annonça Rafe, comme s'il avait lu en elle.

Maisie écarquilla des yeux stupéfaits.

— Mais... mais comment as-tu expliqué que... Enfin, tu leur as dit la vérité ?

— Non, j'ai seulement prétexté que je devais travailler ce soir et que je ne voulais pas te gêner. Ils ont très bien compris.

Maisie baissa la tête sans répondre.

James les conduisit à l'aéroport très tôt le lendemain matin. Comme le jour était déjà levé, il en profita pour jouer les guides touristiques, montrant à Maisie les plantations de vanilliers, celles d'arbres à pain, les bananiers et les cocotiers qui poussaient partout.

Ils passèrent aussi devant la résidence royale de Neiafu, puis longèrent le magnifique port de plaisance de Refuge Harbour. James parlait d'abondance, vantant son beau pays dont il était si fier. Maisie, qui l'écoutait distraitement, lui savait gré de son bavardage car il lui évitait de penser à la nuit misérable qu'elle venait de passer. Des images de Rafael n'avaient cessé de la hanter, puis elle avait fait un rêve où elle se mariait avec lui ; tous deux sortaient de l'église, accueillis par une pluie de pétales de roses et les bravos de la foule. Elle s'était réveillée en larmes, et de nouveau n'avait pu penser qu'à Rafe...

Car elle était amoureuse de lui, comment le nier désormais ? De Tim Dixon, elle s'était crue amoureuse. Il lui avait jeté de la poudre aux yeux pour l'éblouir et profiter d'elle, à un moment de sa vie où elle était au plus bas. La rencontre de la veille n'avait fait que confirmer à Maisie qu'elle s'était fait des illusions. En revanche, elle aimait son Rafael, qui jamais n'avait cherché à lui en imposer par son statut ou sa naissance et qui, hormis un baiser plutôt chaste, n'avait jamais non plus essayé de la séduire.

D'ailleurs comment comparer Tim Dixon tel qu'il s'était révélé et Rafe Sanderson ?

Epuisée après sa pénible nuit, Maisie dormit tout le vol du retour. Ce fut l'atterrissage qui la réveilla. A l'aéroport, trois employés de Rafe l'attendaient, dont son assistant Jack Huston. Ce dernier mit Maisie dans un taxi dont il régla la course à l'avance, et elle ne put dire qu'un rapide au revoir à Rafe, que ses collaborateurs avaient déjà accaparé. Il lui promit cependant de la contacter d'ici quelques jours. Maisie avait tellement peur d'éclater en sanglots qu'elle fut soulagée que le taxi parte sans tarder.

Lorsqu'elle reverrait Rafael, si un jour elle le revoyait, elle serait davantage maîtresse d'elle-même.

Il vint chez elle la semaine suivant leur retour à Brisbane. Il l'avait prévenue, de sorte qu'elle avait préparé du café qu'elle comptait servir sous la véranda. Mais Rafael avait d'abord tenu à faire le tour de la maison, et à se faire expliquer les projets de rénovation de ses parents, qui avaient tourné court à cause de leur disparition brutale.

Sous la véranda, Rafe contempla la vue. Il comprenait

qu'elle n'ait pas envie de quitter cette villa. Maisie, qui versait le café, en convint, mais ajouta qu'elle s'était habituée à l'idée de déménager.

Rafe la regarda attentivement : elle portait un ample sweat-shirt avec un pantalon large, et ses cheveux étaient retenus en arrière par un serre-tête. Notant ses yeux cernés, il fronça les sourcils. Elle n'allait pas bien, il en était sûr. Avait-elle de nouveau perdu l'appétit ?

— Je crains que tu ne doives quitter cette maison, mais sans pour autant la vendre, déclara-t-il au bout d'un moment.

— Non, Rafe, protesta Maisie en s'asseyant en face de lui, nous en avons déjà parlé, je ne peux pas accep...

— Ecoute-moi d'abord, la coupa-t-il avec autorité. Sous peu, tu vas faire la une de tous les médias people : on dit déjà que tu es ma maîtresse, que tu es enceinte et que tu t'es fait passer pour ma femme aux Tonga.

Maisie écarquilla des yeux horrifiés.

— Oh ! non ! Mais... mais comment...

— Quelqu'un m'a reconnu à Vava'u. Un journaliste sans doute, qui n'a eu aucun mal à vérifier qu'à l'hôtel nous étions enregistrés comme M. et Mme Sanderson. Il y a ensuite des photos de nous deux, qui prouvent que nous étions là-bas ensemble. Enfin, un membre du personnel a confirmé que nous étions mariés.

Maisie resta sans voix de longs instants.

— Comment es-tu au courant ?

— J'ai un ami influent à la télévision. Il m'a contacté pour m'informer des bruits qui circulaient, preuves à l'appui. Il essaye de neutraliser le journaliste, qui cherche à vendre son histoire au plus offrant. Mais celui-ci réussira certainement à la placer et tu feras la une de tous les journaux à scandale ! Ce n'est pas tout...

— Quoi encore ? s'écria Maisie, éperdue.

— L'homme qui a monté ce dossier aux Tonga a été minutieux dans ses recherches. Quelqu'un lui a dit que nous avions été vus ensemble à bord du *Mary-Lue*, dans une situation qui ne laissait aucun doute sur l'intimité de notre relation.

— C'est Melissa qui a parlé, n'est-ce pas ? souffla Maisie. Comment peux-tu avoir une amie pareille ?

— Nous avons un lointain lien de parenté : elle est Dixon par l'un de ses oncles. C'est peut-être pour cela que je la supporte. Mais là n'est pas le problème. Je ne vois qu'une solution pour faire taire ces allégations malveillantes et dangereuses pour toi.

— Laquelle ?

— Marions-nous.

# 7

Suffoquée, Maisie regarda Rafael sans comprendre.

— Nous... nous marier ? Oh ! non... c'est impensable !

Rafe eut un geste d'impatience, qu'il réprima.

— Avant de dire non, revoyons la situation point par point, Maisie. Et d'abord ton job. Ou *tes* jobs, devrais-je dire.

— Je me suis déjà faite à l'idée de les abandonner et de donner des leçons de piano.

— Une fois que les médias t'auront traînée dans la boue, crois-tu que les élèves se presseront à ta porte ?

Maisie se mordit la lèvre : il marquait sans doute un point.

— Et les pensionnaires de la maison de retraite où tu te produis, reprit impitoyablement Rafael, comment réagiront-ils en lisant dans le journal que leur pianiste du dimanche est une Marie-couche-toi-là qui se fait offrir par son riche amant quelques jours dans des îles paradisiaques du Pacifique Sud, en prétendant être sa femme ? Et tes parents, qu'auraient-ils dit ?

— Ils m'auraient soutenue envers et contre tout, riposta vivement Maisie. D'ailleurs, rien ne serait arrivé si je ne m'étais pas sentie aussi seule et abandonnée.

Elle secoua lentement la tête de droite à gauche, l'air pensif.

— Il doit y avoir un autre moyen d'éviter le scandale. Pour l'instant je... je n'arrive pas à raisonner clairement.

— Tu sais, le journaliste qui a monté cette histoire possède pas mal de photos pouvant passer pour compromettantes.

Quelqu'un assure aussi t'avoir entendue dire, à bord du bateau, que tu ne voulais pas te mettre à l'eau pour approcher les baleines parce que tu étais enceinte.

Maisie ferma les yeux. Ainsi, même durant cette promenade idyllique, quelqu'un l'espionnait ? Lui voulait du mal ? Quelle horreur !

— Tout cela est affreux, gémit-elle. Et si je disparaissais ni vu ni connu, le temps que tout se tasse ?

— Cela ne servirait à rien. Si une réputation se détruit en un instant, elle ne se refait pas en quelques mois. Ecoute, Maisie, je suis désolé. Je suis entièrement responsable de cette situation. J'aurais dû me méfier, sur l'île, mais je nous croyais loin, isolés, et je n'ai pas vu le danger. Maintenant, pas question de t'abandonner aux vautours. Ce serait minable de ma part. Et je pense à autre chose aussi.

— Quoi encore ?

— Tim. Quand il saura, je crains qu'il ne se gêne pas pour aggraver le scandale en clamant que ton enfant est de lui.

— Il... il peut le faire aussi si nous sommes mariés, avança Maisie, soudain très pâle.

— Non !

Les yeux gris de Rafe étaient devenus durs comme l'acier.

— Je voudrais bien voir qu'il s'amuse à salir ma femme..., ajouta Rafael d'un ton glaçant. Il ne s'y risquera pas, sois tranquille.

Maisie frissonna et but une gorgée de café.

— Mais nous n'avons pas envie de vivre ensemble, toi et moi, hasarda-t-elle d'une petite voix.

Rafe détourna les yeux, contempla un instant le port, puis reporta son attention sur la jeune femme.

— Toi, tu es absolument sûre de ne pas vouloir ?

— Que veux-tu dire ? demanda Maisie en rougissant.

Sans répondre, il la fixa intensément. Mal à l'aise, elle se leva pour aller s'accouder à la balustrade. Au bout d'un long moment, elle se retourna vers lui.

— Je ne sais pas pourquoi, mais tu me sécurises, Rafe.

Elle réfléchit encore avant de reprendre :

— Tu es la seule personne au monde qui semble se soucier de moi, vouloir mon bien. Et puis aussi…

Elle se tut, touchée au cœur par le sourire qui venait de naître sur son visage aux traits délicats.

— Et puis on dirait que tu sens, que tu comprends quand je meurs de faim, ou quand je tombe de sommeil. Ça me touche. Mais cela ne suffit pas pour que je sois… euh… amoureuse, et tant mieux. Je… je ne veux plus que ça m'arrive, quand je vois où ça m'a conduite.

Ils se dévisagèrent, et Maisie réussit à soutenir le regard de Rafael.

— Tu crois qu'on choisit ? finit-il par lui demander.

— Je n'en sais rien… Mais une chose est sûre : je ne dois et ne veux compter que sur moi-même.

En parlant, elle avait caressé son ventre avec un sourire tendre. Puis elle releva vivement la tête, comme si une pensée dérangeante lui avait traversé l'esprit.

— D'ailleurs, dans mon état, j'ai du mal à croire que je puisse intéresser un homme quel qu'il soit ; *a fortiori* quelqu'un comme toi.

— Qu'ai-je donc de si particulier ? fit Rafael avec un sourire ironique.

— Tu es riche, tu peux être charmant quand tu n'es pas trop autoritaire et je suis certaine que toutes les femmes se jettent à ton cou.

— N'empêche que je ne suis toujours pas marié. C'est donc que je n'ai pas encore trouvé celle dont j'ai envie de faire ma femme.

— Alors pourquoi me choisir, moi ? Je ne comprends pas.

— Disons que, comme dans le film avec Marilyn Monroe, « personne n'est parfait », plaisanta-t-il. Mais, plus sérieusement, tu sais bien que tu n'as pas le choix : pour sauver ta réputation, il faut m'épouser.

— On pourra toujours sortir cette histoire et me salir, même si nous sommes mariés.

Rafe secoua catégoriquement la tête.

— Certainement pas. Ces ragots n'auront plus d'intérêt si nous sommes un couple officiel et légal.

Maisie revint s'asseoir et regarda Rafael bien en face.

— Quel genre de mariage as-tu en tête ?

— Une formalité légale pour commencer, au moins jusqu'à la naissance du bébé. Tu devrais y trouver ton intérêt : tu auras la vie facile et confortable, ce qui est important, surtout pendant tes derniers mois de grossesse. Et puis après...

Il marqua une pause et dévisagea Maisie avant de poursuivre :

— Eh bien, nous verrons avec le temps. La situation peut nous convenir ; dans le cas contraire, nous attendrons encore un peu, puis nous nous séparerons discrètement.

— La situation peut nous convenir ? répéta Maisie, ébahie. Comment cela ?

— Il me semble que ni toi ni moi, et sans doute pour des raisons différentes, ne voyons l'amour et toutes ses niaiseries comme une condition essentielle pour un mariage réussi. Donc, un mariage de raison, contracté entre deux personnes sensées, peut très bien fonctionner. Mais nous n'en savons encore rien. Nous verrons bien.

A cet instant, Maisie porta la main à son ventre tandis que dans ses yeux se lisait une sorte d'étonnement mêlé de ravissement.

— Que se passe-t-il ? demanda tout de suite Rafe.

— C'est le bébé ! Il vient de remuer. C'est... c'est la première fois !

— Sais-tu si c'est une fille ou un garçon ?

— C'est une petite fille, lui avoua Maisie avec un sourire tendre. Je lui ai déjà donné son nom : Suzannah, comme ma mère. Je l'appelle Suzie quand je lui parle. C'est idiot, n'est-ce pas ? Mais parfois cela m'arrive : par exemple, je lui demande si elle sera rousse comme moi.

Rafe décela tant d'émotion et de douceur dans sa voix, ses yeux scintillaient d'un éclat si intense, qu'il eut soudain, l'espace d'une seconde, réellement envie, au plus profond de lui, d'épouser Maisie Wallis.

— Je crois que Suzie est d'accord pour que nous nous mariions, murmura-t-il après s'être ressaisi. C'est à elle que tu devrais penser avant toute chose.

Maisie entrevit alors avec une lucidité terrifiante l'avenir qui l'attendait, seule avec son enfant. Sa vie serait très difficile : avec sa réputation salie, elle ne trouverait pas de travail, ou il lui faudrait s'installer dans une autre ville, démarrer une nouvelle existence, sans aide ni personne sur qui compter... Une vie pleine d'aléas, d'imprévus, certainement pas idéale pour un enfant...

Elle prit plusieurs inspirations avant d'admettre, comme à son corps défendant, que Rafael avait raison.

— Effectivement, je n'ai sans doute pas tellement le choix. Mais sache que, en d'autres circonstances, jamais je n'aurais fait cela. Ne m'en veux pas si ce n'est pas très aimable.

Rafael se mit à rire doucement.

— Si tu te sens mieux après me l'avoir dit, je le respecte. Tu es donc d'accord pour que nous nous mariions discrètement ?

Maisie passa la langue sur ses lèvres sèches.

— Oui, admit-elle dans un souffle, j'accepte pour la petite fille que je porte. Je ne veux pas qu'elle ait honte de sa mère.

# 8

Rafe avait organisé les choses à une allure stupéfiante ; Maisie n'en revenait toujours pas.

Deux jours après leur conversation sous la véranda de ses parents, elle s'était installée dans un appartement de grand luxe, loué au nom de Jack Huston, l'assistant de Rafe. Elle n'avait pas hésité à accepter de déménager car, durant ces deux jours, son téléphone avait sonné à plusieurs reprises ; chaque fois, son interlocuteur raccrochait aussitôt qu'elle décrochait. Maisie avait compris combien il était affreux et terrifiant de se sentir épiée.

A peine était-elle entrée dans son nouvel appartement que Rafael dut partir à Melbourne pour affaires. Soulagement ou déception ? Maisie ne le savait pas elle-même... Quelques heures après son départ, une tornade débarqua...

— Ne me demandez pas ce que je pense de cette situation ! s'exclama la jolie brune dès son arrivée dans l'appartement.

Devant l'air ahuri de Maisie, elle éclata de rire.

— Oh ! désolée ! Je ne me suis pas présentée : Sonia Sanderson, la sœur de Rafe. Il m'a annoncé qu'il allait vous épouser et m'a demandé de m'occuper de vous pendant son absence. Il ne vous a rien dit ?

De ses yeux pétillants, elle détailla Maisie, qui portait ce jour-là un legging écossais avec un ample chandail vert pâle et des ballerines.

— Je ne m'attendais pas à une fille comme vous, ajouta-t-elle avec une franchise déconcertante.

— Je n'ai pas besoin qu'on s'occupe de moi, protesta aussitôt Maisie.

— Chère amie, bien que je sois l'aînée de Rafe, quand il ordonne, je suis au garde-à-vous. Vous le connaissez, j'imagine.

Maisie opina et Sonia, après un instant d'hésitation, reprit la parole :

— Recommençons depuis le début, voulez-vous ? Je propose que nous soyons amies. J'aime beaucoup mon frère, malgré ses défauts qui parfois me rendent folle, et j'ai cru comprendre que vous étiez enceinte de cet ignoble Tim Dixon.

A ces mots, Maisie se laissa tomber sur une chaise et éclata en sanglots, comme si des émotions trop longtemps contenues s'autorisaient enfin à sortir. Sonia alla lui chercher des mouchoirs en papier, lui tapota l'épaule avec sympathie puis s'en fut préparer du thé.

— Pardon, fit Maisie une fois Sonia revenue avec le revigorant breuvage. En général, je ne pleure pas pour un oui pour un non, mais...

Elle eut un geste d'impuissance.

— On est plus vulnérable quand on est enceinte. J'en sais quelque chose, moi qui ai trois enfants. Et vu les circonstances... Et si on se tutoyait ? Ce serait plus facile, non ?

Maisie hocha la tête, le nez plongé dans son bol de thé.

— Tu as accepté d'épouser Rafe, n'est-ce pas ?

— Oui, mais seulement pour sauver ma réputation. Je ne veux pas que mon enfant ait honte de sa mère.

— Mais mon frère te plaît ? Il te fait battre le cœur, te fait tourner la tête ? Enfin... des choses comme ça ?

— N... non, pas vraiment..., s'embrouilla Maisie, surprise par tant de spontanéité. Ce n'est pas une raison pour...

Sonia dévisagea sa future belle-sœur.

— Y a-t-il dans ta vie quelque chose qui te tient à cœur et à quoi tu devras renoncer parce que tu te maries ?

Maisie réfléchit.

— J'adorais mon travail, admit-elle, mais je dois l'abandonner maintenant que j'attends un enfant, et je ne peux m'en prendre qu'à moi-même. Sinon, comme je n'ai que vingt-deux ans, tout peut encore changer. Pourtant...

Elle n'acheva pas sa phrase et croisa les mains, gênée.

— Tu as peur de tomber amoureuse de Rafe ? demanda Sonia sans détour. Tu sais, il se peut que vous vous entendiez bien tous les deux, même si vous ne vous mariez pas par amour. Quant à lui, il doit tenir à toi pour faire ce qu'il fait.

— Je crois, dit Maisie, pesant ses mots, que tomber amoureuse de lui serait très imprudent pour une fille comme moi. Je porte l'enfant de quelqu'un d'autre, comment veux-tu que Rafe m'aime ?

— Tu n'as peut-être pas tort, soupira Sonia, d'autant que le père de l'enfant est Tim. Excuse-moi, Maisie, je n'aurais pas dû te poser la question, mais la diplomatie n'est pas mon fort, je le sais. Maintenant, oublie ma stupidité et réponds-moi : tu acceptes que je m'installe chez toi quelque temps ? Si tu dois épouser Rafe, j'aimerais t'aider à ce que tout se passe bien.

Sonia s'avéra précieuse, à la fois comme amie et grâce à son sens pratique. Maisie avait appris qu'elle était séparée de son mari ; mais elle s'entendait bien avec lui, de sorte qu'elle lui avait confié la garde des trois enfants pendant qu'elle aidait sa future belle-sœur.

Elle avait réussi à convaincre Maisie qu'il lui fallait une nouvelle garde-robe. Et quand cette dernière avait protesté, ne voulant pas engager des dépenses qui n'étaient pas prioritaires, Sonia l'avait contredite :

— D'abord, tu vas en avoir besoin parce que ton état se

verra bientôt. Ensuite, la frivolité est bonne pour le moral. Et si quelqu'un peut t'offrir de nouvelles tenues, c'est bien Rafe.

Elles n'avaient même pas eu à courir les boutiques : au grand étonnement de Maisie, Sonia s'était contentée de passer quelques coups de téléphone et une sélection de vêtements venant de ses couturiers préférés leur avait été livrée à domicile. Et, comme elle avait aussi un goût très sûr, Maisie s'en était remise à ses conseils. Pourtant, elle avait eu du mal à manifester de l'enthousiasme. Elle se sentait un peu comme la pauvre Cendrillon, et tout en elle se rebiffait à l'idée d'être redevable à Rafael pour ses largesses.

Sonia, qui était fine, ne tarda pas à deviner ses scrupules et fit alors valoir que les vêtements n'étaient rien d'autre que des accessoires. Si Maisie voulait que son mariage avec Rafe soit crédible aux yeux du monde, elle devait se comporter et s'habiller comme l'exigeait son rôle.

Se posa ensuite la question de la robe de mariée, et Maisie refusa catégoriquement la suggestion de sa belle-sœur de se marier en blanc.

— Je suis enceinte, voyons ! protesta-t-elle.

— De nos jours, ça n'a plus d'importance, fit valoir Sonia.

— De toute façon, il n'en est pas question, s'obstina Maisie, le blanc me va trop mal.

Sonia éclata de rire.

— O.K., je n'ai rien dit. On trouvera autre chose.

Leur choix se porta finalement sur un très bel ensemble de soie sauvage d'un ravissant vert menthe, si élégant et bien coupé que personne ne se douterait que la mariée était enceinte.

Maisie avait passé une bonne partie de la journée à essayer des vêtements, choisir des chaussures et des accessoires. Puis, Sonia étant partie voir ses enfants, elle décida de prendre une douche. Après quoi, elle noua ses boucles rousses avec un ruban vert et enfila une tenue d'intérieur qu'elle avait choisie pour son trousseau : une longue chemise en étamine de laine souple, d'un rose évoquant de la bruyère en fleur, assortie à un pantalon en satin mordoré, avec une taille élastique bien pratique puisque la sienne s'élargirait au fil des mois à venir.

Elle était dans sa chambre quand elle entendit la porte de l'appartement s'ouvrir. A la vitesse de l'éclair, la peur s'insinua dans chacune de ses terminaisons nerveuses — ce ne pouvait déjà être Sonia qui revenait... Elle s'était saisie d'une lampe de chevet comme arme de fortune quand elle vit apparaître Rafael sur le seuil de la chambre. La stupeur la cloua sur place, remplaçant la peur, en même temps que son cœur s'emballait, comme toujours en présence de Rafe.

— Co... comment es-tu entré ? balbutia-t-elle, furieuse d'avoir eu peur, et plus furieuse encore d'être émue de le voir. Ne refais plus jamais ça, Rafe ! Je ne suis pas encore ta chose !

Elle n'avait pas eu l'intention d'être blessante, mais la phrase avait surgi du plus profond d'elle-même. Rafael se figea instantanément.

— Pourquoi *ma* chose ? Qui parle de te posséder ? Et pourquoi es-tu si nerveuse ?

Maisie serra involontairement les poings, prête à en découdre.

— Je suis nerveuse parce qu'à cause de toi je dois me cacher, s'emporta-t-elle. J'ai peur qu'on me reconnaisse, qu'on m'épie, et je trouve cela insupportable !

— A cause de moi, dis-tu ? C'est discutable. Je te rappelle que c'est toi qui t'es glissée à mon insu à bord du *Mary-Lue ;* ce qui a tout déclenché, que cela te plaise ou non.

Furieuse, Maisie ouvrait la bouche pour lui dire sa façon de penser, mais il ne lui en laissa pas le temps.

— C'est encore toi qui m'as suivi aux Tonga, sans même prendre la précaution de réserver une chambre d'hôtel ! assénat-il d'un ton glacial.

Rafe vit Maisie pâlir, mais ses yeux verts lançaient toujours des éclairs.

— Je me demande pourquoi tu tiens à épouser une imbécile pareille !

— Arrête ! intima-t-il brutalement, lui saisissant le poignet. Nous savons tous les deux que c'est la seule solution.

— Cela ne veut pas dire que j'en sois heureuse ! Lâche-moi !

Elle voulut se dégager de son étreinte, mais il la tenait fermement.

— Pas encore, non. Mettons-nous d'accord, d'abord. Oui, nous avons tous les deux commis des erreurs. Non, je ne pense pas que tu sois une imbécile. Sauf bien sûr si tu t'acharnes à nous rendre la vie impossible.

Maisie le fixa droit dans les yeux.

— Que proposes-tu ? Que je suive mon penchant naturel et que je saute dans ton lit ?

Elle comprit instantanément que, au lieu d'avoir lancé une boutade provocatrice, elle venait d'exposer crûment son vrai problème. Car elle aimait et désirait Rafe de tout son être, et rêvait de pouvoir être détendue avec lui, heureuse, et de lui manifester de toutes les manières — y compris la plus sensuelle — l'amour qu'il lui inspirait. Or, elle devait réprimer l'élan qui la poussait vers lui.

— Je ne voulais pas dire cela ! Pardonne-moi, je t'en prie, s'exclama-t-elle précipitamment. Je me suis emportée parce que tu m'as fait une peur affreuse en apparaissant ici sans prévenir. J'ignorais que tu avais une clé de cet appartement et... Bref, oublie ce que j'ai dit.

— Tu sais, répliqua lentement Rafael, souvent la vérité sort quand on ne se contrôle plus ; et j'aurais dû... enfin, j'aurais dû te prévenir que je venais te voir.

Maisie baissa les yeux.

— Ce n'est pas facile pour moi de vivre confinée. Et puis...

D'un geste de la main, elle indiqua les vêtements épars autour d'elle.

— Tout ceci me rend redevable, poursuivit-elle, et je suis mal à l'aise.

Rafe libéra son poignet et attendit qu'elle se détende un peu.

— Tu sais, suggéra-t-il doucement, peut-être faire l'amour nous permettrait-il de mieux supporter la situation. Nous sommes adultes, tous les deux, et nous savons à quoi nous en tenir. Ce ne serait pas très grave, nous verrions bien après.

Maisie détourna le regard et poussa un soupir. Sa colère s'était évanouie désormais. Elle posa de nouveau calmement les yeux sur son futur mari.

— J'ai beaucoup mûri et changé ces derniers temps, Rafe, mais s'il y a une conviction à laquelle je ne renoncerai jamais, c'est bien que la prochaine fois que je me donnerai à quelqu'un, si cela arrive un jour, ce sera par amour et pas pour l'unique plaisir des sens.

— Parfois, l'amour peut naître du désir, rétorqua Rafael comme s'il se parlait à lui-même.

Puis il haussa les épaules et décréta, toute son autorité retrouvée :

— Maintenant, parlons d'autre chose ! Tu t'es bien entendue avec Sonia ?

Maisie lui raconta ce que toutes deux avaient fait pendant son absence, lui assurant que sa sœur lui avait été d'une aide inestimable.

— Elle t'aime beaucoup, tu sais, lui assura Rafael en riant. Elle m'a dit textuellement qu'elle m'étranglerait si je ne te rendais pas heureuse !

Maisie rit à son tour, et l'atmosphère se détendit. Rafe resta encore un moment, le temps de lui exposer ses projets de lune de miel en buvant un verre.

— Plutôt que de partir à l'étranger, j'ai pensé t'emmener visiter les grandes terres de pâturage de l'Ouest pendant une semaine. Cela te dit ?

— Tu veux me montrer Karoo ? interrogea Maisie, non sans une certaine réticence.

— Non, nous verrons d'autres endroits, où tu ne rencontreras aucun Dixon, lui promit Rafael en riant.

— Et comment irons-nous là-bas ?

— En hélicoptère. C'est le plus pratique.

A ce moment, on sonna à la porte ; Maisie se leva pour ouvrir. C'était Sonia.

Après s'être servi un verre, la jeune femme mit son frère au courant de ce qu'elle avait organisé pour le mariage : celui-ci serait célébré chez Rafael par un officier municipal à 11 heures deux jours plus tard.

— Auparavant, j'aurai fait transporter chez toi les affaires de Maisie, dit-elle pour conclure. Cela te convient ?

Rafe leva son verre en direction de sa sœur.

— Je me demande ce que je ferais sans toi, ma chérie.

Il quitta l'appartement peu après et, ce soir-là, malgré la présence enthousiaste et chaleureuse de Sonia, Maisie parla peu. Dans le feu de la colère, avait-elle trahi ses vrais sentiments pour Rafael ? Etait-ce pour cela qu'il avait suggéré de faire l'amour ? Mais comment pouvait-il l'envisager, quand il l'épousait uniquement par devoir ?

Quel gâchis !

Sonia avait décidément plus d'un tour dans son sac car, trente-six heures plus tard, elle transformait le mariage de deux personnes qui le contractaient pour de mauvaises raisons en une fête joyeuse et mémorable.

Après la courte cérémonie, Marcus, Hilary et Cecilia, les enfants de Sonia, tous trois sur leur trente et un, noyèrent les mariés sous une pluie de pétales de roses. Il y avait de somptueux bouquets un peu partout dans l'appartement de Rafael et du champagne attendait au frais. S'ensuivit un déjeuner de fête, qui s'acheva par la traditionnelle pièce montée au sommet de laquelle trônaient les figurines des deux époux.

Ce fut donc un moment plein de joie et d'entrain. Jack Huston, qui était là au titre de témoin du marié, fit à la fin du repas un petit discours très drôle sur son ami et patron.

Dans l'après-midi, Sonia et Jack prirent congé. La première embrassa tendrement sa nouvelle belle-sœur, puis son frère. Dans le regard qu'elle adressa à ce dernier, l'avertissement était clair : « A toi de jouer, maintenant, et gare à toi si tu gâches tout ! »

Quand les portes de l'ascenseur se refermèrent sans bruit, les nouveaux mariés échangèrent un sourire attendri.

— Quel personnage ! murmura Rafael.

— Elle a été tellement adorable avec moi. Je trouve dommage qu'elle soit séparée de son mari. Il n'y a aucune chance qu'ils se remettent ensemble ?

Rafe soupira en desserrant sa cravate.

— J'essaie de créer les conditions favorables à un rapprochement entre eux, mais c'est à Sonia de faire le premier pas. Liam, son mari, a l'impression qu'elle reste une étrangère pour lui, qu'il n'arrive pas à l'émouvoir vraiment, et il en souffre.

— Ils ont pourtant eu trois enfants ! releva Maisie, stupéfaite.

— Apparemment cela n'a pas suffi. Sonia est très secrète. Sans doute a-t-elle de bonnes raisons de ne jamais se livrer complètement, mais c'est un autre débat. Nous n'allons pas en parler maintenant.

Il consulta rapidement sa montre avant de reprendre :

— O.K., nous avons une heure pour nous changer avant de partir pour l'aéroport. Cela te suffira ?

— Bien sûr.

Maisie troqua son tailleur de soie verte contre un ample pantalon et une chemise. Grâce aux bons offices de Sonia, ses vêtements avaient été transportés de l'appartement loué pour elle à celui de Rafe, et son sac de voyage était prêt.

En pendant sur un cintre sa tenue de mariage, elle se souvint que Rafe n'avait rien dit quand il l'avait vue en mariée, mais que son regard s'était curieusement adouci. Il lui avait tendu un ravissant bouquet de cyclamens et de violettes blanches.

Une émotion intense l'avait alors saisie ; elle avait eu du mal à n'en rien montrer.

Promenant son regard autour d'elle, elle remarqua alors que Rafe lui avait cédé sa chambre : la plus luxueuse et la plus vaste de l'appartement, celle surtout d'où l'on avait la plus belle vue. Pourquoi avait-il eu ce geste ? La chambre d'amis aurait bien suffi. Et pourquoi se sentait-elle mal à l'aise dans cette chambre — comme dans tout l'appartement, d'ailleurs ?

A cet instant, la voix de Rafael s'éleva derrière la porte :

— Prête, Maisie ?

Elle prit une profonde inspiration.

— J'arrive ! lança-t-elle.

Et elle coiffa le feutre kaki à large bord que lui avait acheté Sonia, lui assurant qu'il était de rigueur pour la femme d'un éleveur de bétail digne de ce nom.

# 9

Rafe pilotait lui-même son hélicoptère. Apparemment, il était un pilote chevronné, qui avait ainsi survolé toute l'Australie à bord de son appareil. Maisie n'en fut qu'à moitié surprise ; quand il lui raconta certains épisodes de ses voyages, elle en pâlit d'envie.

Soudain, alors qu'ils volaient au-dessus de régions sèches, presque désertiques, ils interceptèrent un message de détresse. Maisie avait aussi des écouteurs, essentiellement pour pouvoir converser avec Rafe par-dessus le bruit assourdissant du moteur, mais ils lui permirent d'entendre la conversation qui suivit.

Un accident s'était produit dans un camp de rassemblement de bétail, et un homme avait été blessé. Il fallait l'évacuer d'urgence vers l'hôpital le plus proche. Maisie, qui regardait le paysage désolé sous eux, fut saisie d'angoisse alors que le chef du camp décrivait l'état de son compagnon blessé.

— Pauvre type, murmura Rafe, on dirait que sa colonne vertébrale en a pris un coup. On ne peut donc pas le bouger sans la présence d'un médecin.

La base des Médecins volants de Charleville répondit tout de suite, mais Maisie entendit le chef du camp assurer que le terrain était trop accidenté pour qu'un avion atterrisse : il fallait un hélicoptère.

C'est alors que Rafe transmit sa position, qui n'était pas très éloignée du camp.

— Hôtel Zulu 459, réagit tout de suite la base de Charleville, il ne faut pas déplacer le patient tant que nous ne sommes pas sur place, mais pourriez-vous vous poser sur site et proposer votre aide en nous attendant ?

Rafe accepta tout de suite, précisant qu'il avait à son bord un kit médical très complet et possédait son brevet de secouriste. Il appela ensuite la station pour demander sa position exacte.

Le chef de camp avait un G.P.S. dans l'une de ses camionnettes : il l'envoya chercher et, quelques instants plus tard, il indiquait ses degrés de latitude et longitude à Rafael. Ce dernier les entra dans son propre G.P.S., qui calcula la distance qui le séparait du site.

— Désolé, Maisie, on ne va sans doute pas s'amuser, mais…

— Ne t'inquiète pas pour moi, le rassura-t-elle aussitôt.

Rafael reprit contact avec la base médicale de Charleville.

— Je serai sur place dans vingt minutes. Communiquez-moi vos instructions.

— Hôtel Zulu 459, je vous passe un médecin.

Il s'avéra au cours de cette conversation que Rafe, grâce à sa formation de secouriste, pouvait stabiliser le blessé, d'autant qu'il avait à bord de son appareil les médicaments et le matériel nécessaires. Un hélicoptère médical le rejoindrait sur le site au plus vite, soit dans un délai d'au moins deux heures, et évacuerait l'homme.

— Regarde là-bas ! s'exclama vivement Maisie.

Un nuage de poussière s'élevait au-dessus d'un sol rocheux et accidenté, sur leur gauche.

— On dirait qu'il y a du bétail en liberté, et… et je vois une… non, deux camionnettes, des chevaux et une sorte de camp de fortune.

— Bien vu, c'est notre objectif, confirma Rafael. On dirait même qu'ils ont étendu un drap blanc sur le sol, là où il est le plus plat, pour nous indiquer où nous poser.

Rafe ouvrit son micro.

— Hôtel Zulu 459 à camp de rassemblement : assurez-vous

que vos bêtes ne vont pas paniquer, les gars. Je veux en être sûr avant de me poser.

Maisie, qui avait compris le danger, ferma un instant les yeux.

— HZ 459 ? Ce que vous voyez est un enclos, les bêtes ne peuvent pas s'échapper. Vous voyez le drap ?

— Affirmatif. Je me pose.

Trois heures plus tard, Rafael surveillait toujours le blessé, l'hélicoptère des Médecins volants ayant dû retourner à sa base par suite d'une avarie mécanique.

Maisie s'était installée devant le feu de camp. Les hommes qui s'occupaient du bétail avaient fait tout leur possible pour qu'elle se sente bien, malgré la poussière qui recouvrait tout. Ils avaient même préparé un repas et du café bien fort.

Mais l'atmosphère restait tendue. Même le bétail dans l'enclos semblait inquiet et s'agitait en mugissant sous le mince croissant de la lune nouvelle. L'accident, comme souvent, s'était produit stupidement : l'homme, un rassembleur de bétail, avait été précipité à bas de son cheval, qui avait fait un brusque écart à la vue d'un serpent. Heureusement, l'homme était tombé tout près du camp, de sorte qu'on ne l'avait pas bougé. On avait simplement déplacé le camp pour abriter le blessé du soleil et, pendant la nuit à venir, le protéger du froid et de la rosée.

Mais, malgré les soins de Rafe, il souffrait manifestement. Il avait un bras cassé et ne sentait plus ses jambes, ce qui l'affolait.

Comme la température baissait très vite, Rafe appela le chef du camp :

— Al, vous pourriez faire préparer un abri de fortune pour ma femme ? Et peut-être lui prêter un sac de couchage…

— Bien sûr.

Maisie s'apprêtait à protester, mais Al ne lui en laissa pas le temps :

— Chut, ma petite dame, obéissez à votre mari. Il faut vous reposer maintenant.

On lui prépara donc une tente devant un bon feu pour qu'elle n'ait pas froid. Après quoi, on lui prêta deux tapis de sol et deux couvertures.

— Elles vont vous manquer ! s'exclama Maisie.

— Aucun de nous n'a l'intention de dormir de sitôt, répliqua Al, et nous avons l'habitude. Reposez-vous.

Il lui tapota l'épaule en un geste paternel et sortit. Rafael entra à son tour dans la petite tente, lui apportant son sac de voyage et une couverture prise dans l'hélicoptère.

— Couvre-toi bien, conseilla-t-il, il peut faire très froid la nuit.

Son lit de fortune à même le sol était à peu près confortable et Maisie réussit à somnoler.

Le bruit d'un hélicoptère qui tournait en rond dans le ciel la réveilla en sursaut. Dehors, la lumière bleue des phares de l'appareil balayait le sol, cherchant un endroit où se poser à proximité immédiate du campement. Maisie entendit crier des ordres, puis le sol frémit comme l'hélico atterrissait dans un nuage de poussière.

Elle ne put entendre les conversations qui suivirent, en grande partie à cause du bétail, qui s'était réveillé lui aussi et faisait un charivari infernal. Et puis, un peu plus tard, l'appareil décolla. Il y eut de nouveau une grande agitation dans l'enclos, et bientôt Rafael la rejoignait sous la tente.

Il alla mettre une nouvelle bûche dans le feu, puis se laissa tomber à côté d'elle sur l'autre couche de fortune.

— Venez plus près, madame Sanderson, marmonna-t-il, je suis gelé jusqu'aux os.

Instinctivement, Maisie se rapprocha et il l'attira contre lui.

— Humm... tu es chaude comme un chaton, murmura-t-il en refermant les bras sur elle.

— Comment va le blessé ?

— On pense qu'il a seulement un nerf coincé. Ce qui serait une excellente nouvelle. Tu es bien installée ?

— Oui, et toi ?

— Très bien. Maintenant, dors !

Et, d'un geste très tendre, il lui caressa les cheveux. Tombant de sommeil, Maisie ferma les yeux et, l'instant d'après, elle s'endormait la tête nichée contre l'épaule de son mari, tout son corps blotti contre le sien.

Malgré sa fatigue, Rafael mit beaucoup plus longtemps à trouver le sommeil...

L'aube commençait à poindre quand Maisie s'éveilla. A côté d'elle, Rafe dormait profondément. Il ne broncha pas lorsqu'elle se redressa.

Dehors, le feu était tombé et il régnait une certaine agitation. Des chevaux piaffaient, des harnais grinçaient, des sabots martelaient le sol et des gens parlaient à voix étouffée. Un chien aboya.

Al avait expliqué la veille qu'ils devraient déplacer le bétail jusqu'au point d'eau suivant le plus tôt possible le lendemain. C'était donc cela : les hommes allaient lever le camp.

Maisie se tourna à regret pour réveiller Rafael. Il l'était déjà, et leurs regards se croisèrent avec une sorte d'intimité étrange après cette nuit passée si proches l'un de l'autre. Mais, l'instant d'après, la magie avait disparu et les yeux gris de Rafe prirent la dureté froide de l'acier.

— J'apporte le thé ! cria Al depuis l'extérieur.

Il entra sous la tente, avec à la main un vieux pot métallique noirci à la poignée entortillée de ficelle et deux gobelets en fer-blanc.

— Merci, mon vieux, dit Rafe en s'étirant. On est prêts dans cinq minutes.

Al leur laissa la théière de fortune et s'éclipsa. La tension entre Rafe et elle oppressait Maisie.

— C'est drôle tout de même : il n'y a rien entre nous, mais

on n'arrête pas de nous surprendre au lit ensemble, tâcha-t-elle de plaisanter pour détendre l'atmosphère.

Rafael sourit, de plus en plus largement puis brusquement tous deux furent pris d'un vrai fou rire.

Il leur fallut plusieurs minutes pour se calmer. Quand ils retrouvèrent leur sérieux, toute trace d'embarras entre eux avait disparu. Rafe voulut aider sa femme à se lever ; celle-ci porta soudain la main à ses reins, en même temps que la douleur lui arrachait une grimace.

— Ça va ? s'inquiéta Rafael.

— Oui. C'est rien, ce doit être une crampe.

Maisie sourit, avant de reprendre sur le ton de la plaisanterie :

— Que veux-tu, il faut un peu de temps pour s'habituer à dormir à même le sol.

Rafe n'insista pas, mais il n'était pas tranquille. Il n'en dit rien cependant. Ils firent leurs adieux à Al et à ses hommes et grimpèrent dans l'hélicoptère. Une fois en l'air, il se tourna vers sa femme.

— J'ai changé nos plans : nous rentrons à Brisbane.

Maisie eut beau protester qu'elle allait très bien, il ne voulut pas en démordre. Elle se demanda alors si cette décision était en rapport avec le regard dur et fermé qu'il avait posé sur elle un peu plus tôt, et sous lequel elle s'était sentie… quoi ? Oui, rejetée. Il avait pris le prétexte de sa douleur dans le dos pour s'éviter une semaine seul avec elle… Comme c'était triste !

*On apprend que Rafael Sanderson, l'un des célibataires les plus convoités d'Australie, P-DG de Sanderson Minerals et héritier de l'empire Dixon, a épousé dans la plus grande intimité Mairead Wallis. On sait peu de chose sur la nouvelle épouse, et les détails de la cérémonie de mariage n'ont pas été communiqués.*

Deux photos illustraient l'article : l'une de Rafe en smoking, l'autre de Maisie, très officielle, prise en studio par un photographe. Elle portait un tailleur en lin vert pâle et arborait ostensiblement à la main gauche une somptueuse émeraude carrée entourée de diamants baguettes.

Maisie reposa le magazine que lui avait montré Rafael. Si le ton des articles restait celui-là, ce serait supportable...

— Quel genre de vie aimerais-tu mener ? demanda-t-il en plongeant son regard dans le sien.

Plus tôt dans la journée, il avait fait venir son médecin à son appartement. Après avoir examiné Maisie, il avait assuré que le bébé allait très bien. Probablement sa douleur dans le dos s'expliquait-elle par une mauvaise position pendant la nuit.

Le médecin parti, ils avaient dîné en tête à tête, Rafe ayant commandé un repas au restaurant en bas de l'immeuble. Puis la jeune femme avait regardé avec admiration la chaîne stéréo sophistiquée qui trônait dans le salon avant de demander si elle pouvait mettre un CD.

Elle n'avait pas à poser la question, elle était chez elle, lui avait répondu Rafael. Elle avait alors choisi un disque de piano, qu'ils avaient écouté pratiquement sans parler.

— Comment j'aimerais vivre ? murmura Maisie. C'est ta question ?

— Nous avons plusieurs options : d'abord cet appartement, bien entendu, mais je possède aussi une villa à Raby Bay.

— Ecoute, c'est à toi de choisir. Nous irons où ce sera le plus pratique pour toi.

Rafe vint s'asseoir sur le canapé face à elle, ôta ses chaussures et posa nonchalamment les pieds sur la table basse devant lui.

— Je peux m'installer n'importe où, à condition que ce ne soit pas trop loin de Brisbane, évidemment. Mais toi, c'est un autre problème. Il faut que tu te sentes chez toi, à l'aise, que tu puisses même investir un peu la maison. Or, j'ai l'impression que cet appartement, malgré sa vue magnifique, n'est pas ce qu'il te faut.

Maisie ne cacha pas sa surprise.

— Comment le sais-tu ?

— Je ne suis pas complètement obtus, répondit calmement Rafael en souriant.

— Je n'ai jamais dit cela !

Tous deux éclatèrent de rire, et soudain l'atmosphère fut complètement détendue entre eux.

— J'aimerais que tu voies la maison de Raby Bay, reprit Rafe une fois leur sérieux retrouvé. Il y a un jardin au bord de l'eau avec un ponton, de sorte que je pourrais amarrer le *Mary-Lue* pour que nous en profitions. Autre avantage : Sonia habite juste à côté.

Au mot de « jardin », Maisie avait dressé l'oreille.

— Allons la voir quand tu veux, déclara-t-elle aussitôt. Raby Bay est plus proche de Manly et des quartiers auxquels je suis habituée. Avec la mer et un jardin comme chez moi, je me sentirais peut-être moins dépaysée.

— Entendu, allons-y demain. Autre chose : tu parlais sérieusement quand tu disais vouloir reprendre le piano pour devenir concertiste ?

Maisie se redressa vivement.

— Oui.

— Comment cela se passe-t-il ? Il y a un concours ?

— Oui. Je dois m'inscrire de nouveau au conservatoire, puis me trouver une *master class* avec un pianiste de renom. Et, bien entendu, il me faudra travailler d'arrache-pied avant de présenter le concours.

Maisie eut une grimace comique avant d'ajouter :

— Cela peut prendre des années, tu sais.

— J'imagine que tu auras besoin d'un piano.

— Non, le mien est parfait. Il faudra juste le faire accorder une fois qu'on l'aura déménagé. Mais je rêve ou quoi ? Tu crois que c'est possible ?

Rafe contempla ses beaux yeux verts pleins d'enthousiasme.

— Tout est possible, madame Sanderson ! Maintenant, la journée a été longue et il faut aller au lit. A propos, j'ai appelé les Médecins volants : notre blessé a été opéré à l'hôpital de Charleville, ce n'était effectivement qu'un nerf coincé et il remarche.

— Quelle bonne nouvelle !

Son soulagement était sincère, mais il n'adoucissait aucunement son irritation. Elle ne s'habituait décidément pas à être congédiée comme une enfant alors qu'elle rêvait de passer la nuit avec son mari. Et elle ne s'y habituerait sans doute jamais.

— Bonsoir, lança-t-elle par-dessus son épaule.

— Bonsoir, murmura Rafael en la suivant des yeux.

Il se félicita *in petto* de réussir à garder autant d'emprise sur lui-même. Mais pour combien de temps...

Maisie tomba amoureuse sur-le-champ de la villa de Raby Bay. D'ailleurs, comment aurait-il pu en être autrement ? Un jardin planté de grands arbres descendait en pente douce jusqu'au bord de l'eau tandis que, sur l'arrière, un haut mur en pierre habillé de plantes grimpantes protégeait la maison de la rue.

La villa comportait deux niveaux. Les pièces de réception se trouvaient en bas et ouvraient sur le jardin par de grandes portes-fenêtres arrondies. Le style était très simple et chaleureux : sol en terre cuite, murs chaulés teintés d'ocre, fauteuils et canapés recouverts de grosse toile assortie, salle à manger de bois clair. Un côté de celle-ci ouvrait sur un patio qu'ombrageait une tonnelle couverte de glycine et de vigne, où l'on pouvait manger selon la saison. La cuisine, vaste et très bien aménagée — sans être ultramoderne —, donnait sur une grande cour entourée de murets, que Rafe appelait l'orangerie parce qu'il s'y trouvait nombre d'orangers et de citronniers dans de gros bacs en teck.

Au premier étage se trouvaient les chambres, décorées de façon plus classique : moquette au sol, murs tendus de tissu assorti aux rideaux et aux jetés de lit. Chacune possédait sa salle de bains.

Après avoir descendu le large escalier, que bordait une belle rampe en fer forgé, Maisie regagna le salon, suivie de Rafe.

— Alors ? interrogea celui-ci

— Oh ! Rafe, c'est une merveilleuse maison ! Pourquoi ne l'habites-tu pas ?

Il eut un sourire un peu confus.

— C'est grand pour un célibataire.

— Qui l'a achetée ?

— Ma mère, autrefois. Elle adorait cette maison.

Comme Rafe prononçait ces mots, Maisie crut voir une ombre traverser ses yeux gris ; mais peut-être l'avait-elle imaginée...

— Quand madame veut-elle déménager ? plaisanta-t-il sur un ton plein de feinte impertinence.

— Le plus tôt possible, monsieur Sanderson.

Mais, avant de s'installer à Raby Bay, Maisie allait devoir affronter une nouvelle épreuve : une réception, organisée par Sonia — avec l'aval de Rafe —, pour présenter la nouvelle Mme Sanderson à la famille de son époux. Sonia recevrait chez elle et fit de son mieux pour rassurer sa belle-sœur.

— N'aies pas peur, ils ne te mangeront pas, lui promit-elle en riant, comme Maisie lui exposait une fois de plus ses appréhensions.

Et quand elle fit de même auprès de Rafe, celui-ci se contenta de plaisanter :

— Tu verras, ils ne sont pas tous comme moi. Certains sont tout à fait charmants.

— Mais je suis enceinte, insista la jeune femme avec l'impression qu'on allait la jeter dans la fosse aux lions.

— Ce n'est pas écrit sur ton visage et je peux t'assurer que ça ne se voit pas encore. Tranquillise-toi et reste toi-même.

Maisie s'était préparée chez Sonia, qui l'avait aidée à trouver une tenue pour l'occasion. Se détaillant dans la grande glace de la chambre, elle dut admettre qu'elle n'était pas si mal.

Son choix s'était porté sur un ensemble en mousseline noire merveilleusement légère, avec un fourreau en taffetas noir aussi qui partait de la poitrine, laissant les épaules de Maisie seulement couvertes d'un petit haut sans manches très seyant. La jupe était courte et le voile de mousseline flottait avec élégance sur le fourreau étroit. L'ensemble était ravissant.

Elle avait chaussé d'élégantes sandales à très hauts talons, dont les lanières en daim noir étaient cloutées de strass.

Bref, avec ses boucles rousses savamment en désordre, elle se plaisait raisonnablement. Elle se tourna pour regarder sa silhouette de profil.

— On ne dirait pas que je suis enceinte, déclara-t-elle à mi-voix, comme pour elle-même.

— Certainement pas ! s'exclama Rafe, entré en coup de vent. Vous êtes... euh... magnifiques, toutes les deux.

Sonia éclata de rire.

— Ta femme sera la reine de la soirée, où je ne m'y connais guère.

Elle jeta un rapide coup d'œil à sa montre.

— Déjà six heures et demie ! s'exclama-t-elle. Les premiers invités vont arriver et rien n'est prêt en bas !

Elle s'éclipsa en hâte. Maisie, qui préférait éviter les tête-à-tête avec son mari, déclara qu'elle descendait l'aider. Rafael se contenta d'acquiescer.

La maison de Sonia possédait une vaste véranda donnant sur la mer. S'inspirant de photographies de la vieille Angleterre, elle l'avait transformée en jardin d'hiver. Le résultat était charmant : grandes plantes exotiques en pot, fleurs disposées un peu partout, mobilier en rotin, et même un piano à l'une des extrémités. La pièce était si grande que les invités évoluaient sans être gênés. Un serveur en veste blanche circulait pour servir du champagne, tandis qu'une très jolie jeune femme offrait des canapés.

La soirée durait depuis une heure à peu près et Rafe, qui ne quittait pratiquement pas sa femme des yeux, était assez admiratif. Avec Sonia, ils l'avaient présentée à tout cet aréopage d'oncles, tantes, cousins et neveux, venus avec leurs conjoints pour ceux qui étaient mariés. Puis Sonia avait repris son rôle d'hôtesse, qu'elle jouait à la perfection, s'efforçant de détendre les uns, de rapprocher les autres, s'enquérant de tout le monde, de sorte qu'au bout d'un moment la véranda bourdonnait de conversations animées. Très vite, Maisie s'était trouvée séparée de son mari, mais elle s'était comportée avec beaucoup d'aisance, et même d'assurance — celle de Mairead, avait songé Rafe en réprimant un sourire.

A cet instant, il entendit l'une de ses tantes — un vrai dragon aux dires des jeunes membres du clan — demander à Maisie :

— Qu'est-ce qui vous a rapprochés, mon neveu et vous ?

Maisie afficha un sourire parfaitement enchanteur.

— Je dirais que c'est l'amour du bateau, répondit-elle. Un peu comme le prince Frederik du Danemark et Mary Donaldson, sauf que notre bateau s'appelle le *Mary-Lue*.

La réponse parut satisfaire la tante-dragon et Rafe octroya à sa femme un dix sur dix pour sa réponse éclairée, qui non seulement contenait des éléments de vérité, mais donnait également aux yeux de la famille de la crédibilité à leur mariage.

Ce fut ensuite Amelia, une cousine d'une trentaine d'années, Dixon jusqu'à la racine des cheveux et *fashion victim* jusqu'au bout des ongles, qui s'approcha de Maisie.

— Et sinon, vous avez un métier ?

— Oui, le piano, répondit Maisie, très à l'aise. C'est un métier, puisque j'étais professeur dans une école, mais c'est surtout une passion. D'ailleurs, je me suis remise au travail pour tenter le concours des pianistes concertistes.

— Vous jouez en public ? s'étonna Amelia.

— Disons que... oui, je l'ai fait.

— Dans une petite formation ? Musique de chambre ? Trio ?

Maisie porta sur son interlocutrice le regard scintillant de ses yeux verts.

— Non, c'est beaucoup moins conventionnel : je jouais dans un orchestre de jazz. Nous jouions lors d'anniversaires, de soirées privées, de conventions, etc.

Amelia ouvrit de grands yeux, qui s'éclairèrent bientôt d'une lueur de défi. Pressentant ce qui allait advenir, Rafe s'approcha pour tâcher de l'éviter. Trop tard…

— Mettez-vous donc au piano, demandait déjà sa cousine, avec un rien de scepticisme dans la voix.

Rafe allait tout de même intervenir, mais, sans lui en laisser le temps, Maisie gratifia Amelia d'un nouveau sourire délicieux.

— Avec grand plaisir. Mais je serai brève, je ne veux ennuyer personne.

— Rien ne t'y oblige, lui glissa Rafael à l'oreille.

— Ça me fait plaisir, au contraire ! Et c'est la meilleure façon d'être crédible aux yeux de tous les tiens, répliqua-t-elle à voix basse.

Elle prit son bras, plantant là Amelia.

— Accompagne-moi jusqu'au piano, *chéri.*

Dix minutes plus tard, l'assistance tout entière applaudissait avec enthousiasme. Maisie avait improvisé un pot-pourri de morceaux de Gershwin, de Cole Porter, de Bernstein et d'autres compositeurs de jazz, introduisant aussi des thèmes de Chopin et de Bach, mais en les jouant sur des rythmes syncopés. Tout le monde la supplia de continuer, mais elle se leva et referma le piano.

Les applaudissements se turent ; elle eut un sourire radieux.

— Merci, lança-t-elle avec chaleur. Vous êtes un public généreux et indulgent.

Lorsqu'elle le rejoignit, son mari savait que Maisie venait de gagner le cœur de tous.

— Ça n'a pas été trop pénible? demanda Rafe quand ils furent de retour dans l'appartement.

Maisie s'était déjà débarrassée de ses chaussures et, assise sur l'un des canapés, massait ses pieds endoloris.

— Pas vraiment, non, murmura-t-elle.

Il posa sa veste sur le dossier d'un fauteuil et desserra sa cravate.

— Tu n'as pas l'air contente, fit-il en fronçant les sourcils.

Maisie accrocha son regard.

— En effet, je ne suis pas fière de moi. J'ai passé la soirée à jouer la comédie.

— Tu t'es pourtant taillé ton petit succès!

Elle fit la grimace.

— En partie sans doute parce que j'ai un vrai tempérament de rousse : nous aimons montrer ce dont nous sommes capables, et je voulais qu'on sache que sur ce plan, je ne bluffais pas.

Maisie se tut, hésita un instant. Elle se jeta finalement à l'eau.

— Mais… on dirait que c'est toi qui n'es pas très content que je me sois taillé mon « petit succès », comme tu dis… Cela te contrarie?

Il la contempla, si élégante dans son ensemble noir, même pieds nus. Ses grands yeux verts étaient cependant cernés.

— Peut-être voulais-je effectivement dire que c'était Mairead, et pas Maisie, que tu nous as montrée ce soir, finit-il par admettre.

— Et tu n'aimes pas Mairead, n'est-ce pas?

— Je n'ai jamais dit cela. Je la trouve un peu… je ne sais pas… sans doute est-ce lié au fait que j'ai d'abord connu Maisie.

« Ou que Mairead est directement liée à Tim Dixon », se prit à songer Maisie. Elle garda son hypothèse pour elle et se contenta de hausser les épaules d'un air dégagé.

— Tu sais, je ne suis qu'une seule et même personne. Un peu amochée maintenant, salie même pourrait-on dire, mais finalement…

Elle eut un geste de la main englobant tout ce qui l'entourait avant de poursuivre :

— Si rien de tout ceci ne m'était arrivé — je veux dire : ma rencontre avec toi et ce qui s'en est suivi —, j'aurais survécu et m'en serais sortie de mon mieux.

Rafael fronça les sourcils.

— Que cherches-tu à me dire, Maisie ?

— Que les gens doivent m'accepter comme je suis. C'est à prendre ou à laisser.

— Tu parles pour moi ? demanda brutalement son mari.

Maisie se leva et ramassa ses chaussures.

— Non, Rafe, pas pour toi. Tu en as déjà bien assez fait pour moi et je t'en suis infiniment reconnaissante. J'espère que tu n'en doutes pas.

Il serra les dents. Il ne voulait pas de sa reconnaissance, mais comment le lui faire comprendre quand il ne savait pas lui-même ce qu'il attendait d'elle ? Certes, une image le hantait : celle de Maisie nue entre ses bras, à qui il faisait passionnément l'amour. Comment seraient ses yeux si verts quand le plaisir la submergerait ?

Il chassa ces pensées inutiles, agacé une nouvelle fois de constater qu'il n'avait pas réussi à les supprimer définitivement de son esprit.

— Ne parlons plus de cela, Maisie, fit-il d'un ton dur. Nous avons fait ce qu'il convenait de faire ; maintenant, il faut que ta grossesse se déroule bien et, pour cela, tu dois ménager tes forces.

Balançant d'avant en arrière ses sandales qu'elle tenait par leur bride, Maisie hocha la tête.

— C'est vrai. Je te souhaite une bonne nuit, Rafe.

Il la suivit des yeux, luttant contre la tentation à peine supportable de la rattraper pour l'attirer dans ses bras. Au lieu de cela, il traversa le salon pour se verser un verre de cognac. En faisant tourner le liquide dans son verre de cristal, il se perdit quelques instants dans la contemplation de ses reflets ambrés.

Que lui arrivait-il ?

Trois jours après, ils emménageaient dans la villa de Raby Bay.

Et trois mois plus tard, bien qu'elle soit toujours aussi amoureuse de la maison, Maisie, qui travaillait son piano, interrompit sa gamme pour éclater en sanglots.

Wesley, qui dormait à ses pieds, se redressa et posa la patte sur ses genoux. Elle caressa son poil si doux et tira un mouchoir de sa poche.

Wesley — Wes pour les intimes —, un Border Collie de six mois, cadeau de Rafe, était un exemple vivant de toutes les bontés que son mari avait eues pour elle afin de lui rendre la vie agréable.

Ainsi, il avait pris une personne à plein temps pour s'occuper de la maison. Grace Hardy dormait dans un logement de fonction au-dessus du garage, de sorte que Maisie n'était jamais seule. Très discrète, Grace avait une quarantaine d'années, n'était pas mariée et possédait un diplôme de puériculture. Maisie s'en était fait une amie quand elle avait découvert que, comme elle, Grace adorait cuisiner et qu'elle faisait partie d'une chorale.

Maisie s'entendait très bien aussi avec le jardinier, qui venait maintenant plusieurs fois par semaine, et tous deux avaient conçu un jardin d'été ravissant.

Le *Mary-Lue* était désormais amarré au ponton du jardin. Rafe avait emmené plusieurs fois sa femme pour de mémorables sorties à la voile. Jamais en tête à tête, cependant : Sonia et ses enfants avaient été de toutes les sorties.

Les deux belles-sœurs s'étaient prises d'une réelle affection l'une pour l'autre. Elles faisaient beaucoup de choses ensemble : du shopping, bien sûr, mais elles sortaient également déjeuner, assistaient à des concerts, allaient voir des expositions. Comme leurs deux maisons étaient voisines, l'une allait chez l'autre pour un oui ou pour un non et inversement. De plus, Maisie donnait des leçons de piano à la petite Cecilia.

Elle avait rencontré Liam, le mari de Sonia, qu'elle avait trouvé charmant. Elle ne comprenait pas que le couple ne réussisse pas à s'entendre — Rafe n'était jamais revenu sur le sujet avec elle.

Grâce à l'ascendant de ce dernier sur sa famille, les membres de celle-ci, y compris la tante-dragon et la cousine Amelia, avaient accepté sans broncher l'annonce de la grossesse de Maisie. Savait-on qui était le père de l'enfant ? La jeune femme n'avait pas posé la question, mais, comme personne n'avait jamais mentionné Tim Dixon devant elle, elle se disait que Rafe ne s'était certainement pas étendu sur le sujet. A vrai dire, elle préférait ne pas y penser : comment sinon pourrait-elle justifier sa conduite inqualifiable devant sa belle-famille ?

L'affaire des Tonga n'avait jamais éclaté au grand jour. Comme l'avait prévu Rafael, ces ragots avaient perdu tout leur sel dès qu'ils avaient été véritablement mariés.

Il semblait souvent à Maisie Sanderson que Maisie Wallis avait disparu, happée par cette nouvelle vie. Mais n'avait-elle pas volontairement contribué à sa disparition, complice active, puisqu'elle n'était jamais retournée voir la maison de ses parents ni leur bateau ? Jack Huston s'en occupait, tout était entre ses mains.

Elle avait maintenant un professeur de piano pour des cours d'interprétation et travaillait dur en vue du concours de concertiste.

Elle caressa la tête de Wes. En cet instant, assise devant son clavier, enceinte de sept mois et demi, elle ne se sentait plus aucune énergie. Tout l'ennuyait, surtout elle-même. D'ailleurs, elle savait pourquoi.

Rafe, bien sûr.

Elle avait cru pouvoir mettre entre parenthèses l'amour qu'il lui inspirait. Elle avait cru qu'un jour elle finirait par ne plus l'aimer. Elle s'était trompée...

Certes, il était adorable, prévenait ses moindres désirs, avait constamment des attentions touchantes, mais une sorte de mur infranchissable les séparait et elle en souffrait à en mourir. Ils étaient comme deux étrangers vivant l'un à côté de l'autre.

Rafe voyageait beaucoup. Même quand il était à Brisbane, il dormait souvent dans son appartement du centre-ville, qu'il avait gardé. C'était un tourment de plus pour Maisie, qui se disait qu'il avait sans doute une maîtresse... Qui le lui reprocherait, d'ailleurs ?

Et son imagination battait la campagne : évidemment qu'il ne la désirait pas, elle était si grosse désormais, si moche, si balourde dans son état. Quel genre de femme était sa maîtresse : une brune explosive, tout en courbes sensuelles, ou une blonde vaporeuse avec de grands yeux bleus pleins de mystère ?

Et cette grossesse qui n'en finissait pas ! Comment ne pas se sentir mal ?

Même cet enfant qui allait naître, auquel elle s'était tant raccrochée pendant les premiers mois de sa grossesse, ne l'aidait pas à prendre le dessus. Elle en venait même à douter de son aptitude à être mère.

Il est vrai qu'il ne serait pas facile d'élever un enfant sans père. Et quand on n'avait rien trouvé de mieux que de tomber amoureuse d'un autre homme avant même d'avoir mis son enfant au monde, il ne vous restait que les yeux pour pleurer...

Elle en était là de ses pensées quand une voix bien connue retentit dans la maison.

— Il y a quelqu'un ?

C'était Sonia. Maisie s'essuya vivement les yeux tandis que Wesley se dressait et frétillait, lançant un aboiement joyeux.

En dépit de sa voix pleine d'entrain, Sonia, hagarde, ne paraissait pas au mieux.

— Quelque chose est arrivé ? demanda aussitôt Maisie.

— Non, rien de grave, mais j'ai besoin de parler.

Elle caressa machinalement Wesley qui se mit à japper de joie. Maisie alla lui servir un verre de jus de fruits.

— Liam a demandé le divorce, annonça brutalement Sonia quand les deux belles-sœurs se furent installées dans le salon.

Une larme furtive roulait le long de sa joue. Elle l'effaça d'un geste nerveux.

— C'est ma faute, je le sais. Je suis une imbécile.

— Pourquoi donc ? questionna Maisie.

— Il a fallu que j'apprenne sa décision pour comprendre que c'est moi qui l'avais découragé. Je ne pouvais pas supporter de me sentir affectivement dépendante de quelqu'un, de lui ou de quiconque. Et je me suis toujours interdit d'être amoureuse : je voulais contrôler ma relation avec Liam et le résultat, c'est qu'il avait l'impression que je ne l'aimais pas et que je le manipulais.

Elle s'interrompit et eut un rire las.

— Je me croyais très forte : même quand il a voulu que nous nous séparions, je pensais le récupérer un jour. Et voilà le résultat !

Maisie prit sa main et la serra affectueusement.

— Sonia, je suis tellement navrée. Mais pourquoi... enfin... pourquoi ce besoin permanent de contrôle ? Tu aimes Liam, n'est-ce pas ?

— Bien sûr ! Mais quand tu grandis entre deux parents qui ont une relation compliquée, qui s'adorent et se déchirent en permanence, c'est traumatisant. Mon père et ma mère étaient terribles : nous passions d'une atmosphère de lune de miel entre eux aux conflits les plus tumultueux, et nous ne savions jamais à quoi nous en tenir. Je crois qu'inconsciemment je prenais le parti de ma mère. Plus petite, je m'étais juré de ne jamais me trouver dans une situation qui me rendrait aussi vulnérable qu'elle.

Un flot de larmes la força à faire une pause. Elle les essuya nerveusement.

— Et puis en grandissant, on croit qu'on change, que les terreurs d'antan sont oubliées. Jusqu'au jour où on comprend qu'en réalité on s'est édifié un système de défense si efficace qu'on ne peut plus s'en libérer.

Maisie consola de son mieux son amie, qui finit par rentrer chez elle. Demeurée seule, elle réfléchit un long moment.

Les filles étaient-elles plus sensibles aux traumatismes de l'enfance ? En d'autres termes, la relation tumultueuse de ses parents avait-elle pu également affecter Rafael ? Etait-il aussi bardé de défenses que sa sœur ?

Ce serait une explication plausible... Car comment justifier qu'un homme qui avait autant à offrir n'ait ni le temps ni le désir d'avoir une femme, au vrai sens du terme, et une famille ?

Que lui avait-il dit un jour ? Ah ! oui : que ni Maisie ni lui ne croyaient que l'amour était indispensable à la réussite d'un mariage...

— Décidément, murmura-t-elle à mi-voix, il n'y a aucune chance qu'il tombe jamais amoureux de toi, ma fille ! Si c'est ce que tu espères dans un petit coin de ton cœur, reprends-toi en main, regarde la réalité en face et tâche de t'habituer à une vie sans lui.

Rafael rentra plus tôt que d'habitude et trouva sa femme occupée dans la cuisine.

— Que prépares-tu ? s'enquit-il en desserrant sa cravate.

— Un poulet basquaise, répondit Maisie avec cet entrain qu'elle avait appris à feindre en sa présence. Avec des oignons et des poivrons, si tu veux tout savoir.

— Où est Grace ? demanda encore Rafe en prenant une bière dans le réfrigérateur, ainsi que le jus de pomme qu'affectionnait Maisie ces temps-ci.

— Partie à sa chorale. Et j'étais d'humeur à faire la cuisine.

— Allons dans le patio, j'ai à te parler, lança Rafael après avoir servi les boissons.

— Tu as un ton bien grave. On ne peut pas discuter dans la cuisine ?

Rafe secoua la tête. Après un instant d'hésitation, Maisie enleva son tablier et coupa le feu sous la sauteuse pour le suivre.

Une fois dans le patio, il contempla d'abord le *Mary-Lue* amarré au ponton, en bas du jardin, puis se tourna vers sa femme.

— Tim est mort, Maisie, annonça-t-il lentement.

Il guetta intensément la réaction sur le visage de la jeune femme.

# 10

Maisie blêmit en se laissant tomber lourdement sur un siège.

— *Mort ?* répéta-t-elle d'une voix éteinte. Comment cela ?

— Un accident de plongée à Vava'u. Il portait secours à quelqu'un qui se noyait et qu'il a sauvé, mais lui a perdu la vie.

Rafe donna à la jeune femme quelques détails avant d'annoncer :

— Je pars tout à l'heure pour ramener son corps. Je ferai juste l'aller-retour et serai revenu demain soir.

Maisie, toujours sous le choc, fixa son époux. Puis elle plaça les deux mains sur son ventre, comme pour protéger son bébé.

— Je ne sais que dire, balbutia-t-elle.

— Il n'y a rien à dire. Moi aussi je suis bouleversé. Tu avais raison : Tim n'a pas eu la vie facile en grandissant dans mon ombre. J'aurais dû m'en rendre compte plus tôt. C'est pourquoi je ne le laisserai pas seul pour son dernier voyage.

Maisie pleurait doucement. Rafe se sentit fondre, mais réussit à garder son *self-control* et demanda simplement à quelle heure rentrait Grace.

— Je ne veux pas te laisser seule, ajouta-t-il. Bien sûr, je peux téléphoner à Sonia…

— Non, murmura Maisie, Grace ne devrait pas tarder, et ta sœur a ses propres problèmes.

Rafe fronça les sourcils.

— Lesquels ?

— Liam a demandé le divorce. Elle est bouleversée.

— Bon, je vais lui passer un coup de fil. Et toi, ça va ? Tu n'es pas trop malheureuse ?

— Non, ne t'inquiète pas. C'est… c'est juste si brutal.

Sans répondre, Rafe partit préparer son sac de voyage. Maisie essaya alors d'analyser en quoi la mort de Tim l'affectait. Elle était en état de choc, bien sûr, et triste pour son bébé qui ne connaîtrait jamais son père. Triste aussi qu'un être jeune et plein de vie soit parti trop tôt…

Mais elle découvrit qu'elle n'était pas anéantie. Son ultime rencontre avec Tim Dixon, aux Tonga, avait scellé sa rupture avec lui. Elle ne l'aimait plus — si toutefois elle l'avait aimé un jour. Et sa tristesse ce soir n'avait rien à voir avec l'inconsolable chagrin que cause la perte d'un être cher. Elle le savait mieux que quiconque, elle qui avait perdu ses parents…

— Ne te fatigue pas pendant mon absence, lui dit Rafe avant de partir. Ce soir, Sonia viendra passer un moment avec toi après le dîner.

— C'est inutile, protesta Maisie, Grace ne tardera pas et je ne serai pas seule. Surtout, ne t'inquiète pas. Tout se passera bien d'ici demain soir.

Rafe leva la main, hésita, puis la laissa tomber et dit au revoir à sa femme.

Celle-ci eut brusquement envie de pleurer. S'imaginait-il qu'elle n'avait pas remarqué avec quel soin il évitait tout contact physique avec elle ? Pourquoi ? Oui, pourquoi était-il si distant ? La situation ne pouvait plus durer ainsi. Il fallait trouver une solution.

Maisie réfléchit longuement, et toutes ses pensées la ramenèrent à l'unique issue qui s'offrait à elle.

La fuite.

Ah ! si seulement elle pouvait être seule ce soir ! Elle en finirait une bonne fois avec cet imbroglio de non-dits, et essaierait ensuite de reprendre une vie différente…

Or, en rentrant de sa chorale ce soir-là, Grace lui demanda la permission d'aller voir sa mère malade. Maisie la lui accorda avec soulagement. Après quoi elle appela Sonia et prétexta un mal de tête, qui la forçait à se coucher tôt.

— Va plutôt voir Liam, lui conseilla-t-elle, prise d'une intuition subite, et dis-lui tout ce que tu m'as confié tout à l'heure.

A l'autre bout du fil, Sonia soupira.

— Je t'assure, insista Maisie. Fais-le, même si cela ne change rien. Si tu arrives à être vraiment honnête avec toi-même et avec lui, tu te sentiras mieux.

Un silence s'installa sur la ligne.

— Maisie, tu te sens bien ? Euh… je veux dire, tu as une drôle de voix… C'est Tim ? demanda-t-elle, hésitante.

— Non. Mais je suis triste pour lui, c'est vrai.

— Tu es si raisonnable, tout à coup, si lucide aussi. Et résolue. On dirait que tu as quelque chose en tête, avança-t-elle en marchant sur des œufs.

Comme son amie ne disait rien, elle capitula :

— Bon, si Grace est rentrée, je n'insiste pas. Couche-toi tôt.

Maisie se garda bien de la détromper.

— Sonia, sache que tu as été une amie merveilleuse, je t'en serai toujours reconnaissante. Et je t'en prie, fais ce que je te dis : parle à Liam.

— Et je l'ai fait ! expliqua le lendemain une Sonia bouleversée à son frère. Avec les conséquences à peine croyables que tu sais. Mais je n'avais pas compris que Maisie me disait adieu en même temps. Quand Grace est rentrée, elle a cru que Maisie était déjà couchée. C'est Wes qui l'a alertée, en s'agitant et tournant en rond comme toujours en l'absence de Maisie. Grace est allée dans la chambre : Maisie était partie avec certaines affaires et les quelques vêtements du bébé.

Rafe jura doucement. Ils revenaient de l'aéroport où Sonia était allée le chercher.

— Elle n'a rien laissé ? Pas un mot d'explication ?

Sonia secoua la tête.

— Qu'allons-nous faire ? demanda-t-elle.

— La retrouver. A bientôt huit mois de grossesse, elle n'a pas pu aller loin.

Comme ils arrivaient à la maison, Grace surgit en courant sur le perron.

— Maisie est à l'hôpital ! s'exclama-t-elle, essoufflée et bouleversée. Elle a eu un petit accident de voiture, mais, comme elle est enceinte, ils ont voulu la garder pour la nuit. Et ce matin les contractions ont commencé. Bien qu'elle ait demandé qu'on ne prévienne personne, ils ont vérifié l'immatriculation de la voiture et nous ont retrouvés. Oh ! tout ça est ma faute !

— Mais non, c'est la mienne, renchérit Sonia.

— Ça suffit, grogna Rafe. De quel hôpital s'agit-il, Grace ?

Suzannah Wallis fit son entrée dans le monde avec détermination, bien que prématurée de six semaines — ce qui lui valut d'aller directement en couveuse.

Physiquement, Maisie avait assez bien supporté l'accouchement ; moralement, c'était une autre histoire. Sa petite fille était née en avance à cause de son inconscience : pourquoi avoir décidé de partir sur un coup de tête, alors qu'elle était enceinte et complètement bouleversée ? Pas étonnant qu'elle n'ait pas pu éviter l'accident...

Rafe et Sonia arrivèrent à l'hôpital une heure après la naissance de l'enfant. On leur dit que Maisie se portait bien, mais qu'on avait dû lui donner un sédatif. On les rassura aussi sur l'état de la fillette, qui ne garderait aucune séquelle de sa naissance prématurée.

Rafe voulut alors savoir quelle en était la cause, mais le médecin ne put se prononcer. Ces choses-là arrivaient souvent sans qu'on puisse les expliquer.

— A votre avis, ce pourrait être le stress ? demanda encore Rafe.

— Tout est possible, admit le médecin. Mais avant d'envisager une nouvelle grossesse, cette jeune femme devrait vérifier auprès de son gynécologue qu'elle ne présente pas de malformation pouvant causer un accouchement prématuré.

Maisie sommeillait quand Rafael et sa sœur entrèrent sur la pointe des pieds dans sa chambre. Il la contempla longtemps en silence. Sonia le remarqua et lui prit le bras.

— Cesse de t'adresser des reproches, Rafe, murmura-t-elle. Tu as fait tout ce qui était en ton pouvoir pour elle.

— Tout sauf la rendre à Tim.

Sa sœur écarquilla les yeux.

— C'est pour cela qu'elle s'est enfuie, d'après toi ? Tu crois qu'elle se serait remise avec Tim s'il avait vécu ? Mais tu m'as dit que lui ne voulait pas d'elle !

— N'empêche qu'elle l'aimait. Sa mort l'a traumatisée, j'en suis sûr, et elle a préféré s'enfuir.

Sonia ne le questionna pas davantage et le silence retomba dans la petite chambre.

Maisie reprit pleinement conscience dans l'après-midi. Dès qu'elle ouvrit les yeux, elle vit Rafael et lui sourit. Celui-ci s'approcha du lit pour prendre l'une de ses mains entre les siennes.

— Ta petite fille va bien, Maisie, mais on va la garder en couveuse quelques jours.

La jeune femme serra nerveusement les mains qui tenaient la sienne.

— Je t'annonce aussi qu'elle a tes cheveux, poursuivit-il avec une lueur de malice dans les yeux. Bien que pour l'instant, il ne s'agisse que d'un duvet cuivré.

Maisie eut un pauvre sourire et réussit à son tour à plaisanter :

— Je lui ai pourtant dit si souvent qu'il valait mieux qu'elle soit blonde !

Puis, retrouvant son sérieux, elle posa un regard tourmenté sur son mari.

— Tu dois être furieux, Rafe. Je... j'allais t'envoyer une lettre, et...

Elle ne put aller plus loin.

— Plus que tout, j'étais fou d'inquiétude, avoua-t-il. Mais ne parlons pas de ça pour l'instant. Il faut que tu recouvres des forces, Maisie. Suzie aura besoin de toi, pendant les mois qui viennent. Acceptes-tu de revenir à Raby Bay, au moins quelque temps ?

Elle prit une profonde inspiration avant de hocher la tête.

— Oui. Merci, Rafael.

C'est l'instant que choisit Sonia pour entrer sans bruit avec deux gobelets de café. Voyant son amie bien réveillée, elle les posa et la serra farouchement dans ses bras.

— Oh ! Maisie... Sais-tu que j'ai parlé à Liam ? Je lui ai tout expliqué et devine comment il a réagi.

Maisie la regardait, attendant qu'elle explique.

— Il m'a avoué qu'il avait demandé le divorce parce que notre séparation lui était insupportable, mais qu'il était trop fier pour me le dire ! s'exclama-t-elle, rayonnante. Nous nous sommes remis ensemble !

Malgré sa fatigue, Maisie s'agitait, angoissée pour sa petite fille — que pourtant elle verrait le lendemain matin, lui avait-on promis. On lui donna encore un somnifère cette nuit-là.

L'ironie de la situation l'accablait également : elle avait conseillé à Sonia de dire la vérité à Liam et leur couple s'en trouvait sauvé. Mais elle-même avait été incapable de mettre en pratique ce conseil. Elle avait décidé de quitter Rafe et, au lieu de lui dire en toute honnêteté pourquoi, elle en était arrivée à lui écrire une lettre qu'elle voulait lui laisser à la maison. Et puis, au dernier moment, elle l'avait prise pour la lui envoyer, et être sûre que personne ne la découvrirait avant lui.

Et la lettre était toujours dans son sac ! Or, à présent que Suzie était née, elle était bien obligée de retourner à Raby Bay. Comment supporterait-elle pendant quelques mois encore cette situation fondée sur des non-dits ?

# 11

Trois mois plus tard, dans le patio de Raby Bay, Maisie berçait doucement Suzie dans son berceau. La petite finit par s'endormir et sa mère se leva pour déposer un doux baiser sur son front, avant d'ajuster sa moustiquaire. Wes comprit qu'il aurait désormais l'attention de sa maîtresse et bondit sur ses pattes, tout frétillant.

Et Rafael, qui observait le charmant tableau depuis la fenêtre de sa chambre, prit alors sa décision.

Suzie était maintenant un beau bébé, et rien ne rappelait qu'elle était née prématurément. Quant à sa mère, mince de nouveau et complètement remise de son accouchement, elle semblait avoir retrouvé son équilibre. Certes, de temps en temps, Rafael surprenait dans ses yeux une ombre de tristesse, qu'elle savait dissimuler très vite. Mais peu à peu elle finirait par oublier...

Le temps était donc venu de lui rendre sa liberté. Progressivement, bien sûr, mais il n'y avait plus à reculer. Hélas !

— Je me suis permis de faire réaliser des travaux dans la maison de tes parents, lui annonça-t-il ce soir-là.

Maisie le regarda sans comprendre.

— Tu te souviens des plans de rénovation de ton père ? Eh bien, je les ai fait exécuter.

Cette fois, Maisie réagit.

— Et moi qui m'imaginais que la maison était louée, et qu'elle ne te coûtait rien ! s'écria-t-elle, à la fois contrariée et touchée. Mais… et l'*Amélie* ? J'avais dit à Jack de le vendre, mais il ne m'en a plus parlé. Il n'a pas trouvé d'acquéreur ?

Rafe secoua la tête.

— Le bateau de tes parents n'a jamais été à la vente. Et, rassure-toi, il est bien entretenu.

Sous le choc, Maisie eut du mal à trouver ses mots.

— Mais… mais pourquoi ?

— Il m'a semblé que tu y tenais. A propos, je dois partir d'ici quelques jours en voyage d'affaires ; je serai absent un mois.

Elle resta sans voix. La vie professionnelle de Rafael ne lui laisserait donc jamais de temps pour une vie familiale ? Elle s'obligea à ne rien montrer de sa déception.

— Un mois, c'est long, non ? laissa-t-elle tomber d'un ton neutre.

Rafael sentit sa gorge se nouer. Dans sa voix, pas le moindre regret ni la moindre question, moins encore le plus petit signe d'intérêt… Mais il s'y était attendu, non ?

— A mon retour, poursuivit-il, je reprendrai mon appartement du centre-ville.

A ces mots, Maisie relia les événements entre eux. Elle comprit pourquoi il avait parlé de la maison de ses parents et de leur bateau. Elle se figea.

— Tu… tu veux que je m'en aille ?

— Pas du tout ! Et il faut que nous restions mariés encore quelque temps, ne serait-ce que pour Suzie. Si tu es bien ici, reste aussi longtemps que tu veux. Mais je voulais que tu saches que la maison que tu aimes est prête à te recevoir, si tu préfères vivre là-bas.

Maisie garda le silence, luttant contre les larmes qu'elle sentait sur le point de jaillir.

— Je comprends, Rafe. Tu veux reprendre ta vie, et c'est bien normal.

En même temps qu'elle prononçait ces mots, leur signification la frappa en plein cœur, si violemment qu'elle en eut le souffle coupé. Bien sûr qu'elle le gênait ! Rafe ne resterait pas éternellement célibataire. D'ailleurs, il avait sans doute déjà une fiancée et elle ne s'en était pas aperçue, absorbée qu'elle avait été ces derniers mois par la petite Suzie...

— La remarque vaut pour toi aussi, rétorqua-t-il tranquillement.

Maisie cligna des yeux. Elle n'y avait jamais pensé !

— Oh ! Moi tu sais, avec Suzie, j'ai vécu au jour le jour, ces derniers temps, sans me poser ce genre de questions, répliqua-t-elle pour faire bonne figure. Bon, si tu veux bien m'excuser, je l'entends s'agiter dans son berceau. Elle est nerveuse en ce moment. Je file voir si tout va bien.

— Une chose encore, avant que tu t'éclipses, lui lança Rafe. Promets-moi de ne plus jamais disparaître.

Interdite, elle se retourna. Devant son air presque implorant, elle ne put que hocher la tête, sans comprendre vraiment le sens de ses paroles.

Depuis la naissance de sa fille, Maisie avait vécu à Raby Bay comme dans un rêve. L'attention constante qu'elle portait à sa fille ne lui avait pas laissé le temps de trop penser à ses sentiments pour Rafael. Et voilà qu'éclatait soudain cette bulle idyllique, confortable, sécurisante, et que cet amour interdit la mettait de nouveau au supplice. Pour couronner le tout, l'idée qu'il avait une maîtresse ne lui laissait aucun répit depuis qu'elle l'avait envisagée...

« Il faut que je lui parle », songea-t-elle avec désespoir, deux jours après leur discussion sur le futur de leur couple — « association » plutôt, corrigea-t-elle mentalement. Cette nuit-là, elle n'arrivait pas à dormir et les idées se bousculaient dans sa tête. Elle ne pouvait pas continuer ainsi, Rafael devait le comprendre. Cette mascarade ne pouvait plus durer, et tant pis si les gens jasaient.

La goutte d'eau qui fit déborder le vase vint indirectement de Rafe, qui n'avait pas dormi à la maison cette nuit-là et lui fit savoir par Grace, le lendemain en fin d'après-midi, qu'il avançait son départ au soir même. Il n'aurait donc pas le temps de la voir avant de partir.

La première réaction de Maisie fut la rage : à l'instar de toute épouse s'estimant délaissée, elle maudit son mari qui n'avait jamais de temps pour leur vie de famille. Mais la panique succéda vite à la colère. Comme elle avait promis à Rafael de ne pas « disparaître », elle allait donc devoir vivre un long mois dans cette abominable indécision !

Brusquement, elle bondit sur ses pieds : il n'était peut-être pas encore parti ! Elle devait essayer de lui parler avant son départ !

Grace, qui adorait les enfants, accepta volontiers de s'occuper de Suzie quelques heures, et Maisie partit en voiture à toute allure. Le portable de Rafe était comme souvent sur répondeur, aussi appela-t-elle Jack Huston.

— Il n'est pas encore parti, non, lui affirma celui-ci. Il voulait passer à son appartement avant de se rendre à l'aéroport. Rien de grave au moins ?

Maisie avala sa salive.

— N... non, je voulais juste lui parler... Je vais aller à l'appartement.

Peu de temps après, elle immobilisait sa petite voiture devant l'immeuble de luxe. Elle se précipita chez le gardien.

— Hélas ! il vient de partir pour l'aéroport, madame Sanderson, annonça ce dernier. Il a pris la Ferrari, donc je doute que vous ne le rattrapiez. Vous voulez la clé ?

Maisie se retint de hurler : elle ne verrait pas Rafe avant son départ et devrait attendre son retour pour lui avouer la vérité, puis quitter Raby Bay avec Suzie. Les larmes lui piquèrent les paupières, mais elle réussit à afficher un pauvre sourire.

— Volontiers, oui, dit-elle au gardien. Je vais monter un moment.

Dans l'appartement, elle s'effondra sur l'un des canapés, hébétée. Au bout de quelques instants, elle sortit son téléphone portable pour essayer de nouveau d'appeler Rafe avant son décollage. Elle composait son numéro quand l'accablement la submergea : pour quoi faire ? Il serait pressé, agacé, et elle ne pourrait rien lui dire... Elle posa l'appareil sur la table et se laissa aller à son chagrin. Des rivières de larmes dévalèrent alors sur ses joues.

Une fois le plus gros de la crise passé, elle se rendit dans le bureau de son mari. Là, le désespoir la terrassa de nouveau : cette pièce était à l'image de celui qui y travaillait, un homme qui dirigeait deux empires de main de maître, un homme qui assumait ses responsabilités, un homme qui l'avait généreusement prise en charge avec l'enfant que lui avait fait son cousin...

Un homme qu'elle aimait d'un amour impossible, et auquel elle devait renoncer.

Sur la grande table se trouvait une revue dont Rafael faisait la couverture : son beau visage aux traits volontaires, ses yeux gris qui savaient être si durs — et souvent si énigmatiques —, ses cheveux épais... De nouveau Maisie eut envie de pleurer. Mais comme elle prenait la revue pour regarder la photo de plus près, le dossier posé juste en dessous attira son attention. L'intitulé en était : « Villa Maisie ».

Elle l'ouvrit aussitôt pour y trouver tous les détails des travaux qui avaient été entrepris dans la maison de ses parents. Il y avait aussi la facture de la marina pour le poste d'amarrage de l'*Amélie*, ainsi que trois clés qu'elle connaissait bien : celle de l'accès au ponton, celle du moteur du bateau et celle de l'habitacle. Elle les fixa comme hypnotisée, avant de prendre une profonde inspiration. Dans l'insondable désarroi où elle se trouvait, elle n'avait qu'une envie : se réfugier sur l'*Amélie*, non pour s'enfuir, mais juste pour être seule, réfléchir et retrouver un peu de courage...

Après avoir glissé les clés dans sa poche, elle descendit en hâte reprendre sa voiture.

Le ponton H de la marina était désert en ce soir frais et venté. Dans l'air chargé de sel, les goélands s'activaient fiévreusement. Assise à la poupe du voilier, Maisie, perdue dans ses pensées, ne sentait pas le froid perçant.

Etait-il vraiment nécessaire qu'elle explique à Rafe ses sentiments pour lui ? Il se sentirait encore plus responsable, et elle lui serait un fardeau plus lourd encore...

Cependant, n'était-ce pas là une fausse excuse ? En se taisant, elle se comportait comme Sonia avant qu'elle ne l'incite à parler à Liam. Mais le cas de Maisie était un peu différent.

Finalement, la solution consistait à reprendre sa vie d'autrefois, comme Rafe le lui avait proposé. Elle finirait bien par s'habituer à vivre sans lui...

Elle frissonna, autant de froid que de détresse, constata-t-elle. Elle se leva, frigorifiée. Depuis combien de temps était-elle à bord ? Elle n'aurait su le dire, mais sans doute plus d'une heure car il faisait complètement nuit à présent.

Soudain l'image de Suzie la frappa comme un coup de poing : elle n'avait pratiquement pas songé à elle depuis son départ précipité de la villa. Quelle mère indigne ! Certes, Grace adorait s'occuper de l'enfant et avait toutes les compétences pour le faire, mais tout de même... Maisie était sa mère ! Elle devait vite téléphoner et prévenir qu'elle rentrait.

Mais elle eut beau fouiller son sac, son portable demeura introuvable. Elle se souvint alors l'avoir posé sur la table basse, dans le salon de l'appartement, quand elle avait tant pleuré. Folle d'angoisse tout à coup, elle verrouilla rapidement le cockpit du bateau. Elle se précipita tête baissée pour sauter sur le quai. C'est alors qu'elle percuta violemment quelqu'un qui était en train de grimper sur le pont !

Le temps de reprendre ses esprits et elle reconnut Rafael... Rafael ? Mais...

— Tu m'avais promis de ne plus disparaître ! gronda-t-il, les dents serrées, visiblement furieux.

— Je... J'allais...

Maisie ne put achever sa phrase. Subitement, son mari l'avait attirée dans ses bras et la serrait si fort qu'elle entendait son cœur battre follement.

— Tu m'avais promis... tu m'avais promis..., répétait-il obstinément. Tu te rappelles où cela t'a conduite la dernière fois ?

Maisie avait la tête qui lui tournait : elle était enfin dans les bras de Rafe, elle respirait son odeur tellement virile, sensuelle, enivrante... Le sentant si bouleversé, elle leva la tête vers lui.

— Je ne m'enfuyais pas. Pourquoi le ferais-je ? Je...

— Si ! la coupa-t-il. Tu n'es pas heureuse, je le sais hélas ! Tu ne t'es jamais remise de la mort de Tim, j'aurais dû davantage t'entourer pour...

Le cœur battant à tout rompre, Maisie secoua lentement ses boucles rousses. Elle ne comprenait plus. Pourquoi la serrait-il si fort ? Et pourquoi parlait-il de Tim ? Elle releva la tête pour le regarder dans les yeux : des yeux infiniment tristes.

— Tu crois que je suis malheureuse à cause de la mort de Tim ? l'interrogea-t-elle, incrédule.

— C'est une évidence ! Et je sais que tu n'es pas heureuse avec moi, je dois te rendre ta liberté. Mais pour autant, tu ne feras pas n'importe quoi, Maisie ! Ne me cause plus jamais une frayeur pareille !

Les émotions se bousculant en elle, Maisie était ahurie.

— Parce que tu as eu peur ?

— Oui ! Grace m'a dit que tu étais partie comme une folle ; Jack, à qui tu as téléphoné, t'a trouvé une voix bizarre au point qu'il a réussi à me joindre, me demandant de remettre mon départ. Et en plus ton portable ne répondait pas !

Maisie ferma les yeux.

— Comment m'as-tu trouvée ? demanda-t-elle dans un souffle.

— J'ai pensé que tu t'étais peut-être réfugiée dans la maison de tes parents ou sur l'*Amélie* parce que nous en avions parlé il y a quelques jours. Comme je sais combien tu aimes ce bateau, je me suis précipité ici. Où voulais-tu t'enfuir, cette fois ?

Tout tournait dans la tête de Maisie. Ce que disait Rafael n'avait pas de sens.

— Rafe, demanda-t-elle, qu'entends-tu quand tu dis que tu dois me rendre ma liberté ?

— Oh ! Maisie...

Soudain, l'homme en colère, brusque et autoritaire, avait disparu. Son visage s'était crispé tandis qu'il relâchait sa femme.

— Toi mieux que personne devrait savoir le tourment qu'on peut éprouver à désirer quelqu'un qu'on ne peut pas avoir.

Maisie se raidit.

— Mais... de quoi... de qui parles-tu ?

Il eut un sourire triste.

— De toi, bien sûr. Toi qui ne seras jamais à moi, parce que tu ne m'aimes pas et que tu en aimes un autre.

— Mais enfin, Rafe, voulut-elle protester, ce n'est pas possible. Je veux dire, après ce qui s'est passé entre ton cousin et moi et ce que je suis devenue... Tu ne peux pas...

Elle n'acheva pas sa phrase, à court de mots. Et puis son cœur battait avec tant de violence qu'elle n'arrivait plus à respirer normalement.

— Ce que tu es devenue, dis-tu ? Tu es la plus merveilleuse des femmes, et tu es devenue une mère admirable ! Tu es Maisie, celle que j'aime.

Il se tut. Ces mots lui coûtaient, mais il devait les prononcer, il devait poursuivre. Il le fallait. Il n'avait que trop attendu.

— L'autre jour, tu étais dans le patio avec Suzie. Je te regardais et j'ai enfin compris que toi et ton enfant représentiez tout pour moi. En même temps, j'ai réalisé qu'il fallait que nous nous séparions, pour que tu puisses vivre enfin ta vie.

Emue aux larmes, Maisie eut l'impression d'exploser de bonheur.

— Tu crois vraiment que je suis encore amoureuse de Tim ?

— Oui, hélas ! Et n'essaie pas de nier : sa mort t'a tellement bouleversée que tu as accouché prématurément.

— Rien ne prouve que...

— Si, d'après le médecin, le stress...

Cette fois ce fut elle qui coupa Rafael :

— C'est possible, mais je suis la seule à savoir la raison de ce stress.

Il fronça les sourcils.

— Que veux-tu dire ?

— Que Tim n'en était pas la cause. Je l'ai démysthifié et quitté définitivement ce fameux soir, aux Tonga, avant que nous dînions toi et moi dans la Cabane de Robinson. Je n'étais plus amoureuse de lui. En vérité, je crois ne l'avoir jamais été. Certes, sa mort m'a peinée, surtout pour Suzie qui ne connaîtra jamais son père, mais...

Comme elle hésitait, Rafe la pressa vivement.

— Mais quoi ?

— C'est à cause de toi que j'étais bouleversée, malheureuse. Je t'aime, Rafael. Quand je me suis enfuie, c'était parce que je ne pouvais plus continuer à vivre près de toi en t'aimant d'un amour sans espoir.

Rafe ferma un instant les yeux comme s'il se faisait violence. Quand il les rouvrit, son regard brillait d'une intensité irrésistible.

— Depuis quand ?

Maisie hésita.

— Comment cela, depuis quand ?

— Depuis quand m'aimes-tu ?

A son tour elle ferma les yeux, puisant au plus profond d'elle-même le courage de lui dire la vérité.

— Presque depuis notre première rencontre. J'ai compris que je t'aimais parce que je n'étais bien qu'avec toi, et que j'étais perdue sans toi. Je me sentais en sécurité, et bien davantage, dès que j'étais près de toi ; à l'inverse, il m'était impossible d'imaginer la vie loin de toi. Et pourtant, crois-moi, je me suis raisonnée ! Je me disais : « Il ne faut pas que tu l'aimes, il ne voudra jamais de toi ! » Je m'interdisais le moindre signe de tendresse à ton égard.

— Oh ! Maisie...

Comme si elle ne l'avait pas entendu, elle poursuivit :

— Si tu savais comme c'était difficile, épuisant, de vivre à tes côtés en feignant l'indifférence !

— Mais tu étais toujours gaie et pimpante...

— Justement ! Je n'y arrivais qu'au prix d'indicibles efforts, et c'est sans doute l'un des facteurs qui ont provoqué mon accouchement prématuré. Maintenant, à toi de dire la vérité, Rafe : depuis quand m'aimes-tu ? Tu l'as si bien caché, tu as joué avec tant de perfection le bel indifférent, l'homme d'affaires débordé ! J'aurais pu ne jamais me douter de rien.

Il réfléchit quelques instants. Il avait repris Maisie dans ses bras et la tenait serrée contre lui, comme s'il redoutait qu'elle ne s'envole.

— Quand tu as disparu, et que je t'ai revue sur ton lit d'hôpital après ton accouchement, j'ai compris à quel point la vie sans toi ne rimait à rien. Avant, je niais l'évidence. Sonia te l'a dit, je crois : elle et moi avons beaucoup souffert de la relation tumultueuse de nos parents. C'est sans doute pourquoi je suis devenu très cynique à propos de l'amour, et de tout ce que je considérais comme des fables. Jusqu'à ce que je te rencontre. Je me suis malgré tout efforcé de garder mes distances, mais cela devenait de plus en plus difficile. C'est pourquoi j'ai imaginé ce simulacre de mariage, sous prétexte d'éviter le scandale. J'étais sincère, certes, mais inconsciemment je voulais surtout te garder auprès de moi

— Oh ! ne me quitte jamais... souffla Maisie, submergée par le bonheur. Je veux rester avec toi toute ma vie. Je t'aime tant, mon amour.

Rafe sourit, empli d'émotions qu'il n'aurait jamais cru connaître.

— Dans ce cas, ma chérie, nous nous marierons une seconde fois. Pour de bonnes raisons cette fois. Qu'en penses-tu ?

Maisie ne répondit pas. L'aurait-elle voulu d'ailleurs qu'elle ne l'aurait pu : Rafael l'embrassait passionnément.

Moins d'un mois plus tard, une cérémonie toute simple eut lieu sur la plage d'une île de l'archipel des Tonga. Maisie portait une longue robe sans manches, de la couleur de l'eau ; Rafael un simple jean beige et une chemise noire.

Les employés du Tongan Beach Resort, qui faisaient presque tous partie de la chorale de leur église, chantèrent *a capella*, leurs voix mélodieuses s'élevant jusqu'au ciel. Et quand ils se turent, Rafael et Maisie, main dans la main, yeux dans les yeux, se déclarèrent l'un à l'autre :

*La mer m'a apporté la paix*
*Le vent, l'énergie*
*Le soleil a réchauffé mon esprit*
*Les fleurs m'ont montré la vie*
*Et toi, tu m'as offert l'amour.*
*Ofa atu — je t'aime.*

Puis ils s'étreignirent passionnément, sous le regard ému de la petite assemblée.

FIONA LOWE

# L'inaccessible Dr Costa

*Traduction française de*
CAROLE PAUWELS

GENTLEMEN

HARLEQUIN

*Titre original :*
HER BROODING ITALIAN SURGEON

*Ce roman a déjà été publié en 2019.*

# 1

Le front perlant de sueur sous l'intense chaleur diffusée par les lampes à incandescence, le Dr Abbie McFarlane serrait les dents de concentration.

Une mèche s'était échappée de l'élastique qui retenait ses cheveux en queue-de-cheval, mais elle résista à la tentation de la repousser d'un revers de manche. Machinalement, ses lèvres esquissèrent « Epongez », puis elle se rappela qu'elle ne se trouvait pas dans l'univers stérile d'une salle d'opération.

Les yeux plissés par l'effort, elle fit une nouvelle tentative pour malaxer la pâte gluante. Ses mains, pourtant si habiles lorsqu'il s'agissait de recoudre un patient, semblaient totalement incapables d'effectuer le geste qu'elle en attendait.

— Pas comme ça, docteur. Il faut de la douceur pour faire du pain.

— Je ne demande pas mieux, Maria, mais la pâte me colle aux doigts, et je ne peux rien en faire.

— Vous devez rajouter de la farine.

Les doigts noueux de Maria saupoudrèrent le plan de travail d'un nuage blanc, et transformèrent la masse informe en une pâte souple, bientôt façonnée en boule et recouverte d'un torchon immaculé.

— Je crois que je ne suis pas douée, dit Abbie avec un soupir.

La vieille dame lui sourit tout en secouant la tête.

— La cuisine ne s'apprend pas en un seul jour. La prochaine fois que vous reviendrez, vous n'aurez qu'à essayer de nouveau.

— Seulement si vous me promettez de vous reposer. Votre pression artérielle est un peu élevée, et votre famille se fait du souci pour vous. Il va falloir attendre quelques jours pour que votre nouveau traitement commence à agir, et il serait préférable que vous ne fassiez pas trop d'efforts.

— Pff, je me sens très bien…

Se tapotant la poitrine, Maria ajouta :

— Mon cœur est solide.

Abbie se rembrunit.

— Si vous ne vous reposez pas, je vous envoie à l'hôpital, dit-elle avec une intonation sévère.

— Je croirais entendre mon petit-fils, marmonna l'octogénaire en s'asseyant.

— Il me semble être un homme tout à fait sensé, commenta Abbie tandis qu'elle se lavait les mains.

— Ça, je n'en sais rien. Il m'arrive même parfois de penser le contraire. Figurez-vous qu'il est célibataire… Comme vous.

— Eh bien, j'espère qu'il est aussi heureux que moi.

Abbie esquissa un sourire, et étendit rapidement la serviette sur le portant.

En s'installant à Bandarra, elle avait vite appris comment esquiver les présentations aux frères, fils, cousins et petits-fils de ses patientes. Lorsque, comme elle, on se débrouillait systématiquement pour choisir l'homme inadéquat, mieux valait rester célibataire.

Cette décision, elle l'avait prise à son arrivée, douze mois plus tôt, et rien ni personne ne la ferait changer d'avis. Jamais.

— Je compte sur vous pour aller vous étendre jusqu'au retour de votre fille, insista-t-elle.

A sa grande surprise, Maria acquiesça.

— Oui, docteur. Je ferai ce que vous dites.

— Parfait. Je passerai vous voir demain.

— Et je vous montrerai comment faire la *bruschetta*.

Abbie éclata de rire.

— N'insistez pas, Maria. Je ne saurai jamais cuisiner.

— Karen, mon ange, vous n'êtes pas sérieuse ?

Leo Costa s'efforça de contenir sa frustration, conscient qu'on obtenait toujours plus par la flatterie que par les cris.

— Ne me dites pas qu'il y a eu une double programmation et que le bloc n'est pas libre. Vous me briseriez le cœur, ajouta-t-il avec une voix charmeuse.

A l'autre bout du fil, Karen observa un court silence avant de répondre :

— Je suppose que je pourrais demander au Dr Trewellan de décaler son opération, étant donné que nous lui avons trouvé un créneau à la dernière minute la semaine dernière.

— J'adore votre façon de voir les choses, ma belle. Rappelez-moi dès que c'est réglé.

Leo rabattit le clapet de son téléphone d'un geste sec puis consulta sa montre.

Comme il le craignait, il était en retard pour ses visites, et il détestait commencer la journée dans ces conditions.

Il se dirigea d'un pas pressé vers la rangée d'ascenseurs et pressa le bouton d'appel, tout en martelant impatiemment du pied le linoléum du Melbourne City Hospital. Il avait opéré pendant une partie de la nuit et, après trois heures de sommeil, une douche rapide et un *espresso* bien serré, il était de nouveau au travail.

Au moment où les portes de la cabine s'ouvraient, son portable vibra dans sa poche. Persuadé d'entendre la voix de Karen lui annoncer que tout était réglé, il décrocha.

— Costa.

— Oh, Dieu merci, tu n'es pas en train d'opérer.

— Anna ?

Leo se passa une main dans les cheveux, surpris par cette voix familière mais totalement inattendue. A cette heure-ci, sa sœur était normalement en train de jongler entre le petit déjeuner de ses enfants et les appels des fournisseurs du restaurant.

— Que se passe-t-il ?

Un son entre soupir et sanglot lui parvint à l'autre bout de la ligne.

— C'est Nonna, Leo. Cette fois, tu dois revenir à Bandarra.

Basculant ses bottes couvertes de poussière rouge hors du 4x4, Abbie posa le pied sur le parking de l'hôpital en étouffant un bâillement.

Le brûlant soleil estival s'était enfin éteint à l'horizon, et Vénus semblait lui adresser un clin d'œil complice, comme pour lui signifier « la vie est formidable ».

Mais elle était loin de se sentir de bonne humeur aujourd'hui. La journée n'avait été qu'une succession de complications, à commencer par l'évacuation d'urgence d'un campement aborigène à cent kilomètres de l'hôpital. Et elle ne rêvait plus maintenant que d'ôter les vêtements qu'elle portait depuis soixante-dix heures, de se doucher et de se glisser entre des draps de coton frais.

Les portes automatiques de l'entrée s'écartèrent dans un chuintement, et la fraîcheur du hall climatisé l'enveloppa, offrant un agréable contraste avec la chaleur extérieure que même la nuit ne parvenait pas à chasser.

Elle marqua une pause, tous ses sens en alerte, puis sourit et s'autorisa un long soupir.

Tout était calme.

Ce soir, l'atmosphère était exempte de drames, ce qui lui convenait parfaitement. Elle allait passer voir Maria, faire le point avec les infirmières au sujet des deux nouvelles admissions, puis elle rentrerait chez elle et tenterait de convaincre Murphy, son border collie, qu'il n'avait pas envie de faire une longue promenade ce soir.

Le bureau des infirmières était vide, mais les dossiers des patients avaient été regroupés et classés par ordre alphabétique pour faciliter la tâche de l'équipe de nuit. Elle fouilla rapidement parmi eux, cherchant celui de Maria.

— Vous n'avez qu'à biper son médecin. Je vous en serais très reconnaissant, Erin...

Prononcée froidement, avec une intonation métallique, la phrase s'était terminée telle une caresse tandis que la riche voix de baryton se faisait séductrice.

Abbie savait mieux que personne ce que signifiait l'adage « une main de fer dans un gant de velours ». Derrière le séducteur se cachait souvent une personnalité manipulatrice et despotique.

— Bien sûr, monsieur Costa. Je vais essayer.

Erin Bryant, la pragmatique et autoritaire infirmière de nuit qui entendait toujours faire les choses à sa façon, avait visiblement succombé au numéro de charme du visiteur. Le fait même que le parent d'un patient se trouve à l'hôpital à cette heure de la nuit l'attestait.

Abbie esquissa un sourire en songeant que la chance était enfin avec elle pour la première fois de la journée.

Justin, un médecin anglais venu effectuer un remplacement de plusieurs mois, devrait se débrouiller avec ce parent exigeant. Ce serait l'une de ses dernières corvées avant de regagner Londres.

Soudain ragaillardie, elle suivit le couloir jusqu'à la chambre de Maria, poussa la porte, et s'arrêta net, consciente d'un petit pincement délicieux au creux de l'estomac.

Un homme se trouvait au pied du lit. De sa coiffure soignée jusqu'à ses mocassins de cuir italien, il émanait de lui une sophistication typiquement citadine, et il semblait être le genre d'homme à mesurer avec exactitude l'effet qu'il produisait sur les femmes.

Cela aurait dû suffire à Abbie pour qu'elle le prenne

immédiatement en grippe, et pourtant elle ne put rester insensible à son charme.

Peut-être était-ce dû à cette extraordinaire vitalité, à cette impression de pouvoir et de force qui se dégageait de lui ? En tout cas, sa présence emplissait la pièce d'une énergie vibrante semblable à une tornade emportant tout sur son passage.

Un frisson la traversa, aussitôt remplacé par une vague de chaleur qu'elle se refusa à identifier.

Ce n'était pas possible. Elle ne pouvait pas désirer un parfait inconnu. Cela ne lui ressemblait pas.

Le visage d'Erin s'illumina en la découvrant.

— Ah, voici le Dr McFarlane, monsieur Costa. Et je vais vous chercher le café que je vous ai promis.

— Merci, Erin.

Tout sourire, l'inconnu tourna la tête vers Abbie et eut un mouvement de surprise. Un sourcil levé, il détailla d'un regard critique son short froissé, son polo taché et ses cheveux ébouriffés.

Piquée au vif, Abbie redressa le menton, et décida de lui rendre la pareille. Depuis quand un visiteur se permettait-il de la prendre de haut ?

Mais elle fut bientôt prise à son propre piège.

Avec ses traits volontaires, son teint hâlé, sa bouche ferme et bien dessinée, ses yeux sombres comme un ciel d'orage et ses cheveux de jais, l'inconnu était incroyablement séduisant.

De plus, il savait comment se vêtir pour mettre en valeur sa silhouette athlétique. Un sweater noir en maille fluide, décolleté en V, épousait ses épaules et son torse musclé, tandis qu'un pantalon de lin beige révélait l'étroitesse de ses hanches et la longueur interminable de ses jambes.

Baissant les yeux, elle s'intima l'ordre de se ressaisir. En tant que médecin, elle se devait de garder son sang-froid en toutes circonstances. En outre, elle savait comment dénouer les situations conflictuelles avec la famille des patients, souvent générées par la peur et le sentiment d'impuissance. Toutefois, elle devait reconnaître que rien chez cet homme n'évoquait l'inquiétude ou le manque d'assurance.

— Vous êtes le médecin de ma grand-mère ? demanda-t-il avec incrédulité.

Abbie redressa les épaules.

Certes, elle ressemblait à un épouvantail, tandis qu'il avait l'air d'une gravure de mode. Mais il n'avait pas passé l'après-midi au beau milieu de nulle part, à essayer de maintenir en vie un jeune garçon jusqu'à l'arrivée de l'hélicoptère de l'assistance médicale d'urgence. A en juger par ses mains soignées, il devait être comptable, et une erreur de calcul devait être le seul drame auquel il ait jamais été confronté.

Renonçant à essayer de le toiser du haut de son mètre soixante, elle lui tendit la main.

— Abbie McFarlane, dit-elle sèchement. Et vous êtes ?

Soudain il lui sourit, tandis que ses doigts se refermaient autour des siens.

— Leo Costa, le petit-fils de Maria.

Parcourue de picotements, Abbie sentit son cœur cogner dans sa poitrine avec une intensité alarmante, et s'empressa de libérer sa main.

— Oh, oui, bien sûr, elle m'a parlé de vous, hier.

Prenant conscience que Maria dormait, elle recula vers le couloir.

— Ne réveillons pas votre grand-mère, ajouta-t-elle en baissant le ton.

Leo Costa s'approcha d'elle, et l'extraordinaire vitalité qui se dégageait de lui ne fit qu'aggraver le trouble d'Abbie.

— Depuis combien de temps vous occupez-vous de ma grand-mère ?

La tension de ses épaules et son regard inquisiteur démentaient le ton détaché de sa question.

— Quelques semaines, répondit Abbie en songeant au temps qu'il lui avait fallu pour convaincre Maria de se laisser examiner.

— Et vous l'avez vue hier ?

Abbie hocha la tête.

— En effet. Elle a essayé de m'expliquer comment faire du pain, mais...

— Vous avez laissé une femme malade faire du pain au lieu de l'hospitaliser ?

Il ne s'était pas départi de son calme, mais son regard contenait une lueur d'avertissement qui mit aussitôt Abbie sur ses gardes.

— Pardon ?

— Si vous l'aviez admise hier et placée sous monitoring, elle n'aurait pas eu une attaque.

Prenant une profonde inspiration, Abbie s'efforça de rester impassible.

— Monsieur Costa, je comprends que vous soyez inquiet, mais votre grand-mère ne souffre pas d'hypertension maligne. Même si sa pression artérielle était élevée hier, une hospitalisation ne s'imposait pas.

Son regard se durcit un peu plus tandis qu'il croisait les bras sur son torse.

— Vous lui avez prescrit des médicaments ?

— En effet. Et je lui ai recommandé de se reposer.

Un muscle joua dans la mâchoire de Leo Costa.

— J'en déduis que le médicament était mal dosé, ce qui a provoqué une chute brutale de la pression sanguine, et entraîné un accident ischémique transitoire.

*« Un accident ischémique transitoire » ?* Bon, le petit-fils de Maria n'était assurément pas comptable. La façon dont il s'était adressé à l'infirmière et avait pris possession des lieux prenait à présent tout son sens.

Mais pourquoi Maria n'avait-elle pas mentionné que son petit-fils était médecin ? En tout cas, il s'agissait de sa patiente, et elle ne laisserait personne douter de ses compétences.

— Seriez-vous spécialisé en gériatrie ? demanda-t-elle d'un ton ironique.

— Je suis chirurgien en traumatologie au Melbourne City, rétorqua-t-il avec un regard courroucé. Et je ne crois pas non plus que vous soyez gériatre.

« Gagné ! », reconnut Abbie, avec une certaine admiration.

C'était à l'évidence un homme qui ignorait jusqu'à la signification du mot « non ». Il connaissait le pouvoir de son charme et en jouait avec habileté pour parvenir à ses fins. Quand il échouait, il employait la méthode bulldozer.

Eh bien, elle n'avait pas l'intention de se laisser faire. Pas cette fois.

— Votre grand-mère n'avait pas consulté de médecin depuis deux ans, et il a fallu des semaines avant qu'elle accepte de se laisser examiner. J'ai diagnostiqué son hypertension il y a quelques jours. Et s'il existe une faible probabilité que les médicaments aient fait chuter trop rapidement sa pression artérielle, il est plus vraisemblable que son accident vasculaire ait été provoqué par une hypertension installée. Ses fonctions sont légèrement affaiblies du côté droit, mais j'ai bon espoir que cela se résolve avec du temps et de la rééducation.

— Je suis ravi que vous ayez de l'espoir.

Ignorant la désapprobation dans sa voix, Abbie soutint son regard sombre.

— Je suis très confiante.

Haussant les épaules, il la dévisagea avec condescendance.

— J'imagine que vous avez fait de votre mieux, mais vous comprendrez que je préfère confier le suivi médical de ma grand-mère à un autre praticien.

« Vous comprendrez... » Abbie se campa devant lui, tout son corps raidi de colère. Elle avait conscience que son professionnalisme s'effritait, et elle détestait se sentir aussi vulnérable, mais l'envie la démangeait d'étrangler cet arrogant personnage. Greg avait employé les mêmes mots. De même que son père quand il avait quitté la maison.

— Je crois que c'est à Maria d'en décider, marmonna-t-elle entre ses dents serrées.

Il pencha légèrement la tête sur le côté, et la lumière alluma dans ses cheveux des reflets bleutés.

— Nonna, je veux dire, ma grand-mère a l'habitude de suivre mes conseils.

C'était le constat d'un homme respecté dans son métier. Un homme élevé dans une chaleureuse famille italienne où la réussite professionnelle était honorée, et où les liens du sang passaient avant tout.

L'exact contraire de sa propre famille.

Il ne faisait aucun doute pour elle que Leo Costa la discréditerait aux yeux de Maria, et qu'elle n'avait aucune chance de remporter cette bataille où l'argent et les contacts utiles pèseraient lourdement dans la balance.

— Sa décision pourrait vous surprendre, dit-elle, ne voulant pas s'avouer vaincue.

Un regard glacial l'enveloppa.

— J'en doute.

Abbie se força à sourire et à se comporter en médecin soucieux du bien-être de ses patients.

— En attendant, je recommande qu'elle se repose jusqu'à demain.

Le bras tendu pour lui indiquer la sortie, elle ajouta d'un ton qui excluait toute riposte :

— Bonne nuit, monsieur Costa.

Un sourire ironique aux lèvres, il inclina la tête.

— A demain, Abbie.

S'obligeant à ne pas flancher, elle le regarda franchir les portes et disparaître dans la nuit.

Restée seule, elle s'adossa au mur, horrifiée par le tumulte de sensations dont elle était soudain la proie.

Il avait suffi que Leo Costa apparaisse, avec son physique époustouflant, pour faire vaciller les résolutions qu'elle avait prises trois ans plus tôt.

Se ressaisissant, elle s'obligea à se rappeler qu'elle était une combattante. Une guerrière.

Maria lui manquerait, c'était évident, mais elle préférait encore s'effacer professionnellement plutôt que d'affronter de nouveau son pire cauchemar.

# 2

— Tu as perdu la tête ? s'enquit Anna tandis qu'elle déposait un *cappuccino* devant Leo.

— C'était stupide de ta part, renchérit Rosa, sa mère, en lui faisant passer une assiette de pâtisseries.

Les mâchoires serrées, Leo s'efforça de contenir son irritation. Revenir à Bandarra était toujours une épreuve pour ses nerfs, mais il connaissait la solution pour avoir la paix. Il suffisait qu'il respire calmement, qu'il les laisse dire ce qu'elles avaient sur le cœur, et il pourrait organiser le reste de la journée à sa façon. Dès qu'il se serait occupé de la prise en charge médicale de Nonna, il prendrait le dernier vol de l'après-midi et regagnerait son sanctuaire de Melbourne. Six cents kilomètres à peine séparaient les deux endroits, et pourtant il avait l'impression qu'il s'agissait de deux mondes totalement différents.

— Si tu étais d'abord venu à la maison au lieu de te ruer à l'hôpital, tout cela aurait pu être évité, lui reprocha Rosa.

Pour la seconde fois en vingt-quatre heures, Leo perdit son sang-froid et éleva la voix.

— On parle de Nonna ! Evidemment que je me suis précipité à l'hôpital. D'autant que je vous ai eues toutes les deux en larmes au téléphone, sans parler des textos de Bianca et de Chiara. La première chose à faire était de rencontrer son médecin.

— Etant donné le caractère de Nonna, Abbie McFarlane a eu bien du mérite, souligna sa mère. Je lui ai dit que j'étais inquiète, et elle s'est pliée à tous les caprices de Nonna jusqu'à ce qu'elle se laisse enfin examiner.

— La pauvre a même dû s'essayer à la pâtisserie, dit Anna en riant. Mais Nonna n'a rien pu en obtenir. Abbie est une vraie catastrophe dans une cuisine.

Le souvenir d'une masse de boucles cuivrées encadrant des yeux verts pailletés d'or ne fit rien pour améliorer l'humeur de Leo. Même si elle n'était pas son type de femme, Abbie McFarlane l'avait vexé par son indifférence. Pourtant, il n'était pas en manque de conquêtes. Loin de là.

— Je me demande ce que vous lui trouvez, répliqua-t-il d'un ton maussade. Elle ne sait pas cuisiner, elle ne sait pas s'habiller, et j'ai des doutes sur ses compétences médicales.

Anna contempla d'un air moqueur son bermuda bleu marine et son polo siglé.

— Mon cher frère, tu es devenu une véritable victime de la mode. Abbie s'habille peut-être comme un chasseur de crocodiles, mais c'est un excellent médecin. En douze mois, elle a fait plus pour cette communauté que le Dr Renton en douze ans.

— Tu parles d'une référence, répliqua-t-il, sarcastique.

Son père, Stefano, qui était resté silencieux jusque-là, abaissa le dernier exemplaire du mensuel des vignerons, et l'observa derrière ses lunettes à monture d'écaille.

— Tu sembles avoir oublié que Bandarra n'est pas Melbourne, et que le choix des médecins est très limité ici.

Rose soupira.

— Ta grand-mère devient vieille, mon fils.

Non ! Il avait envie de plaquer les mains sur ses oreilles comme lorsqu'il était petit et qu'il ne voulait rien entendre. Pour le moment, il n'avait pas envie d'évoquer le vieillissement de Nonna, et encore moins sa mort.

— Je suis la personne la plus qualifiée pour prendre une décision, dit-il en repoussant brutalement sa chaise. Et je ne changerai pas d'avis.

— Et si tu raisonnais comme un petit-fils pour changer ?

Son père s'était levé, lui aussi, et sa voix paisible interrompit Leo dans sa sortie précipitée.

— Nonna a surtout besoin que tu passes du temps avec elle. D'ailleurs, toute la famille aimerait te voir plus.

La gorge de Leo se serra. Pendant des années, il n'avait fait que de rapides allers-retours, ne séjournant jamais plus de quarante-huit heures à Bandarra.

— Je ne peux pas, déclara-t-il d'un ton péremptoire. J'ai du travail.

— Tu as bien réussi à te libérer pour venir voir Nonna. Je suis sûr que tu pourrais rester plus longtemps si tu le voulais. Tu n'es jamais venu aux vendanges depuis tes dix-huit ans, et nous n'avons jamais rien exigé de toi, mais, cette fois, tu dois rester. Pour ta grand-mère et pour ta mère.

Leo sentit la panique l'envahir tandis qu'il essayait de penser à un moyen de s'esquiver. Les liens familiaux se resserraient autour de lui jusqu'à l'étouffer, le gardant prisonnier dans un endroit où il n'avait aucune envie de se trouver.

Anna lui adressa un clin d'œil.

— Allez, petit frère, reste un peu. Ça va être génial.

Mais ce n'était pas l'idée que Leo se faisait d'un séjour à Bandarra.

Bouillonnant de colère et de frustration, Leo se tortillait sur le siège de la voiture, à la recherche d'une position confortable. Hélas, l'agence de location de Bandarra n'offrait qu'un choix restreint de véhicules, et il avait dû se contenter d'une citadine ridiculement petite.

Bien qu'il ne fût pas encore 9 heures, la chaleur derrière les vitres non teintées était déjà éprouvante, annonçant une nouvelle journée de canicule. Chaussant ses lunettes noires, il rabattit le pare-soleil d'un geste sec, tout en continuant à pester contre l'attitude de sa famille. Comment pouvaient-ils se soucier aussi peu de la santé de Nonna ?

Peut-être parce qu'elle était entre de bonnes mains ?

Non, il se refusait à le croire. Cette femme était un désastre ambulant. Il suffisait de voir la façon dont elle négligeait son apparence. Et puis, elle était beaucoup trop jeune. Il fallait à Nonna quelqu'un d'expérimenté, pas une débutante qui n'avait sans doute pas terminé son internat.

Les vignes s'étendaient à perte de vue de chaque côté de la route, leur feuillage offrant un contraste saisissant avec la terre ocre caractéristique de la région. Un sentiment de malaise le gagna, comme chaque fois qu'il se trouvait sous le ciel infini de Bandarra. Les jointures de ses doigts blanchirent tandis que ses mains se crispaient sur le volant. Tournant brutalement à gauche, il évita délibérément la route qui longeait le fleuve, et opta pour le trajet le plus long.

Dix minutes plus tard, il entrait dans l'hôpital et repérait un homme en blouse blanche qui se tenait devant le bureau des infirmières.

— Excusez-moi.

Le médecin leva la tête du dossier qu'il consultait et se tourna vers lui.

— Puis-je vous aider ?

L'accent anglais surprit Leo, mais l'homme possédait la distinction et le sérieux qui manquaient à Abbie.

— Dr Leo Costa, dit-il en tendant la main. Vous êtes le chef de clinique ?

— Non, mais je serai ravi de faire les présentations. Justin Willoughby. Vous postulez chez nous ?

— Non ! répliqua Leo d'un ton horrifié.

Puis, remarquant l'air surpris de son interlocuteur, il s'exhorta à plus de retenue.

— En fait, ce que je voulais dire, c'est que je suis le petit-fils de Maria Rossi. Je ne suis là que pour quelques jours, le temps d'être rassuré sur son état, et je repars tout de suite à Melbourne.

— Oh, quel dommage… Nous manquons cruellement de personnel en ce moment. D'ailleurs, le chef de clinique est coincé aux urgences. Par ici.

Il s'avança dans le couloir, et Leo lui emboîta le pas, franchissant les doubles portes battantes qui ouvraient sur un ensemble de box isolés par des rideaux.

— Où est le patron ? demanda Justin à une infirmière qui s'avançait vers eux.

— Dans les parages.

— Attendez-moi là, docteur, dit Justin. Je vais vous chercher notre chef de clinique.

Il disparut, laissant Leo seul avec l'infirmière, qui ne cacha pas son intérêt.

— Bonjour. Vous êtes nouveau à Bandarra ?

— J'ai grandi ici.

Les mots ayant jailli de ses lèvres avec brutalité, il se força à sourire. Un sourire qui était devenu sa marque de fabrique et lui permettait d'obtenir tout ce qu'il voulait. Sauf hier.

— Monsieur Costa, laissez-moi vous présenter notre chef de clinique.

Leo se tourna, arborant une expression chaleureuse, et sentit son visage se figer en croisant un regard vert qui n'avait cessé de le hanter depuis la veille.

— Abbie…, dit-il avec un bref signe de tête.

— Leo, répondit-elle d'un ton glacial.

Une expression surprise se peignit sur le visage de Justin.

— Mais… vous vous connaissez ?

— Nous nous sommes rencontrés hier soir, expliqua Abbie.

Sous sa blouse blanche ouverte, elle portait un simple T-shirt et une jupe bleu marine. Les chaussures de randonnée avaient été remplacées par des sandales plates d'un marron indéterminé.

Malgré l'absence de maquillage, elle avait un teint parfait, et ses lèvres pleines et sensuelles aimantaient le regard. Surpris par le tour que prenaient ses pensées, Leo haussa les épaules avec désinvolture.

— J'ignorais qui elle était.

Justin se mit à rire puis il adressa un clin d'œil à sa supérieure.

— Pauvre Abbie... Si tu étais un homme, tu pourrais te laisser pousser la barbe pour te vieillir.

S'adressant à Leo, il ajouta :

— Mais ne vous inquiétez pas. Je suis sûr qu'elle vous a déjà pardonné.

A en juger par l'expression crispée d'Abbie, rien n'était moins sûr. De toute façon, cela n'avait aucune importance, car il avait déjà pensé à un autre médecin pour prendre le relais.

— Pouvons-nous parler en privé ? demanda-t-il.

— Je ne vois pas ce qu'il y a à dire de plus. Vous vous êtes montré très clair, hier soir.

Tournant les talons, elle franchit les portes. Sans se soucier des regards curieux du personnel, Leo s'élança derrière elle.

— J'ai quelque chose à dire.

— Vous me surprenez.

Soudain, elle bifurqua à gauche vers une salle d'attente vide et lui fit face, les bras croisés sur la poitrine.

— Ecoutez, je n'ai pas de temps à perdre car j'ai des patients qui m'attendent. Je suppose que vous allez transférer Maria à Melbourne ?

Leo savait qu'il n'avait aucune chance de convaincre Nonna de quitter Bandarra, où elle vivait depuis qu'elle était arrivée d'Italie dans les années cinquante.

— Je comptais demander à David Martin de s'occuper d'elle.

— Donc, vous la transférez à Adélaïde ?

— Quoi ? Non, pas du tout. Elle reste ici.

Pour la première fois depuis leur rencontre, il la vit sourire, et son expression ironique le mit étrangement mal à l'aise.

— Cela fait un moment que vous n'êtes pas venu à Bandarra, n'est-ce pas ? demanda Abbie d'un ton doucereux.

Un mauvais pressentiment s'empara de Leo.

— Qu'est-ce qui vous fait penser cela ?

— David Martin est parti s'installer à Adélaïde, il y a dix mois, et il n'a pas trouvé de successeur pour reprendre son cabinet à Naroopna. C'est la même chose à Budjeree. En fait, Bandarra est la seule ville à deux cents kilomètres à la ronde où il reste encore une présence médicale. Jeudi, lorsque Justin sera parti, je serai seule avec l'équipe d'infirmières.

Leo eut l'impression que le ciel lui tombait sur la tête. Il voulait ce qu'il y avait de mieux pour Nonna, mais il avait laissé la peur et les fantômes du passé altérer son jugement. A présent, il se sentait acculé.

La sonnerie stridente du bip d'Abbie résonna soudain dans le silence.

Elle vérifia l'écran et, sans un mot, se rua vers les urgences.

Il y avait des gens partout. Deux adolescents pâles et prostrés se tenaient la main, un homme âgé guidait vers une chaise une femme blessée à la jambe, une jeune femme tenant un bébé dans les bras suppliait qu'on l'aide… Quant à Lisa et Justin, ils tentaient d'examiner une autre femme qui hurlait de terreur, le visage en sang, et un flot continu de nouveaux arrivants se déversait dans la salle, la plupart blessés.

— Que se passe-t-il ? demanda Abbie. Pourquoi n'avons-nous pas été prévenus ?

Justin grimaça.

— Apparemment, il y a eu un accident tout près d'ici. Ceux qui pouvaient marcher sont venus par leurs propres moyens.

Abbie prit immédiatement la situation en main avec le sang-froid et la maîtrise que lui conférait l'expérience.

— Bien. Lisa, vous allez appeler toutes les infirmières et leur demander de venir. Ensuite, vous établirez une liste des noms, avec le détail des blessures. Gérez les priorités, traitez quand vous le pouvez. Au moindre problème, adressez-vous à Justin ou à moi.

— Je m'en occupe.

Tandis que l'infirmière s'éloignait, Abbie se saisit de la radio.

— Hôpital de Bandarra au poste de police. A vous.

La voix de Daniel Ruston s'éleva après une série de grésillements.

— On a une collision entre un camion et un bus, Abbie. Ce n'est pas beau à voir. Une ambulance arrive avec un premier blessé grave.

— Il y en a combien ?

— Deux, peut-être plus.

— Merci. Terminé.

Elle se précipita vers la salle de réanimation afin de vérifier que tout était en état de marche, à commencer par l'écran de vidéoconférence. Grâce à la caméra et à une connexion haut débit, elle pouvait le cas échéant s'entretenir en temps réel avec un spécialiste, et pallier ainsi le handicap de l'éloignement.

Tout était prêt, et elle n'eut pas longtemps à attendre l'arrivée de son premier patient, placé sous masque à oxygène.

— Jenny, trente ans, possibles lésions internes, l'informa Paul, le plus âgé des deux ambulanciers. J'ai posé une voie centrale et je l'ai intubée, mais sa pression sanguine continue à baisser.

— Qu'avons-nous ensuite ?

— Une femme de soixante-dix ans. Se plaint de ne plus sentir ses jambes. Possibles lésions à la colonne vertébrale. Nous avons utilisé une planche d'immobilisation et un collier cervical. Voie centrale posée sur place. Constantes stables.

Abbie se mordit la lèvre, l'air sombre.

— Autre chose ?

— Un homme de quarante-cinq ans, avec le bassin fracturé et de multiples lacérations, et une femme de soixante ans dont la jambe est passée à travers la paroi du bus.

Un flot d'adrénaline se déversa en elle, la faisant frissonner. Elle avait quatre blessés graves à prendre en charge, une trentaine de blessés légers, et seulement quatre personnes pour l'assister en attendant l'arrivée des autres infirmières.

— J'ai mal, murmura Jenny sous son masque à oxygène.

Abbie posa une main sur son épaule tandis que l'ambulancier roulait la civière jusqu'à la salle de réanimation.

— Je vous donnerai quelque chose contre la douleur dès que je vous aurai examinée.

Justin apparut quelques instants après.

— Lisa maîtrise la situation. La patiente hystérique est sous sédatif, et je lui recoudrai le front plus tard. Je prends le deuxième trauma en charge.

— Formidable… Merci.

Abbie posa un moniteur cardiaque, et annonça à la patiente qu'elle allait lui palper l'abdomen.

— Ça va faire mal ?

— Peut-être un peu.

Procédant le plus doucement possible à l'examen, Abbie observa une réaction défensive dans le quart supérieur gauche quand Jenny grimaça.

— Vous êtes vraiment obligée de faire ça ?

— Désolée, dit Abbie en s'efforçant de ne pas céder à la panique.

Quoi que Leo Costa puisse penser de ses compétences, elle était un excellent médecin généraliste, mais elle n'était pas chirurgien.

Et s'il s'agissait bien d'une hémorragie interne comme elle le soupçonnait, elle avait besoin d'un chirurgien.

Immédiatement.

— Erin, dit-elle à l'infirmière qui venait d'entrer. Trouvez-moi le Dr Costa et faites-le venir ici. Vite !

# 3

Abbie était occupée à transfuser une unité de sang à sa patiente quand Leo entra dans la salle, l'emplissant immédiatement de son énergie et de son autorité.

— Vous m'avez demandé ?

Perdue dans les profondeurs de son regard d'onyx, Abbie dut faire appel à tout son sang-froid pour échapper à la fascination et conserver son professionnalisme.

— Jenny a reçu un choc violent à l'abdomen, et j'aurais besoin d'un avis chirurgical.

Elle mit en marche l'échographe et lui tendit la sonde.

Leo posa doucement une main sur le bras de la patiente terrifiée, et la rassura de cette voix de velours qu'Abbie l'avait entendu utiliser avec tout le monde hormis elle.

— Jenny, je m'appelle Leo Costa, et je suis chirurgien. Le Dr McFarlane s'inquiète à votre sujet. Je vais donc vous faire une échographie pour voir ce qui se passe.

— D'accord.

Jenny le dévisageait avec béatitude, comme s'il lui avait jeté un sort, et la résistance dont elle avait fait preuve à l'égard d'Abbie avait totalement disparu.

— Bon, ça va être un peu froid, dit-il avant d'étaler le gel.

La patiente gémit lorsqu'il appuya la sonde sur son abdomen, mais il n'eut pas à prolonger l'examen. A l'écran, une large masse apparaissait derrière la rate, et l'hémorragie ne faisait aucun doute.

Après avoir essuyé la sonde, Leo la plaça dans son réceptacle sur la machine, puis il reporta son attention sur sa patiente.

— L'impact de l'accident a causé des dommages internes, et je vais devoir vous opérer, annonça-t-il avec douceur.

Déjà pâle, la jeune femme blêmit un peu plus, et sa lèvre inférieure se mit à trembler.

— Vous avez l'habitude de ce genre d'opération ? demanda-t-elle d'une voix à peine audible.

Leo lui adressa un sourire éblouissant, et sa voix se fit plus caressante que jamais.

— Rassurez-vous, j'ai pratiqué cette intervention des quantités de fois à Melbourne. Erin va vous préparer, et je vous retrouve très bientôt.

A cet instant, Abbie prit conscience qu'elle l'aurait suivi jusqu'au bout du monde si elle avait été sa patiente.

Heureusement pour elle, ce n'était pas le cas. Elle était une femme sensée et, nourrie par l'expérience, elle ne suivait pas les hommes n'importe où. Plus maintenant.

Leo lui indiqua la porte d'un discret signe de tête signifiant qu'ils avaient à se parler, et elle le suivit dans le couloir.

— Vous savez anesthésier ? demanda-t-il sans préambule.

Elle hocha la tête.

— Erin nous assistera, mais il ne faudra pas compter sur davantage de personnel.

— Abbie..., l'appela Justin en se précipitant vers elle. J'évacue la blessée à la colonne vertébrale par hélicoptère.

— Et la femme âgée ?

— Elle n'est pas encore arrivée. Ils essaient toujours de la désincarcérer, mais Paul redoute une amputation.

— Bon sang, ce que j'aimerais pouvoir me dédoubler, marmonna Abbie. Il nous reste encore la fracture du bassin à réduire. Demande aux ambulanciers de t'aider quand ils auront amené la dernière patiente.

— Abbie, il faut y aller, dit Leo en lui prenant le coude pour la faire avancer.

— D'accord. Justin, si tu as...

— Il nous appellera au bloc s'il a besoin d'un conseil, l'interrompit Leo en l'entraînant vers la salle de réanimation. Erin, ma belle, on y va.

Manœuvrant la civière vers le couloir, il tourna brusquement la tête vers Abbie, un sourire penaud aux lèvres.

— Au fait, Abbie, où se trouve la salle d'opération ?

Déjà éprouvée nerveusement, Abbie sentit ses forces l'abandonner tandis que le sol semblait se dérober sous ses pieds.

Elle était capable de résister à son numéro de charme qu'il devait travailler depuis longtemps. Mais ce sourire-là était différent. Sincère, presque enfantin, et l'effet qu'il avait sur elle était dévastateur.

— Par ici, dit-elle en se demandant comment ses jambes trouvaient encore la force d'avancer. Suivez-moi.

Dans le silence relatif de la salle d'opération, qui contrastait avec son habitude de travailler en musique, Leo mobilisait toute son énergie sur la tâche qui l'attendait.

Toute intervention d'urgence comportait une part importante de risque, et il fallait y ajouter le personnel limité et son inexpérience. Ce qui ne voulait pas dire qu'il rejetait la faute sur quiconque. Abbie McFarlane avait géré la situation avec un sang-froid digne de ses confrères les plus chevronnés, et elle s'était parfaitement bien débrouillée avec l'anesthésie.

— Aspiration, Erin, s'il vous plaît. Je n'y vois rien.

La quantité de sang répandu dans l'abdomen l'inquiétait au plus haut point.

— Abbie, comment est la tension artérielle ?

Il croisa un regard remarquablement calme par-dessus le masque chirurgical.

— Ça tient, mais de peu. Je serai soulagée quand vous aurez pu suturer.

— Et moi donc...

Tandis qu'Erin évacuait le sang épanché et dégageait le champ opératoire, il compta lentement. A quatre, le sang se remit à jaillir.

Jurant avec force, il prit un paquet de compresses.

— La tension artérielle chute ! annonça Abbie.

— On a du sang disponible ?

Abbie secoua la tête.

— C'était notre dernière unité avant l'arrivée de l'hélicoptère.

— Ça va aller, dit-il, autant pour lui-même que pour rassurer Abbie et Erin.

Occultant les sons lancinants des moniteurs, il examina attentivement la zone, recherchant la cause de l'hémorragie, tandis que la force vitale de Jenny s'écoulait inexorablement vers la poche de drainage.

Un flot de souvenirs le submergea. En une fraction de seconde, les images explosèrent dans sa tête. Lui. Des cris. Les pleurs de Christina. Dom. La vie qui s'enfuyait.

Son pouls s'emballa et il prit une profonde inspiration pour se calmer. Il n'avait pas su comment sauver Dom, et il avait manqué à sa parole envers Christina, mais il ne laisserait pas mourir cette femme.

Concentré à l'extrême, il repéra enfin ce qu'il cherchait et employa le bistouri électrique afin de provoquer une diathermocoagulation, mais le flux de sang ne diminua pas.

Constatant sur le moniteur la faiblesse cardiaque de sa patiente, il comprit qu'il n'en avait pas terminé avec elle.

— Elle s'enfonce, intervint Abbie au même moment.

— J'y suis presque, répliqua Leo, le front barré d'un pli soucieux.

D'un geste précis, il enroula le fil de soie autour du vaisseau lésé et le ligatura. Puis il compta afin de vérifier la réussite de l'hémostase.

Cette fois, le champ resta clair, et il s'autorisa un soupir de soulagement.

— La tension remonte, annonça Abbie. Ses constantes se stabilisent.

Elle tourna vers lui son regard d'un vert limpide.

— Vous m'avez fait peur.

En dépit de ses paroles, il perçut l'ombre d'une approbation dans son expression.

— Vous oubliez que je suis italien. Et les Italiens adorent les grands effets mélodramatiques.

Abbie cilla, ses longs cils frôlant le rebord du masque chirurgical, puis elle éclata de rire. Un rire joyeux, qui montait du plus profond d'elle-même et illuminait son regard, accentuant encore son charme.

Et lui qui la trouvait quelconque, songea pensivement Leo, tandis qu'il commençait à refermer.

— Nous, les Anglo-Saxons, préférons une vie bien tranquille, dit Abbie, tout en administrant au moyen d'une pompe de la péthidine contre la douleur.

— Parlez pour vous, intervint Erin. Je ne suis pas contre un peu d'action.

Elle appuya cette remarque d'un regard charmeur que Leo n'eut aucun mal à interpréter. Depuis son divorce, quinze ans plus tôt, il collectionnait sans états d'âme les aventures, vivant au rythme de ses passions et de ses envies. Généralement, lorsqu'une femme aussi séduisante qu'Erin lui faisait ouvertement des avances, il l'invitait à dîner et passait quelques semaines agréables avec elle, jusqu'à ce qu'un autre joli minois entre dans son champ de vision. Mais, ces derniers temps, il commençait à se lasser.

Le téléphone de la salle d'opération sonna, et Abbie alla décrocher.

— Leo, Justin veut un avis pour l'écrasement de la jambe. Il faut décider si on évacue, ou si on tente une opération d'abord.

— Dites-lui que j'arrive dans cinq minutes.

Abbie se laissa tomber sur le canapé avachi de la salle de repos, ôta ses chaussures et posa les pieds sur la table basse. La journée avait été un enfer, mais, en dépit de sa fatigue, elle exultait de fierté. L'hôpital avait fait face à une situation particulièrement complexe et, même si deux de ses patients se trouvaient toujours dans une situation critique, le fait qu'ils soient encore en vie était tout à l'honneur de son équipe.

Et de Leo Costa. L'opiniâtre, charismatique et brillant chirurgien.

Le destin lui jouait décidément un drôle de tour en mettant en travers de son chemin son pire cauchemar. Un homme à l'allure magnétique, du genre de ceux dont elle avait appris à se méfier. Quelques relations éphémères à l'université l'avaient incitée à douter de sa capacité de jugement à l'égard des hommes. Sa rencontre avec Greg le lui avait douloureusement confirmé. Séduisant et charmeur, il avait tissé sa toile autour d'elle et l'avait piégée.

Le grincement de la porte interrompit ses pensées, et elle se redressa immédiatement, redoutant d'apprendre par l'infirmière de nuit que l'état de l'un de ses patients s'était aggravé.

Découvrant Leo sur le seuil, elle se figea. Comment pouvait-il avoir l'air aussi reposé après une aussi longue journée ?

— Vous êtes encore là ? demanda-t-elle d'un ton à peine aimable. Je pensais que vous étiez rentré chez vous.

— J'ai passé un peu de temps avec Nonna et, auparavant, j'ai dû affronter la presse pendant presque une heure. La nouvelle de l'accident s'est répandue comme une traînée de poudre, et vous étiez introuvable.

Comme il lui adressait un regard interrogateur, elle haussa les épaules, persuadée qu'il adorait focaliser l'attention des médias.

— J'avais autre chose à faire, et je suis sûre que vous passez très bien à l'antenne.

Une expression moqueuse apparut sur le visage de Leo.

— Je ne pensais pas que vous l'aviez remarqué.

Abbie redressa le menton, furieuse de lui avoir tendu cette perche.

— Que les choses soient claires : j'ai remarqué, et il est même possible que cela m'ait plu. Mais le fait que vous ressembliez à une gravure de mode n'excuse pas le manque de respect dont vous avez fait preuve hier.

Abbie s'attendait à de la colère, ou à une protestation indignée, mais il s'avança vers elle, la main tendue.

— Bonjour, je suis Leo Costa, le petit-fils de Maria Rossi. Ravi de vous rencontrer.

Après un bref instant d'hésitation, elle se leva et lui serra la main.

— Abbie McFarlane.

Sa poignée de main était ferme et douce à la fois, et malgré ses efforts pour sourire et paraître détendue, elle eut la certitude que la vive chaleur qui se propageait dans ses veines n'allait pas tarder à monter jusqu'à son visage et à trahir son émotion.

— Je crois que vous êtes le médecin qui s'occupe de ma grand-mère, et que l'un de ses proches vous cause des problèmes, poursuivit Leo d'un ton léger.

Se ressaisissant, elle étudia son visage et essaya de lire au-delà de son personnage de séducteur.

— Je n'ai jamais rencontré quelqu'un d'aussi arrogant, dit-elle en se préparant à recevoir une réponse cinglante.

Sa mâchoire se crispa, mais il ne protesta pas.

— L'inquiétude qu'il éprouvait pour sa grand-mère a sans doute altéré son jugement médical.

Cet aveu faillit la laisser sans voix. Les hommes tels que lui n'avaient généralement pas pour habitude d'exprimer leurs sentiments.

— Je peux le comprendre, dit-elle.

— Eh bien, je dois reconnaître que cela m'a pris au dépourvu. Nonna a toujours été une vraie force de la nature.

Il soupira et grimaça un sourire d'excuse.

— Je suis désolé de ce que j'ai dit. C'était déplacé. Mais si cela peut vous consoler, ma famille m'a passé un savon au petit déjeuner.

Au petit déjeuner ? Le mot résonna dans la tête d'Abbie comme une alarme d'incendie.

— Attendez, à 21 heures vous étiez encore en train d'insister pour que Maria soit prise en charge par un autre médecin.

Ses épaules s'affaissèrent et il baissa la tête, tel un enfant à qui on présentait une preuve accablante sous la forme d'une boîte à biscuits vide.

— L'entêtement est l'un de mes défauts les moins avouables.

— Parce qu'il y en a d'autres ?

Il captura son regard, les yeux pétillants de malice.

— Tout ce que je consens à avouer, c'est que je ne vous causerai plus aucune difficulté. Bandarra a beaucoup de chance d'avoir un médecin de votre qualité, Abbie.

— Vous ne dites pas ça parce que je suis le seul médecin à des kilomètres à la ronde ?

— Non, pas du tout.

La lueur moqueuse dans ses yeux s'éteignit, et, pour la seconde fois de la journée, l'homme qui se cachait derrière le séducteur compulsif lui apparut.

— Après avoir travaillé à vos côtés aujourd'hui, je ne peux nier que vous connaissez votre métier, Abbie.

— Merci.

— Je vous en prie.

Il se dirigea vers le minuscule coin-cuisine, mit la bouilloire électrique en marche et prépara deux mugs de thé qu'il vint déposer sur la table basse, avant de s'asseoir à côté d'elle.

— Rude journée..., dit-il.

Abbie se crispa. Ils étaient beaucoup trop proches à son goût, et elle redoutait de le frôler par inadvertance.

Se penchant pour prendre sa tasse, elle en profita pour se décaler un peu, et but une gorgée de thé brûlant pour se donner du courage.

Il fallait qu'elle se détende. Dans quelques minutes, Leo

Costa aurait quitté l'hôpital. L'urgence était passée, et ils avaient résolu le cas de Maria. Elle ne le voyait pas rester à Bandarra plus de quarante-huit heures. Melbourne n'allait pas tarder à lui manquer, et, après son départ, tout rentrerait dans l'ordre.

— Je suppose que vos patients vous attendent et que vous n'allez pas pouvoir rester très longtemps parmi nous, dit-elle, d'un ton qu'elle espérait suffisamment détaché.

— A vrai dire, l'AVC de Nonna m'a fait réfléchir, et j'ai décidé de passer un peu de temps avec elle.

— C'est-à-dire ?

— Je me suis arrangé pour me libérer quelques semaines.

Abbie ne put s'empêcher d'écarquiller les yeux, et sa voix d'ordinaire modulée grimpa dans les aigus.

— Vous plaisantez ?

— Non. J'ai envie de me consacrer à ma famille.

Le poids du devoir s'accompagna chez Leo d'une sensation de malaise. Passer du temps avec Nonna lui faisait plaisir, mais la perspective de séjourner à Bandarra le révulsait.

Se laissant aller contre les coussins, il tendit un bras sur le dossier du canapé. Immédiatement, il éprouva un picotement au bout des doigts tant l'envie de caresser la nuque d'Abbie le démangeait.

Apprendre à connaître Abbie tiendrait ses démons à distance.

Il n'y avait rien de mieux qu'un flirt pour se changer les idées, et cette idée lui offrit son premier rayon d'espoir depuis que son père avait exigé qu'il reste. Ce serait la distraction idéale.

— J'ai hâte de passer également du temps avec vous, maintenant que nous sommes amis, reprit-il d'une voix suave.

Abbie se redressa brusquement, le dévisageant comme s'il venait de proférer une insanité.

— *Amis ?* C'est peut-être aller un peu loin.

La remarque lui fit l'effet d'une douche froide. C'était la première fois qu'une femme le rabrouait, et l'impression était aussi stupéfiante que désagréable.

— Confrères, alors...

Elle eut un petit rire.

— Si peu.

Ses mots lui firent mal, dévalorisant sa vision des quatorze heures qu'ils avaient passées ensemble et balayant le souvenir de camaraderie professionnelle qu'il en avait gardé.

— Mais qu'est-ce que cette journée a représenté pour vous, alors ?

— Un cauchemar…

Elle se leva, et évita son regard.

— J'ai encore à faire, Leo. Je vais donc vous souhaiter une bonne nuit. Merci pour votre aide, et profitez bien de vos vacances.

Elle ne croyait pas si bien dire, songea Leo en la regardant s'éloigner. La séduire occuperait agréablement son temps libre.

Et, avec le plan qu'il avait en tête, elle n'avait aucune chance.

# 4

Abbie laissa son chien l'entraîner le long du fleuve, indifférente à la beauté du paysage qui suffisait d'ordinaire à la réconforter.

Même l'envol majestueux d'une dizaine de pélicans ne parvint pas à lui faire oublier que Leo Costa s'installait à Bandarra.

Son rire presque hystérique fit relever la tête de Murphy, dont le doux regard brun semblait l'interroger. Elle redoutait le départ de Justin, consciente que sa charge de travail s'en trouverait doublée, mais, à présent, elle voyait cela comme une bénédiction.

Pendant qu'elle s'épuisait à la tâche, ayant quasiment élu domicile à l'hôpital, au moins ne pensait-elle pas à Leo.

Le travail l'avait déjà sauvée une première fois. Greg l'avait peut-être dépouillée de tout le reste, mais il n'avait pas pu lui prendre son travail. Elle avait survécu, et retrouvé son indépendance.

Plus jamais elle ne confondrait le désir et l'amour, le charme et l'affection, l'autoritarisme et l'attention. Aujourd'hui, elle se satisfaisait de l'amour inconditionnel de son chien.

— Viens, Murphy. Il est temps d'aller prendre le petit déjeuner au dispensaire.

Elle s'élança à petites foulées, mettant toute son énergie dans la course pour effacer de son esprit l'image troublante d'un homme aux épaules larges et aux yeux d'onyx.

Le dispensaire était hébergé dans l'ancien hôpital, un bâtiment centenaire magnifiquement restauré avec de hautes cheminées, des lucarnes au fronton sculpté et des pans de bois décoratifs. Un chêne majestueux jetait son ombre sur une véranda ouverte, dont le sol en mosaïque reprenait des motifs d'artisanat local.

Sur une photographie datant de 1908, Abbie avait vu que des chaises longues y étaient disposées, et elle en avait acheté une. Un jour, elle espérait avoir le temps de s'y étendre. En attendant, Murphy adorait se coucher dessous pour profiter de son ombre.

— Bonjour, Debbie..., lança-t-elle à une infirmière.

Salivant d'avance à l'idée du raisin fraîchement cueilli et du yaourt fermier sucré au miel de la région qui l'attendaient, elle se dirigea vers la cuisine.

— Où est Jessica ? s'étonna-t-elle.

— Elle ne se sentait pas bien, dit Debbie en la rejoignant. Nous allons devoir nous débrouiller toutes les deux, aujourd'hui.

— Il ne nous manquait plus que cela... Vous avez des nouvelles du conseil d'administration, pour le remplacement de Justin ?

— Robert Gleeson a dit qu'il avait reçu des candidatures d'Egypte, d'Inde et du Kenya.

Tout en glissant deux tranches de pain dans le toaster, Abbie soupira. La médecine rurale ne semblait attirer que des médecins ne souhaitant pas s'engager à long terme.

La matinée fut si chargée qu'Abbie ne vit pas le temps passer, et seules les protestations de son estomac affamé lui apprirent qu'il était l'heure de déjeuner.

— Debbie, je vais grignoter un truc chez Tony. Vous voulez quelque chose ?

L'infirmière passa la tête dans l'entrebâillement de la porte d'une salle d'examen.

— J'ai ce qu'il faut, merci. Eli Jenkins est ici pour son

traitement contre l'ulcère. Pouvez-vous vérifier le fax ? Je viens de l'entendre sonner.

Abbie avait la tête qui tournait tellement elle avait faim, et un après-midi chargé l'attendait. La seule chose à laquelle elle pensait pour le moment, c'était aux *foccaccias* et aux *cappuccinos* de Tony.

— Ce n'est sûrement pas urgent. Je verrai cela à mon retour.

La chaleur la frappa de plein fouet au moment où elle ouvrit la lourde porte peinte en rouge, et elle revint dans le hall pour prendre son chapeau de soleil qu'elle laissait toujours accroché à la patère.

Elle aimait que les patients se sentent un peu « comme à la maison » lorsqu'ils venaient au dispensaire, et le chapeau de soleil faisait partie du décor. Tout comme le parapluie dans son porte-parapluies en fer forgé. Non qu'il soit vraiment utile, car la pluie était rare à Bandarra.

D'habitude, Murphy se précipitait à la porte pour l'accueillir, toujours partant pour une promenade, si courte fût-elle. Mais sa silhouette familière manquait à l'appel.

Vaguement inquiète, elle balaya du regard la longue véranda, et la surprise la laissa sans voix.

Leo était étendu sur la chaise longue, un bras replié derrière la tête, son autre main pendant paresseusement dans le vide et caressant la tête de Murphy.

Le border collie le regardait avec adoration, tout en battant frénétiquement le sol de sa queue.

*Traître !* songea Abbie en s'efforçant d'ignorer la brusque accélération de son pouls.

Tapotant sa cuisse, elle appela le chien.

— Murphy, viens, mon grand !

Leo se leva et s'avança vers elle, l'animal sur les talons. Vêtu d'un bermuda beige qui révélait de longues jambes bronzées et d'un T-shirt de créateur qui soulignait ses muscles, il se distinguait comme toujours par une élégance raffinée.

Elle avait envie de le détester mais, en réalité, elle détestait surtout sa propre réaction.

Son sourire parut tout illuminer autour de lui.

— Bonjour, Abbie. Il est génial, ce chien. C'est le vôtre ?

Elle hocha la tête puis, consciente qu'elle ne pouvait pas l'ignorer, elle décida de se montrer directe.

— Que faites-vous ici, Leo ?

Il ne parut pas s'offenser de sa brusquerie, soutenant son regard avec une expression ouverte et amicale.

— Je pensais que nous pourrions déjeuner ensemble.

« Pas question ! », faillit-elle répondre. Elle se força à être un peu plus courtoise.

— Je regrette, mais c'est impossible. Je vais manger un truc rapidement avant mes consultations de l'après-midi.

— Moi aussi, dit-il en lui emboîtant le pas.

Une odeur de linge fraîchement repassé et d'eau de toilette boisée l'enveloppa, lui brouillant l'esprit.

— Pourquoi voulez-vous déjeuner rapidement, alors que l'intérêt des vacances est de prendre son temps ?

— Les consultations commencent bien à 14 heures, n'est-ce pas ?

Surprise, elle tourna la tête pour le regarder.

— En effet, mais je ne vois pas en quoi cela vous concerne.

Le sourire de Leo s'élargit.

— Je n'aime pas être en retard.

Elle fronça les sourcils, et crut entendre la mise en garde de sa mère : « Attention aux rides ! »

— Vous avez un rendez-vous ?

Il n'avait assurément pas l'air malade. En fait, il rayonnait d'une santé indécente, ne présentant aucun signe de fatigue après la longue journée d'hier.

Une expression déconcertée se peignit sur le visage d'ordinaire si confiant de Leo.

— Je croyais que Robert Gleeson vous avait mise au courant.

Un mauvais pressentiment gagna Abbie lorsqu'elle entendit prononcer le nom de l'administrateur de l'hôpital.

— Au courant de quoi ?

— Eh bien, il a été décidé que je travaillerai à mi-temps avec vous jusqu'à la nomination du nouveau médecin.

Abbie eut l'impression que des points lumineux se mettaient à danser devant ses yeux.

Seigneur ! c'était probablement ce que lui annonçait le fax qu'elle avait ignoré avec tant de désinvolture.

— Mais je croyais que vous vouliez passer du temps avec votre famille... Vous n'allez quand même pas travailler pendant vos vacances !

Il haussa les épaules.

— Je peux faire les deux. Robert m'a appelé ce matin après avoir reçu le compte rendu d'hier, et constaté toute cette attention médiatique. Il a pensé que cela vous soulagerait, et de mon côté, je n'y vois pas d'inconvénient. J'aime être occupé.

— Mais vous êtes chirurgien.

— Qu'essayez-vous de me dire ? demanda-t-il, la dévisageant avec étonnement. Que je ne ferai pas un bon généraliste ?

— Ça demande beaucoup d'écoute, et ce n'est pas toujours très exaltant. Vous serez mort d'ennui après la première consultation.

— Qu'est-ce qui vous permet de dire ça ? Je croyais que vous détestiez les jugements hâtifs.

Ses paroles la frappèrent de plein fouet, et elle éprouva un soupçon de culpabilité. La veille, il avait été merveilleux avec ses patients, et elle n'avait aucun reproche à lui faire. Simplement, elle doutait d'être capable de travailler avec lui.

— Tout ce que je dis, c'est que ce serait gâcher votre talent.

— C'est à moi d'en juger, vous ne croyez pas ? Et je pense que ma présence pourrait résoudre le problème de la liste d'attente. Robert m'a dit que vous n'aviez la visite d'un consultant en chirurgie qu'une fois par mois.

La contrainte de la liste d'attente le disputa à la panique

qui l'envahissait à la seule pensée de travailler avec Leo, et elle essaya de gagner du temps.

— Nous en reparlerons.

— En déjeunant ? Parfait.

Devant un tel déploiement de charme, Abbie sentit ses résolutions vaciller.

Quel danger y avait-il à déjeuner avec un confrère ?

« Un danger immense », lui répondit la guerrière qui sommeillait en elle.

— Passez plutôt me voir en fin de journée à mon bureau, dit-elle froidement.

Leo quitta le dispensaire et se dirigea vers l'hôpital pour rendre visite à Nonna. Grâce à Debbie, son premier après-midi de consultations s'était déroulé à merveille, même s'il n'avait pas eu l'occasion de croiser Abbie. Il avait failli pousser la porte de son bureau et l'inviter à dîner, mais il connaissait déjà la réponse.

Jamais il n'avait dû déployer autant d'efforts pour un rendez-vous, mais le refus d'Abbie n'avait fait que renforcer sa détermination et son inventivité. C'est ainsi qu'il avait appelé le restaurant d'Anna et commandé un plateau d'*antipasti* et une bouteille de vin afin de lui faire une surprise.

— Bonjour, Nonna. Comment vas-tu ?

La vieille dame se redressa dans son lit et sourit.

— Leopoldo... Tu me ramènes à la maison ?

— Il faut demander à Abbie ce qu'elle en pense. Tu sais que j'ai promis de ne pas m'en mêler.

Maria afficha une expression réprobatrice.

— Ce ne serait pas la première fois que tu ne tiendrais pas une promesse faite à une femme.

Leo soupira et se massa le menton. Il avait involontairement abordé un sujet qu'il prenait soin d'habitude d'éviter.

Nonna avait été très choquée lorsqu'il avait divorcé de

Christina, et c'était la seule chose qu'elle désapprouvait concernant sa vie. Il était d'ailleurs très surpris qu'elle lui reproche l'échec de son mariage, et que, par ailleurs, elle ne lui en ait jamais voulu pour la mort de Dom.

— Bonne nouvelle, Maria...

Abbie venait d'entrer en coup de vent dans la chambre, sa blouse blanche ouverte laissant apparaître un bermuda kaki et un chemisier blanc qui aurait eu besoin d'un bon repassage. Ses yeux verts s'écarquillèrent comme si elle venait de recevoir une décharge électrique.

— Leo..., dit-elle d'un ton crispé. Je croyais que vous étiez toujours au dispensaire.

Il n'eut aucun mal à déchiffrer le sous-entendu : « Si j'avais su que vous étiez là, je ne serais pas venue », et il se sentit gagné par l'irritation. Il s'était excusé pour sa conduite, et leur mauvais départ était maintenant de l'histoire ancienne.

Dans ces conditions, pourquoi tenait-elle tellement à le fuir ? Cela ne fit que renforcer sa détermination à creuser une brèche dans le mur de réserve qu'elle avait édifié autour d'elle.

— Je ne voulais pas être en retard pour notre rendez-vous, dit-il d'un ton suave.

— Oh, oui, bien sûr.

D'un geste anormalement nerveux, elle ouvrit le dossier de Maria et le feuilleta.

— En fait, Leo, c'est bien que vous soyez là. Je sais que Maria veut rentrer chez elle, mais je voudrais qu'elle passe un peu de temps en rééducation, et un lit vient de se libérer.

Reportant son attention sur Maria, elle ajouta :

— Leo peut vous transférer maintenant, comme ça, vous serez prête demain matin pour la physiothérapie.

— Je vais y aller en marchant.

Abbie secoua la tête.

— Désolée, Maria, mais vous devez vous déplacer en fauteuil roulant, c'est la politique de l'hôpital. Mais quand vous serez dans le service de rééducation, vous pourrez utiliser un déambulateur.

La vieille dame eut un claquement de langue réprobateur, et Leo s'attendit à une tirade agacée en italien, mais il fut surpris.

— Leopoldo, emballe mes affaires. Et vous, *dottore*, donnez-moi ma robe.

Abbie parut étonnée, et Leo se demanda si elle allait refuser et appeler une infirmière, mais elle se dirigea vers le placard où étaient suspendues trois robes. Sans laisser le choix à Maria, elle en prit une et la lui apporta.

— Celle-ci sera parfaite, dit-elle.

Leo réprima un sourire. Il finissait toujours par faire ce que lui demandait Nonna, mais à sa façon. Visiblement, Abbie avait vite intégré cette notion.

Dix minutes plus tard, ils traversaient la cour et se dirigeaient vers l'aile abritant le service de rééducation. Leo poussait le fauteuil roulant, et Abbie portait la petite valise de sa patiente.

— Quand je serai rentrée chez moi, docteur, il faudra que vous reveniez faire du pain, suggéra Maria.

— Vous savez bien que ma dernière tentative était un désastre. La pâte était si dure que j'aurais pu assommer un homme avec.

Leo eut un petit rire.

— Il faudra que je me rappelle de ne pas vous énerver quand vous êtes dans une cuisine.

Abbie leva un sourcil, et une lueur de défi brilla dans son regard.

— Vous ne risquez pas de m'y voir souvent. J'en sais suffisamment pour me nourrir, et ça me convient très bien comme ça.

— Pff..., fit Maria en agitant les mains devant elle comme si Abbie venait de confesser un péché. La nourriture ne remplit pas seulement l'estomac. Elle alimente l'âme.

L'expression d'Abbie s'assombrit tandis qu'elle ralentissait le pas, puis elle redressa les épaules et continua à avancer.

Leo laissa courir son regard sur sa mince silhouette. Abbie n'était pas sous-alimentée, mais il avait remarqué à plusieurs reprises les ombres qui passaient dans son incroyable regard, comme si elle dissimulait un lourd secret, et sa perspicace grand-mère s'en était également aperçue.

— Nous y sommes, dit Abbie en ouvrant la porte du service de rééducation.

Maria commença à donner des ordres dans un mélange d'anglais et d'italien, et ne cessa que lorsqu'elle fut installée dans la salle à manger.

Secouant la tête d'un air à la fois amusé et gêné, Leo suivit Abbie jusqu'à la nouvelle chambre de sa grand-mère.

— C'était du Nonna dans ses œuvres, dit-il.

— Je sais, elle aime mener son monde à la baguette. Mais qui aurait cru que le grand chirurgien de la ville redevenait un petit garçon devant sa grand-mère ?

— Attention, c'est une information confidentielle. J'ai une réputation à défendre.

Abbie ne put s'empêcher de sourire.

— Vous avez peur d'écorner votre image de macho ?

Une lueur moqueuse s'alluma dans le regard de Leo.

— Soyons clairs... Si la rumeur se répand, je pourrais ne plus répondre de mes actes.

Tout en riant, Abbie prit appui contre la porte, les bras croisés.

— Ah oui, et qu'est-ce que vous feriez ?

Ses paroles contenaient un défi que Leo ne put s'empêcher de relever.

Levant la main gauche, il l'appuya contre la porte, laissant à Abbie tout le loisir de s'échapper.

Penché au-dessus d'elle, il riva les yeux aux siens et vit un muscle jouer dans sa joue. Un défaut dans sa cuirasse ? Peut-être ne lui était-il finalement pas aussi indifférent qu'elle le prétendait ?

Lentement, il leva la main droite et enroula une boucle rousse autour de son index.

— A votre avis ? demanda-t-il d'une voix caressante.

Elle leva le menton.

— Je n'en sais rien, mais quoi que vous essayiez, ça ne marchera pas.

— Et qu'est-ce qui vous rend aussi sûre de vous ?

— Ce n'est pas la première fois que j'ai affaire à un séducteur, et je connais tous les trucs.

Il s'attendait à ce qu'elle se dégage en passant sous son bras, mais elle ne bougeait pas. Il en profita pour réduire la faible distance qui les séparait encore, jusqu'à ce qu'il sente la chaleur de son corps se communiquer au sien, et son souffle lui caresser le visage.

— Vous ne connaissez pas les miens, murmura-t-il.

Elle avala sa salive, et il sentit un élan brutal de désir le parcourir. Incapable de résister, il inclina la tête et s'empara de ses lèvres.

Abbie ne pouvait plus bouger. Les lèvres de Leo avaient pris possession des siennes si soudainement et avec une telle intensité qu'elle était comme paralysée.

Les bras croisés sur la poitrine en un rempart dérisoire, elle essayait de se convaincre qu'elle ne ressentait rien, mais bientôt un flot de sensations contradictoires l'envahit, fait de surprise, d'excitation et de peur.

Il y avait longtemps qu'un homme ne l'avait pas prise dans ses bras, et l'émotion qui la faisait palpiter finit par prendre le dessus. Ses bras retombèrent le long de son corps, et l'espace entre eux s'évanouit. Les jambes de Leo se pressèrent contre les siennes, leurs hanches se joignirent, ses seins s'écrasèrent contre son torse, et la chaleur qui les envahissait déclencha en elle un incendie de plaisir.

Le baiser de Leo était devenu impétueux, exigeant, tandis

que sa main s'aventurait dans l'échancrure de son chemisier, effleurait un sein à travers la dentelle du soutien-gorge. Il se plaquait à elle avec fièvre, ne lui laissant rien ignorer du désir qu'il avait d'elle, et le choc la fit revenir à la réalité.

L'environnement lui apparut soudain avec une netteté étonnante : la fenêtre de la chambre donnant sur un jardin, les lits jumeaux et leur couvre-lit d'un vert acide, la porcelaine blanche du lavabo visible depuis la salle de bains restée ouverte...

Tout au fond d'elle-même, la guerrière se releva en titubant, ramassa son épée et son bouclier.

« A quoi penses-tu ? Souviens-toi de ton pacte. Rester célibataire est la seule décision possible. »

D'un geste ferme, elle posa les mains sur le torse de Leo pour le repousser.

— Ce baiser ne se reproduira pas, dit-elle, le souffle court.

Il la fixa, et dans la profondeur de ses prunelles noires, elle vit briller la flamme d'un désir si intense qu'elle faillit flancher.

— Vous avez raison, répondit-il.

— C'est vrai ?

L'étonnement le disputant à la déception, elle tira sur sa blouse pour se donner une contenance.

— Je veux dire, tant mieux... Je suis contente que nous soyons d'accord.

— Ce baiser est passé et ne se répétera pas car aucun baiser n'est jamais identique au précédent.

D'un geste étonnamment tendre, il lui repoussa une mèche de cheveux derrière l'oreille, et Abbie ne put réprimer un frisson.

— Je serais d'ailleurs ravi de vous prouver cette théorie dans un endroit mieux adapté, conclut-il.

La panique s'empara d'Abbie.

— Non ! Il n'est pas question que nous nous embrassions de nouveau.

Il la dévisagea avec incrédulité.

— Abbie, étant donné ce que nous ressentons l'un pour l'autre, ne plus nous embrasser serait une tragédie.

— La famine, la maladie et la mort sont des tragédies, Leo. Mais le désir n'est qu'une nuisance qui peut se contrôler.

Ses sourcils noirs dessinèrent un accent circonflexe.

— Une nuisance ?

— Oui. Nous allons être collègues pendant quelques semaines, et la santé de nos patients doit rester une priorité.

— Oh, mais je n'ai jamais eu l'intention de négliger les patients, répliqua-t-il.

Abbie aurait dû se sentir rassurée, mais quelque chose lui disait que Leo avait une idée derrière la tête, et elle devinait que la guerrière en elle n'avait pas fini de livrer bataille.

# 5

Leo entra dans la cuisine, où Anna était occupée à préparer le café du petit déjeuner. Il se sentait d'humeur maussade après une nuit agitée et hantée par le souvenir troublant des lèvres d'Abbie.

— Ce matin, j'ai besoin d'un *espresso*, dit-il.

Sa sœur le dévisagea avec intérêt.

— Tu as abusé du cabernet sauvignon, hier soir ?

— Pas du tout ! J'ai travaillé tard.

Finalement, Abbie l'avait reçu dans la salle de conférences, s'asseyant à une extrémité de la longue table. La conversation était restée strictement professionnelle, et ils n'avaient pas touché au vin et au repas qu'il avait apportés.

Anna glissa une tasse sous la machine à *espressos*.

— Travaillé ? On appelle ça comme ça, maintenant ? J'ai vu ce que tu avais commandé au restaurant, et ça sentait le plan de séduction à plein nez. Comment s'appelait l'infirmière, cette fois ?

— Je t'assure qu'il s'agissait bien de travail, et ça a pris des siècles, marmonna-t-il. Abbie McFarlane a dû me sortir tous les dossiers des candidats à une chirurgie entre ici et Budjeree.

Anna éclata de rire.

— C'est une tornade...

Des bruits de pas précipités interrompirent la conversation. Tournant la tête, Leo vit entrer les jumelles d'Anna, âgées de onze ans, vêtues de leur uniforme scolaire et portant chacune un cartable sur le dos.

— Oncle Leo !

Les fillettes se ruèrent sur lui, les yeux écarquillés d'incrédulité.

— Grand-mère Rosa dit que tu vas rester pour de longues vacances, c'est vrai ?

Se rappelant qu'au même âge Dom et lui étaient inséparables, Leo les étreignit avec plus de force qu'il ne l'aurait dû, et faillit se laisser submerger par l'émotion.

— C'est vrai.

Donna, l'aînée de cinq minutes et qui essayait toujours d'être la première en tout, le regarda d'un air suppliant.

— Tu joueras au tennis avec moi après l'école ?

Lauren ne fut pas en reste.

— J'aimerais bien que tu m'aides à améliorer ma technique au base-ball.

— Je peux faire les deux, mes petites étoiles. En fait, je pourrai même assister à vos compétitions.

Les jumelles poussèrent un cri de ravissement puis l'embrassèrent avec enthousiasme.

Anna tapa dans ses mains.

— Les filles, il faut y aller ou vous allez manquer le bus. Filez.

Elles embrassèrent leur mère, et la porte se referma sur un chœur de « salut » et de « ciao ».

Après avoir déposé son café devant Leo, Anna s'assit face à lui, l'air stupéfait.

— Quoi ? demanda-t-il.

— Excuse-moi, mais je suis seulement surprise que tu aies proposé aux filles d'aller les voir jouer.

— Et pourquoi je ne le ferais pas ? demanda-t-il avec un agacement non dissimulé.

Anna haussa les épaules.

— Parce que tu es toujours tendu et distrait quand tu es ici.

Il se passa une main sur la nuque, avec la tentation de réfuter cette accusation.

— D'habitude, je suis là pour un jour ou deux. Mais, cette fois, j'ai du temps.

Beaucoup trop de temps, songea-t-il.

— En tout cas, maman et papa sont ravis. Ce n'est pas souvent que leurs quatre enfants sont sous le même toit.

« Cinq enfants »...

Retenant de justesse cette réplique, il eut un bref sourire.

— C'est presque comme quand nous étions jeunes, à part les trois gendres et les huit petits-enfants.

— Au moins, tes sœurs ont donné à maman et à Nonna la famille nombreuse dont elles rêvaient.

Posant une main sur la sienne, elle l'enveloppa d'un regard affectueux.

— J'ai appris que Christina s'était remariée en Italie. Mais toi, petit frère ? Il est temps que tu essaies de nouveau.

Leo but son café d'un trait, refusant d'avoir cette conversation.

— Je laisse tout le côté familial à mes chères sœurs, parce que je sais que vous êtes plus douées que moi.

Repoussant sa chaise, il prit une brioche sur une assiette.

— Il ne faut pas que je sois en retard à l'hôpital. Salut...

Ignorant le soupir de frustration qui s'échappait des lèvres de sa sœur, il se dirigea vers la porte.

Dehors, il faisait déjà chaud. C'était un matin de février habituel dans cette région de l'Australie, empli de chants d'oiseaux. Les enfants des employés des vignobles passèrent en trombe sur leurs vélos, soulevant un nuage de poussière rouge tandis qu'ils faisaient la course jusqu'à la grande route, déjà en retard pour l'école. Dom et lui avaient fait la même chose tous les matins, pariant sur celui qui arriverait le premier à la grille.

Une douleur brutale se déclencha dans sa poitrine. Ce n'était que son troisième jour à Bandarra, et c'était déjà insupportable.

Abbie essaya de devancer Leo tandis que leurs chemins convergeaient vers la salle d'opération, mais il la rattrapa sans mal.

— Vous pouvez marcher à côté de moi, dit-il. Je vous promets que je ne vous mordrai pas.

Il lui adressa un clin d'œil.

— A moins que vous ne me le demandiez...

— Je ne savais pas que les chirurgiens s'abaissaient à ce genre d'humour, répliqua-t-elle sèchement.

— C'est toujours mieux que de ne pas en avoir du tout, comme certains généralistes de ma connaissance.

Glissant les mains dans ses poches, il pencha la tête, et sa voix se fit plus enjôleuse que jamais.

— Allez, Abbie... Nous sommes confrères. Déjeunons ensemble.

— Non.

— Vous voulez dîner chez ma sœur ? Elle a reçu de nombreux prix, et son restaurant est cité dans les meilleurs guides.

Cette idée la tenta. Elle rêvait de dîner chez Mia Casa depuis son arrivée à Bandarra.

— Non, merci.

— Un café chez Tony, sous un parasol publicitaire ?

— Non.

— Un esquimau et du pop-corn devant la dernière comédie romantique en vogue ?

Elle se mit à rire.

— Là, vous devenez vraiment désespéré.

Il afficha un air innocent.

— Pas du tout. J'adore les comédies romantiques.

— Pas moi.

— Bon, alors un pique-nique, peut-être.

— Par cette chaleur ? Vous êtes fou ?

— Pas à ma connaissance. On pourrait faire ça au coucher du soleil.

— C'est le moment où je promène Murphy.

— J'imagine que c'est une excuse plus acceptable que « je dois me laver les cheveux » ou « j'ai du linge à repasser ».

Il croisa les bras avant d'ajouter :

— Donc, en gros, quoi que je propose, vous allez refuser ?

— Je vois que vous commencez à comprendre.

— Ce n'est pas très gentil entre collègues.

Abbie soupira. Après ce qui s'était passé la veille, elle redoutait de se retrouver seule avec Leo. Refuser était la seule solution.

Il s'arrêta subitement devant la porte de la salle d'opération, lui bloquant le passage.

— Vous voulez que j'arrête de vous inviter ?

— Oui, merci...

— Attendez, j'ai demandé si vous vouliez que j'arrête. Je n'ai pas dit que j'acceptais. J'ai une idée, ajouta-t-il avec son sourire irrésistible. Vous m'invitez quelque part, et j'arrête de le faire...

Elle faillit dire que cela revenait à obtenir ce qu'il voulait quand une idée lui traversa l'esprit.

Elle n'avait qu'à l'inviter dans un endroit où ils ne seraient jamais seuls. Avec dix enfants du foyer, par exemple. En fait, c'était la solution idéale. Non seulement il la laisserait enfin tranquille, mais elle avait besoin d'un autre adulte pour superviser la sortie.

Sûre d'elle, elle le toisa.

— Vous accepterez quoi que je vous propose ?

— Bien sûr. Je suis prêt à tout.

— Vous pourriez salir vos beaux vêtements..., commenta-t-elle, l'air moqueur.

— Peu importe. J'ai grandi à la campagne, vous savez.

— Il faut avoir le goût de l'aventure, de l'humour, et aimer les enfants. Vous pensez être qualifié ?

— Absolument. J'adore les enfants.

Elle eut soudain un petit pincement au cœur. Elle aussi aimait les enfants, et elle aurait voulu en avoir. Mais elle avait renoncé à ce rêve depuis longtemps. Aujourd'hui, elle travaillait avec les enfants du foyer, dont elle comprenait mieux que personne les difficultés familiales.

— Très bien, alors. Retrouvez-moi demain soir à l'ancienne jetée. Nous irons faire du canoë sur le fleuve.

Le visage de Leo se ferma.

— Je ne peux pas.

La dureté de son intonation la fit ciller, et une vague déception l'envahit.

— Je dois me changer pour l'opération, dit-il.

Sans un mot de plus, il poussa la porte du bloc.

Leo ôta ses gants et les jeta dans la corbeille. La cholécystectomie s'était déroulée sans anicroche. Mais, loin d'éprouver une légitime satisfaction, il fulminait en songeant à sa conversation avec Abbie.

Durant l'intervention, il avait à plusieurs reprises surpris son regard fixé sur lui. D'habitude, il aimait croiser le regard d'une jolie femme tandis qu'il opérait, appréciant la séduction qui pouvait passer dans les seuls yeux quand le reste du visage était caché. Mais, aujourd'hui, il n'y avait pas eu de flirt, et il s'était surpris à éviter le regard perspicace d'Abbie.

Et tout cela parce qu'elle avait parlé du fleuve…

Mais c'était plus fort que lui. Jamais il ne pourrait y retourner.

Sa blouse et son calot allèrent rejoindre les gants dans la corbeille, puis il se dirigea vers le vestiaire.

Sauf si une infirmière le bipait, il n'avait plus rien à faire à l'hôpital avant le lendemain, et il se demandait à quoi il allait pouvoir occuper son après-midi.

Il aurait pu aller chez ses parents, mais il savait que la maison serait vide, et il n'avait pas envie de tourner en rond dans cet endroit qui lui rappelait trop de souvenirs. Le vignoble La Bella croulait sous le travail, et son père serait dans les vignes ou dans les chais. Mais, depuis que Stefano avait décidé qu'il devait rester pour les vendanges, Leo évitait soigneusement de se trouver seul avec lui. Une visite guidée accompagnée d'une dégustation était prévue, et le reste de la famille serait occupé à l'accueil, dans les caves et à la boutique. Quant à Anna, elle serait comme tous les jours au restaurant, en train de préparer le service du soir.

Pas de problème, il rendrait visite à Nonna puis…

Il se passa une main dans les cheveux en soupirant. Il n'avait pas la moindre idée de ce qu'il allait faire.

Il pourrait sans doute aider à recevoir les touristes, mais ses sœurs se plaindraient de l'avoir dans les jambes, ou bien elles l'accableraient de corvées. Il pouvait jouer au tennis, mais ses nièces ne rentreraient pas de l'école avant 16 heures.

La sensation de malaise qu'il éprouvait toujours chaque fois qu'il revenait à Bandarra s'était transformée en véritable angoisse, et les souvenirs le suffoquaient.

Et s'il parlait à Abbie ?

Il rejeta immédiatement cette pensée. Il n'avait que l'embarras du choix, mais parler à Abbie était exclu.

Tandis qu'il traversait le parking, il sentit un déplacement d'air. Un peloton de cyclistes en tenue vert, blanc et rouge de l'équipe médicale le dépassa en le saluant, et il reconnut parmi les sportifs le physiothérapeute et le radiologue.

Voilà une activité toute trouvée, songea-t-il. Il allait s'acheter un vélo et faire une balade.

Une longue excursion dans la chaleur de l'été était exactement ce qu'il lui fallait pour tenir ses démons en laisse, et chasser de son esprit un regard vert beaucoup trop perspicace.

# 6

Abbie vérifia l'écran à cristaux liquides du thermomètre auriculaire.

— Mon grand, tu as une bonne fièvre, pas de doute. Tu as vomi ?

Alec renifla et frotta ses yeux humides.

— Un peu, après le petit déjeuner, et maintenant, j'ai un peu mal à la gorge, mais ça va. Maman a besoin de moi pour faire les courses. Le bébé la fatigue.

Abbie se mordit la lèvre inférieure. Généralement, il était difficile d'obtenir des informations d'un enfant de onze ans, la mère fournissant les réponses avant que le petit ait eu le temps d'ouvrir la bouche. Mais Penny, la mère d'Alec, enceinte de six mois, regardait par la fenêtre d'un air absent.

Quand le jeune garçon avait-il compris qu'il était le chef de famille ? Elle se rappela qu'à dix ans elle préparait des sandwichs en guise de repas et essayait de forcer sa mère à se nourrir. Au foyer, ces situations où les rôles parent-enfant se trouvaient inversés étaient monnaie courante, et elle en avait le cœur déchiré chaque fois.

Elle était passée au foyer pour avoir confirmation du nombre de participants à la sortie canoë, mais Rebecca, l'assistante sociale, était sortie. Une résidente l'avait attirée à l'écart et lui avait fait part de son inquiétude pour Alec. Penny avait silencieusement accepté l'examen, lui accordant à peine un regard.

— Je suis désolée, Alec, mais tu as un virus, et tu ne pourras pas faire les courses avant plusieurs jours.

Elle lui tendit une dose de sirop au paracétamol parfumé à la cerise.

— Bois ça pendant que je parle à ta mère.

Le visage de l'enfant se renfrogna, mais Abbie posa une main sur son épaule pour insister.

— Tu as besoin d'aller mieux si tu veux aider ta maman, tu ne crois pas ?

L'enfant but l'antipyrétique, et le soulagement apparut sur son visage rouge et brûlant. Puis il se recroquevilla contre les oreillers et ferma les yeux, son organisme réclamant un sommeil réparateur.

Abbie ouvrit son ordonnancier et rédigea une prescription pour un antiviral. Si Alec avait été chez lui, dans un environnement stable, elle aurait suivi le protocole pour un virus grippal et aurait recommandé de garder le lit, de boire beaucoup et de prendre du paracétamol. Mais la vie d'Alec était loin d'être stable, et vivre dans une maison communautaire changeait les règles.

Elle s'avança vers Penny et lui toucha gentiment l'épaule. La jeune femme sursauta, et Abbie s'en voulut. Beaucoup parmi celles qui venaient au foyer associaient le toucher à la douleur.

Un regard bleu porcelaine embrumé par la fièvre se tourna vers elle. Des cernes noirs soulignaient les yeux, et deux ronds rouge vif empourpraient les joues. Penny toussa et posa aussitôt le bras sur ses côtes comme pour les soutenir.

— Depuis quand avez-vous mal quand vous toussez ? demanda Abbie.

Penny haussa les épaules.

— Je ne sais pas. Depuis qu'Adam m'a frappée.

L'estomac d'Abbie se noua tandis que les souvenirs remontaient.

Se ressaisissant, elle concentra son attention sur sa patiente.

Alec lui avait appris qu'ils étaient arrivés du Victoria deux jours auparavant.

— Vous avez passé une radio ?

La future mère secoua la tête tout en caressant son ventre.

— Ce n'est pas bon pour le bébé.

— Avoir des côtes cassées non plus.

Mais Abbie s'inquiétait également de la toux et de la fièvre. Ces deux symptômes combinés pouvaient indiquer une pneumonie. Or, la grossesse et la pneumonie formaient une combinaison dangereuse, surtout chez une personne aussi épuisée sur le plan émotionnel et physique. En outre, une épidémie virulente de grippe sévissait en ce moment dans le pays.

— Je peux vous examiner ? demanda-t-elle.

Comme Penny haussait les épaules, elle prit cela pour un accord.

Lui soulevant doucement son chemisier, Abbie retint un hoquet de surprise en voyant les hématomes pourpre et jaune sur le corps de la jeune femme.

— Je vais écouter vos poumons, expliqua-t-elle. Vous allez inspirer et expirer quand je vous le dis.

Lentement, elle déplaça son stéthoscope dans le dos de sa patiente et écouta la ventilation pulmonaire.

Le bruit très net de crépitements dans les lobes inférieurs était caractéristique. Penny avait bien une pneumonie, et probablement des fractures costales.

— Ecoutez, Penny, compte tenu des symptômes d'Alec et de votre état, je veux vous hospitaliser tous les deux.

— Ce n'est qu'un rhume, protesta sans conviction la jeune femme.

Son regard absent trahissait la dépression, et Abbie se pencha pour être à hauteur de ses yeux.

— Non, Penny. C'est beaucoup plus grave que cela. Je dois m'occuper de vous pour que vous puissiez prendre soin d'Alec et du bébé.

Le regard de Penny croisa enfin le sien, et elle hocha lentement la tête.

— D'accord, dit-elle sans faire mine de se lever.

— Je m'occupe de tout, et je reviens dans quelques minutes.

Abbie prit sa mallette médicale et se dirigea vers sa voiture afin de pouvoir téléphoner sans que personne ne risque d'entendre la conversation. Elle appuya sur une touche de numérotation abrégée, et la voix familière de Paul Jenkins, l'un des ambulanciers, lui répondit.

— Paul, c'est Abbie. J'ai besoin d'une ambulance au 17 Creamery Lane, et je serai sur place à l'arrivée de l'équipe.

— D'accord, Abbie. On arrive.

Elle mit fin à l'appel, puis appela Rebecca sur son portable. L'assistante sociale étant sur boîte vocale, elle lui laissa un message lui demandant de revenir au foyer le plus vite possible. Puis elle déroula la liste des contacts, trouva le numéro dont elle avait besoin et pressa la touche d'appel.

Les sonneries s'égrenèrent et elle s'impatienta.

— Allez, décroche, marmonna-t-elle, tout en faisant les cent pas devant sa voiture.

Elle allait raccrocher quand la sonnerie cessa.

— Leo... Costa.

Une respiration haletante résonna à son oreille, et une image troublante de muscles saillant sous l'effort lui apparut. Ses doigts se crispèrent autour de l'appareil, et elle se demanda ce qu'il faisait.

*Arrête !* songea-t-elle. Elle n'avait aucune envie de le savoir. Enfin, si, mais il y avait plus urgent...

— Leo, c'est Abbie.

— Je vous retrouve... à l'hôpital dans... dix minutes.

Ses paroles avaient une intonation strictement professionnelle, très éloignée de son flirt habituel.

— Merci, Leo, mais c'est un peu plus compliqué.

— Où êtes-vous ?

— Creamery Lane.

— C'est parallèle à Dorcas Street, non ?

— Oui.

Le bruit du vent qui rugissait dans le téléphone rendait la conversation difficile, mais elle poursuivit, ne voulant pas perdre de temps.

— Ecoutez, j'ai une mère et un enfant avec la grippe.

— Comment... vont-ils ?

Il haletait toujours. Etait-il en train de courir ? Il n'y avait pas un souffle de vent sur la ville, ce qui ne correspondait pas au bruit qu'elle entendait à l'autre bout de la ligne.

— La mère est enceinte et montre une consolidation latérale des lobes pulmonaires inférieurs.

— Zut ! Ce n'est pas bon. Vous avez un lit en soins intensifs ?

Les mots semblaient plus clairs, et se diffusaient bizarrement en stéréo. Tournant la tête, elle vit Leo descendre d'un vélo rouge et noir flambant neuf, le kit main-libre de son téléphone encore relié à l'oreille.

Elle s'interrompit, la bouche grande ouverte, incapable d'exprimer un son, fixant l'homme qui lui faisait face, moulé dans une tenue de cycliste en Lycra qui laissait peu de place à l'imagination. Les cuisses musclées, le ventre dur, les pectoraux saillants étaient ciselés, telle une sculpture de Michel-Ange.

Elle fit un effort pour formuler une pensée cohérente et s'éclaircit la gorge.

— Vous vous entraînez pour le tour d'Italie ?

Il lui adressa un lent sourire.

— C'est une idée... En attendant, l'équipe de l'hôpital m'a proposé de concourir contre celle de Mildura. C'est ma première journée d'entraînement, et j'étais dans les parages quand vous avez appelé.

Il retira son casque, et son sourire s'évanouit.

— Bon, on hospitalise la femme enceinte et on place l'enfant en quarantaine. En quoi est-ce si compliqué ?

Son intonation sérieuse la ramena aussitôt à la réalité.

— Le problème, c'est qu'elle vit dans un foyer avec cinq autres femmes et leurs enfants.

— D'accord, je me charge de la mère et de l'enfant pendant que vous examinez les autres résidentes et prenez les mesures nécessaires.

Abbie fut agréablement surprise. Il comprenait vite. Très souvent, ses collègues masculins s'offensaient du fait que, dans ce genre de situation, on leur préférait un médecin femme.

— Merci, Leo.

Il haussa les épaules, comme s'il ne voyait pas très bien pourquoi elle le remerciait.

— Abbie, Abbie, venez vite !

Pâle et agité, Alec était sorti en courant du foyer.

— Maman est tombée, et elle ne se relève pas.

Abbie s'élança, entendant derrière elle le claquement des chaussures de cycliste de Leo.

Elle trouva Penny sur le sol, à côté de la chaise où elle l'avait laissée un moment plus tôt. Leo l'aida à l'étendre, puis il localisa son pouls tandis qu'elle vérifiait les voies aériennes et comptait les respirations.

— Elle est en tachyarythmie, dit-il.

— Je pose une voie centrale, répondit Abbie.

— Elle va bien ? demanda Alec d'une voix effrayée.

Toujours accroupi, Leo tourna la tête.

— Ta maman est très malade, mais Abbie et moi sommes tous les deux médecins et nous allons nous occuper d'elle.

— Et le bébé ?

Leo marqua une hésitation presque imperceptible.

— Nous allons nous en occuper aussi.

— Vous êtes sûr que vous êtes médecin ? demanda l'enfant d'un ton suspicieux. Vous n'en avez pas l'air.

— Je suis en repos, et je faisais du vélo quand Abbie m'a appelé. La plupart du temps, je porte une blouse, ou bien une sorte de pyjama vert quand j'opère.

Le petit garçon blêmit.

— Vous allez opérer maman ?

— Non, fiston. Mais elle a besoin d'antibiotiques, et il faut qu'elle aille à l'hôpital.

— C'est moi qui m'occupais d'elle.

Leo lui donna une légère bourrade dans l'épaule, d'homme à homme.

— Et tu as fait du bon travail, Alec. Mais maintenant, nous allons prendre soin de toi et de ta maman.

— Pourquoi sa bouche est violette ?

Abbie ouvrit la bouche pour lui fournir une explication, mais Leo continua à parler au jeune garçon d'une façon ouverte et honnête, sans aucun signe de la condescendance que certains adultes employaient avec les enfants.

— Elle a du liquide dans les poumons, et ça l'empêche de respirer normalement. Tu vois ça ?

Il lui montra un masque à oxygène.

— Cela va l'aider et, dans quelques minutes, nous allons partir tous les trois en ambulance.

Oubliant un instant sa peur, l'enfant écarquilla les yeux.

— C'est vrai ? Génial !

Leo plissa les yeux face au soleil déclinant, et regarda l'hélicoptère s'élever dans les airs en déplaçant un nuage de poussière rouge autour de lui.

Il venait de passer trois heures éprouvantes, chaque seconde qui s'écoulait mettant à mal ses compétences médicales. En tant que chirurgien, il savait qu'il comptait parmi les meilleurs spécialistes du pays, mais ce n'était pas d'un chirurgien dont Penny avait besoin.

Murphy, qui ne le quittait pas d'une semelle, aboya tandis qu'un 4x4 blanc entrait dans le parking. Abbie sauta du véhicule puis courut vers eux, ses boucles dansant dans le vent, son T-shirt plaqué contre ses seins.

La réaction de son corps fut immédiate, et Leo fit un effort pour se contrôler. Cette femme s'habillait d'une façon catastrophique, mais si elle croyait que cela suffisait à masquer ses courbes délicieuses, elle se trompait.

— C'est Penny ? cria-t-elle pour couvrir le vacarme du rotor.

Puis l'hélicoptère vira vers le sud, et le bruit s'amenuisa.

Leo plongea les mains dans les poches de sa blouse blanche en hochant la tête.

— Oui.

— Oh, zut ! dit Abbie, cette exclamation modérée contredisant l'angoisse qui se lisait sur son visage.

— Erin et moi avons fait tout ce que nous pouvions, mais elle n'a pas repris conscience. Sa respiration est devenue très laborieuse, et nous avons craint un arrêt cardiaque. Finalement, j'ai dû l'intuber. Je n'avais pas fait ça depuis mon internat.

Il se passa une main dans les cheveux.

— Elle n'avait pas besoin d'un chirurgien, mais d'un pneumologue et d'un obstétricien.

— Elle avait besoin d'un médecin, et elle a eu de la chance que vous soyez là, Leo. Vous avez utilisé la vidéoconférence ?

— Oui, ça m'a fait drôle de parler à mes collègues de Melbourne par écran interposé. Mais, dans son état, il valait mieux la transférer. Elle a plus de chances de s'en sortir dans leur unité de soins intensifs.

— Et le bébé ?

Il grimaça.

— A vingt-quatre semaines, vous savez comme moi que les risques sont élevés.

— Pauvre Alec...

Spontanément, Leo passa un bras autour de ses épaules dans un geste de réconfort.

— Alec s'en sort bien. Il est sous perfusion et commence à se réhydrater. Je pense qu'après vingt-quatre heures de traitement il se sentira beaucoup mieux.

— Mais son monde a été complètement bouleversé et, maintenant, sa mère doit se battre pour vivre.

Leo s'aperçut que le médecin avait disparu, cédant la place à une femme blessée, hantée par son enfance. Les ombres qui obscurcissaient parfois son regard étaient de retour, comme de lourds nuages noirs annonciateurs d'un orage. Soudain, ses épaules s'affaissèrent, sa tête vacilla, et elle posa le front contre son torse.

Un immense sentiment de protection le gagna, et il leva une main pour lui caresser les cheveux, en un geste totalement dépourvu de désir. Il voulait seulement la rassurer, lui murmurer à l'oreille que tout irait bien, et faire disparaître ces ombres de son regard. Mais, dans la vraie vie, rien de tout cela n'était possible, aussi se contenta-t-il d'enfouir le visage dans ses cheveux, respirant l'odeur fruitée de son shampooing.

La truffe humide de Murphy s'insinua entre eux, puis il aboya pour attirer leur attention.

Abbie fit un pas en arrière, et Leo laissa retomber sa main, en proie à des émotions étranges.

— Hé, mon grand, ça va, dit-elle en tapotant la tête de l'animal. Leo n'est pas complètement mauvais.

Puis elle leva vers ce dernier un regard interrogateur.

— Pourquoi Murphy est-il avec vous ?

— Je l'ai emprunté, dit-il.

— Pour quelle raison ?

— J'ai pensé qu'Alec avait besoin d'un ami.

Un sourire illumina son visage constellé de taches de rousseur.

— Laissez-moi deviner. Vous avez appelé Jennifer Danforth, la pédiatre, « ma belle », produit une boîte de chocolats en forme de cœur, roucoulé de votre voix la plus charmeuse que vous étiez sûr qu'elle comprenait la situation, et elle vous a permis de laisser entrer un chien dans son service.

— Hé, mais comment…

Il aurait préféré ne pas avoir l'air aussi surpris. Il n'empêche qu'il se demandait comment elle avait deviné.

Haussant les épaules, il afficha son plus beau sourire.

— En tout cas, ça a marché…

— Eh bien, vous allez faire quelque chose pour moi, Casanova. Cela fait des mois que j'essaie d'imposer un chien comme compagnon pour les jeunes patients, et cette femme fait systématiquement barrage.

— Vous avez essayé les chocolats ?

— Non, mais à moins d'un changement de sexe et de la maîtrise de l'italien, je doute que ça fonctionne avec moi. Donc, avant que vous ne partiez, je veux que vous fassiez signer mon projet par Jennifer et que vous le présentiez à Robert Gleeson.

Il lui adressa un petit salut moqueur accompagné d'un clin d'œil.

— Bien, madame.

— Parfait.

Consultant son bip, elle reprit :

— Tout est calme pour le moment. Vous pensez que Murphy a le temps de faire une promenade avant de se mettre au travail ?

— Bien sûr.

Elle hésita, puis elle s'éclaircit la gorge avant d'ajouter :

— Vous voulez nous accompagner ? La journée a été dure, et nous pourrions décompresser tout en faisant le point.

Cette invitation totalement inattendue le fit sourire.

— C'est une bonne idée.

— Bien, allons-y.

Sans plus attendre, elle traversa le parking, et s'engagea vers le chemin qui menait au fleuve.

*Le fleuve.*

Leo sentit la panique l'envahir, et sa première réaction fut de ne pas bouger. Mais il avait déjà refusé de faire du canoë et, s'il refusait cette promenade après s'y être engagé, il savait qu'Abbie poserait des questions.

Il prit une décision rapide. Il l'accompagnerait, et c'est lui qui poserait les questions pour éviter d'avoir à répondre.

La promenade le long de la rive était aussi prisée que le fleuve lui-même, peuplé d'embarcations diverses et d'amateurs de ski nautique. Au loin, un bateau à vapeur fendait lentement les flots, accompagné d'un rugissement rauque de sirène. Un bruit qui paraissait à Leo nettement plus agréable que le vrombissement lancinant des jet-skis.

Sur le chemin, des touristes déambulaient en groupe ou en famille. Des habitués qui promenaient leur chien se saluaient au passage. De petits groupes d'adolescentes parlant fort et ricanant jetaient des coups d'œil aux garçons. Tout le monde était là comme en Italie, pour le plaisir de musarder, et pour prendre le frais au bord de l'eau.

— Ce n'est pas l'endroit idéal pour méditer, commenta Leo entre ses dents.

— C'est un endroit très prisé. Et ça se comprend. C'est joli.

— Mouais, marmonna-t-il en s'efforçant de bloquer l'image d'une eau sombre et tourbillonnante à l'ombre de grands arbres semblables à de menaçantes sentinelles.

Tournant le regard vers lui, Abbie lui adressa un sourire désarmant de sincérité.

— Je sais que je ne vous ai pas ménagé tout à l'heure, à propos de Jennifer Danforth, mais je dois vous remercier. C'était une idée adorable, et vous avez été parfait avec Alec quand sa mère s'est évanouie.

— Cela doit être terrifiant pour lui de savoir sa mère aussi malade. Et je suppose que le père n'est plus dans les parages.

— J'ai rencontré Penny et son fils pour la première fois aujourd'hui. Mais, en général, quand une femme se retrouve dans un foyer avec son enfant, c'est que le père ne fait plus partie du tableau.

Leo plongea les mains dans ses poches, faisant un terrible effort pour paraître naturel alors que le clapotis de l'eau le rongeait.

— A cause de la violence ?

— Parfois, mais pas toujours. Parfois, les femmes sont

abandonnées et laissées sans aucune ressource. Elles ont alors besoin de soutien pour repartir du bon pied.

Ses lèvres se plissèrent en une grimace amère tandis qu'elle regardait droit devant elle.

— Certains hommes sont des moins-que-rien, ajouta-t-elle.

Leo fut surpris par la violence de son intonation.

— Je vous trouve bien pessimiste.

— Et moi, je vous trouve bien indulgent ! riposta-t-elle en haussant soudain la voix. Vous avez vu les marques de coups sur le corps de Penny, et vous avez vu Alec se comporter comme si c'était lui l'adulte. Le pauvre petit a dû grandir beaucoup trop vite.

Ses yeux s'assombrirent tandis qu'elle crispait les doigts autour de la laisse de Murphy, les articulations blanchies.

— Certains hommes prennent un malin plaisir à détruire les femmes et s'en débarrassent quand ils en ont assez.

Sa voix tremblait, et de nouveau Leo eut envie de la consoler. Mais il savait qu'elle repousserait tout geste d'affection de sa part.

Il savait aussi qu'elle ne parlait plus de Penny.

— Qui vous a fait du mal, Abbie ? demanda-t-il d'une voix douce et pleine de compassion.

# 7

Abbie eut le souffle coupé. Comment savait-il ? Comment en était-il arrivé à la conclusion que les événements de l'après-midi avaient réveillé l'insécurité de son enfance et de douloureux souvenirs de sa vie avec Greg ?

De toute façon, elle n'avait aucune envie d'en parler. Si elle avait retenu une leçon de tout cela, c'était qu'il était préférable de laisser aller les choses.

— Nous parlons de Penny, d'Alec, et des résidentes du foyer en général, dit-elle d'un air pincé. Pas de moi.

Leo parut sceptique.

— Mais il y a quelque chose dans leur situation qui vous touche.

— Non. Pas du tout.

— Je crois que si. Vous semblez bouleversée, et cela pourrait vous aider d'en parler.

Il affichait une expression concernée, et elle se sentait partagée entre l'envie de se confier à lui et la peur de le faire.

— Je ne souhaite pas en parler.

— Pourquoi ? On m'a dit que je sais très bien écouter.

— Je n'en doute pas.

La mâchoire de Leo se crispa.

— Ecoutez, Abbie, si vous sous-entendez que je suis sorti avec beaucoup de femmes, sachez que je suis toujours honnête avec elles. J'ai envie de m'amuser, elles le savent dès le premier jour, et je ne fais jamais de promesses que je ne pourrai pas tenir. Alors, ne me rangez pas dans la catégorie des sales types.

Abbie haussa les épaules, refusant d'admettre qu'elle avait pu le blesser, et laissa son chien l'entraîner vers la rive sablonneuse.

Elle s'étonnait toujours de voir du sable doré si loin à l'intérieur des terres, mais appréciait de pouvoir profiter d'un coin de plage. Comme Murphy aboyait, elle le détacha.

Amusée, elle regarda l'animal courir avec fougue au bord de l'eau, puis elle tourna la tête et remarqua avec surprise que Leo ne l'avait pas suivie. Il se tenait sur la partie haute de la rive, massant la cicatrice qu'il avait au menton — un geste qu'elle lui avait vu faire à plusieurs reprises, et particulièrement quand il était contrarié.

Apparemment, elle lui avait réellement infligé une blessure d'amour-propre.

Elle revint vers lui en interceptant son regard. Elle s'attendait à y lire de la colère mais, dans ses prunelles sombres vibrait une détresse qui lui déchira le cœur.

— Je suis désolée, dit-elle. La journée a été difficile, et je suis un peu sur les nerfs.

Il la fixa pendant quelques instants puis, comme le soleil chasse les nuages, son regard s'éclaircit et il la rejoignit en trois enjambées.

— Je n'aurais pas dû m'en prendre à vous, poursuivit Abbie. Mais l'histoire de Penny et d'Alec ressemble à la mienne, et cela me met hors de moi de voir que cela continue.

Elle s'assit sur le sable, et prit appui contre une vieille souche d'arbre décolorée par la pluie et le soleil. Leo l'imita, avec une raideur et une absence de coordination qui contrastait avec cette souplesse nonchalante, évoquant un félin, dont il avait fait montre jusqu'à présent.

— Votre père vous a abandonnée ? demanda-t-il.

Il était beaucoup trop perspicace et, bien qu'elle eût envie de garder le silence, elle savait qu'elle avait perdu la bataille du secret. Elle avait déjà dû s'excuser et, si elle voulait qu'ils travaillent en bonne intelligence, il fallait qu'elle lui ouvre son cœur. Sinon, leur relation professionnelle en serait affectée.

Elle enfonça sa main dans le sable, puis la souleva, laissant les fines particules dorées couler entre ses doigts tandis qu'elle libérait ses souvenirs.

— Mon père était un homme charmant en société, mais tyrannique à la maison. Ma mère a fini par demander le divorce quand j'avais onze ans, mais son empreinte ne nous a jamais quittées.

— Que vous rappelez-vous ? demanda Leo, son expression dénotant un mélange de sympathie et d'intérêt.

Le regard d'Abbie se perdit au loin.

— Je me rappelle la peur. La routine que ma mère avait instaurée avant qu'il rentre à la maison, le soir. C'était une sorte de rituel. Elle pensait que si nous le suivions à la lettre, la soirée serait agréable et calme. Elle préparait le repas, et je mettais la table. Puis elle allait dans sa chambre se remaquiller et enfiler une jolie robe. Ensuite, elle insistait pour me coiffer, et nous attendions.

Machinalement, elle porta une main à ses cheveux.

— Parfois, je crois encore sentir les picots de la brosse en plastique égratigner mon cuir chevelu. Après le divorce de mes parents, j'ai voulu avoir les cheveux très courts.

— Vous attendiez quoi ? demanda Leo.

— Mon père. Nous devions nous faire belles pour qu'il nous aime. Les bons soirs, il arrivait en sifflotant, me faisait tournoyer dans les airs et m'appelait sa princesse. Il complimentait ma mère pour son dîner, puis il mettait de la musique et la faisait danser.

— Et les mauvais soirs ?

— C'était comme un cyclone qui entrait dans la maison, et nous restions sur le qui-vive. S'abattrait-il sur nous, ou finirait-il par s'estomper en nous évitant ? C'était terrifiant même quand il ne disait rien, parce que la peur était toujours là.

— J'ai du mal à imaginer ce que cela pouvait être, commenta

Leo. Nous sommes italiens, et croyez-moi, les hurlements et les disputes sont monnaie courante à la maison, mais c'est vite oublié.

Après un silence embarrassé, Abbie reprit d'une voix hachée par l'émotion :

— Un soir, il a frappé maman si fort qu'il lui a cassé les côtes. Le lendemain, maman est venue me chercher à l'école en taxi. Elle n'avait pris qu'un sac avec quelques affaires pour nous deux, et nous sommes allées dans un foyer.

Les larmes lui brûlaient les yeux, et elle fixa l'autre rive, ne voulant pas croiser le regard de Leo au risque d'y lire de la pitié.

— Et vous avez pris soin de votre mère. Exactement comme Alec aujourd'hui.

Elle hocha silencieusement la tête.

— Et les choses se sont arrangées ?

— Pas vraiment. Maman a trouvé un emploi, et nous avons pu recommencer à vivre. Elle a eu quelques compagnons, qui arrivaient toujours avec des cadeaux et repartaient en nous laissant des dettes. Je rêvais de stabilité mais, à seize ans, j'ai compris que ma mère ne pourrait jamais me l'apporter. Il fallait que je la trouve toute seule et que je réussisse ma vie pour ne jamais dépendre de personne. J'ai obtenu une bourse, et j'ai décidé d'étudier la médecine.

Elle sourit, essayant d'alléger l'atmosphère.

— Tout le monde veut être médecin, non ?

— Et vous avez réussi ?

— A quoi ?

— A ne dépendre de personne…

Abbie se mordit la lèvre puis relâcha son souffle dans un soupir.

— J'ai eu quelques histoires plus ou moins ratées, une relation qui a tourné court au bout d'un an, puis j'ai commis une erreur de jugement majeure qui m'a guérie pour la vie.

— Ne vous blâmez pas, répliqua-t-il, songeant à Christina. Ça m'est arrivé aussi.

Elle lui jeta un coup d'œil surpris.

— Je ne vous imagine pas dépendre de quelqu'un.

Abbie avait raison. Il n'avait jamais dépendu de personne. Mais des proches comptaient sur lui, et il ne s'était pas montré à la hauteur.

— Je parlais d'une relation qui m'a guéri pour la vie. Je me suis marié à dix-neuf ans.

Elle écarquilla les yeux.

— Vous... Vous avez divorcé ?

— Oui.

— J'imagine que Maria ne l'a pas très bien pris.

Il grimaça.

— C'est le moins qu'on puisse dire. Mais nous faisons tous des erreurs.

— Oh oui, dit-elle avec un hochement de tête convaincu. Et Greg était un chef-d'œuvre en matière d'erreur. Quand je l'ai rencontré, je pensais que mes pires années étaient derrière moi. J'avais terminé mes études, et je travaillais à Adélaïde.

— Indépendante au plan émotionnel et financier ?

— Pendant une courte période, oui. Je commençais à me dire que je travaillais trop dur et que j'avais oublié comment m'amuser quand Greg est arrivé. C'était un beau parleur qui m'a dit exactement ce que j'avais envie d'entendre.

— Nous sommes tous sensibles à ça, non ?

— Peut-être. Mais après ce que j'avais vécu dans mon enfance, j'aurais dû me montrer plus prudente. Il a emménagé chez moi. Nous avons acheté des meubles, choisi de la vaisselle... En bref, nous construisions notre nid, et j'étais heureuse comme je ne l'avais jamais été.

— Que s'est-il passé ensuite ?

— Peu à peu, pendant deux ans, et sous prétexte qu'il m'aimait, il a détruit mon indépendance et, Dieu me pardonne, je l'ai laissé faire.

Elle laissa échapper un long soupir avant de poursuivre.

— Après ce que l'on pourrait appeler la « période lune de

miel », son charme a commencé à s'évaporer, pour laisser place à une prise de contrôle insidieuse. Il voulait que je sois toujours avec lui quand je ne travaillais pas, il décidait des endroits où nous devions aller, qui nous devions voir… Il choisissait même mes vêtements. Chaque fois que j'abordais la question, il redevenait l'homme que j'avais connu, et je me persuadais que je me faisais des idées, que j'étais fatiguée parce que je travaillais trop, qu'après une bonne nuit de sommeil je comprendrais à quel point j'étais déraisonnable. Je finissais par douter de moi, et par me demander si je ne perdais pas la tête.

— *Bastardo !* s'exclama Leo avec colère.

Abbie grimaça un sourire.

— Exactement… Le jour où il m'a frappée, je lui ai dit de partir. Je suis allée travailler, et quand je suis rentrée le soir, l'appartement était vide. Complètement vide. Il avait tout pris, jusqu'aux plaquettes antimites dans les placards.

— Il a pris vos vêtements ?

— Tout. Heureusement, j'avais un emploi et j'ai pu obtenir un crédit pour rééquiper l'appartement. Petit à petit, j'ai refait surface et, quand j'ai appris qu'un poste se libérait ici, j'ai décidé de changer de vie.

— Et depuis ?

— Que voulez-vous dire ?

— Vous avez retenté l'expérience de la vie à deux ?

— Seigneur, non ! Je ne veux plus en entendre parler.

— Je peux le comprendre. Mais vous avez bien fait quelques rencontres ?

— Non. Rien.

— Rien du tout ? demanda-t-il avec incrédulité.

— Ce n'est pas une tragédie, Leo. Je suis très bien toute seule, et j'ai l'intention de le rester.

— Mais si, c'est une tragédie. Moi aussi, je suis très heureux d'être célibataire, mais ça ne veut pas dire pour autant que je vis comme un moine.

— N'en faites pas un drame. Il s'agit de mon choix, et je l'assume parfaitement.

— Vraiment ? Croyez-vous sincèrement que vous allez pouvoir passer tout le reste de votre vie sans faire l'amour ?

Choquée, Abbie se leva brusquement et décida que la conversation en resterait là.

— Murphy, viens ici ! appela-t-elle.

Le border collie, trempé, se rua vers elle en projetant du sable partout.

Se protégeant le visage de son bras, Leo se redressa à son tour.

— Si nous avions été dans un endroit plus discret quand nous nous sommes embrassés, vous savez très bien comment cela aurait fini.

Fixant d'une main tremblante la laisse au collier du chien, Abbie gratifia Leo d'un bref regard dédaigneux.

— Vous pouvez toujours rêver…

— C'est pourtant la vérité, dit-il en se rapprochant. Vous ne pouvez pas nier cette formidable attirance entre nous.

— Si, je le peux, et c'est d'ailleurs ce que je fais. Il n'y a rien entre nous.

— Allons, Abbie, soyez un peu adulte, que diable ! Nous ne cherchons ni l'un ni l'autre une relation stable, et je n'ai rien à voir avec cet homme dont vous m'avez parlé. Je suis là pour quatre semaines, et, ensuite, vous ne me reverrez plus. Si vous avez envie d'une aventure sans complications et sans conséquences, l'invitation est lancée. La réponse vous appartient. Pensez-y.

Il s'écarta, gratta Murphy derrière l'oreille et remonta la pente en quatre enjambées.

Les jambes chancelantes, déchirée par un flot d'émotions contradictoires, Abbie se laissa tomber sur le sol et tenta de mettre de l'ordre dans ses pensées.

Depuis Greg, aucun homme n'était parvenu à la troubler,

et la vie qu'elle avait choisie lui convenait parfaitement. Pas une fois elle n'avait douté de sa décision.

Puis Leo était arrivé.

Abstraction faite de son charme superficiel, Leo avait autant de facettes qu'un diamant. Il n'était pas facile à cerner, mais elle le devinait intègre, fort et déterminé, et surtout incapable de la moindre méchanceté.

Pensive, elle se laissa aller à imaginer ce que serait une aventure avec un homme tel que lui. Après tout, ce n'était pas parce qu'elle avait vécu une expérience désastreuse qu'elle devait définitivement étouffer sa sensualité.

Soudain, elle ressentait un décalage entre cette façade de froideur qu'elle avait soigneusement élaborée et la réalité de ses émotions qui ne demandaient qu'à faire surface et à s'épanouir.

Mentalement, elle fit la liste des choses qui allaient bien dans sa vie. Elle faisait un métier qu'elle aimait, avait des amis sincères, son chien était adorable, et elle était en sécurité. Elle avait mis des années à gagner cette sécurité...

Rien chez Leo n'était sécurisant.

Et, bizarrement, c'était peut-être ce qui l'attirait le plus.

# 8

— Abbie, vous avez une minute ?

La voix de velours de Leo l'enveloppa telle une caresse, provoquant de délicieux picotements sur sa peau. Ses doigts se crispèrent autour du crayon qu'elle tenait, manquant de le casser en deux.

Pendant deux jours, elle n'avait vu Leo que dans le cadre de l'hôpital et, à son grand étonnement, il n'avait fait aucune allusion à sa proposition.

— Bien sûr, dit-elle.

D'un geste lent, elle déposa le crayon, essayant de contrôler le tremblement de sa main, et leva les yeux. Derrière le guichet du bureau des infirmières, Leo se trouvait en compagnie d'une femme brune et séduisante, qu'il tenait par les épaules.

Un brusque élan de jalousie s'empara d'Abbie, qu'elle tenta aussitôt de réfuter. Elle ne pouvait pas être jalouse puisqu'elle n'éprouvait absolument rien pour lui.

— Abbie, je voudrais vous présenter ma sœur, Chiara, dit-il avec un large sourire.

*Sa sœur.*

Se reprochant le soulagement qui l'envahissait, Abbie fit le tour du guichet et tendit la main à la jeune femme.

— Ravie de vous rencontrer, Chiara. Leo ne m'avait pas dit qu'il avait une sœur.

— En fait, j'en ai trois, intervint Leo. Trois dictateurs qui me mènent la vie dure.

Chiara lui donna un coup de coude en riant.

— Trois sœurs dont les nombreuses amies t'ont fourni une impressionnante réserve d'amoureuses.

— Pauvre Leo..., dit Abbie, moqueuse. Cela n'a pas dû être facile de grandir dans une maison pleine de femmes. Je parie que vous rêviez d'avoir un frère.

L'expression rieuse de Leo s'évanouit, et un pli dur se creusa de chaque côté de sa bouche. Devant la douleur et la vulnérabilité qu'exprima alors son regard, Abbie sentit son cœur se serrer, et elle se reprocha d'avoir parlé sans réfléchir.

Il s'éclaircit la gorge.

— Chiara et son mari ont le statut de famille d'accueil. J'en ai discuté avec l'assistante sociale, et Alec va leur être confié le temps que sa mère se rétablisse.

— Oh, mais c'est formidable... Quelle merveilleuse idée !

Chiara hocha la tête, une expression de profonde compassion sur le visage.

— Leo m'a dit que Penny avait perdu son bébé, et qu'elle était toujours en soins intensifs. J'ai pensé que ce serait bien pour Alec de côtoyer d'autres enfants. Nous vivons tous sur la propriété et, avec mes garçons, les filles d'Anna et tous les cousins qui habitent dans la région, il aura de quoi se distraire.

Chiara rajusta la bandoulière de son sac sur l'épaule.

— Bien, je vais aller lui rendre visite, et je reviendrai demain avec les garçons en attendant qu'il puisse quitter l'hôpital.

Elle pivota sur ses talons, puis se ravisa.

— Au fait, Abbie, maman aimerait vous inviter au traditionnel buffet de début de vendange. J'espère que vous pourrez vous libérer.

Abbie sentit ses joues s'empourprer sous le regard insistant de Leo. Evidemment, il serait présent, et il lui serait impossible de l'éviter. Mais refuser une invitation comme celle-ci serait désastreux au plan social. Dans une petite communauté comme celle de Bandarra, mieux valait respecter les usages.

Reportant son attention sur Chiara, qui attendait une réponse, elle se força à sourire.

— Sauf urgence, je serai là.

— Je croise les doigts, alors, dit Chiara avant d'embrasser son frère.

Alors qu'elle se dirigeait vers la chambre d'Alec, Abbie prit la direction opposée. Marchant d'un pas vif vers l'entrée principale, elle fit mine d'ignorer que Leo lui avait emboîté le pas.

Elle venait de franchir les portes automatiques lorsqu'un homme dégoulinant d'eau se précipita vers elle, tenant dans les bras un enfant inanimé et trempé.

— Aidez-moi ! cria-t-il, affolé. Il ne respire plus.

Prenant l'enfant, Abbie constata qu'il avait les lèvres bleues, et elle s'agenouilla immédiatement pour l'étendre sur le perron.

Après l'avoir mis en position de sécurité, elle vérifia ses voies aériennes, à la recherche d'une quelconque obstruction ayant provoqué un étouffement, tout en sachant qu'il avait probablement de l'eau dans les poumons.

Elle vérifia son pouls. Rien.

— Il était sur la rive, expliqua le père. J'ai tourné la tête pendant une minute et il n'y était plus. Je n'ai pas compris tout de suite qu'il était tombé à l'eau. Oh, je vous en prie, sauvez-le.

— On commence la réanimation cardio-pulmonaire, annonça Abbie.

Elle fit rouler l'enfant sur le dos, et s'aperçut que Leo n'avait pas bougé. Elle s'attendait à ce qu'il ait couru chercher une civière et un kit de réanimation d'urgence, mais il se contentait de fixer l'enfant, le visage livide et le regard perdu.

Elle lui donna un coup de coude dans le genou.

— Leo ! Allez me chercher un kit de réanimation, vite...

Tandis qu'elle pinçait le nez de l'enfant et maintenait sa bouche entrouverte, Leo réagit enfin.

Elle pratiqua deux insufflations et commença les pressions, les comptant à haute voix.

— Allez, Zac, gémit son père dans l'air étouffant de la mi-journée.

Un bruit de pas précipités, qu'accompagnait le grincement des roulettes d'une civière, rassura quelque peu Abbie.

De nouveau, elle souffla deux fois et refit une série de trente pressions.

— Il faut l'amener à l'intérieur et le réchauffer, dit Leo.

Soulevant l'enfant, il le déposa sur la civière qu'il roula vers la salle de réanimation. Une fois arrivé, il relia l'enfant au moniteur, et ordonna à Erin de lui retirer ses vêtements et de l'envelopper dans une couverture de survie.

L'appareil commença à biper, et Leo grimaça en découvrant le tracé vert à l'écran.

— On a un pouls, mais il est en bradycardie.

— Intubez-le, dit Abbie.

Leo blêmit sous son hâle.

— Vos bras doivent être fatigués. Vous l'intubez, et je reprends les pressions. A cinq.

Sa voix, d'ordinaire calme et ferme, dérapa tandis qu'il se mettait à compter.

— ... trois, quatre, cinq. On change !

Bien qu'elle ne comprît pas pourquoi Leo se défaussait ainsi, Abbie ne protesta pas car la moindre seconde comptait.

D'un geste sûr, elle ouvrit le laryngoscope pédiatrique, renversa la tête de Zac en arrière et visualisa les cordes vocales.

Erin lui tendit le tube endotrachéal.

Concentrée à l'extrême, Abbie glissa lentement le tube le long de la spatule argentée de l'endoscope, passant entre les cordes vocales. Dès que le tube fut en place, elle retira prestement l'endoscope.

Erin déroula une longueur d'adhésif.

— Je fixe, vous ponctionnez, dit-elle.

Introduisant une fine canule dans le tube, Abbie aspira un liquide brunâtre qui vint se déposer dans la poche de drainage.

— Ses poumons sont pleins de l'eau argileuse du fleuve, commenta Leo d'un ton horrifié.

La canule ôtée, Erin fixa le ballon d'oxygène au tube et le pressa rythmiquement afin d'assurer la ventilation pulmonaire.

— Il lui faut de l'atropine pour augmenter son rythme cardiaque, déclara Leo.

Abbie attrapa un garrot.

— Je lui fais une intraveineuse.

Leo hocha la tête, l'air sombre, et elle se demanda pourquoi il était affecté à ce point. Il s'agissait d'un enfant, bien sûr, mais un médecin devait faire abstraction de ses sentiments en toutes circonstances. Quand elle l'avait assisté lors de l'opération de Jenny, la situation était tout aussi complexe et préoccupante, mais pas une seconde il n'avait perdu son sang-froid.

Elle plaça le garrot sur le petit bras de Zac et chercha une veine, sans succès. Elle déplaça le garrot sur sa jambe et recommença à chercher.

— Je ne trouve pas de veine, annonça-t-elle.

— Laissez tomber, dit Leo. Passez l'adrénaline et l'atropine directement dans le tube. Vite !

Il était tellement nerveux qu'une expression médusée apparut sur le visage d'Erin, et les mains de l'infirmière tremblèrent légèrement tandis qu'elle déconnectait l'oxygène.

Abbie administra les médicaments, puis Erin et Leo reprirent la réanimation cardio-pulmonaire tandis qu'elle comptait silencieusement, les yeux fixés sur le moniteur.

Dans l'air flottait une tension qui mettait Abbie extrêmement mal à l'aise. Qu'arrivait-il à Leo ? Où était passée sa décontraction légendaire ?

Sous l'effet des médicaments, le rythme cardiaque remonta légèrement, et elle s'autorisa un soupir de soulagement.

Ils avaient gagné.

Tournant les yeux vers Leo, elle vit qu'il paraissait toujours aussi soucieux et elle lui sourit, s'attendant à ce qu'il fasse de même, mais il ne se dérida pas.

Elle savait que Zac n'était pas totalement tiré d'affaire, l'eau souillée du fleuve ayant pu provoquer un œdème pulmonaire et une infection, mais rien ne justifiait une attitude aussi défaitiste.

— Je vais le transférer au Royal Children Hospital, dit-elle. Pouvez-vous appeler l'hélicoptère et m'envoyer son père pour que je lui explique la situation ?

Son regard exprimant une profonde douleur, Leo effleura la cicatrice qu'il avait au menton puis, après une caresse délicate sur les cheveux de l'enfant, il tourna les talons et quitta sans un mot la salle de réanimation.

Le cœur serré, Abbie devina qu'elle venait de découvrir le vrai Leo.

Tout ce qu'elle redoutait chez lui, le charme, le charisme, n'était qu'une façade destinée à masquer une profonde blessure.

Soudain, ses défenses s'effondrèrent, et elle comprit qu'elle ne pourrait plus feindre l'indifférence. Dès qu'elle en aurait la possibilité, elle irait lui parler, et elle ferait tout pour l'aider.

Les muscles de ses cuisses le brûlaient tandis qu'il appuyait frénétiquement sur les pédales de son vélo, chaque tour de roue l'éloignant de l'hôpital. Mais les fantômes du passé pesaient lourdement sur ses épaules.

Dès qu'il avait vu Zac, les cris d'effroi de Christina s'étaient mis à résonner à ses oreilles tandis que le corps inerte de Dom apparaissait devant ses yeux.

Alors qu'un enfant avait besoin de lui, il s'était laissé submerger par le passé et avait été incapable de réagir.

Cillant à cause du lumineux mélange de couleurs que formaient le sol rouge, les vignes vertes, la route noire et le ciel bleu, il accéléra encore le rythme. Il n'avait pas de destination particulière en tête. Il voulait seulement rouler jusqu'à l'épuisement. Jusqu'à ce qu'il ne ressente plus rien.

Ses poumons souffraient du manque d'oxygène sous le soleil caniculaire, mais il refusait de ralentir. Il devait aller jusqu'au bout de ses forces, repousser au maximum les limites de la douleur.

Dix kilomètres plus loin, il s'arrêta enfin, posa son vélo contre un arbre, et ouvrit une bouteille d'eau.

Il en but la moitié, son organisme absorbant le liquide telle une éponge, puis il ôta son casque et s'essuya le front avec son bandana, prenant le temps d'observer son environnement.

Cet épais bosquet de chênes et d'eucalyptus au bord du fleuve, qui semblait prévu pour offrir une cachette romantique aux amoureux en mal d'intimité, il l'aurait reconnu entre mille.

*La crique de Wadjera !*

Son pouls s'accéléra dangereusement lorsqu'il reconnut l'endroit où il venait nager autrefois avec Dom et Christina.

Pourquoi se retrouvait-il ici ? Cette promenade était destinée à chasser le passé de sa mémoire, pas à le lui rappeler de la plus cruelle façon.

Tandis que ses doigts gourds tâtonnaient pour fixer la mentonnière du casque, il entendit des pneus crisser sur le gravier.

Tournant la tête, il découvrit un 4x4 blanc qui se garait. Comme dans un film au ralenti, il entendit le moteur se couper, la portière s'ouvrir, puis il vit deux jambes fuselées basculer dans le vide.

L'instant d'après, Abbie se postait devant lui, tenant un lourd panier à bout de bras.

Il paniqua. Elle allait vouloir parler de Zac. Les femmes voulaient toujours parler.

« Remonte sur ton vélo et file, lui souffla la voix de la prudence. Tout de suite. »

— Je dois rentrer, dit-il.

— Vraiment ?

Elle se pencha pour poser son panier à terre.

— J'ai pensé que vous aviez besoin de décompresser. Vous n'avez pas envie de pique-niquer avec moi ?

L'envie de fuir ne l'empêchait pas de suivre chacun de ses mouvements et d'observer la façon dont sa jupe bleu marine lui moulait les hanches ; son T-shirt blanc bâillait quand elle se penchait, dévoilant une peau laiteuse et un soupçon de dentelle rose.

Ignorant la brusque réaction de son corps, il ouvrit la bouche pour fournir son excuse habituelle, celle dont il usait depuis des années — le travail. Mais personne n'avait besoin de lui à l'hôpital, et Abbie le savait.

S'approchant de lui, Abbie lui caressa la joue, sa paume lui paraissant délicieusement fraîche sur sa peau brûlante.

— Je suis là pour vous, Leo. Restez, je vous en prie.

Dans les yeux d'Abbie, il pouvait lire la tendresse, la chaleur, la complicité, mais aussi quelque chose d'autre qui le troubla profondément.

Vaincu, il inclina la bouche vers la sienne.

— J'ai besoin de toi, Abbie, murmura-t-il.

— Je sais.

La tête vide de toute pensée, Abbie s'abandonna au baiser exigeant de Leo. Il n'était pas question de réfléchir, d'analyser, et encore moins de résister. Leo avait besoin d'elle, et elle avait envie de lui.

Les bras noués autour de son cou, son corps plaqué contre le sien, elle se moquait qu'il soit en sueur. Rien d'autre n'existait que le goût enivrant de sa bouche et le contact brûlant de ses hanches dures contre les siennes.

Parcourue d'un violent frisson, elle sentit la paume de Leo glisser sous son T-shirt, frôler ses seins, puis elle se retrouva adossée au tronc d'un arbre.

— Je veux te voir, dit Leo.

Dans un enchainement de gestes fiévreux, il lui souleva

son T-shirt, le fit passer au-dessus de sa tête et dégrafa son soutien-gorge.

Toute pudeur abandonnée, elle s'offrit en pleine lumière au regard brûlant qui la contemplait.

— Tu es magnifique..., murmura-t-il d'une voix rauque.

Otant à son tour son maillot en Lycra, il revint se plaquer contre elle tandis qu'il parcourait sa mâchoire de petits baisers et s'attardait sous le lobe de l'oreille.

Parcourue de frissons, Abbie laissa les mains descendre le long du dos de Leo en suivant les sillons de sa puissante musculature, totalement consumée par l'envie de sentir ses lèvres sur ses seins.

Un gémissement lui échappa quand, enfin, il s'empara des pointes dressées qu'il agaça tour à tour longuement.

Elle crispa les doigts dans son épaisse chevelure tandis qu'elle chavirait dans un vertige de couleurs s'assemblant comme sur la palette d'un peintre.

Puis la main de Leo remonta entre ses jambes, glissa sous l'élastique de son slip de dentelle, et elle se sentit fondre au contact des doigts habiles et insistants.

Mais ce n'était pas suffisant. Elle avait besoin de sentir Leo en elle, d'éprouver au plus profond d'elle-même les assauts de ses reins puissants.

Impatiente, elle tira sur la ceinture élastique de son caleçon de cycliste.

— Tu es sûre ? demanda-t-il, le souffle court.

— Plus que sûre.

Emportés par une frénésie aveugle, ils recherchèrent le plaisir avec la même ardeur, la même intensité, aussi insatiables l'un que l'autre.

Puis, quand tout fut fini, Abbie s'effondra au pied de l'arbre, le souffle haletant, tandis que, assommé par la violence de son plaisir, Leo posait le front contre le sien et attendait que déclinent les derniers frissons de volupté qui le traversaient encore.

L'image fugace de sa mère traversa l'esprit d'Abbie, la ramenant brutalement à la réalité.

— C'est plutôt embarrassant…, murmura-t-elle.

Rejetant la tête en arrière, il chercha son regard.

— Pas du tout.

— Tu te rends compte de ce que nous venons de faire ? En plein air, alors que quelqu'un aurait pu nous voir ?

— Oui, dit-il, hilare comme un enfant qui vient de faire une bêtise et ne s'est pas fait prendre. Je t'avais bien dit qu'il y avait quelque chose entre nous. Et puis…

Une lueur moqueuse passa dans son regard.

— Tu étais comme une charge de dynamite attendant qu'on y mette le feu.

— Ce n'est pas drôle !

Avec un gémissement désespéré, elle cacha son visage contre l'épaule de Leo.

— Tu dois me prendre pour une femme facile.

S'écartant, il lui prit gentiment le menton entre les doigts et l'obligea à le regarder.

— Je t'ai trouvée fantastique. Mon seul regret, c'est que ça se soit passé trop vite. Mais je te promets de me rattraper la prochaine fois.

Soudain son sourire disparut, et il afficha une expression catastrophée.

— Nous n'avons pas utilisé de protection.

Abbie écarquilla les yeux.

— Oh zut ! Et dire que nous sommes médecins ! Comment avons-nous pu être aussi stupides ?

Leo se passa une main dans les cheveux en jurant entre ses dents. Puis il ramassa le T-shirt d'Abbie et le lui tendit.

— Bon, écoute, la pilule du lendemain est efficace à quatre-vingts pour cent. Donc, les statistiques sont de notre côté, non ?

Elle fit passer son T-shirt au-dessus de sa tête, médusée que la grossesse soit sa première inquiétude.

— Leo, ce n'est pas d'être enceinte que j'ai peur. J'ai toujours mon stérilet depuis...

Elle s'interrompit, refusant de songer au passé.

L'expression de Leo s'éclaircit, et il l'attira dans ses bras pour déposer un baiser dans ses cheveux.

— Ne t'en fais pas. Tu es la seule femme avec qui je n'ai pas utilisé de préservatif et, comme tu es célibataire, j'ai toutes les raisons de penser que nous sommes tous les deux en bonne santé et que nous ne courons aucun risque.

— Je suppose, dit-elle d'un ton hésitant.

— Alors, arrête de t'inquiéter.

Il lui embrassa tendrement le bout du nez.

— Mais si tu veux que nous prenions notre temps dans un lit, il faut partir maintenant.

En riant, ils rassemblèrent leurs affaires et coururent vers la voiture.

# 9

En appui sur un coude, Abbie caressait distraitement le torse de Leo tout en se demandant si elle ne rêvait pas. Elle avait perdu l'habitude d'avoir un homme dans son lit, mais elle ne regrettait rien. Loin de là.

Ses paupières alourdies par la ferveur de leurs ébats, Leo lui sourit.

— Nous ne sommes pas très doués pour prendre notre temps, commenta-t-il avec amusement. Mais je pense que nous pourrions nous améliorer avec un peu d'entraînement.

Elle rit en songeant à leur étreinte presque brutale sous la douche, avant qu'ils ne se laissent tomber sur le lit et parviennent à calmer un peu les choses.

— Si tu veux, nous avons un mois pour rectifier cela, ajouta-t-il.

— Un mois ?

Pouvait-elle vraiment accepter ? Les règles étant fixées dès le départ, et la date de fin connue, elle n'avait en principe rien à craindre de cette relation.

Leo hocha la tête.

— Ce serait l'occasion pour toi de rattraper le temps perdu, et nous pourrions passer quatre semaines très agréables. Reconnais que c'est assez magique entre nous.

Elle ne pouvait le nier. Elle avait désiré Leo au premier regard, et n'avait plus envie de résister.

— D'accord pour un mois, dit-elle.

Puis elle se pencha pour effleurer ses lèvres d'un baiser.

— Et maintenant, raconte-moi l'histoire de cette cicatrice, dit-elle en lui caressant le menton.

Levant brusquement la main, il lui saisit le poignet.

— Il n'y a pas d'histoire.

— Alors, pourquoi fais-tu cette tête ?

— Je ne vois pas ce que tu veux dire.

— Arrête de fuir, Leo.

— Je ne fuis pas.

— Si, tu fuis. Exactement comme tu l'as fait cet après-midi.

— Je suis allé faire un tour à vélo.

— Pour te changer les idées. Quand tu as quitté la salle de réanimation, tu semblais avoir vu un fantôme, et je me suis inquiétée pour toi.

— Il ne fallait pas. Je suis un grand garçon, et je n'avais pas besoin que tu me coures après. Et, à propos, comment m'as-tu trouvé ?

— J'ai demandé à Maria.

— Elle n'aurait rien dû te dire.

Abbie cilla, surprise par la dureté de son ton.

— Elle a simplement dit que tu étais peut-être à la crique. Mais les pièces du puzzle s'emboîtent petit à petit, Leo. Il y a eu ton attitude avec Zac tout à l'heure, ton refus de faire du canoë, l'insistance de Maria à se trouver chez elle le 27…

Leo comprit soudain qu'il avait atteint le bout d'un long chemin, et qu'il était temps pour lui d'ouvrir son cœur après tant d'années de silence.

— Tu sais, quand tu as dit que je rêvais sûrement d'avoir un frère… Eh bien, j'en avais un. Il s'appelait Domenico.

Il déglutit avec peine et s'obligea à prononcer les mots qu'il haïssait.

— Il s'est noyé sous mes yeux quand j'avais dix-neuf ans.

Le cœur serré, Abbie posa le front contre le sien.

— Cela a dû être terrible pour toi.

— Enfants, nous étions inséparables. Nous partagions la

même chambre, nous allions partout à vélo... Le seul moment où nous étions séparés, c'était à l'école. J'avais un an de plus que lui.

— Presque des jumeaux ?

— C'est un peu ça. Enfin, jusqu'à ce que je parte à l'université.

Il enfouit un moment le visage dans les cheveux d'Abbie puis reprit :

— Quand je suis revenu à la maison pour les vacances de printemps, nous avons fait la connaissance de Christina. C'était la cousine d'une des familles du coin, et elle venait d'arriver d'Italie pour perfectionner son anglais. C'était une fille de la campagne, plutôt naïve, et totalement ébahie par notre différence de mode de vie. Nos parents ont insisté pour que nous lui présentions nos amis et la fassions participer à nos sorties. Nous avons beaucoup ri, puis je suis retourné à mes études et je n'y ai plus pensé. A mon retour pour les vacances d'été, Dom et Christina étaient amoureux, avec cette intensité que seuls les adolescents ressentent lors de leur première relation.

— Plus personne d'autre ne comptait ?

— Exactement. Et ça m'a fait un choc. La fois d'avant, Christina était plus proche de moi que de mon frère, et je m'attendais à retrouver les choses inchangées. Non parce que j'éprouvais plus que de l'amitié pour elle, mais cela me faisait drôle de voir mon jeune frère avec une petite amie. Dom m'avait toujours admiré et, quand il avait un problème, c'était à moi qu'il s'adressait. Mais Christina était devenue sa confidente, et il ne semblait plus avoir besoin de moi.

— Et pourtant, c'était le cas.

— Oui. Mais quand il m'a appelé à l'aide, je l'ai laissé tomber.

Sa voix exprimait une profonde détresse, et Abbie le serra avec force dans ses bras.

— Explique-moi.

— Il faisait terriblement chaud, et nous étions allés à la crique. Après avoir passé l'été à m'éviter, c'était Dom qui me l'avait proposé. Comme au bon vieux temps, nous nous sommes amusés à nous jeter à l'eau en nous balançant au bout d'une corde que nous avions attachée à la branche d'un chêne des années plus tôt. Et puis, Dom m'a annoncé que Christina était enceinte.

Abbie essaya d'imaginer les deux jeunes garçons, pas encore tout à fait adultes, mis en face d'une telle responsabilité.

— Vous deviez être terrifiés, dit-elle.

— J'étais furieux contre lui de s'être mis dans une telle situation, et de gâcher sa vie avant d'avoir eu le temps de la vivre pleinement. J'ai crié, je l'ai insulté… Il a répliqué… Finalement, il a sauté à l'eau pour mettre fin à la discussion.

Sa diction s'était ralentie, et il frissonna.

— J'ai ramassé ma serviette, et j'ai filé. Christina a essayé de m'arrêter, mais je l'ai repoussée. Au même moment, j'ai entendu un horrible craquement. Christina a hurlé et, au moment où j'ai tourné la tête, j'ai vu une énorme branche tomber dans l'eau et emporter Dom. J'ai plongé aussitôt, mais on ne voit rien dans cette eau boueuse. A la troisième tentative, j'ai touché ses jambes et j'ai essayé de le remonter, mais il était coincé sous la branche. Je me suis écorché les mains, ouvert le menton… Je suis allé jusqu'au bout de ma résistance physique, mais je n'ai pas pu le déplacer. Finalement, j'ai dû renoncer et le laisser mourir.

— Tu n'y es pour rien, Leo, dit Abbie, les larmes aux yeux. C'était un tragique accident. Il était probablement déjà mort avant que tu ne plonges.

Il haussa les épaules, la mâchoire crispée, le regard vide, et elle comprit qu'il ne la croyait pas.

— Il est mort le 27 février, et c'est pour ça que Nonna veut être rentrée chez elle à cette date. Elle se rend à la crique tous les ans ce jour-là.

Soudain les pensées d'Abbie allèrent à Christina, enceinte dans un pays étranger et pleurant son premier amour.

Elle fit un rapide calcul et s'aperçut que l'enfant avait maintenant à peu près le même âge que son père à sa mort.

— Christina fait aussi le pèlerinage ? demanda-t-elle.

— Non. Elle est retournée en Italie quand nous avons divorcé.

— Tu as épousé Christina ? demanda-t-elle avec incrédulité.

— Il le fallait. Dom voulait l'épouser, et il est mort à cause de moi. Je l'ai emmenée à Melbourne, et nous nous sommes mariés dans la plus stricte intimité. Elle a fait une fausse couche peu après, et j'ai perdu la dernière part de Dom qu'il me restait.

Médusée par un tel sens de l'honneur et du devoir, Abbie comprit que Leo était encore plus complexe qu'elle ne l'avait imaginé.

— Et toi ? demanda-t-elle, bien que connaissant déjà la réponse.

— Je ne suis jamais retourné à la crique. Enfin, jusqu'à aujourd'hui. Je ne sais même pas ce qui m'a conduit là-bas. D'ailleurs, je ne viens à Bandarra que lorsque j'y suis obligé.

— Il était peut-être temps pour toi de te confronter au passé.

Il lui lança un regard d'une incroyable dureté.

— Je ne savais pas que tu étais psy.

Il cherchait une dispute, mais Abbie ne lui ferait pas ce plaisir. Elle avait découvert l'homme qui se cachait derrière le brillant chirurgien et le grand séducteur, et elle savait combien il lui en coûtait de rester à Bandarra.

Soudain, elle sut la raison pour laquelle il l'avait poursuivie avec tant d'insistance. Il se servait d'elle pour oublier.

Ignorant un léger pincement au cœur, elle voulut se convaincre que ce n'était pas grave. Après tout, elle faisait la même chose.

Ni l'un ni l'autre ne voulait d'une relation durable. Ils s'étaient promis un mois de passion sexuelle effrénée, puis chacun reprendrait sa route.

Rassurée par cette certitude, elle le fit basculer sur le dos, s'installa à califourchon sur lui et se pencha pour l'embrasser.

Abbie s'aperçut qu'elle souriait béatement. Elle souriait beaucoup depuis quelques jours. Leo était un amant inventif et attentionné et il savait la combler, mais leur entente se situait aussi sur le plan intellectuel. Il la faisait rire, et ils avaient de passionnantes conversations où chacun défendait son point de vue. Jamais il ne lui ordonnait de se taire en prétendant qu'elle n'y connaissait rien, ni ne se moquait de ses goûts, et c'était une expérience nouvelle pour elle.

— Vous semblez heureuse, *dottore*. C'est bien. Vous avez besoin de sourire plus. Comme Leo.

Maria était assise sur une chaise, une main sur le pommeau de sa canne et sa valise à côté d'elle.

Abbie inscrivit « 26 février » sur le formulaire de sortie et signa.

— Leo sourit tout le temps, dit-elle. Surtout aux femmes.

La vieille dame inclina la tête et l'observa d'un regard pénétrant.

— Mais ce n'est pas un sourire de vrai bonheur.

Sans lui laisser le temps de répliquer, Maria se leva avec une étonnante vivacité.

— Bon, je serai chez moi un jour plus tôt que prévu.

— Vous êtes une femme très déterminée, mais évitez de vous fatiguer.

— Balivernes ! déclara Maria en se dirigeant vers la porte. Je suis solide comme un roc.

Puis elle pointa un doigt noueux vers Abbie.

— Et vous, je veux vous voir bientôt dans ma cuisine.

Rouge et fébrile, Rosa les retrouva dans le hall, sa voiture garée juste devant la porte.

— Désolée, je suis en retard, mais Stefano a finalement décidé que les vendanges commenceraient ce soir. J'espère que vous pourrez venir.

— Avec plaisir, Rosa. Merci.

Depuis quelques jours, Abbie rêvait de voir Leo dans sa

famille, ce qui était pour le moins surprenant puisqu'ils avaient décidé de ne pas s'attacher l'un à l'autre.

La mère de Leo lui serra la main.

— Merci de tout ce que vous avez fait pour Nonna. Nous ferons en sorte qu'elle ne se fatigue pas trop. Et merci aussi d'avoir trouvé de quoi occuper Leo. Il ne se sent pas très à l'aise à la maison.

— Surtout à cette période de l'année. Il m'a parlé de Dom.

Rosa ferma brièvement les paupières en soupirant.

— Mon garçon n'a pas eu de chance.

— Je crois que Leo se sent coupable.

— Il est bien le seul.

Agitant ses clés, Rosa fit le tour de la voiture.

— A ce soir.

Abbie agita distraitement la main, perdue dans ses pensées.

Abbie s'arrêta devant la propriété et descendit de voiture, Murphy sur ses talons. Dans la cour, des enfants jouaient bruyamment au ballon, et Leo se trouvait au milieu de la mêlée, une fillette d'environ cinq ans sur les épaules.

Il ferait un père formidable, songea-t-elle.

Se mordant la lèvre inférieure, elle chassa aussitôt cette pensée indésirable. Les termes de leur relation étaient très clairs depuis le début. Ils ne voulaient s'engager ni l'un ni l'autre.

Quand Murphy aboya, Alec émergea de la joyeuse bande et courut vers le chien. Leo tourna la tête, et le sourire chaleureux qu'il lui adressa fit frémir Abbie.

Une bouffée de désir l'envahit, lui ôtant toute pensée cohérente, comme chaque fois qu'elle le voyait.

— Abbie, est-ce que Murph peut jouer avec nous ?

Baissant les yeux, elle vit que l'enfant avait posé la tête sur celle de l'animal et enfoui les mains dans l'épaisse fourrure noir et blanc. Trois jours plus tôt, Leo et Chiara l'avaient emmené à Melbourne pour la journée, et il avait pu voir sa mère, qui respirait maintenant sans assistance. Penny était à présent tirée d'affaire, mais la guérison serait longue et, dès que son état le permettrait, elle serait transférée à Bandarra, ce qui serait mieux pour Alec.

Abbie sourit au garçon, elle savait combien il aimait le chien, lequel l'aidait à traverser cette douloureuse étape de sa vie.

— Bien sûr. Mais, tu sais, il reste avant tout un chien de berger, il va sans doute passer son temps à vous courir autour et à essayer de vous rassembler.

— Ce n'est pas grave.

Tandis qu'Alec retournait jouer, Leo vint vers elle à petites foulées, la fillette sur ses épaules riant aux éclats.

— Hue, mon cheval ! dit-elle en lui donnant une petite tape sur la tête.

— Poussin, ton cheval a besoin de faire une pause, dit Leo en la faisant descendre de ses épaules. Adriana, voici mon amie, Abbie.

La fillette cria « Salut », avant de faire demi-tour en courant vers les autres enfants.

Leo souffla, mimant l'épuisement.

— Quelle énergie !

— Pauvre vieille chose…, commenta Abbie en riant.

— Tu vas voir si je suis vieux.

La prenant par la taille, il l'attira contre lui et lui effleura les lèvres d'un baiser.

— Tu es superbe.

« Je veux que tu t'habilles bien, Abbie. Ce que tu portes se reflète sur moi. »

Elle essaya de faire taire la voix de Greg, mais, après des années passées à s'habiller comme elle l'entendait, la phrase était encore gravée dans son esprit.

Machinalement, elle épousseta la terre rouge sur son short.

— Je suis mal fagotée, je sais, dit-elle en relevant le menton d'un air de défi. Mais j'ai été retenue au dispensaire aborigène, et je n'ai pas eu le temps de me changer.

Un pli soucieux barra le front de Leo tandis qu'il lui repoussait gentiment une boucle rousse derrière l'oreille.

— Ce n'était pas de l'ironie, Abbie. Tu es belle.

Elle chercha une pointe d'hypocrisie et de chantage émotionnel dans sa voix, comme c'était le cas avec Greg, mais il semblait sincère.

Son cœur se gonfla d'allégresse, et elle se réprimanda aussitôt. Elle n'avait pas besoin de l'approbation d'un homme.

— Viens, allons manger quelque chose, proposa Leo.

Il la prit par la main, et ils se frayèrent un passage dans la foule joyeuse, d'où montaient des exclamations mêlant l'anglais et l'italien.

Frémissant d'excitation à l'idée de participer à cet événement exceptionnel, Abbie suivit Leo dans le jardin bordé d'oliviers, où avaient été accrochées des guirlandes lumineuses faites de minuscules lampes blanches. Entre les arbres brûlaient des flambeaux aromatisés à la citronnelle, qui donnait à l'air une odeur plaisante tout en éloignant les moustiques. Une grande voile avait été fixée au-dessus de la zone réservée au buffet, offrant une protection agréable contre le soleil encore brûlant en cette fin de journée.

— *Dottore*, comment allez-vous ? s'exclama Maria.

Puis, contre toute attente, elle l'enveloppa dans ses bras et déposa un baiser appuyé sur chacune de ses joues.

— *Bene, grazie*, répondit Abbie, et son accent fit rire la vieille dame.

Les parents de Leo l'accueillirent à bras ouverts, tout comme ses sœurs, ses beaux-frères, et quantité de gens dont elle ignorait l'identité.

Peu habituée à autant d'effusions, elle se sentit bientôt submergée et s'agrippa à la main de Leo comme à une bouée.

Ce dernier embrassa tout le monde, accepta les plaisanteries de ses sœurs et les conseils de tout un chacun, jusqu'à ce que les limites de sa patience soient atteintes.

— Abbie a eu une rude journée, dit-il avec autorité. Elle a besoin de se nourrir.

Comme par miracle, tout le monde s'écarta tout en se confondant en excuses, puis elle fut poussée vers le buffet.

— Désolé, dit Leo. Ils ont les meilleures intentions du monde, mais bon...

Il soupira.

— Alors qu'est-ce qui te ferait plaisir ?

— Hé, oncle Leo !

Avant même qu'Abbie ait eu le temps de répondre, un groupe de fillettes avait surgi, mené par des jumelles en tout point identiques.

Ressentant le besoin d'être seule, Abbie s'éclipsa et alla se servir au buffet, médusée par un tel assortiment de nourriture.

Tandis qu'elle observait Leo en pleine discussion avec les fillettes, ne montrant aucun signe d'agacement, elle s'aperçut qu'il aimait sincèrement les enfants.

Et alors, songea-t-elle ? Cela ne changeait rien.

Il ne voulait pas d'une relation permanente, donc il ne voulait pas d'enfants. Elle non plus, d'ailleurs.

Anna prit place à côté d'elle, et désigna Leo d'un signe de tête.

— Les enfants l'adorent. C'est dommage qu'il n'en ait pas à lui.

— Chacun mène la vie qu'il souhaite. Tout le monde n'est pas fait pour le mariage.

— Bien sûr que si. Il suffit de trouver la bonne personne.

Anna la scruta d'un air entendu avant d'ajouter :

— Je le trouve très détendu depuis quelques jours.

Abbie haussa les épaules.

— Il avait sans doute besoin de vacances.

Un rire échappa à Anna.

— Vous appelez ça comme ça ? Ecoutez, j'aime Leo de tout mon cœur, mais depuis son divorce, il ne cesse de papillonner, reprit-elle, sérieuse, tout à coup. Faites attention à vous.

Abbie lui pressa gentiment le bras.

— Ne vous inquiétez pas pour moi. Il n'y a rien de sérieux entre nous.

Sous les puissants projecteurs qui éclairaient les vignes comme un stade, les files de cueilleurs avançaient en rythme.

Parvenu au bout de sa rangée, Leo s'essuya le front d'un revers de bras et se tourna vers Abbie, qui travaillait avec concentration.

Se glissant derrière elle, il lui ôta le sécateur des mains, et plongea le visage dans ses cheveux, en luttant contre l'envie de lui dire combien il la trouvait belle. Contrairement à la plupart des femmes, Abbie détestait les compliments, ce qu'elle devait probablement à ce moins-que-rien de Greg.

— J'ai respecté la tradition qui veut que chaque membre de la famille cueille une rangée, dit-il.

Abbie pivota entre ses bras.

— Je ne verrai plus jamais les cueilleurs de la même façon. C'est incroyablement dur.

— Etre médecin aussi. D'ailleurs, je te rappelle que nous devons être à l'hôpital à 8 heures, demain. Il vaut mieux que nous partions maintenant si nous ne voulons pas nous endormir sur nos patients.

— Oh, tant mieux, dit-elle. Je ne sens plus mes épaules.

Une lueur malicieuse s'alluma dans le regard de Leo.

— Je te ferai un massage avant de dormir.

— Ah, dormir ! dit-elle en bâillant. Quelle merveilleuse perspective !

La déception de Leo la fit rire.

— Ne joue jamais aux cartes, dit-elle en lui effleurant les lèvres d'un baiser. Tu perdrais.

Sous un ciel piqueté d'étoiles, ils revinrent vers la maison étroitement enlacés.

— Je ne savais pas que vendanger la nuit réduisait la fragmentation des grains et le risque d'oxydation, remarqua Abbie.

— Et qu'as-tu appris d'autre ? demanda Leo, amusé par son enthousiasme.

— Anna sait que nous couchons ensemble...

Il s'arrêta net et tourna vers elle un regard catastrophé.

— Qu'est-ce qu'elle a dit ?

— Ne t'affole pas. Elle ne m'a rien appris que je ne savais déjà.

— C'est-à-dire ?

— Que tu refusais de t'engager depuis ton divorce.

Elle chercha son regard.

— Ta famille sait-elle pourquoi tu as épousé Christina ?

— Ils ont pensé que je m'accrochais au souvenir de Dom. Et ils n'ont jamais rien su pour le bébé... Je ne voulais pas leur en parler. Ils étaient déjà assez malheureux comme ça.

— Ce que tu as fait était incroyablement généreux.

— Non. Pas du tout. J'ai fait souffrir la femme que mon frère aimait, et j'ai gâché sa vie. Après la perte du bébé, elle a sombré dans une profonde dépression, mais j'étais trop pris par mes études pour faire attention à elle. Un soir, elle a pris trop de cachets. Après son lavage d'estomac, elle m'a dit qu'elle voulait divorcer. Elle préférait encore la honte de retourner dans son village avec l'étiquette d'une femme divorcée que de continuer à subir l'enfer que je lui faisais vivre. Je pensais faire une bonne action, et je l'ai détruite.

Le regard empli de compassion, Abbie lui caressa le bras.

— Je suis désolée, mais je doute que tu sois responsable de sa dépression. Cela a dû être très dur pour vous deux.

Il grimaça.

— En tout cas, ce que je sais, c'est que toutes les relations sont vouées à l'échec. Et avec le recul, je suis soulagé qu'il n'y ait pas eu d'enfant. Cela aurait été encore pire.

— Et aujourd'hui ? Tu n'as vraiment pas envie d'en avoir ?

— J'ai mes neveux et nièces.

— C'est ce que j'ai dit à Anna.

— Je vois que tu me comprends. Mais toi ? La plupart des femmes veulent des enfants.

Elle se crispa.

— Je ne suis pas la plupart des femmes, tu as dû t'en rendre compte. Je ne veux pas avoir un enfant toute seule et, compte tenu de mon incapacité à trouver l'homme idéal, je préfère renoncer à la maternité.

Un aboiement joyeux déchira soudain l'air nocturne, et ils virent Murphy faire des bonds devant la grille du jardin.

— De toute façon, j'ai mon chien, conclut-elle d'un ton plus gai. Et je m'occupe des enfants du refuge. La compagnie des enfants ne me manque donc pas. Comme toi avec tes neveux et nièces.

Se haussant sur la pointe des pieds, elle l'embrassa.

— Tous les bons côtés, sans la responsabilité…, conclut-elle.

— Exactement, dit Leo, ravi qu'ils soient sur la même longueur d'onde.

# 10

La sonnerie du réveil pénétra lentement le cerveau endormi d'Abbie.

Blottie dans la chaleur du corps de Leo, dont le bras l'enlaçait, elle se sentait détendue et en proie à un merveilleux bien-être. Pour la première fois, Leo avait passé toute la nuit avec elle, affirmant que ce n'était plus la peine de se cacher puisque Anna était au courant.

— Eteins ce fichu truc, grommela-t-il.

Abbie tendit la main pour couper la sonnerie, puis s'étira en bâillant. Elle n'avait pas dormi comme cela depuis... En fait, elle ne se le rappelait pas.

Débordante d'énergie, elle embrassa Leo sur le bout du nez.

— Allez, debout ! dit-elle avec entrain.

Il ouvrit un œil, marmonna quelque chose d'indistinct, et enfouit le visage dans l'oreiller.

— On dirait que tu n'es pas du matin, dit-elle en faisant courir les doigts le long de sa colonne vertébrale.

Se redressant sur un coude, il lui adressa un sourire éblouissant.

— Mais tu dois reconnaître que je suis au mieux de ma forme le soir.

Elle eut une moue dubitative.

— Je ne peux pas conclure en ce sens tant que je n'aurai pas tous les éléments. Et les statistiques du matin sont dramatiquement incomplètes.

Une lueur d'intérêt s'alluma dans le regard de Leo.

— Je ne suis pas homme à refuser les défis.

— Malheureusement, il va falloir remettre notre étude à plus tard, docteur Costa. Je te rappelle que nous sommes mercredi, et que tu as des patients à opérer toute la journée.

— Toute la journée ? Mais je travaille à mi-temps !

— Je n'y suis pour rien. C'est toi qui l'as proposé lors de notre première réunion de coordination. Et tu as intérêt à ne pas être en retard, parce que l'anesthésiste détaché de Melbourne a horreur de rater son avion du soir.

Leo fit la moue.

— Les gens devraient avoir l'esprit plus ouvert. Il y a une vie aussi à Bandarra. Tiens, nous devrions le retarder exprès et l'emmener dîner chez Anna. Son restaurant vaut bien ceux de Melbourne.

— On dirait que le charme de Bandarra commence à agir sur toi.

Il haussa les épaules.

— Ce n'est pas parce que j'ai décidé de vivre ailleurs que je ne peux pas être objectif.

Mais elle savait qu'il mentait. Il y avait trop de fantômes pour lui à Bandarra.

Soudain, elle prit conscience de la date. Le 27. L'anniversaire de la mort de son frère. Elle comprit alors pourquoi il avait planifié autant d'opérations.

La frustration et l'inquiétude lui nouèrent l'estomac. Leo avait besoin de faire son deuil et d'accepter de n'être responsable ni de la mort de Dom ni de la dépression de Christina.

« Laisse-le tranquille. Ne t'en mêle pas », lui souffla une petite voix familière. Mais elle n'avait plus envie de lutter. La guerrière en elle venait de déposer les armes.

Tout ce qui touchait Leo la concernait, et elle devait l'aider.

Parce qu'elle l'aimait.

Cette révélation lui arracha un petit cri de surprise.

— Ça ne va pas ? demanda Leo.

— Non ! Enfin si, mais tu as vu l'heure ?

Rejetant le drap, elle se précipita vers la salle de bains et ferma la porte.

Là, elle se laissa tomber sur le sol et se prit la tête dans les mains. Son estomac se révulsait, et elle se sentait au bord du malaise.

*Elle aimait Leo.*

Une douleur violente au niveau du cœur lui arracha un gémissement. Bon sang, comment avait-elle pu être aussi stupide ? A la minute où il avait plongé les yeux dans les siens en lui disant qu'il avait besoin d'elle, elle avait su qu'elle était perdue. Depuis, elle n'avait fait que se mentir.

Elle était tombée amoureuse d'un homme qui ne croyait pas à l'amour. « Idiote, idiote, idiote ! »

Prenant une profonde inspiration, elle tenta de se raisonner. Leo était encore là pour une semaine, puis il disparaîtrait de sa vie. Rien ne changerait parce qu'elle avait rompu sa part du marché.

La gêne dans sa poitrine était si forte qu'elle avait de plus en plus de mal à respirer tandis que ses seins, écrasés contre ses genoux, étaient anormalement douloureux. Elle étendit les jambes devant elle, accueillant avec soulagement la fraîcheur du carrelage.

Jamais elle n'aurait cru que l'amour pouvait provoquer de tels désagréments physiques.

— Abbie ? Tout va bien ? Je peux utiliser la douche ?

— Tu n'as qu'à prendre l'autre salle de bains, répondit-elle, peu désireuse que Leo la voie dans cet état.

Se relevant, elle tourna le robinet de la douche et régla la température. Au moment de se glisser sous le jet, elle vit qu'il n'y avait plus de gel dans le support. Ouvrant le placard, elle fit tomber un flacon de shampooing, et se promit de mettre de l'ordre dans les rayonnages encombrés.

Tandis qu'elle remettait le shampooing en place, ses doigts effleurèrent une boîte de tampons. Une angoissante question lui traversa soudain l'esprit. A quand remontaient ses dernières règles ?

Refusant de céder à la panique, elle essaya de raisonner en médecin. Elle avait un stérilet. Son efficacité n'était pas totale, mais les risques étaient minimes. Les retards de règles étaient fréquents lorsque le mode de vie changeait. Les seins devenaient plus sensibles quand les cycles étaient plus longs...

Mais, même dans les périodes les plus chaotiques de son existence, ses cycles n'avaient connu aucune modification.

Une vague de nausée la submergea, et elle dut lutter pour garder le contrôle.

« Arrête ! Tu es stressée, et forcément tu te sens mal. Ce n'est qu'une association d'idées. »

Prenant une serviette sur le portant, elle la noua sommairement autour d'elle puis courut dans le couloir prendre sa trousse médicale.

Une fois de retour dans la salle de bains, elle s'enferma à clé, ouvrit d'une main tremblante la boîte en carton et arracha la protection en plastique.

Le plus difficile était d'attendre trois minutes.

Elle en profita pour prendre sa douche et se sécher.

Elle se faisait des idées. Ce serait forcément négatif.

Prenant une profonde inspiration, elle s'empara du test et vérifia le résultat.

*Positif.*

— Leo, votre grand-mère a appelé toutes les heures, ce matin. Votre mère, deux fois. Anna et Chiara ont laissé des messages.

Erin venait d'entrer dans la pièce de repos des médecins en agitant une liasse de feuillets jaunes.

Leo avala rapidement un sandwich avant de retourner au bloc. Il savait précisément ce que sa famille lui voulait. Nonna tenait à ce qu'il l'accompagne à la crique, et elle envoyait ses troupes en renfort, mais il n'avait aucune envie de leur parler.

Ce n'était pas parce qu'il se trouvait à Bandarra aujourd'hui qu'il allait changer de comportement.

Jamais il ne remettrait les pieds à la crique de Wadjera.

— C'est votre anniversaire ? demanda Erin en lui tendant les messages. Dans ce cas, vous avez intérêt à nous apporter un gâteau.

Il se força à sourire.

— Si je vous apporte un *tiramisu* demain, vous croyez qu'Helen, au standard, pourra leur dire que je suis coincé au bloc toute la journée ?

L'infirmière eut un petit rire de gorge.

— Si vous nous prenez par les sentiments, je suis sûre que ça peut s'arranger.

Elle quitta la pièce, et l'anesthésiste suivit avec intérêt le balancement de ses hanches.

— Voilà qui nous change..., dit-il en repliant son journal.

Dès la première seconde, Leo l'avait trouvé antipathique, mais il fit un effort de politesse.

— Pardon ?

— Comparée à McFarlane, vous devez reconnaître qu'elle est quand même plus agréable à regarder.

Une colère froide s'empara de Leo.

— Abbie McFarlane est un excellent médecin.

— Peut-être, mais elle n'a vraiment rien d'attirant.

Leo se retint de sauter à la gorge de l'arrogant personnage.

— Regardez ses yeux la prochaine fois, et vous me direz si vous la trouvez toujours aussi quelconque.

— Alors là, vous me surprenez, mon vieux, dit l'anesthésiste.

Puis il adressa à Leo un clin d'œil entendu.

— Ce ne sont pas les fenêtres de l'âme qui m'intéressent chez une femme.

Leo était ulcéré. Même s'il aimait jouer les séducteurs, jamais il n'avait été aussi superficiel. Mais la voix moqueuse de son père résonna soudain à son oreille.

« Toutes ces femmes superbes remplissent ton lit mais pas ton âme. »

D'un geste brusque, il reposa sa tasse de café sur la table.

— Il faut y aller.

L'anesthésiste se leva en soupirant.

— A quoi pensiez-vous quand vous avez établi ce programme ?

— J'aime être occupé.

— A ce rythme-là, on va être coincés ici jusqu'à la tombée de la nuit.

— C'est le but, marmonna Leo entre ses dents.

Abbie regardait dans le vide. Trente heures s'étaient écoulées depuis qu'elle avait découvert le résultat de son test de grossesse. Depuis, toutes ses pensées tournaient autour de la même chose.

Enceinte. Un bébé. Etre mère...

C'était la plus merveilleuse et la pire des nouvelles possibles.

D'après ses calculs, elle était enceinte de quatre semaines. Ce n'était pas beaucoup, mais suffisamment pour que toute son existence en soit changée, et le médecin en elle savait qu'elle devait consulter immédiatement son gynécologue pour faire retirer son stérilet.

Cette décision-là n'était pas la plus difficile. Parler à Leo serait autrement plus compliqué. Une première fois déjà, il avait épousé une femme par devoir, et cela continuait à le ronger. Dans ces conditions, pouvait-elle lui imposer un enfant ?

Elle posa le front sur son bureau et se passa les doigts dans les cheveux. Elle aimait un homme qui ne voulait pas s'engager et qui refusait d'avoir des enfants, mais qui avait suffisamment le sens du sacrifice pour faire ce qui était juste.

Elle se redressa pour boire un verre d'eau. Elle n'avait pas vu Leo depuis hier matin, car il avait passé son temps à se cacher pour éviter la commémoration de la mort de Dom. Elle n'avait pas été surprise en découvrant son texto en fin de journée :

Retenu au travail. On se voit demain soir. Promis. Leo.

Leo, l'homme qu'elle aimait. Le père de son bébé.

Son téléphone émit une série de bip et elle consulta l'écran.

Gnocchi-partie ce soir chez toi. L.

Elle sourit, gagnée par une douce chaleur qui balaya ses angoisses. « La nourriture ne remplit pas seulement l'estomac. Elle alimente l'âme. » Elle n'avait pas compris ce que Maria voulait dire, mais, à présent, le sens caché de cette phrase lui apparaissait. Lorsqu'on faisait la cuisine avec quelqu'un, ou pour quelqu'un qu'on aimait, l'amour se transférait à la nourriture.

Leo voulait cuisiner avec elle. Leo voulait passer toute la nuit chez elle. Il voulait sa compagnie.

Un immense espoir l'envahit, mais elle s'obligea à ne pas brûler les étapes. D'abord, elle devait consulter son gynécologue et s'assurer que tout allait bien.

Ensuite, elle parlerait à Leo.

De lourds nuages noirs s'accumulaient à l'ouest, et Leo grimaça. Après des années passées en ville, il n'avait pas complètement oublié à quel point les conditions climatiques pouvaient être cruciales à la campagne. La sécheresse était souvent un problème à Bandarra, mais la pluie n'était jamais la bienvenue pendant les vendanges.

Poussant la porte du dispensaire, il entra dans le hall frais et accueillant, et fut surpris par le calme qui y régnait. L'accueil — ou le poste de commandement, comme l'appelait Abbie en plaisantant — était désert. Aucun patient n'occupait les confortables fauteuils, les jouets étaient rangés dans une boîte, et Jessica, la réceptionniste, n'était pas à son poste.

Il hésita. Avait-il mal lu le planning ? Il s'avança vers le tableau et vit qu'Abbie était bien de permanence.

Il emprunta le couloir jusqu'à son bureau et frappa à la porte. Après quelques instants de silence, il colla l'oreille au battant et, n'entendant aucun murmure de voix, l'ouvrit.

— Surprise ! s'exclama-t-il avec entrain.

Mais la pièce était vide, bien que l'ordinateur fût resté allumé. Il décida d'attendre Abbie et de consulter ses e-mails sur grand écran plutôt que sur son téléphone. A quelques jours de son retour à Melbourne, sa secrétaire le bombardait de messages afin d'organiser son emploi du temps.

— Alistair Macklin… Oh, c'est vous, Leo.

Jessica venait de passer la tête dans l'embrasure de la porte, l'air pressé.

— Excusez-moi, je croyais qu'Abbie était là.

Il lui sourit.

— Je l'attends. Vous voulez que je lui transmette un message ?

Jessica hésita puis consulta sa montre.

— Ça ne vous ennuie pas ? Je devrais déjà être partie depuis une demi-heure.

Elle lui tendit un fax.

— Pouvez-vous lui signaler le changement de rendez-vous avec le Dr Macklin ? Je vous ai transféré tous ses patients demain matin, comme ça elle aura toute la journée de libre.

— Attendez ! Ça veut dire que je dois commencer demain à 8 heures ?

— Oui, je suis désolée. Je sais que j'aurais dû vous prévenir avant, mais tout est allé si vite.

Un Klaxon retentit à trois reprises, trahissant l'impatience du conducteur.

— Je crois que Gavin vous attend, remarqua Leo. C'est bon, Jess, allez-y.

— Merci, Leo. Je compte sur vous, donc ?

Ravi de pouvoir soulager Abbie de sa charge de travail afin qu'elle puisse assister à une série de séminaires à l'hôpital de Mildura, il hocha la tête.

— C'est comme si c'était fait.

Jetant un coup d'œil distrait au fax, il remarqua le mot « obstétrique », et se demanda si Abbie envisageait une spécialisation. Y regardant de plus près, il lut « consultation obstétrique, patient Abbie McFarlane ».

La bouche soudain aussi sèche que du carton, il crispa les doigts sur la feuille.

*Abbie était enceinte.*

Portant la main à son visage, il secoua la tête.

Ce n'était pas possible.

Il essaya de se calmer et de réfléchir. Abbie avait un stérilet, et ils n'avaient fait l'amour qu'une seule fois sans préservatif. Une seule et unique fois, pour l'amour du ciel ! Quelle était la probabilité qu'elle soit malgré tout enceinte ?

Mais, en dépit de ses efforts pour se rassurer, ses yeux restaient rivés sur les mots « consultation obstétrique ». Il n'était pas écrit « gynécologie », comme pour un contrôle annuel, mais « obstétrique ».

Donc, elle était enceinte.

Son sang se mit à battre si fort que ses oreilles bourdonnèrent, et il se trouva soudain replongé dans le passé.

Il ne voulait pas revivre tout cela encore une fois.

Un roulement de tonnerre le fit sursauter. Tournant la tête, il vit s'écraser de grosses gouttes de pluie sur la vitre, se rejoignant bientôt pour former de minces filets d'eau.

Soudain, les paroles d'Abbie lui revinrent à la mémoire. Elle ne voulait pas d'enfant, et elle refusait de dépendre de quelqu'un...

Son sang se glaça.

Il ne pouvait y avoir qu'une seule raison à ce rendez-vous. Une seule raison pour expliquer un changement de planning à la dernière minute.

Il ne savait plus où il en était. L'idée d'avoir un enfant le terrifiait. La perspective de vivre avec Abbie l'inquiétait tout autant.

Mais de là à prendre une décision aussi radicale...

Abbie choisit cet instant pour entrer dans son bureau.

— Oh, bonjour ! Tu as vu cette pluie ? C'est formidable, non ?

Leo leva les yeux, ses doigts toujours crispés sur le fax. Rien ne transparaissait sur le visage d'Abbie, à part peut-être ce léger pli de fatigue autour des lèvres.

— Pas pour le raisin, dit-il.

— Oh, c'est vrai… Je n'y avais pas pensé.

Elle fit le tour du bureau, noua les bras autour de son cou et l'embrassa. Presque distraitement.

— Je ne pensais pas te voir avant le dîner.

Leo fit un effort de concentration. Une partie de lui rêvait de la serrer dans ses bras et de l'embrasser longuement, tandis qu'une autre répugnait à la toucher. Quelque part au tréfonds de sa conscience, il savait que le mieux était de laisser les choses suivre le cours qu'elles auraient eu s'il n'était pas entré dans le bureau. Mais le mot « obstétrique » continuait à clignoter dans son esprit, bannissant toute pensée cohérente.

— Tu es enceinte ?

Le regard courroucé qu'il lui lança, tout autant que ses paroles accusatrices, rappela à Abbie les pires moments de sa relation avec Greg, et elle se mit à trembler.

Comment savait-il ? Ce n'était pas de cette façon qu'elle avait prévu de le lui annoncer.

Se mordillant les lèvres, elle décida de l'affronter.

— Quel genre de question est-ce ?

— Le genre qui attend une réponse.

D'un geste brusque, il lui tendit une feuille de papier.

Dehors, l'orage se déchaînait, et un éclair zébra le ciel tandis qu'elle découvrait le message.

Elle s'empourpra d'indignation.

— Comment as-tu eu ça ? C'est personnel.

Il soutint son regard, sans la moindre trace de contrition.

— Jess devait partir. J'ai pris le message. Mais ce n'est pas le problème.

Se levant avec précipitation, il la toisa de toute sa hauteur.

— Pourquoi ne m'as-tu rien dit ?

Précisément par crainte de ce genre de réaction, songea Abbie en essayant de ne pas se laisser impressionner.

— C'est moi que ça concerne.

— « Ça », c'est un bébé.

La pluie qui crépitait avec violence sur les vitres semblait amplifier la colère de Leo, et elle dut faire appel à toute sa volonté pour ne pas se laisser submerger par le passé, et trouver la force de lui tenir tête.

— Je sais que c'est un bébé. Mais nous ne l'avons désiré ni l'un ni l'autre.

— Donc, tu ne veux pas le garder ?

L'estomac d'Abbie se révulsa, et elle dut se retenir au bureau tandis que la pièce commençait à tourner autour d'elle.

— C'est ce que tu crois ?

Il leva les bras, gesticulant fiévreusement.

— Ton silence, l'urgence de ce rendez-vous… que veux-tu que je croie d'autre ?

— Tu ne me connais vraiment pas, n'est-ce pas ? dit-elle avec tristesse.

— Evidemment. Notre rencontre remonte à un mois.

La déception était si forte qu'elle n'eut pas la force de lui répondre.

— Tu m'as dit que tu ne voulais pas d'enfant, insista Leo.

— Je parlais en général. Mais la situation est différente, maintenant. Je n'avais pas l'intention de prendre une décision avant de t'en parler.

Saisie de tremblements, elle croisa les bras sur la poitrine.

— Je sais que c'est un choc, et moi-même je n'en suis pas totalement remise. Je dois voir Alistair pour passer une échographie. Le stérilet pourrait avoir causé des problèmes, et je voulais avoir toutes les informations pour en discuter ensemble.

L'expression de Leo se radoucit et, pendant quelques secondes, elle crut qu'il allait tendre les bras vers elle, l'attirer contre son torse et enfouir le visage dans ses cheveux en lui disant des mots tendres en italien. Mais il ne bougea pas.

— Bon, dit-il enfin.

Puis il se passa une main dans les cheveux et se mit à arpenter la pièce, comme lorsqu'ils discutaient ensemble du cas d'un patient.

— Si tout est normal, tu viendras avec moi à Melbourne.

Abbie reprit espoir.

— Tu veux que nous vivions ensemble ?

Il massa pensivement sa cicatrice au menton.

— Je n'ai pas le choix, de toute façon.

— On a toujours le choix, protesta Abbie, que ces paroles blessaient profondément. Je ne suis pas comme Christina, une petite provinciale de dix-huit ans qui ne connaît rien à la vie.

— Mais c'est mon enfant que tu attends. Je dois penser à lui et assumer mes responsabilités.

— C'est-à-dire ?

— On va prendre le risque.

Abbie n'était pas sûre de bien comprendre.

— Quel risque ?

— Celui de vivre ensemble. On ne sait jamais, j'aurai peut-être plus de chance, cette fois.

Son manque flagrant d'enthousiasme serra le cœur d'Abbie. Comment pouvait-il ignorer tous les merveilleux moments qu'ils avaient passés ensemble, et ne voir que le mauvais côté des choses ?

Il ne l'aimait pas. Elle devait se résigner à l'admettre.

Mais elle ne voulait pas faire grandir un enfant dans un foyer sans amour, rongé par la peur et l'incertitude.

— Si je comprends bien, tu te crois obligé d'agir dans les règles, mais tu n'en as pas envie ?

— Je t'en prie, Abbie. Ce n'était qu'une aventure. Nous ne nous attendions pas à ce que cela dépasse quelques semaines.

— Donc, c'est la brièveté de notre relation qui compte,

pas sa substance ? Il me semblait pourtant que nous avions beaucoup de points communs.

Il soupira, lui donnant l'impression qu'il rêvait d'être ailleurs.

— Ecoute, je suis prêt à y mettre du mien.

— *A y mettre du tien ?* demanda-t-elle, l'incrédulité faisant monter sa voix dans les aigus. Mais si ça ne marche pas, chacun repart de son côté, c'est ça ? Merci pour le vote de confiance. C'est un départ très prometteur.

— Ecoute, je me suis déjà marié une fois, et je n'ai pas envie de recommencer.

— Je ne t'ai pas demandé de m'épouser. Et je ne serai pas non plus la victime de ton ridicule sens du devoir !

Tournant les talons, elle se dirigea vers la porte, mais s'arrêta à mi-chemin.

Prenant une profonde inspiration, elle se tourna de nouveau vers Leo.

— Je t'aime, Leo, mais je n'ai pas envie de lutter contre ta culpabilité, parce qu'elle te dévore et te tient à l'écart de tous ceux qui t'aiment. Retourne à Melbourne te noyer dans le travail. Je ne viendrai pas avec toi.

Rassemblant ce qu'il lui restait de dignité, elle amorça une retraite vers la porte, consciente que tout espoir de bonheur avec Leo était anéanti à jamais.

— Tu ne peux pas partir comme ça ! cria Leo dans son dos. Nous n'avons encore rien décidé.

— J'ai pris ma décision..., lança-t-elle sans se retourner.

# 11

Dehors, un vent violent s'était levé et la pluie crépitait avec violence sur les vitres. Assise à son bureau, Abbie laissait ses pensées divaguer.

Ce genre de déluge était monnaie courante dans la région tropicale du Queensland, mais restait une exception dans cette zone reculée de New South Wales. Après trois jours de pluies torrentielles, la ville, d'abord ravie, commençait à s'inquiéter. Des bulletins d'alerte étaient diffusés régulièrement, et la sécurité civile était passée à l'action, endiguant le fleuve à l'aide de sacs de sable pour prévenir une inondation majeure.

Les exploitations horticoles situées dans la vallée, qui se remettaient à peine de l'exceptionnelle canicule survenue deux ans plus tôt, étaient maintenant immergées. Les vignobles étaient confrontés à une pénurie de raisins destinés aux vins bon marché, et les agriculteurs commençaient à faire grise mine.

Abbie essayait de se sentir concernée. Sa ville, sa maison, son hôpital, ses patients... tout cela était menacé, et elle s'était pliée presque mécaniquement aux consignes de sécurité, mettant les équipements médicaux à l'abri, et faisant une sauvegarde informatique. Mais en réalité, son esprit était ailleurs.

*Le bébé. Leo.* Voilà à quoi se résumaient ses préoccupations.

La veille, Alistair Macklin lui avait retiré son stérilet et l'avait rassurée. La grossesse étant toute récente, le risque de fausse couche n'était pas plus élevé que pour toute autre grossesse.

Et le fait que la nidation se soit faite normalement l'incitait à croire que l'embryon possédait déjà une vraie détermination.

Comme son père.

Des larmes lui montèrent aux yeux, brouillant sa vision. Quitter Leo était la décision la plus difficile qu'elle ait jamais eu à prendre.

Mais avait-elle le choix ?

S'il l'avait aimée, tout aurait pu être différent, merveilleux. Mais son expression épouvantée quand elle lui avait dit qu'elle l'aimait ne lui avait laissé aucun doute.

Tandis qu'elle se rappelait leur dernière conversation, le téléphone sonna, interrompant ses sombres pensées.

— Abbie McFarlane.

— Abbie, c'est Jackie Casterton, de Riverflats, annonça une voix affolée. Hugh a beaucoup de fièvre, et il a très mal à l'oreille gauche. Je voulais vous l'amener, mais ma voiture est en panne.

— Pas de problème, Jackie. Je n'ai personne en consultation à cause de la pluie et, avec mon 4x4, je peux passer partout. Comment est la route chez vous ?

— Elle est encore ouverte.

— Formidable… Je vous apporte des médicaments.

— Oh, merci, Abbie.

— Je vous en prie.

Elle raccrocha, prit sa mallette et prévint Jessica.

— Je vais chez les Casterton. J'en ai pour une heure.

La réceptionniste hocha la tête.

— S'il y a un problème, je pourrai toujours appeler Leo. Il est encore en ville jusqu'à samedi, je crois ?

— C'est ce que j'ai cru comprendre, dit Abbie d'un ton léger pour donner le change.

Leo fixait l'image sur l'écran de son téléphone. Depuis vingt-quatre heures, c'était à peine s'il avait pu en détacher les yeux.

Une fois encore, il relut le message d'Alistair Macklin qui accompagnait le cliché de l'échographie.

Tout va bien.

C'était déjà ça, songea-t-il en fixant la petite tache en forme de cacahouète qui était son enfant. Parce que, pour le reste, rien n'allait bien dans sa vie.

— Leo, viens ! cria son père depuis la porte du chai.

Avec un soupir, il mit son téléphone dans sa poche, et rejoignit son père pour une nouvelle inspection des vignes.

La terre boueuse leur collait aux semelles tandis qu'ils se dirigeaient vers les ouvriers qui élevaient des digues de fortune sur les berges du fleuve. Heureusement, les principaux bâtiments avaient été construits en retrait, mais la plupart des vignes poussaient sur les rives fertiles d'un fleuve qui n'avait pas débordé depuis des décennies.

Leo observa l'amoncellement de grappes d'un rouge profond.

— Il y a un risque de mildiou ?

Stefano grimaça.

— Si nous avons l'habituelle chaleur de mars après la pluie, le Petit Verdot court un risque.

Ses bottes firent un désagréable bruit de succion dans la boue, tandis qu'il continuait à descendre vers le fleuve.

— Mais si le vignoble est inondé, nous pouvons aussi perdre les vignes, ajouta-t-il.

— Au moins, tu as déjà récolté le blanc.

— C'est vrai, et c'est une chance.

Il soupira et donna une tape amicale sur l'épaule de son fils.

— Mais nous avons déjà connu pire, ta maman et moi. La vigne peut toujours se replanter, pas la vie.

— Il me manque, murmura Leo.

— Je sais, mon fils. Ta *nonna* se rend à la crique, ta maman allume des cierges, et moi, je mets mon amour pour lui dans mon vin. Mais toi... je me fais du souci pour toi.

— Ce n'est pas la peine.

— Tu es resté absent trop longtemps. Il faut que tu viennes plus souvent et que tu te réconcilies avec le souvenir de Dom.

L'air ému, Stefano posa une main sur son cœur.

— Il n'y a pas de faute, Leo, seulement du chagrin. Oublie les regrets. Il est temps d'honorer ton frère en faisant la paix avec toi-même.

*La paix.*

Leo ne savait pas ce que c'était, ni comment la trouver. Son père ne lui avait jamais parlé aussi directement, mais il ne parvenait pas à lui ouvrir son cœur.

Prenant une pelle, il se joignit aux ouvriers et travailla avec rage, indifférent à la pluie qui lui coulait dans le dos.

De longues minutes s'écoulèrent, avant que Stefano ne reprenne la parole.

— Je crois que, cette fois, tu n'es pas mécontent d'être revenu à la maison. Mais j'avoue que ça nous a surpris, ta maman et moi.

Devant l'air étonné de Leo, Stefano eut un petit rire.

— Abbie McFarlane…

Un frisson d'appréhension traversa Leo.

— Eh bien ?

— C'est une vraie femme, avec un cœur et une âme. Elle n'est pas comme Christina, dont tu croyais qu'elle comblerait le vide laissé par ton frère. Et elle n'est pas non plus comme ces mannequins squelettiques et refaites de partout après qui tu courais depuis. Non, Abbie est une femme qui pourrait te rendre heureux.

— Vraiment, papa ? Eh bien, elle ne semble pas intéressée.

Son ton amer lui valut un regard étonné de son père.

— Je n'ai pas rêvé. J'ai bien vu son amour pour toi quand elle te regardait, et j'aurais pu jurer qu'elle accepterait ta demande.

— Je n'ai pas fait ma demande. Je lui ai seulement proposé de venir vivre avec moi à Melbourne.

Stefano soupira en secouant la tête.

— Mon fils, je crois que tu ne comprends rien aux femmes. Ce qu'elles veulent, c'est se marier et avoir des enfants.

— Eh bien, c'est là que tu te trompes, répliqua Leo en passant une main dans ses cheveux trempés. Abbie et moi étions d'accord pour une simple aventure de vacances.

Stefano prit appui sur le manche de sa pelle, l'air désorienté.

— Mais si c'était uniquement physique, pourquoi lui as-tu demandé de rentrer avec toi à Melbourne ?

*Uniquement physique !* Indigné, Leo s'apprêtait à protester, à expliquer qu'il y avait autre chose, mais ce furent d'autres mots qui sortirent de ses lèvres.

— Parce qu'elle est enceinte.

Stefano se laissa lourdement tomber sur une pile de sacs de sable.

— *Dio mio !* Un bébé ?

Il secoua la tête, marmonnant quelque chose comme « Et dire que ce sont des médecins ! », puis la réprobation se lut sur son visage.

— Elle attend ton enfant, et tu lui demandes de venir vivre avec toi ? Je croyais t'avoir inculqué le sens de l'honneur. Cela ne m'étonne pas qu'elle ait refusé ton infamante proposition.

Regrettant déjà cet aveu, Leo leva les mains en signe d'impuissance.

— Elle ne veut pas se marier, papa. Le problème n'est pas là.

— Mais que veut-elle, alors ?

— Quelque chose que je ne peux pas lui donner.

Stefano plissa les yeux, l'observant avec sévérité.

— Est-ce que tu l'aimes ?

Leo soupira.

— Je la connais depuis un mois. Je connaissais Christina depuis plus longtemps, et regarde comment ça a fini.

— Le temps n'a rien à voir, et ce n'est pas ce que j'ai demandé. Est-ce que tu l'aimes ?

— Je l'admire.

— Tu l'admires ?

Son père tremblait de colère, mais il n'explosa pas, et le contrôle qu'il s'imposait était d'autant plus impressionnant.

— Tu oses dire ça après avoir partagé son lit pendant des semaines ?

— Je n'ai rien à me reprocher sur ce plan-là. Nous sommes adultes, et nous savions ce que nous faisions.

— On ne dirait pas ! Et que comptes-tu faire pour le bébé ?

— J'étais prêt à faire un essai pour voir si ça marchait entre nous, mais elle n'a rien voulu savoir.

— Tu lui as présenté les choses comme ça ? Non, mais, tu t'es entendu ?

— Je lui ai offert une solution qui en vaut une autre. De toute façon, je ne crois pas à l'amour.

— Si c'est vraiment ce que tu penses, alors je t'ai mal élevé. Pendant des années, j'ai accepté de te considérer comme un homme, et je t'ai laissé faire tes propres choix. Mais tu t'es éloigné de la famille, tu as remplacé les liens véritables par des contacts superficiels, et tu as banni l'amour de ta vie. Je vais donc te dire maintenant ce que j'aurais dû te dire depuis des années. Aimer une femme, ce n'est ni confortable ni facile. Mais elle est la dernière personne à qui tu penses quand tu t'endors, la première à qui tu penses quand tu te réveilles. Elle est celle avec qui tu veux partager ta journée, bonne ou mauvaise.

Le regard de Stefano reflétait une sagesse forgée par les dures leçons de la vie et, tandis qu'il parlait, des images fusèrent dans l'esprit de Leo en une succession de flashes rapides. Abbie dans ses bras. Leurs discussions passionnées à propos de tout et de rien. Leurs étreintes incroyablement satisfaisantes. Leurs rires... Etait-ce de l'amour ?

— Mais surtout, elle est la femme qui ne te dit pas ce que tu as envie d'entendre, mais ce que tu as besoin d'entendre, conclut son père.

Leo sentit son front se couvrir de sueur. Depuis leur première rencontre, Abbie ne lui avait rien laissé passer. Elle avait vu clair dans la moindre de ses excuses, et l'avait obligé à s'interroger sur ses certitudes. Et elle avait eu raison. Il se cachait derrière une carrière brillante, persuadé que cela suffisait à remplir sa vie.

Il avait fallu qu'il la rencontre pour affronter enfin la vérité. Il avait besoin d'elle.

*Il l'aimait !*

Aussi incroyable que cela paraisse, il l'aimait depuis des semaines, et il ne s'était rendu compte de rien.

Et il n'avait rien trouvé de mieux que de la rabrouer quand elle lui avait avoué ses sentiments.

Abbie, cette femme exceptionnelle, avec ses boucles caramel et ses grands yeux verts, avait réussi à surmonter ses propres peurs et s'était battue pour lui. Elle avait vaillamment essayé de lui montrer la voie vers une vie meilleure, plus vraie.

Mais il n'avait pas réagi.

Au lieu de faire preuve d'un peu de courage, et de saisir à bras-le-corps ce qui se présentait, il s'était comporté comme ces moins-que-rien qui avaient traversé la vie de la jeune femme. Il avait pris ce qu'il voulait, puis il l'avait chassée.

Seulement, ce qu'il ne savait pas, c'était qu'il chassait ce qui lui était arrivé de mieux dans sa vie.

*Le véritable amour.*

Il soupira, encore otage de son passé.

— Et si je me trompais encore une fois ?

Son père lui opposa un sourire énigmatique.

— Il faut savoir prendre des risques, dans la vie. Fais la paix avec toi-même, et ouvre ton cœur.

— Et si elle ne veut pas de moi ?

— Je ne connais pas la réponse. Tout ce que je peux te dire c'est : va la retrouver, et construis un pont vers son cœur.

— Qu'en penses-tu, Murph ?

Penchée vers le pare-brise, Abbie essayait de distinguer la route à travers le rideau de pluie que les essuie-glaces étaient impuissants à évacuer.

— Je crois que nous n'avons pas le choix, étant donné qu'Old Man Creek est inondé, ajouta-t-elle.

Elle revenait de chez les Casterton, où elle avait mis Hugh sous antibiotiques pour une perforation du tympan.

— Il suffit de rouler doucement, reprit-elle pour s'encourager.

Elle rétrograda, rassurée par l'adhérence des quatre roues motrices qui lui permettaient de progresser dans l'épaisse coulée de boue qui recouvrait la route.

Elle avait hâte d'être de retour à l'hôpital, et ce n'était pas seulement à cause des mauvaises conditions de conduite. Si elle avait eu le choix, elle n'aurait pas emprunté cet itinéraire qui la faisait passer à cinq cents mètres des grilles du vignoble des Costa.

Elle n'était pas prête à affronter Leo avant d'avoir complètement repris le contrôle de la situation. Mais peut-être était-il déjà retourné à Melbourne ?

Le vieux pont de bois à voie unique apparut enfin et, même si le niveau du fleuve avait dangereusement monté, il restait praticable.

— Il ne nous reste plus qu'à passer de l'autre côté, et nous serons presque arrivés, dit-elle à Murphy.

Elle n'aimait pas beaucoup ce pont, même par beau temps. Son étroitesse et la faible hauteur de son parapet la rendaient toujours nerveuse.

Tirant le frein à main, elle baissa la vitre et se pencha pour vérifier qu'aucun véhicule ne s'engageait en face.

De l'autre côté du fleuve, elle distinguait vaguement la silhouette d'hommes en train de bâtir une digue pour protéger les vignes. Malgré elle, elle chercha à localiser une silhouette plus haute que les autres, mais la pluie obscurcissait les détails, et elle ne voyait pas grand-chose.

Reportant son attention sur le pont, elle vérifia une dernière fois qu'il n'y avait pas de voiture. Puis, gardant la vitre baissée pour mieux voir les côtés, elle commença à avancer lentement. La pluie entrait dans l'habitacle, mais elle préférait être mouillée plutôt que de mal évaluer les distances et de passer par-dessus bord.

Elle était au milieu du pont quand elle distingua des phares de l'autre côté de la rive. Une voiture s'était arrêtée et attendait qu'elle ait traversé.

Les lampes passèrent en veilleuse, et un homme de haute taille émergea de la voiture.

Sa main se crispa sur le levier de vitesses, et elle fut tentée d'enclencher la marche arrière pour échapper à cette rencontre, mais c'était impossible. Même par temps sec, elle ne se serait pas risquée à manœuvrer un véhicule de ce gabarit sur une voie aussi étroite.

Le cœur battant à tout rompre, elle réfléchit aux options qu'elle avait.

Elle pouvait toujours passer devant lui et l'ignorer, mais cela ne ferait que l'énerver davantage. Elle savait qu'il lui en voulait de son départ précipité, et elle ne voulait pas envenimer la situation. D'une façon ou d'une autre, ils allaient devoir trouver un moyen de s'entendre pour le bébé.

Seulement, elle n'était pas prête.

Cherchant à gagner du temps, elle ralentit encore, repoussant le moment où elle aurait à lui parler, consciente que son cœur se briserait un peu plus quand elle lui dirait bonjour.

Entre le martèlement de la pluie sur le toit et le bruit du moteur Diesel, il lui sembla percevoir un grondement sourd.

Le bruit s'intensifia, puis le pont se déroba sous les roues. Avant qu'elle ait eu le temps de tenter quoi que ce soit, le 4x4 se mit à glisser et plongea dans le fleuve.

Un bruit assourdissant l'enveloppa, tandis que l'eau entrait par la vitre ouverte, emplissant son nez, ses yeux, sa bouche.

Tout était noir, et elle était désorientée, mais la peur lui donna des ailes. Si elle ne sortait pas immédiatement, elle allait mourir.

Attrapant Murphy, elle le fit passer par la vitre ouverte, puis elle détacha sa ceinture et essaya de sortir, mais la pression de l'eau la rejeta en arrière.

Elle avait besoin d'air. Ses poumons étaient en feu.

Etait-ce ainsi que sa vie allait finir ? Non ! Elle devait se battre. Pour elle. Pour son bébé.

Soudain, elle se sentit ballottée en tout sens, et comprit que le courant emportait la voiture.

# 12

— Nooon !

Le cri de détresse de Leo déchira la nuit tandis que le vieux pont de bois s'effondrait sans avertissement, coupé en deux par le fleuve en furie, telle une dérisoire maquette de bois.

« Construis un pont vers son cœur », avait dit son père. Quelle ironie !

Sans perdre un instant, il ouvrit le coffre de sa voiture, prit une corde et s'élança le long de la berge, à travers la boue, à travers la végétation.

Pas un instant il ne quitta des yeux le 4x4 qui dérivait, balloté comme un fétu de paille, de l'eau jusqu'à mi-hauteur du pare-brise.

Etait-il écrit quelque part que tous ceux qu'il aimait devaient se noyer ? N'avait-il découvert ses sentiments pour Abbie que pour la perdre ?

Soudain, il aperçut un éclair blanc et noir, et Murphy apparut au-dessus de l'eau, nageant vaillamment à contre-courant.

Un espoir fou le gagna. Si le chien était sorti de la voiture, alors Abbie avait dû le faire aussi.

Ses yeux scrutèrent désespérément le rideau de pluie, cherchant à distinguer une masse de cheveux caramel.

Rien.

Les ouvriers et son père, ayant entendu le pont s'effondrer, s'étaient précipités sur la rive, et observaient la scène d'un air horrifié.

Un bruit de métal écrasé les fit tous sursauter. Le 4x4 avait heurté un eucalyptus déraciné et se trouvait momentanément bloqué.

— Appelez les secours ! cria Leo aux ouvriers.

Puis il enroula la corde autour de sa taille et tendit l'autre bout à son père.

— C'est Abbie..., parvint-il à articuler malgré sa gorge nouée.

— Vas-y, mais sois prudent.

Le regard sombre et hanté par les souvenirs, Stefano saisit la corde dans ses mains gantées. Il fut bientôt rejoint par un groupe d'hommes.

Leo s'enfonça dans l'eau boueuse, et refusa pour une fois de laisser les images du passé le submerger. Adolescent, il n'avait pas pu sauver son frère mais, aujourd'hui, il était adulte. Et son expérience de médecin ferait sûrement la différence.

L'eau le poussait, le malmenait, tournoyait autour de lui pour mieux l'entraîner vers le fond, le tenant à distance du côté conducteur de la voiture.

De précieuses secondes s'écoulaient, mais il voulait encore y croire.

Soudain, il crut entendre la voix de son frère.

« Tu peux le faire. Elle a encore une chance de s'en sortir. »

Aussitôt, il se sentit galvanisé.

La première chose qu'il vit, ce fut les cheveux, flottant autour d'Abbie tel un voile. Elle avait le corps à moitié sorti de l'habitacle, et le visage sous l'eau.

La peur enveloppa Leo de ses doigts glacés, lui serrant le cœur si fort qu'il eut l'impression qu'il allait cesser de battre.

— Abbie !

Il lui souleva la tête et vit qu'elle avait les yeux révulsés. Ses doigts cherchèrent immédiatement son pouls carotidien.

Il sentait quelque chose. Un frémissement léger.

Il devait la sortir de là.

Passant les bras autour de sa poitrine, il essaya de la tirer vers lui, mais rencontra une résistance.

Non ! Le passé resurgit, mais il se refusa à abandonner à ce satané fleuve une autre personne qu'il aimait.

L'eau les propulsa contre la voiture, menaçant d'engloutir de nouveau Abbie.

Luttant pour lui maintenir la tête hors de l'eau, il se demanda comment il allait la soutenir et lui faire en même temps du bouche-à-bouche. Il était en train de la perdre.

— Elle est coincée ! cria-t-il aux hommes sur la rive. Allez me chercher un tuyau d'irrigation. Vite !

Abbie avait de l'eau jusqu'au menton. Encore deux minutes, et il ne pourrait plus rien pour elle.

— Abbie, je t'aime..., dit-il avec désespoir. Reviens. Ne me laisse pas.

« Je t'aime. »

La lumière blanche qui enveloppait Abbie, lui évitant toute sensation de douleur, s'évanouit, et elle fut de nouveau plongée dans une effrayante obscurité où tout lui était souffrance. Sa cage thoracique était en feu tandis que son diaphragme se contractait. De l'air entra dans ses poumons douloureux. Elle hoqueta et régurgita dans le fleuve.

— Respire, mon trésor... Respire.

Elle obéit. Leo la soutenait. Leo lui maintenait le menton au-dessus de l'eau. La voix de Leo l'enveloppait.

— Abbie..., dit-il en lui tapotant la joue. L'eau est trop haute, et tu dois respirer par le tube. Stefano va te tenir et te parler, et je vais essayer de libérer tes jambes. Respire, mon cœur, c'est tout ce que tu as à faire. Je m'occupe du reste.

Elle sentit le tuyau entre ses lèvres, puis une autre paire de bras prendre le relais.

— C'est comme un tuba, dit Stefano. Pensez à des poissons tropicaux. Nous sommes avec vous. Leo est en train de plonger.

Un moment après, elle sentit les mains de Leo parcourir son corps et s'attarder sur ses jambes. Puis plus rien.

— Abbie, je n'ai pas le choix...

Elle reconnut le ton du chirurgien, et comprit que quelque chose n'allait pas.

— Il faut que je te casse la jambe pour te libérer.

« Je m'en fiche. Tout ce que je veux, c'est sortir de là. » Elle ne pouvait pas parler, n'avait pas la force de bouger, mais elle parvint à cligner des yeux.

— Mords le tube contre la douleur, mais ne crie pas.

Elle ferma son esprit à tout ce qui n'était pas sa respiration, puis son corps fut violemment tordu et une douleur lancinante se propagea dans sa jambe droite.

Des bras puissants la soulevèrent. Le niveau de l'eau descendit sous sa poitrine, et elle laissa glisser le tube hors de ses lèvres.

Puis elle s'évanouit.

Abbie ouvrit les yeux sur une profusion de fleurs : gerberas rose vif, lis pourpres, odorant lilas blanc, et roses rouges.

« Je t'aime. » Avait-elle rêvé ces mots ? Qui pouvait dire ce qui se passait dans un cerveau privé d'oxygène ?

Elle avait repris et perdu conscience à plusieurs reprises, mais elle était certaine que Leo se trouvait avec elle dans l'ambulance, au bloc, et en réanimation.

Mais il n'était pas dans sa chambre à présent.

— Hé, vous êtes réveillée !

Anna posa son magazine et s'approcha d'elle.

— Vous voulez manger quelque chose ? J'ai demandé à mon chef de se tenir prêt à réaliser tout ce qui vous plaira.

Abbie lui adressa un faible sourire, son estomac se révulsant à l'idée de la nourriture.

— Je crois qu'un thé et des biscottes me suffiront pour le moment.

— C'est comme si c'était fait.

Elle lui pressa le bras et quitta la chambre, au moment où Stefano et Rosa entraient.

— C'est la première fois que mes tuyaux d'irrigation servent de tuba, dit Stefano en l'embrassant sur les deux joues.

— Espérons que cela ne se reproduise jamais, répondit Abbie en lui prenant la main. Merci d'avoir été là pour moi. Comment vont les vignes ?

— La pluie s'est arrêtée, et la digue tient bon pour le moment. Mais le plus important, ce sont les gens que nous aimons.

Rosa hocha la tête en signe d'approbation.

— Maria vous envoie son amour et son pain. Elle est en cuisine depuis ce matin, et elle vous a aussi concocté une soupe pour vous redonner des forces, à vous et au...

Stefano posa sa main sur celle de sa femme, et Rosa changea de sujet, s'extasiant sur les fleurs.

*Le bébé.* Leo leur avait parlé du bébé.

Abbie laissa la conversation s'établir autour d'elle, répondant consciencieusement aux questions et acceptant le thé apporté par Anna.

La famille de Leo l'entourait d'amour, mais la personne dont elle avait désespérément besoin n'était pas là.

Elle regarda ses doigts de pied qui pointaient hors d'un plâtre d'un blanc immaculé. Le personnel avait vérifié sa circulation sanguine toute la nuit, et son pied était chaud. Elle n'avait pas vraiment mal à la jambe, mais la douleur était peut-être relative après son expérience de la veille.

— Bon sang !

Leo venait d'entrer dans la pièce, en tenue verte de chirurgien, tenant un dossier à la main.

— Mais que faites-vous tous ici ? Abbie a besoin de repos.

Il indiqua la porte d'un grand geste du bras.

— Je ne sais pas comment vous avez fait pour contourner Erin, mais vous devez partir.

Stefano adressa un clin d'œil à Abbie avant de sortir sans protester. Rosa pinça les lèvres tout en toisant sévèrement son fils. Chiara et Anna prévinrent leur frère qu'il n'avait pas intérêt à leur parler de cette façon à la maison, mais elles quittèrent quand même la pièce.

Le silence retomba. Un silence tendu, lourd de questions non résolues.

— Ma famille..., dit Leo en soupirant.

— Ça part d'un bon sentiment.

Il se posta au pied du lit et l'observa, tel le médecin interrogeant son patient.

— Comment vas-tu ?

— Je n'en sais rien.

— Tu as mal ? dit-il en vérifiant la perfusion d'analgésique. Je peux augmenter la dose.

— Non.

Elle leva la main pour lui saisir le bras. Elle devait protéger son bébé, et elle devait aussi garder l'esprit clair pour discuter avec lui.

— Leo, comment va le bébé ?

Il se crispa à son contact, et ce fut comme si on la poignardait en plein cœur.

Elle laissa retomber sa main, certaine maintenant que son expérience de mort imminente lui avait fait entendre des mots qu'il n'avait pas prononcés.

Leo se frotta le menton.

— J'ai parlé à Macklin, et il a dit d'attendre. Tu vas bien, et on peut supposer que le bébé a reçu suffisamment d'oxygène.

La panique s'empara d'Abbie, et ses doigts se crispèrent sur le drap.

— J'étais pourtant anoxique. J'ai vu la lumière blanche. J'ai entendu des choses qui n'ont pas été dites. Tu connais comme moi les changements chimiques que traverse le cerveau juste avant la mort. Et j'ai ressenti ce moment d'euphorie, ce qui veut dire que j'ai été privée d'oxygène.

— J'ai entendu Dom, Abbie.

— Tu as entendu ton frère ? Mais comment tu expliques ça ? Tu n'étais pas en train de te noyer.

— Je ne sais pas. J'étais dans l'eau, et je l'ai entendu me dire que tu allais t'en sortir. C'était comme s'il me guidait vers toi. Je sais que ça a l'air fou et, en tant que médecin, je n'ai pas d'explication, mais je crois que ça s'est vraiment produit.

Il soupira avant d'ajouter :

— Alors, tu peux me dire ce que tu as entendu, parce que ça ne peut pas être plus bizarre que ça.

— C'est sans intérêt.

S'asseyant avec précaution sur le bord du matelas, il lui prit la main.

— Abbie, tu m'as toujours parlé franchement. Ça fait partie des raisons pour lesquelles je t'aime.

Elle sentit son cœur se dilater de joie, mais n'osa croire totalement à ce qu'elle venait d'entendre.

— Tu m'aimes ?

Les épaules de Leo s'affaissèrent et il baissa la tête, avant d'oser affronter son regard.

— Je crois que je t'ai aimée quand tu m'as dit que c'était à Nonna de décider qui devait la soigner. Il m'a fallu attendre jusqu'à hier pour comprendre.

— Il a fallu que je me noie pour que tu saches que tu m'aimais ?

— Non. Je l'ai compris avant. Je venais te dire que tu étais toute ma vie quand le pont s'est effondré. Je t'aime, Abbie. Il faut que tu me croies.

Elle avala sa salive, s'efforçant de dissiper la boule qui lui nouait la gorge. Alors, elle n'avait pas rêvé. Il avait vraiment prononcé ces paroles : « Abbie, je t'aime. Reviens. Ne me laisse pas. »

— C'est toi qui m'as fait revenir, dit-elle, les larmes aux yeux. J'allais renoncer, et je t'ai entendu dire que tu m'aimais.

— Et c'est la vérité, répondit-il d'une voix altérée par l'émotion. Je t'aime de tout mon être.

Elle passa les bras autour de son cou, et il s'étendit avec

précaution à côté d'elle, la serrant contre lui, le visage enfoui dans ses cheveux.

— J'ai besoin de toi, Abbie.

— Moi aussi.

— Grâce à toi, j'ai fait la paix avec mon passé, et maintenant, tu représentes mon avenir. Veux-tu m'épouser ?

Elle écarquilla les yeux, émue qu'il le lui propose.

— Je sais ce que tu penses du mariage, Leo, et je ne tiens pas absolument à me marier. Ton amour est un assez grand engagement pour moi.

Il secoua la tête, le visage empreint d'une gravité qu'elle ne lui avait jamais vue.

— Non, ce n'est pas assez. Je veux que tout le monde sache ce que tu représentes pour moi. A commencer par ma famille… Je veux qu'il soit inscrit dans un registre que je ferai tout pour toi, que je me dévouerai entièrement à toi, l'amour de ma vie. Tu le mérites, en dehors de ça, rien ne peut suffire.

L'amour de Leo était réel, et elle comprit qu'elle avait enfin trouvé un homme qui pensait à elle avant de penser à lui. Pourtant, elle ne put renoncer à l'envie de le tester.

— Donc, tu m'aimeras même quand je ne serai pas d'accord avec toi ?

— Surtout quand tu ne seras pas d'accord avec moi. Et je ferai de mon mieux pour ne pas crier.

Elle lui sourit, moqueuse.

— Tu es italien. C'est dans tes gènes.

Elle cacha le visage dans le creux de son épaule avec un soupir de contentement, et s'accorda quelques instants pour goûter la joie de le retrouver, de savoir qu'ils avaient toute la vie devant eux.

— Et tu m'aimeras même si je n'ai pas ton goût pour choisir les vêtements ? demanda-t-elle en rejetant la tête en arrière pour croiser son regard.

— Je suis italien. C'est dans mes gènes.

Elle éclata de rire, savourant l'incroyable bonheur d'être aimée inconditionnellement.

— Dans ce cas, j'accepte de t'épouser.

Le baiser qu'il lui donna pour sceller cet accord était la dernière chose qui lui manquait.

# Épilogue

Le lancement par La Bella du Petit Verdot était un véritable succès. C'était l'un des rares vins produits dans la région depuis les dégâts que l'inondation avait causés aux vignobles deux ans auparavant, et la presse spécialisée l'avait déclaré exceptionnel.

La famille et les amis s'étaient rassemblés pour cette occasion dans la cour ombragée du restaurant, et la dégustation de produits italiens remportait tous les suffrages.

Ayant quelque peu abusé de la pizza *quattro formaggi* cuite au feu de bois, Abbie se leva pour faire quelques pas dans le jardin. Murphy arriva aussitôt vers elle, suivi par un chiot débordant d'enthousiasme.

— Hé, Alec, je vois que tu as toi aussi un border collie, dit-elle, tout en se penchant pour caresser les chiens. Excellent choix…

— Ce sont des chiens extraordinaires, répondit l'adolescent en souriant. J'ai pu m'en rendre compte avec Murphy.

Elle était restée en contact avec le jeune garçon et lui avait parfois confié la garde de son chien, l'animal ayant quelques difficultés à s'habituer à la vie citadine.

— Comment va ta mère ?

— Je vais bien, intervint Penny qui, les ayant rejoints, se pencha pour prendre le chiot dans ses bras.

Elle respirait la santé et la joie de vivre et, à moins d'y regarder de plus près et d'apercevoir la cicatrice de sa trachéotomie, personne ne pouvait deviner qu'elle avait failli mourir.

Tandis que Penny et son fils retournaient vers leur table, Stefano s'approcha et tendit à Abbie un verre de vin.

— La réception est très réussie, et le vin est sensationnel, dit-elle.

Son beau-père lui sourit avec le calme qui lui était coutumier.

— Je mets toujours dans mon vin l'amour que je porte à ma famille, mais celui-ci, je vous le dédie.

— Vraiment ?

Abbie sentit sa gorge se serrer d'émotion.

— Je ne sais pas quoi vous dire, sinon merci.

Les Costa l'avaient accueillie au sein de leur famille sans la moindre hésitation, et elle leur en était infiniment reconnaissante.

Après des années sans parents, elle en avait maintenant en abondance.

— C'est moi qui vous remercie, répliqua Stefano. Vous nous avez ramené Leo.

Elle secoua la tête.

— Je pense qu'il était prêt.

Son beau-père lui posa une main sur l'épaule, l'air tout à coup solennel.

— Il ne faut jamais sous-estimer le pouvoir de l'amour, Abbie.

— Papa, tu es encore en train de philosopher ?

Ils se tournèrent tous les deux, et Abbie croisa un regard sombre et pétillant de malice. Un regard qui contenait tout ce qu'elle avait tant attendu — l'amour, la confiance, la compréhension — et qui lui donnait l'impression que le sol se dérobait sous ses jambes chaque fois qu'il se posait sur elle.

— Nonno !

Un bambin aux yeux sombres et aux cheveux bouclés s'agita dans les bras de Leo et tendit ses petites mains potelées vers Stefano.

— Ton petit-fils te réclame, dit Leo.

Stefano ouvrit les bras pour le recevoir.

— Viens, Dante. Allons voir les vignes.

— Raisin, dit le petit garçon.

— Oui, c'est ça, répondit Stefano en souriant.

Abbie fit un petit signe de la main à son fils. La maternité avait dépassé tous ses rêves, et elle avait parfois du mal à croire à tant de bonheur.

Les bras de Leo se refermèrent autour de sa taille, et elle posa la tête sur son épaule, ne se lassant pas de la sécurité et du réconfort que lui offrait sa présence.

— Où étais-tu ? demanda-t-elle.

— A la crique, avec Dante et Nonna.

Ils avaient pris l'habitude de venir tous les deux mois à Bandarra, et Leo accompagnait chaque fois sa grand-mère en pèlerinage le long du fleuve, signe qu'il était en paix avec son passé.

— Je suis contente que Dante se plaise ici, remarqua Abbie.

— Eh bien, puisqu'il a été conçu ici, je suppose qu'il a un lien très fort avec cet endroit.

L'air pensif, Leo enroula une boucle de cheveux cuivrés autour de son doigt.

— Tu sais que les jumelles essaient de rassembler de l'argent pour un voyage en Italie ?

A quinze ans, les filles d'Anna étaient en train de devenir des jeunes femmes aussi ravissantes que déterminées.

— Oui, Lauren m'a parlé d'un programme d'échange culturel.

Leo hocha la tête, tout en caressant du bout des doigts la mâchoire d'Abbie.

— Le problème, c'est qu'elles sont trop jeunes pour travailler au restaurant, aussi ont-elles décidé de se lancer intensivement dans le baby-sitting.

— Cela me paraît une excellente idée.

— Je trouve aussi. En fait, elles ont proposé de s'occuper de Dante pendant quelques heures pour que nous puissions nous amuser.

— Nous amuser à la réception ?

Le sourire de Leo creusa une fossette dans sa joue, tandis qu'une lueur malicieuse s'allumait dans son regard.

— Elles n'ont pas précisé où, mais je pensais plutôt au cottage.

Abbie se haussa sur la pointe des pieds et noua les bras autour de son cou, heureuse que son désir pour elle soit aussi fort qu'au premier jour.

— J'aime ta façon de penser, dit-elle.

— Et moi, c'est toi que j'aime.